여성을 중심에 놓고 보다

여성을 중심에 놓고 보다

서 정 자 수 필 집

푸른사상

책머리에

　수필이라는 것을 별로 쓰지 않았다고 생각했기에 책으로 엮을만한 원고가 없으리라 생각했다. 고마운 후배들이 회갑 해를 그냥 넘길 수 없다면서 서둘러주어 뒤져보니 오래 전에 쓴 것이랑 보태면 책 한 권을 엮을 수는 있겠기에 억지로 묶어본다. 그러나 이래도 되는 것일까, 하는 생각이 내내 머리에서 떠나지 않는다. 글답지 못한 것을 출판까지 하는 것 같기 때문이다. 사실은 무슨 자술自述 같은 그런 글을 한번 쓰고 싶었다. 오늘의 내가 있기까지 도와준 분이 많고 그 분들에게 감사를 드리기 위해서, 마음의 빚을 갚기 위해서는 그래야 한다고 생각을 했으나 이제 무엇을 하겠다고 약속하는 것은 주제넘은 일 같다. 나이가 그렇게 말한다. 그러나 혹시 책상 정리하는 셈으로 여기저기 썼던 것을 모아 묶고 나면 정작 쓰고 싶은 이야기를 쓸 수 있게 되지나 않을까, 막연하나마 기대를 해 본다. 그러니까 여기 이 글들은 쓰고싶은 글을 썼다고 하기보다도 쓰게 돼서 쓴 글들이었다고 하겠다.

　수필집 제목을 정하려니 더욱 난감하였다. 하나의 주제로 글을 써 나간 것이 아니니 그럴 수밖에 없지만 알맹이 없는 글을 쓴 폭이니 그렇지 않으냐고 자책이 심하였다. 마음으로는 『부끄럽습니다』이렇게 하고 싶었다. 그러나 진정 그렇게 부끄럽거든 책을 내지 말일이라는 대목에 이르러 『여성을 중심에 놓고 보다』로 해 보았다. 연구라는 걸 시작하면서부터 내내 나의 소위 방법론이라는 것이 이것이었기 때문이다. 사실 그런 관점에 서서 세상을 보아 온 것도 사실이다. 반드시 이 시각의 글만 모아진 것이 아니라서 꺼림칙하지만 이러한 생각으로 산 나날을 기하여 내는 책이니 읽는 분들이 용서하여 주실 줄 믿는다.

시몬느 드 보봐르는 그의 저작 『노년』에서 '특히 여자에게 있어 말년은 하나의 해방이다. 평생동안 남편에게 복종하고 자식들에게 헌신한 여자들은 마침내 자신을 염려할 수 있게 되는 것이다'라고 했는데 나의 경우, 살아오며 잘못한 일만 생각이 나서 남은 날 동안 열심히 속죄하면서 살아야 할 것으로 생각된다. 어찌 그리 철도 없었던가. 어찌 그리 나만 알았던가. 그래서 참회록을 쓰게 되는가보다 싶었다.

나의 삶에서 부모님이 그 누구보다도 감사한 분이지만 삶의 고비에서 너무나도 고맙게 이끌어준 분들이 있다. 한 분은 나의 작은오빠. 오빠가 대학에 가서 특대생 장학금을 타 가지고 와 '이 돈으로 동생 대학 보냅시다'라고 아버지에게 무릎 꿇고 밤새도록 사정하지 않았으면 나의 대학 진학이란 꿈도 꾸어보지 못했을 일이었다. 그 돈은 나의 대학 입학금이 되었고 나의 하숙비를 위해 오빠는 가정교사로 취직해 들어갔다. 나는 이 대목을 생각할 때마다 오빠가 고마워 눈물을 흘린다. 그리고 또 한사람은 밤이면 잠자지 않고 책을 붙들고 있는 아내가 안쓰러웠던지 대학원에 가라고 권해 준 남편. 그 '선심'이 가정에 미칠 영향이 그다지 심각할 줄 몰랐을 터이지만 석사, 박사과정을 마치고 계속 공부하도록 '밀어'준 그 인내심에 감사하지 않을 수 없다. 스스로 자기가 못한 공부 대신 해주어 기쁘다고 하지만 온갖 자질구레한 일 다 맡아주지 않았으면 공부를 할 수 없었을 것이다.

아, 그리고 나의 하나님. 둘째 아이를 잃었을 때 만난 주님. 오랜 눈물과 회개와 기도가 있은 후 그때부터 나의 새 삶은 시작되었고 그리고 이제 겉 사람은 후패하나 속 사람은 날로 새롭도다를 새기면서 기쁨 속에 살수 있게 해 주셨다. 남은 날 동안 이외에도 마음에 빚진 모든 분들에게 할 수 있는 대로 최선을 다해 빚을 갚으며 살고 싶다.

무엇보다 부족한 글을 흔쾌히 책으로 출판해주신 푸른사상사의 한봉숙 사장님과 편집실 여러분께 마음 깊이 감사를 드린다.

2002년 11월

초당대 연구실에서 문필봉을 바라보며

서 정 자

제2부 책이 좋아서

제3부 고향의 하늘

제4부 강촌소묘

여성을 중심에 놓고

며느리 시험

최근 연달아 같은 내용의 이야기를 들을 기회가 있었다. 흔한 이야기였지만 주인공의 성공담이라 들을 때마다 흐뭇한 재미가 있다. 그런데 이야기가 흔히 그렇듯이 지역에 따라 (또는 시대에 따라) 약간의 변형이 되고 있는 것이 흥미로웠다. 이야기의 내용은 이렇다. 옛날 어느 임금이 왕자의 아내를 고르려고 시험문제를 내걸었다. 왕자의 아내가 되겠다고 응모한 처녀들은 밥그릇 하나의 쌀만 가지고 열흘을 살아내라는 문제를 받는다. 처녀들은 그 쌀로 죽을 쑤어 먹기도 하고 조금씩 아껴 먹기도 하고 주림을 견디어 정해진 기간을 버티려고 하였으나 모조리 도중에 포기하고 말았다. 그러나 그 중 한 처녀는 그 쌀을 가지고 열흘을 살았을 뿐 아니라 돌아올 때에 떡까지 해서 가지고 온 것이었다. 임금님이 묻기를 너는 그 적은 쌀을 가지고 어떻게 이렇게 떡까지 해 가지고 왔느냐 물으니 저는 그 쌀로 곧 떡을 만들어 내다가 팔았습니다. 그 돈으로 다시 쌀을 사서 밥도 해먹고 또 떡을 해서 팔아 이렇게 배부르게 잘 먹고 떡을 해 가지고 왔습니다, 하였다. 임금님은 참으로 지혜로운 처녀로다, 하고 그 처녀를 며느리로 삼았다는 것인데 이 이야기는 이북이 고향인 목사님이 할아버지로부터 들은 이야기라면서 들려준 것이다.

그런데 바로 이틀 후 나는 전남대학교 교수로부터 똑같은 이야기를 듣게 되었다. 이분의 이야기도 어느 부자 집에서 며느리를 고르는데 이와 똑같이 적은 양식을 주고 정해진 날수를 사는 며느리 시험의 이야기였다. 그러나 이 때 주어진 조건이 앞 이야기와는 좀 달랐다. 우선 빈집이 주어지고 동거자가 주어진다. 빈집에서 한 할머니와 함께 턱없이 적은 양식을 가지고 정해진 기간을 살아내야 하는 것이다. 물론 다른 처녀들은 이 시험에서 모두 실패한다. 한 처녀가 내가 한번 해보겠다고 나선다. 그 처녀는 할머니와 함께 집안 청소를 깨끗이 하여 집을 훤하게 정리해 놓은 다음에 주어진 양식을 아끼지 않고 밥을 지어 할머니와 함께 배부르게 먹은 다음 자신은 밖으로 나가 일을 할 수 없으니 일감을 얻어 오라고 할머니를 마을로 보낸다. 할머니는 삯 바느질감, 삯빨래 감 등등 일감을 얻어왔고 처녀는 열심히 일을 하여 품삯을 벌었다. 그리하여 할머니도 처녀도 배불리 먹으며 정해진 기한을 너끈히 살아냈다는 것이다. 물론 처녀는 며느리 시험에 합격을 하여 부자 집 며느리가 되었다.

이 이야기는 적은 양식으로 살아내기라는 기본 모티브를 갖고 있으나 모티브를 이야기 화 하는 방법에 적지 않은 차이를 보이고 있다. 무엇보다 뒤의 이야기는 앞 이야기와 달리 제한된 공간이 제시돼 있고 등장 인물이 하나 더 있다는 점이다. 그러나 이러한 조건으로 하여 이야기가 달라지는 것은 없다. 다만 호남의 처녀는 떡 장사를 할 수 없다고 생각되어 그를 대신할 수 있도록 할머니를 등장시켜 놓은 것뿐이다. 즉 우리가 주목하게 되는 것은 앞 이야기의 처녀는 '장사'를 하고 있는데 반하여 뒷 이야기의 처녀는 '삯일'을 하고 있다는 점이다. 두 처녀가 다 고정관념을 뛰어넘어 문제를 푸는 적극적 사고를 지니고 있지만 지역적 특성이 부여하는바 그 방법에서 차이를 보이고 있음을 알 수 있다. 앞 이야기는 이야기해준 분이 이북 출신이라 북한 쪽의 이야기라 단정해도 좋을 듯 하고 이야기 자체에서도 북쪽 지방의 이야기가 틀림없다는 확신을 가질 수 있다. 북쪽, 그러니까 함경도나 평안도 지방은 본질적으로 반상의 대립이 그리 심하지 않다. 함경도 단천에서 성장한 작가 최정희의 증언에 의하면 워낙 반상의 대립이 별로 문제되지 않았기 때문에 '계급의식'이 형성되기 어려운 곳이 북선 지방이라는 것이다. 그래서 왕자의 부인 감이 '직접' 떡을 해서 내다 판다는 이야기 구조가 가능했던 것이다. 이런 발상은 호남지방의 경우 특별한 경우가 아니고는 천부당 만부당한 일이 된다. 지극히 보수적인 호남지방에서는 시집갈 처녀가 밖으로 나다니는 것은 일종의 금기였다. 과년한 처녀가 떡 함지를 이고 장에 나간다는 경우는 거의 있을 수 없는 일이다. 밖으로 나가서는 안되었기에 빈집이라는 제한된 공간이 주어지고 외부와의 통로 역할을 하는 할머니가 등장한 것이다. 또한 돈을 버는 수단도 '장사'가 아니라 '삯일'이 되어야만 하였다. 이 지방적인 특성의 드러남이 매우 재미있으면서도 그 차이의 현격함에 놀라게 된다. 이 차이는 단순한 이야기 구조의 차이가 아니오, 문화와 관습의 차이를 보여주고 있는 것이다. 새삼 북부지방의 개방적인 의식에 대하여 생각하게 된다. 그래서 남쪽보다 북쪽이 근대에 보다 잘 적응하였었던 것은 아닐까. 기독교가 그 한 예다.

방법이 이와 같은 차이를 보이지만 이 이야기가 근본적으로 우리에게 보여주는 것은 며느리에게 요구하는 경제적인 사고이다. 전통적으로 우리 나라는 여성에게 부덕과 부공(婦功)을 요구했을망정 여성이 가정의 경제를 가름 맡도록 교훈 되지는 않은 것으로 알고 있다. 그러나 이 이야기는 한 가정의 주부가 되기 위해서는 어떠한 상황에서도 남자에게 도움을 요청함이 없이(!) 가정을 꾸려내야만 한다, 또는 그렇게 할 수 있는 것이 여성이라는 뜻이 바탕에 깔려 있다. 이는 여성의 능력을 그만큼 인정한 것이기도 하면서 동시에 엄청난 부담을 안겨주는 것이기도 하다. 집안의 융성은 오직 주부에 달렸다는 말은 우리가 늘 듣는 말이다.

비숍여사가 쓴 한국여성의 모습을 보면 "한국의 농촌 여성들은 가족의 모든 의복을 만들고 모든 식사를 준비하고 무거운 공이와 절구로 쌀을 탈곡하고 씻고 무거운 짐을 시장까지 머리에 이고 나가며 또한 물을 긷고 멀리 떨어진 지역까지 나가 밭에서 일을 한다. 그들은 일찍 일어나고 자정이 넘어서야 휴식하며 틈 날 때마다 실을 뽑고 베를 짠다. 대개 많은 아이들을 갖는데 아이들은 세 살까지 젖을 떼지 못한다."가공할만한 노동이다. 비숍여사는 어디를 가든지 밤늦도록 계속되는 끊임없는 빨래는 잠을 잘 수 없게 했으며(방망이 소리에) 그 빨래는 오직 남자들의 옷에만 한정되는지 여자들의 옷은 한결같이 더러웠다고 썼다. 외국인의 눈에 비친 한국여성의 모습이 매우 정확한데 놀랄 수 밖에 없고 이런 엄청난 노동은 기본이어서 며느리 시험문제 축에 끼이지도 못한 것도 놀라운 일이다. 이런 모든 노동을 동원하여 가족 모두의 생계를 책임질 수 있는 지혜와 근면을 요구하고 있는 것이 바로 이 이야기의 골자이다.

생각해 보면 이야기 속의 며느리 시험문제는 매우 쉬운 듯하나 실은 너무나 어려운 문제인 것이다. 그 많은 노동과 부족한 잠, 그리고 출산과 육아 어디 그 뿐인가, 시집살이의 설움과 핍박이 더불은 속에서 집안의 모든 것을 책임져야 하는 것이다. 집안의 부(富)만이 아니었다. 집안의 길 흉 모두를 며느리에게 떠 넘겼다. 집안이 잘되고 무사하면 다행이요, 흉한 일이 있으면 그 모두가 새로 들어온 며느리의 탓이었다. 어째서 사람들은 여성에게 이처럼 가혹한 짐을 떠맡게 하였을까?

정신적으로 육체적으로 혹사를 당하면 사람은 전체적이고 객관적인 사고를 해내기가 어려워질 것은 뻔한 일이다. 눈앞의 쌓인 일에 급급한 그녀에게 집안의 발전을 생각할 겨를이나 있었을까. 비숍여사의 증언처럼 자신을 돌아볼 겨를도 없어 언제나 더러운 옷을 입고 일 속에 파묻혀 있다면 자기 존재마저 까맣게 잊고 있을 것이 아닌가. 그렇게 보면 이 문제는 여성에게 무척이나 어려운 문제가 아닐 수 없다. 이야기 속의 지혜로운 처녀는 성공적으로 문제를 풀어 보이고 있지만 그도 힘들고 어려운 시집살이를 하노라면 이런 전체적인 사고력을 잃어버리지는 않았을까?

내가 기억하는 서구의 며느리 시험문제는 '접시 나르기'였다. 높다랗게 쌓여 있는 접시를 안전하게 옮기는 것이 문제인데 나르는 처녀들이 접시를 떨어 뜨려 깨는 바람에 모두 불합격된다. 그 중에 접시를 떨어뜨리지 않고 나른 처녀가 있었으나 마지막 승리는 안전하게 접시를 여러 번에 나누어 나른 처녀가 차지한다. 이 시험에서 며느리감에게 궁극적으로 기대하는 것은 침착성이라 할 것이다. 어째서 이런 문제가 나왔을까 하는 것은 서구의 문화적 배경을 통해서 해석을 해야 하겠지만 우리 이야기 속의 문제와 비교해 볼 때 그 심각성이 훨씬 덜하다고 보여진다.

내가 우리 며느리 시험의 이야기를 듣고 재미있다고 생각한 것은 이야기 바닥에 깔려 있는 옛날 우리 여성의 어려움을 망각하고 있었기 때문이다. 더구나 빈집에 들어앉아 삯일이나 해야만 했던 호남아

가씨의 삶이 앞으로 얼마나 답답하게 펼쳐질 것인지 상상해보면 가슴이 먹먹해 온다. 차라리 떡을 해다 장에 나가 팔 수 있는 북쪽지방의 처녀가 훨씬 살기가 나았을 게다.

지금은 어떤가? 요즘 며느리를 뽑는데 시험문제를 출제해야 한다면 어떤 문제를 출제하게 될까? 모르긴 하되 밥 먹는 문제가 출제되지는 않을 것이다. 모두들 다이어트의 선수들이니까. 옛날의 며느리 시험문제를 보면서 오늘날의 며느리 시험 출제를 생각해 본다. 며느리 시험, 사위시험 어떻게 달라졌는지 곰곰이 따져보면 재미있을 것도 같다.

여자교수의 손

　십 수년전의 일이다. 지금은 정년 퇴임한 J 여교수의 손을 잡아본 뒤부터 나는 여자교수의 손에 관심을 갖게 되었다. 하얗고 단아한 얼굴의 J여교수는 여자교수의 대명사인 것처럼 내게 인상 지워져 있었는데 그의 손이 너무도 교수답지 않았기 때문에 나는 놀랐다. 소나무 등걸처럼 굵게 마디져 있는 손가락, 올이 굵은 삼베처럼 거친 손등, 게다가 그 붉은 빛… 손가락 마디가 굵은 것은 그럴 수 있다 쳐도 피부가 그처럼 붉은 빛을 띠려면 매일같이 찬물에 손을 담그다시피 하지 않고는 될 수 없는 일이다. J 여교수의 손은 그가 얼마나 집안 일을 많이 하면서 살아 왔는지를 단적으로 보여주는 것 같았다.

　여자교수…게다가 지식인의 특징이라면 백수(白手)일 것이다. 핏기 없이 창백한 하얀 손은 지식인의 상징과도 같은 것이고 그 손은 책을 만지고 펜을 쥐고 글을 쓰는 것이 주임무요, 찬물에 손을 담그는 일 같은 것과는 거리가 먼, 일하는 손의 고통을 실감하지 못하는 무정한 손이라 할 것이다. 더구나 여자교수의 손이라면 여자들이 항용 하기 마련인 가사와 일찍이 담을 쌓은 행복한 사람의 손이요, 화려한 보석 반지는 못 끼더라도 분결같이 고운 손은 최소한 유지하고 있으리라고 누구나 생각하고 있을 것이다.

그런데 J 여교수의 손이 그렇지가 않던 것이다. 전통 있는 학자 집안의 딸로서 일찍이 교수직에 오른 그녀는 유복한 가정의 주인공이기도 해서 우리의 부러움을 한 몸에 샀었다. 그는 육아 등 가사가 큰 부담이 될 때 가정부를 둘 수 있는 행복한 시대(?)의 여성이기도 했다. 그럼에도 불구하고 그는 왜 손이 빨갛게 되도록 일을 해야 했을까? 십 수년 후배인 나로선 잘 이해가 되지 않는 부분이었다. 그가 남에게 결코 폐를 끼치지 않으려는 성품인 것은 그의 손에 대한 한 변명이 될 수 있다. 교양이 있는 그는 도와주는 사람이 있어도 '손수'하는 일이 많았을 것이다.

그러나 그가 아무리 훌륭한 인품의 소유자라 해도 문제는 그가 교수라는데 있다. 어느 직업이고 마찬가지이지만 교수라는 직업을 가진 사람은 무엇보다도 우선 교수라는 직업의식에 철저해야 할 것이다. 이 원칙은 여자라고 해서 예외가 될 수 없을 터이므로 여자교수의 손이 집안 일에 마디가 굵어졌다면 이는 자랑할 일이 못된다고 봐야 한다. 교수라는 직업은 출퇴근으로 그 일하는 시간이 구획 지워지는 직업이 아니다. 밤이나 낮이나 연구에 교수에 매달려 있어야 하는 것이 교수라는 직업이 갖는 일차적인 조건이다. 따라서 여교수의 거친 손은 사실 부끄러운 손이어야 하는지 모른다. 나는 그가 집안일 때문에 보다 많은 저술을 하지 못했을 것을 생각하고 나는 그래서는 안되겠다고 생각했다.

고등학교 시절 여자 음악선생님의 별명이 콩나물 장수였다. 음표를 항용 콩나물에 비유하니 그런 별명이 생긴 것 같지만 그게 아니었다. 아침 조회 때 애국가를 지휘하면 지휘하는 그녀의 손이 마치 콩나물 장수가 콩나물을 뽑으려고 벌린 손과 같이 된다고 해서 붙여진 별명이었다. 손가락은 갈퀴와 같이 펴지지 않은 채 허공을 맴돌았다. 나는 그 분에게 잠시 피아노를 배운 적이 있었는데 내가 피아노를 치는 동안 그는 마당에서 그 마디 굵은 손으로 쌀을 씻거나 나물을 다듬거나 했다. 그렇게 늘 일하면서 살다 보니 마디 굵은 손이 되었을 것이다. 일하면서 그는 레슨을 하는 것이었다. 더 열심히 쳐! 하든가, 고개를 쌀래쌀래 흔들면서 틀린 대목을 다시 쳐보라고 하기도 했다. 그러고 있는 그가 너무도 음악선생님 같지 않아서 아마 나는 피아노에 정을 붙이지 못했는지도 모른다. 또한 여자교수일지라도 교수답게 보이지 않으면 안 된다고 확고하게 생각하게 되었는지도 모른다.

G 여교수는 남편이 있을 때는 절대로 책상 앞에 앉지 않는다고 했다. 남편이 잠자리에 든 뒤 그 때부터 자신의 공부를 시작한다는 것이다. 그 분이라면 능히 그렇게 해냈으리라 믿어진다. 깔끔하고 의지가 강한 여성이었으니까. 나는 종종 왜 나는 그렇게 못하는가 생각되어 우울해 하곤 했다.

역시 십 수년전의 일이다. 분결같은 손을 지닌 K 교수는 어느 날 평생 연탄을 한번도 갈아본 적이 없다고 해서 우리는 놀랐다. 누구를 데려오건 사람을 구해서 일을 돕게 했다고 한다. 한번도 연탄을 갈아보지 않았을 정도라면 이는 그 교수의 탁월함을 반증하는 것이라고 인정해도 좋을 것이다. 닥터 안은 명절 같은 때에 시댁에 가면 아랫목에 앉아서 이렇게 말한다고 했다. "동서, 수고 좀 해, 그 대신 애들 병나면 내가 고쳐 줄게." 이분들은 여자면 당연히 하는 것으로 되어 있는 가사의 부담으로부터 시원히 벗어나 있다. 전문직을 가진 교수의 입장이라는 쪽에서 본다면 이들의 태도는 당당하고 바람직한 것이 아닐 수 없다. 그러나 오늘날 이런 일이 얼마나 가능할까. 여자교수 누구나 이럴 수 있으면 얼마나 좋을 것인가.

요즈음의 여교수들에게서는 갈퀴 같은 손을 찾아보기 어렵다. 고무장갑뿐만 아니라 세탁기 등 가전제품의 덕택이 크다고 할 것이다. 그래서 고운 손을 유지하고는 있지만 가사의 압박에서 벗어난 것은 아니다. 편리한 가전제품이 아무리 많이 나와도 가사에서의 해방이란 아직도 꿈속의 이야기이다. 끊임없이 쌓이는 먼지, 꼬박 꼬박 준비해야 하는 식사, 되풀이되는 세탁, 다림질, 그리고 도시락 싸기…그런 가운데서 도움을 청할 곳은 가족 밖에 없다. L 교수는 기껏 식사 준비 다하고서 숟가락 놓는 일을 남편이 도와주지 않는다고 불평을 하다가 부부 싸움을 하는 경우가 많다는 말을 했다.

직업을 가진 여성에게 가사란 정말 그 노동에 있어 힘겨운 것도 문제이지만 직업과 병행하기 어려운 천적과도 같은 존재라는 점에서 난제 중의 난제인 것 같다. 여성이 사회에서 성공하려면 지켜야할 몇 가지 금기사항이 있는데 집안 일을 핑계 대지 말라는 것이 그 첫 번째 사항이다. 장명수 칼럼에서 아침에 설거지를 하고 난 손을 가지고 도저히 남성들과의 경쟁에서 이겨낼 수 없을 것 같아 아침 설거지는 하지 않는다는 말을 읽은 적이 있다. 이 경우 가사부담은 단순히 시간을 배분하는 차원이 아니다. 이데올로기에까지 연장되는 것이다. 나는 J 여교수의 손에서도 그 반대의 경우지만 그런 냄새를 맡는다. "교수의 얼굴만으로 도저히 가정의 평화를 이룰 수 없었다. 그래서 나는 주부로서도 성실을 다해야만 했다"라는. 우리보다 십 수년 앞선 J 여교수의 세대는 직업과 가정을 양립시키느라 참으로 힘겨웠을 것이다.

나는 가사로 시간을 빼앗길 때 이에 상충시킬 남자의 시간으로 술 마시는 시간을 상정해 보곤 한다. "그들이 밤새워 술 마시는 동안 나는 일하면서 사색을 한다." 실상 일하면서 생각을 정리하는 것은 꽤 유용하다. 그러나 세상의 남자 교수들이 가사에 필적할 만큼 질탕하게 술을 마셔줄 것인가, 나는 고소(苦笑)한다.

교수로서의 직업에 충실하고 집안일 따위를 핑계로 내세워서는 안 된다는 생각은 매우 옳은 것 같지만 실은 엄청난 기만이다. 가족들이 집에서 먹고 쉬지 않는다면(reproduction)일을 할 수 있는 힘을 어디서 얻어 올 것인가. 그럼에도 이런 일은 집안 일이라 공적인 인정을 받지 못한다. 집안 일을 하느라 논문을 더 많이 써 내지 못했다고 해서 죄의식을 가져야 하는 것은 매우 잘못된 일이다. 집안 일을 가족이 분담함으로써 여성만 피해를 입는 일이 없도록 되어야 옳다. 그러기 위해서는 가사의 문제를 사회 공동의 과제로 표면화할 필요가 있다. 언제까지 일하는 손을 부끄러워하며 감추어야 할 것인가? J 여교수가 감당해야 했던 가사와 직업과의 갈등을 적극적으로 풀어야 한다. 직업보다 가정이 먼저라고 해도 곤란하지만 가정을 팽개쳐 두고 직업에만 충실해야 한다는 것도 문제가 있다.

나에게는 새로운 버릇(?)이 하나 늘었다. 여자교수나 여성 명사를 사석에서 만나면 집안 일을 어떻게 해결하느냐고 묻는 버릇이다. 결론은 연탄을 한번도 갈아보지 않은 K 교수나 집안일과 자기의 기술과 맞바꾸며 사는 닥터 안 같은 여자교수는 이제 거의 찾아보기 어려운 시대에 우리가 살고 있다는 것이다. 소리 없이 여자 교수들은 직업과 가사의 합리적인 양립을 위해 머리를 짜내고 있다.

여자의 우정

　평생교육원에서 강의를 하다보면 여성문제에 밀접한 인물들을 종종 만날 수 있다. 여성문제라든가 여성학이란 확실히 기혼여성을 대상으로 살펴야 그 문제점이나 전망이 분명히 드러난다. 그래서 문학 강의는 자연스럽게 여성문학 강의가 되기 일쑤다. 며칠 전 문학 강의 시간이었다. 단 삼 주 강의하는 것이라 학생들과 낯이나 친해둘 양으로 편지 쓰기 숙제를 내주었더니 동생에게 무척 간절한 글을 쓴 편지가 한 장 나왔다. 아무리 형제지간이지만 이렇듯 살뜰히 서로 아끼고 사랑할 수 있는 거냐고 했더니 다른 학생들이 "그 동생 여깄어요" 하며 옆자리를 가리킨다. 아니 그럼 자매가 함께 나란히 평생교육원에 나오시는 거예요? 물었더니 그렇다는 대답이다. 그러나 알고 보니 친자매는 아니고 고등학교 때 맺은 S언니란다. 나머지 학생들이 읽어달라고 졸라서 읽어주었더니 두 자매는 눈자위가 벌겋도록 울어댔다. 내용이 별다른 게 있는 것도 아니었다. 언제나 네가 나를 사랑해주고 격려해주어 이 언니는 너무나 기쁘단다. 그런 내용이 주를 이루는 것이었는데 구체적인 내용을 쓰지 않아 알 수 없지만 무언가 감동적 사연이 있는 듯 둘이 다 눈물을 줄줄 흘리고 있었다. 눈물이 그리 흔한 세상이 아닌지라 이들의 눈물은 그것만으로도 감동을 줄만 하였다. 그들은 거의 40년에 가깝도록 형제의 정을 가꾸어 왔다고 한다. 여고 시절에 맺은 인연을 며느리 손자 보도록 이어온 이들의 모습은 인간의 모습 그것이었다.

사람들은 흔히 여자들에겐 우정이 없다고 말한다. 여성의 입장에서 보더라도 이에 쉽사리 반박하기 어렵게 반박할 자료가 빈약하다. 우리는 전장에서 목숨을 아끼지 않으리 만큼 뜨겁게 맺어져 있었던 남자들의 우정 이야기는 들어보았을지언정 여성들의 우정을 담은 이야기는 들어 본적이 거의 없다. 역사 속에서도 온통 남자들의 우정뿐이다. 관중과 포숙아의 우정, 데이믄과 피시아스의 우정은 유명하고 대대로 전해 오지만 여자들간의 그것은 오직 시기와 질투로 점철될 뿐 인간다운 관계를 찾아보기 어렵다. 비록 『구운몽』의 첩들이 사이가 좋았다고 하나 그는 유교적 도덕에 의해 투기를 하지 않는 부덕을 보였을 뿐이었다.

여자들간의 가장 나쁜 관계라면 무엇보다도 고부간을 들것이요, 또 시뉘올케 사이를 들것이다. 여성작가의 작품에 나타난 고부간을 보면 결코 적대자의 관계만이 아니다. 강경애의 〈어머니와 딸〉에서 봉준어머니와 민며느리라 할 옥이의 관계는 딸과 어머니 그 이상이고 최정희의 〈정적기〉의 시어머니는 아들까지 팽개치며 남편과 헤어지려는 며느리를 달래는 시어머니의 동정 어린 목소리가 있다.

그러나 잘 들여다보면 이 여성과 여성 사이의 아름다운 관계란 언제나 그 사이에 남성이 끼이지 않았을 때라는 공통점을 보인다. 소설이 원래 그런 것이지만 남성이 끼인 여성들의 관계는 적대관계가 대부분이다. 남녀관계 건, 모자관계 건, 남성이 끼면 사랑 쟁탈전(?)이 벌어진다. 자매애의 극치를 보여준 성경의 룻 이야기도 아들이 죽고 시어머니와 며느리 룻만 남았을 때고 보면 이를 들어 여자의 우정이란 없지 않으냐고 빈정댈는지 모른다.

그러나 이런 생각은 여성에 대한 부정적 고정관념에서 나온 것이다. 뒤집어 생각해 보자. 남성이라고 안 그런가. 남성 사이에 여성이 끼면 역시 우정이 아니라 피 터지는 적대관계가 된다. 남성간의 유명한 우정에도 여성이 끼어 있지 않다. 남성들이 끼이지 않았을 때만 여자의 우정이 가능하다고 해서 절망할 필요는 없다. 여성과 여성이 만나 언니 동생 하면서 눈물로 서로 사랑을 다짐하는 이 평생교육원 학생처럼, 여성들간의 아름다운 우정은 여성들의 험난한 삶의 여정에 더할 나위 없는 힘과 용기를 주어 온 것이다.

최근 이야기 여성사라 해서 여성들의 한 평생을 구술하여 실은 글을 종종 볼 수 있었다. 그 중 동서지간의 아름다운 정을 감동적으로 읽은 적이 있다. 이런 글들에서 우리는 여성들이 얼마나 서로 사랑하고 의지하면서 그 힘으로 험한 세월을 살아 이겨왔는지를 보게 된다. 남성이 끼지 않은 여성들간의 아름다운 우정, 이런 이야기를 우선 발굴해야 하겠다. 성경 속의 나오미와 룻과 같은 이야기를 많이 읽을 수 있었으면 한다. 이전의 기록에서 여자의 우정을 찾기 어려운 것은 기록되지 못해서일 것이다. 기록을 담당한 주체가 남성이었으므로 타자인 여성의 내면이 긍정적으로 그려질 기회가 없었던 것이다.

여자의 우정, 그 아름다운 이야기를 발굴하고 써내서 여성 스스로 열등의식에 잠기는 일이 없도록 하자. 여성문화는 그처럼 달의 반대쪽처럼 가리워 있는 것이다. 여자의 우정, 이것을 자매애(sisterhood) 라 부른다. 여성의 본성을 찾고 길러 여성도 자신 있게 사람다운 삶을 가꾸게 해야겠다.

세상에서 제일 어려운 일

사람에게 어려운 일이란 병이라든가 죽음이라든가 이별이라든가 가난이라든가 실패라든가 헬 수 없이 많다. 그러나 세상에서 제일 어려운 일은 누군가의 마음의 문을 여는 일이라고 한다. 마음의 문을 여는 일…진짜 이건 어려운 일이다. 이 마음의 문을 여는 일만은 못하지만 또 그 성격이 다르지만 일 자체에만 국한해본다면 나는 부엌일이야말로 세상에서 가장 어렵고 힘드는 일이라고 말하고 싶다.

내가 해 본 일이 그렇게 많다고 할 수 있는 것은 아니다. 주간신문 편집자로서의 직장생활, 어렵다는 문과 석 박사과정을 거쳐 대학 강사로서의 학자생활, 그리고 주부노릇을 해본 것이 모두이기는 하지만 그 중에서 주부노릇이 제일 어렵고 또 그 중에서도 부엌일이 무엇보다도 힘들고 어렵다고 생각하고 있다.

내가 주부노릇을 하기 전에는 주간신문의 편집자 노릇이 세상에서 가장 어렵다고 생각하였다. 기획에서 청탁, 취재, 편집에 이르기까지 거의 전과정을 도맡다시피 하는 것도 쉽지 않지만 무엇보다 힘드

는 것은 조판하는 일이다. 깨알같은 활자의 크고 작은 것을 빈틈없이
짜 맞추는 일에서부터 글자 수 맞춰 제목을 뽑는다든지 빈칸이 남으
면 메우고, 넘치면 잘라내는 일에 이르기까지 무엇하나 쉬운 일이 없
는데다가 이것은 또 언제나 시간을 다투는 일이라 고개 들고 한번 주
위를 둘러 볼 짬도 없이 코앞에 다가드는 일에 매달려야 하는 것이
조판작업이다. 조판하러 가는 날은 그래서 전쟁을 치르는 것 같고 또
전 신경 줄을 바짝 당기어 긴장을 하게 되므로 신문 한번 발간할 때
마다 참 어렵다는 생각을 한다. 이는 요즘처럼 전자 출판을 하는 경
우도 마찬가지다. 주간지 편집장 생활 후, 월간지 편집 일을 한동안
하였는데 주간에 비하여 월간은 얼마나 마음에 여유를 가질 수 있던
지 천국 같은 느낌이 다 들던 것이다.

　논문 쓰기 역시 쉬운 일은 아니다. 책을 읽고 자료를 분석하고 가
설을 세우고 논증을 해 나가는 중에 죽을 것 같은 갈등과 고통을 느
끼기도 한다. 그러나 신문 조판처럼 사람을 잡치고 힘들게 하지는 않
는다. 도리어 논문 쓰는 일은 어려우면서도 은근히 귀족 취미와도 같
은 멋을 즐길 수도 있다.

　주부의 일 중에 밥상 차리기는 바로 신문 만들기와 흡사한 데가
있다. 구색을 맞춰 편집 기획 세우는 일은 메뉴를 짜는 일에 비할 만
하고 적절한 디자인과 사진 컷을 곁들인 편집은 상차림과 비슷하다.
부엌일의 신문 만들기와 비견되는 어려움은 이런 기획 영역보다 조판
과정이라고 할 부엌일에 있다. 나의 어머니는 이런 이야기를 자주 들
려 주셨다. "손이 어떤 집에서 점심을 먹게 되었는데 부엌에서는 무
슨 음식을 장만하는지 도마소리가 요란 하더란다. 게다가 오래 오래
밥상이 들어오지 않아 대단한 음식을 차리는가 부다 했는데 막상 상
을 받아 보니 젓갈 무침 한가지 뿐이더래. 그 젓갈이란 게 황석어 젓

무침이었는데 대가리를 다져서 무치노라고 도마소리가 그리 요란했던 것이여. 모름지기 상을 차릴 때는 도마소리를 내지 않도록 주의허고. 마늘도 칼등으로 가만가만 눌러 다져야 하는 거여. 또 별로 차리는 것도 없이 상을 늦디 늦게 내가는 것도 멍청한 에펜네 짓이고 손 빠르게 마련해서 번개같이 내 감서도 김치에 밑반찬에 맛깔스럽게 차려낼 줄 알아야 잘난 에펜네니라."

이 이야기 속에는 두 가지의 교훈이 담겨있다. 손님에게 쓸데없이 기대감을 갖게 하지 않을 조심성과 짧은 시간 안에 차려 내야 하는 시간제한이다.

가뜩이나 할 일이 많은데 시간까지 신경을 써야 하니 부엌에서 상차림을 하다 보면 숨이 턱에 닿을 만치 바쁘게 마련이 아닐 수 없다. 내 어머니는 우리가 밥그릇을 나르면 "아이구 밥그릇만 좀 갖다 먹어도 살겠다."를 신음처럼 내 뿜곤 했다. L 여교수는 숟가락 놓는 일 때문에 번번이 남편과 다투게 된다고 했다. 음식 준비에 한참을 바삐 돌다가 보면 숟가락 놓아주는 사람이 그처럼 아쉬운 거다. 그걸 L교수 남편은 이해하지 못하고 기껏 일 다하고서 고까짓 숟가락 하나 더 놓는 게 힘들어서 트집이냐고 해 다투게 된다는 것이다. 상을 차리다 보면 나는 이것은 꼭 신문 조판하기 같이 정신 빼는 일이로구나 하고 느끼는데 음식 한가지만 정성껏 만들어서 되는 일이 아닌 게 사람 먹고사는 일이다. 몇 가지 음식을 만들기 위해 다듬고 씻고 썰고 볶고 끓이고 간 맞추고 하는 일들을 동시 다발로 해내야 한다. 한 가지씩 처리하는 유형의 주부는 늘 실망을 안겨주는 상차림을 면할 수 없게 된다. 얼마나 집중력을 요하는 주부의 일들인가. 신문 조판하는 일과 과연 막상막하를 다투는 어려운 일이 아닐 수 없다. 게다가 곧 설거지가 되어 나오는 이런 일을 하루에도 두세 번씩 되풀이해야 하니 참으로 힘든 일이다.

　지난여름 강릉 선교장, 민가로서 남아있는 가장 크고 아름답다는 집에 들렀을 때, 나는 그 집의 열화당이며 활래정이며 선비의 삶이 멋있게 드러난 공간보다도 그 집 부엌과 광에 관심이 갔다. 나의 눈은 대청 선반 위에 주루룩 올려 있는 소반에 오래 머물었는데 그 많은 방에 들어갈 밥상 마련하는 장면은 상상만 해도 머리가 다 어지러웠다. 끝도 없이 되풀이되는 그 일을 해낸 주부여, 어멈이여, 부엌데기여.

　송강정은 높다란 언덕 위에 있다. 송강은 부엌이 없는 그 정자에서 시인 묵객들과 술상을 벌이곤 했다고 한다. 나는 음식을 준비하여, 이고 지고 그 많은 계단을 오르내렸을 아범과 어멈들을 생각하고 시정(詩情)이 그만 싹 가시었었다. 여성들의 그 숨찬 노동 속에 꽃 피워온 목숨들이, 그러나 여성들의 그 힘든 노역에 무관심했던 눈빛들이 몹시도 원망스러웠다. 실학자 반계 유형원도 십리가 넘는 길(?)을 서실까지 하루 세끼 꼬박 날라다 먹었다는 유홍준의 글을 읽고 그에 대한 존경의 염이 가시었다.

　얼마 전 여성의 가사노동이 월 72만원이라는 조사가 나왔다. 대졸 회사원의 초임에 해당하는 그 계산이나마 반만년 역사상 처음 있는 일이라 조상님들 기겁할 일이지만 평생을 그처럼 어려운 일을 해내고도 자기의 능력 급이 대졸 초임정도 밖에 안 돼도 그대로 받아들이는 우리 여성들의 겸손에도 문제가 있다. 내가 생각하기에 세상에서 가장 어려운 일이 부엌일인데도 말이다. 이건 뿌리 깊은 여성 폄시의 타성에 젖은 한국여성의 슬픈 자화상이 아닐까. 세계에서 가장 여성을 힘들게 하는 나라 중의 하나가 우리 나라라는 건 참 믿기 어려운 일이다.

반 지

    지난해, 갑자기 돌아가신 시어머님은 몇 개의 반지를 유물로 남겨 주셨다. 어머님의 장례를 치르고 난 후 아버님이 꽁꽁 싸서 맏이인 내게 전해주신 주머니 속에는 어머니가 쓰시던 시계며 목걸이, 팔찌와 함께 여러 개의 반지가 들어 있었다. 반지라고 해야 생신이나 회갑, 칠순 때에 자식들이 하나씩 해드린 것이 대부분인데 이상한 것은 어머님이 한번도 끼어 보시지 않았음이 분명한 금가락지가 세 쌍 섞여 있는 것이었다. 빨간 실로 한 쌍씩 묶여 있는 가락지를 들여다보다가 우리는 아하, 하고 알았다. 아홉이나 되는 자식들에게 한가지씩이라도 다 돌아가게 하시려고 가락지를 더 만들어 두신 것을. 어머니는 그런 분이었다.

    맏이인 내가 할 일은 어머님의 유언은 없었지만 아마도 이렇게 나누어주려고 하셨으리라 짚어 가면서 형제와 친척들에게 고루 나누어주는 것이었다. 그리고 나는 어머님이 내게 물려주시겠다고 늘 말씀하셨던 다이아 반지를 가졌다. 다이아 반지… 그러나 솔직히 말해서 나는 이 다이아 반지가 금가락지보다 낫다고 생각하지 않았다. 왜냐하면 그 반지는 바로 우리 자식들이 아버님 회갑 때 어머님께 해드린 것으로서 알이 작은 것도 작은 것이지만 흠이 있는 물건이라 실상 값어치는 별로 없는 것이었기 때문이다. 그럼에도 불구하고 어머님은 언제나 이 반지는 널 주마 하시며 이를 맏이에 대한 대접으로 치부하시는 것이었다. 그때마다 나는 그 반지가 조금도 욕심이 나지 않았음은 물론이다.

그러나 결국 그 반지는 내게 주어졌고 나는 손가락에 한번 끼어보고 그냥 넣어 두었다. 기념이지 뭐 그렇게 중얼거렸던것 같기도 하다. 사람의 마음이 어찌 그리 매정할까. 시어머님이 병원에서 하룻만에 돌아가시자 일흔 두 해를 사셨다고 해도 좀더 사실 수 있었는데 하며 안타까와 하고 슬퍼하는 중이었고 게다가 많은 형제의 맏며느리이고 보니 어머니의 각별한 사랑을 받은 터이라 가신 분을 진정 서러워하고 있었는데 남겨주신 유물에는 어이 그리도 관심이 없었던가? 이번에 우연히 꺼내어 손가락에 끼어보니 약간 크기는 해도 잘 맞을 뿐 아니라 반지가 퍽 예쁘게 세팅되어 있다는 사실을 알게 되었다. 작년에는 왜 몰랐을까? 값으로만 따져 하찮게 여기는 마음이라 눈여겨 보지 않은 탓임에 틀림없었다. 물건을 값으로만 따져 평가하는 버릇은 언제 생겼던가?

그러던 어느 날 무심히 반지를 들여다보다가 나는 깜짝 놀랐다. 어머니는 반지를 내게 주시기 위하여 이렇게 예쁘게 다시 꾸미셨는지도 모른다는 생각이 든 것이다. 그제야 나는 시어머님께 송구한 마음이 되면서 당신의 그 넓고 따뜻한 마음이 눈물겹게 전해져 오는 것이었다. 그것도 모르고…이 반지를 다시 꾸밀 제는 당신만을 위해서가 아니었던걸…내가 그 반지를 어딘지 시답잖아 하는 걸 아시고 좀더 예쁘게 만들어 주시려고 하셨던걸…… 어머니의 반지는 우리가 해드릴 때의 그대로가 아니었다. 칠순 때 어머님은 그 반지를 다시 꾸미겠다고 하셨고 우리는 그 대단치도 않은 작은 알맹이가 더 자잘한 돌들 속에 새롭게 들어앉은 것을 보았다. 말하자면 요즘 유행하는 스타일로 다시 꾸미신 것이다. 그러나 그렇게 새로 반지를 만든 것은 어머니만을 위한 것이 아니었다. 금가락지를 더 사서 마련해 놓듯이 좀더 번듯한 것을 물려주려고 하셨던 것이다. 나는 본래대로가 아니라 몇 개의 돌들을 보태 아름답게 꾸민 반지를 분명 부끄러워해야 할 일이었다.

어머님은 본래 꾸밀 줄을 모르시는 분이었다. 나는 그런 시어머니를 답답하게 생각하였다. 여학교까지 나오신 분이 우직하시기가 촌부와 다름이 없었다. 겉멋이 든 며느리의 눈으로 뵙기에는 이해하기 어려운 점이 적지 않았다. 그 시어머니와 나는 이십 육 년간 동반자 관계를 가졌는데 결론부터 말하면 나는 우직하신 시어머님께 완전히 손을 들고 그 분을 존경하지 않을 수 없게 되고 말았다. 그 분의 아름다운 덕을 어떻게 다 설명해 낼 수 있을까? 나는 어쩌면 어머님의 이야기를 책으로 엮게 되는지도 모른다.

내가 어머님의 인품 중에 감동한 것 중의 하나가 소박함이다. 반지 이야기에서도 이미 짐작할 수 있듯이 당신은 자식들이 해 드린 것이면 당신 마음에 들고 안 들고가 없었다. 다이아라는 게 감정을 거쳐 보증서가 붙어야 좋은 것이라는 걸 당신도 다 아시면서 도 우리가 감정서도 붙지 않은 것을 친척에게 알음으로 사서 해드린 그것을 조금도 불평 없이 끼고 다니셨다. 옷이건, 음식이건, 약이건, 무엇이든지 자식이 드리는 것이면 고맙게 받고 옷이면 해어질 때까지, 음식이면 쓰건 달건 그야말로 '오구감탕'으로 입으시고 드시는 것이었다. 이렇게 무심한 듯 까다롭지 않으신 어머님을 나는 처음에 어머님이 모르셔서 그런 줄 알았다. 그러나 어머님은 알건 다 알고 계셨고 단지 그런 것은 중요한 것이 아니라는 것을 우리에게 보여주고 있었을 뿐이었다.

나는 한동안 소위 인테리어에 관심이 많은 이들이 그러듯이 뭐든지 세트로 맞추기를 즐겨 하였다. 색깔도 디자인도 뭐든지 코 오디네이트가 되어야만 하였다. 그러기 위해서는 누구나 그렇듯이 버리는 일에 과감해야 하였다. 어울리지 않는 가구나 그릇이나 그 무엇도 잘 버리지 않으면 그것은 살림 잘못하는 여자가 되는 판이라 나도 마구 버리려고 노력해 마지 않았다. ─그럼에도 안버린다고 시뉘에게 노상 핀잔을 들었지만─ 그런 내 눈에 제사나 명절이면 모두 나오는 어머니의 그릇은 한마디로 한심하였다. 접시고 그릇이고 세트는 커녕 온통 다르게 생긴 그릇이 크기도 각각으로 내놓아지는 것이었다. 다 버리고 바꾸세요, 말씀 드려도 바꾸실 분이 아니었기 때문에 나는 이 무질서한 그릇을 사용하면서 늘 마뜩찮아 하였다.

그러나 내가 철이 난 것일까, 어느새 어머니의 이 그릇들이 그렇게도 정겹게 느껴지기 시작하는 것이었다. 몇 대 위 살림일시 분명한 투박한 모양새의 그릇으로부터 일제 시대의 보시기며 투박한 사기 접시며 심지어 어느 회사에선가 창사 기념으로 나누어준 것까지 어머니의 역사가 그대로 배어 있는 가지가지의 그릇은 나의 서투른 세련을 조용히 나무라는 것이었다. 세트로 맞추는 일이 뭐가 중요하단 말이냐고, 색깔이나 크기가 안 맞으면 어떠냐고, 어떻게 건네어져 왔건 어머니의 손에 들어온 것은 이처럼 모두 똑같이 소중히 쓰임을 받는 것이 얼마나 아름다운 일이냐고 그것은 마치 당신의 자식에 대한 믿음과도 같은 아름다운 사랑이 아니냐고… 그때 나는 이미 어머님을 존경하고 있었던 것이다.

맏며느리에게 물려주게 될 것이 분명한 반지이기에 예쁘게 다시 꾸밀망정 알을 좋은 것으로 바꾸자고 한번도 말씀한 적이 없는 어머니…아마도 당신은 그 알을 바꾸어 볼까 생각조차 해본 적이 없으실 것이다. 자식들이 사준 반지는 더 이상 좋은 것이 없을 것이 분명하기에….

어머니는 이 세상에서 가장 좋은 것을 맏며느리에게 물려주신 것이다. 자식에 대한 절대적인 믿음과 사랑의 반지를. 나는 그것을 모르고 그 돌의 시장 가격만 따지고 있었으니 어찌 부끄러운 일이 아니랴. 이런 깨달음을 주시려고 반지가 자꾸 예쁘게 보여졌던가? 늦게나마 깨닫게 되어 다행스럽기 그지없다.

빵을 사고 싶을 때는 동전을,
가구를 사고 싶을 때는 은전을,
토지를 사고 싶을 때는 금전을,
그러나 사랑을 얻고자 할 때는 자신을 지불할 것.

어머니의 손을 놓고 돌아 설 때에

"엄마, 나야." "워매, 우리 딸인가." 전화를 받는 어머니의 목소리가 반가움에 넘친다. 어머니에게 좋지 않은 일이라도 있을 듯한 꿈을 꾸어서 전화를 드려보았는데 다행히 어머니의 목소리는 기운차다. 어찌 보면 더 젊어지신 것 같다. 그렇다. 치매 증상이 시작되면서 어머니는 더 명랑해지신 것이 사실이다. 단순해지셨다고 할까, 어린아이와도 같이 천진난만해지셨다고 할까. 아니다, 어머니의 목소리가 이처럼 활기를 띠게 된 것은 전혀 지난번의 데이트 때문이다, 생각하고 보니 정말 그런 것 같다. 어머니의 목소리는 바로 그날 밤의 그 목소리가 아닌가.

어머니의 기억력에 문제가 생긴 것 같다고 느껴진 것은 2년쯤 전부터이었다. 외롭다고, 전화로 말을 하니 살 것 같다던 어머니… 어쩌다 들러 같이 자면서 오순도순 이야기를 하노라면 어머니는 또, 너하고 말을 하니 살 것 같다고 좋아하시곤 했다. 아버지가 돌아가시고 홀로 되신 것이 쉰 아홉이었으니 그로부터 이십 년을 고향 목포에서 외롭게 살아오셨다. 효자 큰아들 며느리가 곁에서 잘 모시니 걱정 없다고 무심하였는데 어머니로서는 그토록 말동무가 그리우셨던가 보다. 고향으로(취직해) 내려오면서 새로 발견하게 된 어머니의 면모다.

어렸을 때 어머니는 걸핏하면 우리 오 남매를 모아놓고 이야기를 하였다. 대체로 우리에게 한차례 매타작을 하신 뒤였다. 우리를 가르치기 위해서 시작한 말씀이 오래 되다 보면 이야기판처럼 되기도 하였다. 그러나 진짜 이야기꾼은 아버지였는데 그런 중에 아버지가 이야기를 시작하면 이야기판은 알짜배기로 흥겨워지곤 하였다. 언제나 이야기가 그치지 않는 집, 요샛말로 대화가 그치지 않는 집이 우리 집이었다. 어린 날 우리 집은 정말 매일같이 얼굴 마주하고 이야기하고 또 하며 살았다. 나는 저녁이면 어느 집이나 온 가족이 둘러앉아 함께 이야기를 나누고 사는 줄 알았다. 집집마다 사는 방법이 다를 수 있다는 것을 안 것은 아주 나중의 일이었다. 집안일, 아버지 사업, 친척들 일, 옛날 이야기 등 등. 텔레비전도 없던 시절이니 그 대화는 아무런 방해를 받지 않았으며 우리는 참 오순도순 정답게도 지냈었다.

그러던 우리 집에서 자식들이 성장하여 하나 둘씩 떠나고, 아버지마저 세상을 뜨시고 보니, 어머니는 어느 결에 말상대가 없어지고 말았던 것이다. 자식들은 서울로 미국으로 가서 제 짝들하고 이야기하고 지나느라고 외로운 것이 무언지 모르고 지났다. 유독 가족간의 대화가 잘 이루어지던 우리 집이고 보니 어머니는 뼈 속 깊이 외로움을 타야 하셨고, 그 정도는 날이 갈수록 더 해 갔을 것이었다. 그러고는 그 증상이 나타나기 시작하였었다. 기억의 순서가 잘못되기 시작하던 것이다. 더러는 말이 조리가 없이 이어지기도 하였다. 그런 어머니를 제일 먼저 발견한 것이 무던히도 바쁜 딸이라는 것은 이상한 일이다.

어머니가 이상해요, 외로움 탓이에요, 말했으나 형제들은 아무렇지도 않은데 공연한 얘기다, 하고 나를 나무랐다. 그러나 올 들어 어머니의 증상은 뚜렷이 나타나기 시작하였다. 최근의 일을 까맣게 잊어버리고 옛날 일만 또렷이 기억하는 것이다. 바로 며칠전 본 나를 오랜만이다, 몇 년만에 보는 것 같다, 하시는 것이다. 나는 어머니의 이런 증세가 자식들의 무심함 때문이라는 생각, 어머니를 너무 외롭게 방치한 불효 때문이라고 생각하지 않을 수 없었다.

그런 중에 모시고 있는 올케가 몸이 불편하기도 하고 해서, 내가 서울에 가면서 잠시 '모시고' 다녀오기로 했다. 밤길을 운전하며 가야 했던 지난 9월의 어느 날이었다. 캄캄한 어둠 속을 달리면서 어머니와 나는 모처럼 정다운 얘기를 나누었다. 공부한답시고 어머니와 함께 정담 한 번 제대로 나누어보지 못한 딸이다. 어머니에게서 전화가 와도 바쁘다면서 제대로 받지 않았던 나, 논문 쓸 일이 급하다고 '집에 오지 마세요.'를 겁도 없이 이 십여 년 해 온 나, 논문이란 써도, 써도 끝도 없는 것을 왜 그리도 나는 매정했던가.

서울 가는 길 대 여섯 시간은 어머니와 정담을 나누기에 참 좋았다. 주변은 고즈넉하지, 떠들어도 나무랄 사람 없지, 보안 잘 되지… 옛날얘기를 일부러 끄집어 내면 어머니는 어떻게 그것을 다 기억하느냐고 반색을 하였다. 어머니에게 정다운 이름들과 그들과의 이야기를 일깨우며 가노라니 어머니는 진정 행복해 하시는 것이었다. 우리의 이야기 속에서 아버지도 고모도 삼촌도 새꿀아짐도 대문안 주인도 생생하게 살아났다. 어머니의 가장 행복했던 젊은 날이 가깝게 아주 가깝게 다가온 것이다. 어머니의 목소리가 생기를 띠어갔다. 나는 어머니에게 노래를 부르자고 제안을 하였다. 어머니는 그러자, 하면서도 선뜻 무슨 노래를 부를지 몰라 하시기에 '황성옛터'를 필두로 '목포의 눈물'을 선창해 보였더니 따라 부르기 시작한다. 이 때로부터 어머니의 노래방은 풍요로워지기 시작하였다. '춘향아 내가 왔다 너를 보러 내가 왔다' 로 해서 어려서 들은 대로 어머니가 부르시던 노래를 시작만 해 놓으면 뒷마무리는 어머니가 책임을 지신다. 나중에는 어머니가 먼저 노래를 생각해내기 시작하였다. 일제 뽕짝까지 나온다. 그 목소리는 17세 소녀 그것이었다. 아, 어머니는 대단히 즐거우시구나…최근의 일들만 기억을 못하실 뿐, 젊은 날의 기억은 완벽하였다.

그날 부른 노래 중에서 나를 가슴 찡하게 한 노래는 "어머니의 손을 놓고 돌아설 때에/ 부엉새도 울었다 네 나도 울었소/ 가랑잎이 휘날리는 산마루턱을/ 넘어 오던 그날 밤이 그리움고나." 였다. 어머니는 아무 거리낌없이 부르시는 것 같았지만 나는 아무래도 나중에 어머니의 손을 놓고 돌아설 때에 어머니와 함께 노래 부르며 산마루턱을 넘던 이 날 밤을 너무나 그리워하고 말 것 같아 목이 메었다. 요즘도 나는 종 종 이 노래를 혼자서 불러 보다가 목이 메이곤 한다.

어쨌든, 나의 착각인지는 모르나 그 후부터 어머니가 훨씬 명랑해진 것을 느낀다. 나는 다시 학교(무안)로 내려오면서 어머니를 모시고 내려왔고, 이 때, 다시 노래방을 차렸음은 물론이다. 올케가 외출해 혼자서 심심할 것 같아 전화에 대고 "엄마, 심심하면 노래 불러 응?" 하는 내 말에 어머니는 젊음이 느껴지는 싱싱한 목소리로 "뭔 노래 부르끄나?" 하면서도 마냥 즐거워하신다. 마음을 비운 목소리요, 잡념이 섞이지 않은 목소리요, 감사가 넘치는 목소리다. 노래를 부르고 안 부르고 가 문제가 아니라 어머니의 행복한 시절을 생생하게 되살렸던 그 날밤의 정서로 어머니를 이끌고자 하는 나의 의도다. 그 날밤의 즐거운 데이트 때문만은 아니겠지만 어머니의 요즘 목소리는 확실히 명랑해지셨다. 하긴 치매에 걸리면 옆 사람은 불편해도 본인은 대단히 행복한 시간을 보낸다고 하지 않던가. 나는 어머니의 치매 증세에 감사해야 할 것인지, 어머니와 나의 노래방에 감사를 해야 할 것인지 알 수 없는 채로, 우선 어머니가 외로움을 타시지 않아 다행한 마음이다. 하지만 너무 늦기 전에 어머니를 모시고 치매 치료원에 가야겠다. (1997.10.29.)

남성의 시간

　전한(前漢)의 동중서(董仲舒)가 공부하느라 3년을 자신의 뜰에 내려서지 않았다는 기록을 읽고 너무나 부러워했던 적이 있다. 뜰에 내려서지 않았다는 것은 공부 이외에는 아무 일도 하지 않았다, 또는 하지 않을 수 있다는 뜻이다. 나는 동중서가 그렇게 열심히 공부를 했다는데 대해서 우선 감동을 했지만 그보다도 그렇게 할 수 있었던 그의 처지가 더욱 부러웠다. 공부하는 여성들은 종종 '우리도 마누라가 있었으면 좋겠다' 라고 불평 아닌 불평을 해 본다. 공부를 하는 남편을 위해 커피도 끓여오고 토스트도 구워오고 어디 그 뿐인가, 입을 것, 먹을 것 신을 것 챙겨주며 집안 일에 행여 신경 쓸까 세심히 보살펴 주는 그런 마누라가 있다면 좀 더 많은 연구를 해낼 수 있을 텐데 생각해 보는 것이다. 그럴 때 나는 남성들의 술 마시는 시간을 계산에 넣어보기도 했는데 술을 마시면 오히려 글이 잘 씌어진다는 이야기를 듣고는 낙심(?)한 적이 있었다.

남성과 내기를 하는 것은 아니지만 남녀평등이라는 이 시대에 여성이라는 이유로 해서 뒤떨어진다는 말을 듣고 싶지 않으나 일상에서 여성의 발목을 잡는 일이 하도 많다보니 남성들의 이러한 시간 낭비가 내심 다행이다 싶었던 것이었다. 술 마실 건 마셔가며 좋은 업적을 많이 내는 남성학자들을 보면서 부러움에 목이 잠길 지경이니 공부에 한해서는 욕심 깨나 있는 편인 모양이다.

　　나는 밥 먹고 하는 일의 무서움을 많이 보고 느껴 온다. 직업이라는 것이 바로 그런 것이다. 매일 출근을 한다, 밥 먹고 매일 자기의 일(직업)만 한다, 그 일은 엄청난 결과로 이어지기 마련이다. 즉 전문인인 것이다. 그런 반면에 여성의 경우 자칫 직업이 부업이 될 수가 있다. 살림, 가정 지킴이, 나아가서 집안 지킴이…끊임없이 크고 작은 일이 여성을 붙든다. 잠시 공부를 쉬라고 요청한다. 후배 김 박사는 요즘 노 시어머니의 간병에 몸살이 났다. 치매에 걸린 일흔 아홉의 시어머니 대 소변을 받아내고 세끼 식사를 떠 먹여드려야 한다. 돌아가면서 맡는 연구모임의 회장자리도 내놓고 몸이 지탱하기 힘들 정도로 지쳐 있는 그녀는 당분간 논문을 못 쓸 것이다.

도구를 만드는 여자

지금도 가끔 생각하는 일이다. 중학교 때인데 방과 후 교정에 있다 보면 사진을 찍는 경우가 생긴다. 친구들이 사진 찍자고 나를 부르면 나는 안 찍겠다고 했다. 어머니에게 사진 값을 받아낼 자신이 없었던 것이다. 어느 땐가는 사진을 가지고 와서 보여 주는데 사진 찍는 아이들 배경에 화단에 앉아 있는 내 모습이 있었다.

용돈이란 생각도 할 수 없는 시절이었다. 당당하게 용돈을 청구하고 자시고 할 여유가 없이 그저 학교에 다니는 게 죄송한 그런 시절이었다. 그러다 보니 응용력이 생겨서 뭐든지 부모에게 조르기보다 직접 해결하러 들었다. 있는 것을 가지고 해결해 보는, 그게 발전해서 오빠랑 나는 심지어 책꽂이도 만들고 사다리도 만들었다. 생나무 판자를 톱으로 켜서 만든 책꽂이는 나중에 중간이 휘어서 책이 자꾸만 쓰러졌지만 사다리는 꽤 오래 썼다. 이웃집에 빌려주기까지 하면서. 그런 눈으로 보아서인지 남성들의 세계는 기이하기조차 하였다. 필요하면 무엇이든지 도구로 만들어져 나왔다. 그 많은 스포츠 용구를 보라! 운동장을 보라! 건물을 보라! 하다못해 길을 보라! 인간을 도구를 만드는 존재(homo faber)라고 하였지만 그것은 바로 남자의 세계에 해당하는 말이었던가 하였다.

여성들의 도구란 기껏해야 부엌 살림이 좀 늘어나는 정도이다. 여성들의 세계는 사적인 것이라서 용돈을 타지 못한 내가 오빠랑 책꽂이를 만들 듯이 있는 것으로 '적당히' 해결하고 사는 것이 당연하였다. 수 천년 한결 같았던 우리의 부엌을 생각할 때면 나는 울화통이 터지려고 한다. 여성들의 고생을 얼마나 당연하게 여겼으면 수 천년 동안 도구나 구조가 조금도 바뀌지 않았을까?

바로 그것처럼 여성에 관한 법률을 제정할 때마다 사람들은 이상하다고 말한다. "지금까지 살던 대로 그냥 살지 덜, 왜들 그리 시끄럽게 굴고 날리란디야." 지금까지 여성들은 용돈이 없을 때 그냥 저냥 꾸려가던 나의 궁상스런 어린 날처럼 그렇게 불편을 참고 살아왔다. 그렇게 구겨 박혀 살면서도 말이 없었다. 그것을 부덕이라고 한다.

여성을 위한 법률을 제정할 때 이를 여성을 위한 법률이라고 생각해선 안 된다. 사람의 범위에, 지금까지 생각했던 사람과 제도의 범위에 우리의 사랑하는 누이와 딸을 집어 넣어주자는 것이다. 그들의 고통을 정시하고 그 고통을 같이 나누자는 것이다.

여성의 호칭

저는 대학 졸업과 동시에 모교인 대학에 취직이 되었습니다. 그러자 여자 교직원 선배님들이 이제 학생이 아니니 '서선생'이라고 부르도록 동료들에게 엄명을 내려 주셨습니다. 그러자 저는 학생에서 어른으로 빠르게 의식 전환이 되었던 것을 기억합니다. 후일 잡지사에서 잠시 일하게 되었는데 결혼한 저를 미스 서라고 부르는 사람이 있더군요. 결혼한 여성을 미스로 호칭한다면 듣는 이는 이를 고맙게 느끼기 보다 모욕감을 느낄 것입니다. 요즘은 김양 민양, 또는 '박양아' '문양아' 이렇게 부르더군요. 남성의 경우에는 결혼을 한 뒤라면 '이제 어른이 되었으니까'라면서 호칭에 각별히 신경을 써 줍니다. 그러나 여성에게는 결혼 후 '어른이 된 여성'의 호칭으로 불러주는데 인색한 경우를 많이 봅니다.

전세계에서 우리 나라처럼 친인척간의 호칭을 체계적으로 자세하게 정리해서 불러주는 나라는 없습니다. 그만큼 호칭을 중요하게 여기는 문화를 가지고 있지요. '그가 나를 불러 주었을 때 나는 그에게로 가서 꽃이 되었다'는 김춘수 시인의 시처럼 인간 관계에서 호칭은 꽃이 될 수도 있고 안될 수도 있는 중요한 문제입니다. 남녀평등으로 가기 위해서는 호칭부터 바르게 해야 하겠습니다. 아내를 부를 때 '어이' 하기보다 '○○엄마' '여보'로, '김양아'보다 '김 아무개씨' 이렇게 남성들과 다르지 않은 호칭으로 부른다면 보다 아름다운 사회가 될 것입니다.

상냥한 서양여자 '진'

　진은 아름답고 상냥한 여성이다. 영어 회화 강의를 어떻게 했는지, 학생들로부터 좋은 선생님이라는 이야기를 여러 번 들었다. 진은 남편과 함께 우리 대학에 부임하였는데 두 부부가 학교에 나란히 오가는 모습은 보기 좋았다. 낯선 곳이지만 부부가 함께 왔으니 행복하였을 것이다. 게다가 그들은 신혼이었다.

　나는 이들을 우리 집에서 하루 묵게 한 적이 있었는데 아내로서 진은 갈데 없는 현모양처 스타일 그것이었다. 우리는 저녁식사를 같이 하였고 짧은 영어이지만 대화를 하면서 즐겁게 지냈다. 남편인 매튜는 말이 없는 편이었고 진은 역시 상냥하게 우리의 가벼운 질문에 미소와 함께 대답을 하였다. 그들과 함께 한 시간은 짧았고 그들은 우리 집에서 잘(?)쉬고 아침에 떠나갔다. (그때 그들의 늦잠을 방해하지 않으려고 내가 먼저 나가면서 식사하라는 쪽지만 남겼던 기억이 있다) 그러나 그 짧은 시간에 나는 하나의 잊을 수 없는 충격을 경험한다.

그것은 진의 그 상냥한 태도이었다. 우리는 상냥한 여성을 좋아한다. 그러나, 그러나 말이다. 진이 그의 남편에게 '지나치게' 상냥하게 구는 모습을 보는 것은 내게는 하나의 '놀라움'으로 다가왔다. 매튜는 그 이름으로 미루어 아마도 유태계인 것 같은데 진은 마치 한국 여인이라도 되는 것처럼 남편에게 순종하였고 극진히 대하였다. 반면에 남편인 매튜는 적당히 거만하고 적당히 게으르게 그 '대접'을 받는 것이 아닌가? 이 부부가 요즘 젊은 부부라는 게 맞아? 나는 속으로 생각하였다.

남편에게 상냥하고 순종적인 진의 모습이 나에게 갈등으로 다가온 것은 왜였을까? '서양사람', '서양여성'은 우리와는 다를 것이라는 고정관념 때문이었을까? 남성중심의 사회는 양의 동서를 가릴 것이 없다는 것을 책을 통해서 알 만치 알고 있었건만 진이 온 몸으로 이를 보여줄 때 나는 충격으로 이를 받아들였던 것이다.

우리는 학교에서 대한민국은 남녀평등한 나라라고 배우고(배웠다고 생각하고) 자란다. 그런데 우리도 진처럼 남녀 불평등을 온 몸으로 체현하고 산다. 그것을 아주 당연하게 느끼고 자연스럽다고 생각한다. 딸아이가 이제부터 자기는 아빠 성과 엄마의 성을 함께 쓰겠노라고 자신의 홈페이지에 선언하였을 때 솔직히 말해 나는 매우 기뻤다. 그러나 또 한편으로는 난감하였다. 여자는 후계자 없이 당대에서 끝나는 것이라고 생각해 오다가 딸아이가 제 이름 앞에 나의 성을 떠억 붙여 놓으니, 순간 기쁨 같은 것이 차 오르는 것이 아닌가? 그러나 한편 그 다음 네 딸은 성을 어떻게 붙일 거냐, 자기가 선택하는 거 라지만 그거 복잡해지는 거다 나는 이렇게 난감해 하는 것이었다.

딸아이의 말처럼 성에다가 지나치게 의미 부여를 하지 말아야 할 터인데 부계 중심사회에 길들여진 나의 머리는 내 성을 이어받아 간

다고 좋아하고 부계 사회의 질서가 깨지는 것을 난감해 한다. 내 안
에 쌓이고 쌓인 가부장 중심의 사고는 어떻게 씻어낼 것인가. 난감하
고도 난감 하도다.

만나고 싶은 사람

불어로 들입다 싸우는 교수를 보고 부럽다고 생각한 적이 있다. 파란 눈의 프랑스 여성(불어 원어 민 교수)과 한국여성인 불문과 교수가 '대화'가 아니라 '싸우는' 풍경은 그리 흔히 볼 수 있는 장면이 아니다. 내가 흥미 있어 했던 것은 사람이면 구경하기 좋아한다는 싸움이 벌어졌기 때문이 아니라 배우기 어려운 불어를 싸울 수 있을 정도로 잘 구사하는 불문과 교수의 실력이 부러워서였던 것은 두말할 것이 없다. 이런 '훌륭한 여성'은 그러나 그렇게 보기 드문 게 아니다. 잘난 여자는 적지 않다. 그러나 못났으되 잘난 여자를 만날 때 나는 경외감을 갖는다.

오늘은 9일장 장날이다. 버스에서 시골 촌부들이 우르르 내린다. 팔 것을 안고 있기도 하고 장 볼 바구니(가방)를 들고 내리기도 한다. 나는 이 여성들의 표정을 보기가 두렵다. 대 부분 그들의 표정은 무표정 그것이기 때문이다. 어떻게 하루하루를 보내면 저런 표정이 되는 것일까? 아무도 관심을 가져주지 않거나, 아무도 말을 걸어주지 않으면 저런 표정이 되는 것이 아닐까? 잠들어 있는 얼굴 그대로 장에까지 나온 것 같다. 나는 이런 굳어버린 표정의 아주머니를 볼 때마다 '그 여성'을 떠올린다.

언젠가 지방신문에 보도된 여성, 무슨 봉사 상인가를 타고 기자의 질문에 대답한 것이 실려 있었다. 분홍색 한복을 곱게 차려 입었으나 이는 상타러 나오느라고 성장을 한 것. 그 여성은 50이 넘어, 혼자 사는 노인, 혼자서도 살 수 없는 할머니들을 데려다가 먹이고 재워주는 일을 하고 있다고 했다. 집도 없어서 헛간에서 비닐로 가리고 의탁할 데 없는 노인을 돌보아 오다 보니 노인들의 숫자도 늘어가고 혼자 손에 벌어다 먹이는 일도 점점 어려워졌다, 그러나 그 일을 장하게 치러 낸 여성 그는 너무나 '평범한' 여성이었다. 나는 이 여성이 만나고 싶다. 그 어떤 훌륭한 여성보다도

"내가 바보니께 바보들하고 사는 것이제라우. 나한테는 이 일이 합당하다고 생각허요." 이 한마디 말속에는 참으로 얽히고 설킨 삶의 고뇌와 신산과 그리고 그를 극복하고 일어선 자랑스러운 여성의 아름다운 모습이 담겨 있다. 극복하고 일어서지 않으면 굳어버린 표정 속에 갇혀 버린다. 장날에 만나는 여성들에게 이 여성을 보라고 말하고 싶다.

신사임당의 가지

강릉에 가게 되어 오죽헌엘 들렀다. 대학 3년 때 왔었으니, 30년 만의 방문이다. 오죽헌을 방문하는 마음이 예전과 같지 않았다. 특히 사임당 신씨를 유심히 보게 되었다. 전에는 누구나 마음만 먹으면 율곡 같은 아들을 낳지는 못하더라도 사임당 신씨 같은 여성은 될 수 있지 않을까 생각했었다. 그러나 지금은 그렇게 생각되지 않는다. 마음을 먹어도 하기 어려운 훌륭한 여자가 되는 일, 사임당 신씨 같은 여자가 되는 일은 정말 어려운 일이다. 신사임당 상을 받는 분들을 종종 뉴스를 통해서 보게 된다. 신사임당 상을 받는 여성을 뽑는 기준이 어떤 것인지 잘 알지는 못해도 전통적 여성상에 가까운, 그러면서도 예술 등 자신의 재능 개발에도 노력을 보인 그런 여성이 뽑힌 것으로 생각되었다. 말하자면 우리는 사임당 신씨에 대하여 대체로 전통적 여성상의 대표적 존재로 보아왔기에 전통적 여성상에 가까운 여성에게 상을 주었으리라고 막연히 생각해 온 것이다. 그러나 사임당 신씨에 대해 조금만 관심을 기울여보면 그가 전통적 여성과는 거리가 먼 삶을 살았다는 것을 알게 된다. 오늘날의 여성도 누리기 어려운, 남성의 지배로부터 자유로운 삶을 산 사임당 신씨. 그래서 오죽헌을 들러 그의 시를 읽고 그림을 보는 마음이 예전과 같을 수 없는 것이다.

나는 사임당이 그린 가지 그림을 보면서 그의 강릉에서의 생활을 상상해본다. 이 가지는 요즘의 가지와 똑같다. 아마 크기에서 좀 다를 것이다. 내가 어렸을 적 보았던 가지는 그리 크지 않았다. 이 그림 속의 가지도 자그마하다. 하나는 약간 뭉툭하고 또 하나는 끝이 약간 뾰족한, 그러나 가지의 미묘하게 흘러내린 선을 잘도 그렸다. 일찍이 남성화가도 이런 소재들을 그리긴 했지만 그는 가지를 그리기 위해 여성의 눈으로 가지를 더욱 찬찬히 관찰하였을 게다. 울밑이나 텃밭을 거니는 사임당의 모습이 보인다. 그는 가지를 보았고, 수박을 보았고, 맨드라미를 보았고 꽈리를 보았다. 모두 집안, 울밑의 정겨운 풀꽃과 열매들이다. 함께 그린 여치, 매미, 나비, 잠자리들.

관찰하고 그림으로 옮기기 위하여 그는 화선지를 펼치고 물감을 풀고 붓을 고르고 하였을 것이다. 여성에게 이런 시간과 공간이 주어지기가 어디 그리 쉬웠을까? 과문한 나는 우리 역사에서 신사임당 외의 여성화가가 있다는 이야기를 듣지 못했다. 그림 그리는 여성이 없었으리라고는 생각하지 않는다. 그림을 그린 사임당이 있기 때문이다. 그러나 사임당은 취미에서 그치지 않고 프로 수준에 도달하도록 배우고 노력하였다. 그런 성취의식을 어떻게 가질 수 있었을까. 글쓰기도 어려웠는데 하물며 그림 그리기란 여성에게 극히 기회가 주어지지 않는 일이 아니었겠는가.

여성이 자기의 일을 하는데 넘어야 할 산이 어디 한 두 개인가. 일곱 남매의 많은 아이를 낳고 또 넉넉하지 못하였다는 가정형편에 그 많은 가사를 어떻게 다 처리하고 자신의 시간을 내었는가? 예의와 법도에 철저하여 율곡을 비롯한 일곱 아이의 스승까지 되어 주면서 어떻게 자신의 그림 그리는 시간까지 낼 수 있었을까? 넉넉지 못하다고는 하지만 물론 부리는 사람이 있었을 것이다. 그뿐 아니라 남편과는 거의 늘 떨어져 살았다. 그러니 다른 여성들보다는 시간을 내기가 쉬웠을 것이다. 사임당은 친정에서 친정 어머니를 모시고 평생을 살았다. 요즘 여성들이 자기의 일을 가지려면 친정어머니와 시어머니의 도움을 받아야만 하는 현실을 생각해 볼 때 사임당은 자신의 미술세계에 몰두할 수 있는 알맞은 여건을 갖추었다고 하겠다.

그러나 이런 그의 그림 그리기는 한양에 있는 부군을 그리는 마음의 표현이었는지도 모른다. 딸 부자 집의 둘째딸 사임당은 아들 대신 친정 부모를 모시고 살았다. 그런데 그 어머니 이씨도 친정살이를 했다. 그러니까 오죽헌은 사임당 신씨의 생가이자 율곡의 생가가 되는 것이다. 사 백 리 길이라는 한양에서 강릉까지 일년에 한 두 번 아내를 만나러, 오고 가는 2대의 사위들 모습은 오늘날 얼른 이해하기 어렵다. 때는 조선조 전기, 이때만 해도 고구려 시대의 데릴 사위제도의 뿌리가 남았던 것일까? 어느덧 우리의 의식에는 데릴사위의 관습이 까맣게 사라져 이 두 남성의 처가 왕래가 신기하게만 느껴진다. 더구나 그 시어머니들은 며느리를 그처럼 멀리 두는 것을 어찌 용납하였을까? 시집살이시키기로 유명한 조선조에. 사임당의 친정 집은 그래서 여성들의 세계이었을 것을 생각한다. 우선 여성의 숫자가 단연 많았고 여성의 손으로 가계가 꾸려졌다. 여성이 중심이 되는 가정이었으니 여성이 자신의 세계를 펼쳐 나가는데 그만큼 거칠 것이 없었을 것이다. 사임당은 시에도 능하였다. 사임당의 본가에는 사임당의 시가 걸려 있었다.

산이 겹친 내 고향 천리이건만
자나깨나 꿈속에도 돌아 가고파
한송정 가에는 외로이 뜬 달
경포대 앞에는 한줄기 바람
갈매기는 모래위로 흩어졌다 모이고
고깃배들은 바다 위로 오고 가리니
언제나 고향 길 다시 밟아가
색동옷 입고 바느질할꼬.

千里家山萬疊峰 歸心長在夢魂中
寒松亭畔孤輪月 鏡浦臺前一陣風
砂上白鷗恒聚山 海門漁艇任西東
何時重踏臨瀛路 更着班衣膝下縫

　내가 이 시를 처음 읽은 것이 아니다. 그러나 오죽헌에서 읽는 맛
은 전혀 다른 것이었다. 애틋할 정도로 사임당의 시정이 절실하게 가
슴에 와 닿았다. 그의 시에 나타난 이미저리는 고향, 경포대, 달, 바다,
그리고 바느질을 중심으로 펼쳐지고 있다. 그의 심상의 바탕을 그대
로 드러내 주는 시라고 할 수 있겠다. 오죽헌이 있는 강릉은 바다와
호수와 갈매기가 있고 그리고 바느질하는 여인의 삶이 있었다. 바느
질만 하는 여인의 삶이 아니라 고깃배가 오가는 바다도 볼 수 있었던
그의 삶은 진실로 복되었다고 하겠다. 그림을 그리고 시를 지을 수
있었던 그 뿐 아니라 폭 넓은 독서를 할 수 있었던 그 그는 담 안에
갇혀서 오직 부공에 매어 살던 그런 여성이 아니었다. 울밑의 다정한
초화와 더불은 여인의 삶이 있었는가 하면 그가 그렸던 산수화만큼

넓은 세계를 접하고 시야를 넓힐 수도 있었던 것이다. 곧 시댁인 한양과 친정인 강릉을 오갈 수 있었던 그의 행운이다. 시댁 한양에서 산 것은 약 12년, 48세의 향년 중 36년을 친정에서 살았는데 길지 않은 시집살이도 강릉과 친정을 오가는 생활이었다. 대관령을 넘어 사백 리 길은 멀기도 하였겠지만 새로운 세계 한양을 가 볼 수 있었고 또 가는 길에 수려한 경치와 사람들도 만날 수 있었으리라. 이런 체험은 그로 하여금 세계에 대한 넓은 시각을 갖출 수 있게 하였을 것이다. 물론 남편과 늘 떨어져 지내는 여인의 외로움도 있었을 터이지만 그로 말미암아 자기의 아이덴티티를 찾고 노력할 수 있는 시간을 가질 수 있었으니 다행이었다고 할까.

대학 3학년 때 다녀간 후 처음이지만 그때의 오죽헌은 삼십 년이라는 거리를 실감할 수 없도록 나의 기억에 아직도 선명하다. 자그마한 집, 오죽, 그리고 그 뒤 살림집이 하나 있었다. 다행히도 오죽헌은 옛날 그 모습을 그대로 간직한 채 서 있었다. 오죽헌 옆의 검은 대나무(烏竹) 숲은 오히려 무성해지고 주변은 정갈하게 손질이 되어 보는 이의 마음을 편안하게 해 주었다. 어딘지 밝은 빛이 감도는 듯한 처마, 따뜻한 감이 느껴지는 문틀, 마루, 벽. 오죽헌은 지금도 그때 인상 그대로였다. 서기가 서린 듯하다는 표현이 있지만 서기는 아니고 서민적이면서도 위엄이 없지 않은 그런 분위기가 마음을 따뜻하이 폭 감싸는 것 같은 느낌이 옛 그대로였다. 이곳 어디 뜨락 한 쪽에 꽃밭이 있었으리라. 맨드라미, 패랭이꽃이 있는 한켠에 민들레도 있고 범부채도 있고 꽈리도 있고 그리고 문밖을 나서면 텃밭에 가지, 수박이 있었을까? 포도가 있었을까? 들국화 도라지 강아지풀 달개비 나는 그림에 나오는 화초들을 하나 하나 심어본다.

위대한 사상가인 아들 율곡 뿐 아니라 셋째 아들 옥산도 유명한 명필가이고 딸 매창 역시 그림과 시에 다 능한 재원이었다고 한다. 녹두 빛 치마에 남 끝동과 자주 고름을 단 흰 저고리의 사임당 초상을 보면서 그의 단정한 일상을 마음속에 담았다. 그는 게으르지 않았을 것이다. 얼마나 자신을 엄격하게 잘 다스렸기에 율곡과 같은 높은 도덕의식을 지닌 아들을 키워냈겠는가. 어느 한 순간도 흘려버리지 않고 언제나 자신을 돌아보고 스스로 갈고 닦기를 마지않은 여인. 기록에 의하면 사임당의 어머니 이씨 부인도 열녀 정문을 받았으며 사임당도 지극한 효녀였다. 이들의 인생을 주장한 사상이라면 "지성이면 감천"이 아닐까, 그의 생애를 살펴보면서 짐작해 본다. 나는 이 '정성'이라는 것이 우리 민족의 훌륭한 정신의 하나라고 생각해 왔으나 사임당과 율곡의 생가에 와 본 뒤에 이 생각이 더욱 절실해졌다.

사임당은 재주가 뛰어났고 현숙하였다. 그러나 그러한 재주가 여성일 때는 빛을 볼 수 없었던 때가 조선조이었음을 우리는 익히 알고 있다. 그러나 사임당에게는 예외였으니 그가 그처럼 위대한 어머니이자 훌륭한 여성이 될 수 있었던 것은 여성으로서 자신의 천분을 기르고 펼칠 수 있는 특수한 환경이었기 때문임을 새삼 깨닫는다. 남성 중심의 사회에서 벗어나 있는 여성 중심의 세계에서 살 수 있었던 사임당 신씨. 그 어떤 조건보다도 여성에게 필요한 것은 남성 중심 사회의 억압으로부터 자유로운 일이다.

가지 꽃이 세 개 달리고 이파리가 자연스럽게 뻗고 민들레꽃이 받쳐져 그려진 그림 속에 노랑나비 한 마리, 흰나비 한 마리 그리고 방아깨비 (설명에는 범의 땅개라고 되어 있는데 내 눈에는 방아깨비로 보였다.) 한 마리가 점잖게 엎디어 있는 가지 그림을 소중하게 들여다본다. 그것을 정성껏 그리고 있는 사임당의 모습을 생각하면서. 그림 물감을 마련하는 손길에서부터 그리기까지 소홀함이 없는 그의 자세와 그를 도와주는 어머니의 아름다운 모습과 그 곁에서 지켜보는 딸과 아들의 모습까지를 생각하면서. 사임당 그는 여성이 숨막히게 억압받던 시대의 딱딱하고 엄숙한 여성이 아니라 진실 되고 당당한 자랑스러운 영원한 여성의 모습이었다. 30년만의 오죽헌 방문은 사임 당과 같은 여성이 되는 것이 얼마나 어려운 지를 그 동안 내가 알게 되었다는 것을 깨달은 의미가 있었다.

흙 이야기

　백두성(白斗星)의 소설 〈선물〉(膳物·1978 현대문학·어문각 정통한 국문학 대계 64권 소재)을 보면 흙을 사랑한 나머지 날마다 만져보고 냄새를 맡아 볼 뿐 아니라 혀를 대어 맛보기도 하는 할머니 주인공이 등장한다. 현숙이라는 이 할머니가 흙을 만지는 대로 따라가다 보면 우리는 흙을 무슨 음식으로 인식할 지경이다. 이 할머니의 흙을 사랑하는 경지는 그저 좋아하는 수준을 훨씬 넘어서 있다. 할머니는 흙을 수집하러 일주일이면 두 번씩 시골에 다녀온다. 수집한 흙은 한 홉 병에 넣고 출산지, 그 흙에 알맞은 농산물, 채취 연월일을 기록하여 놓는다. 그리고 나머지 흙은 마당 한 귀퉁이에 부어 쌓아둔다. 그곳은 할머니가 날마다 맨발로 밟는 운동장이 되는 셈이고 그 흙은 또 선물이 되어 이웃에 나누어지기도 한다. 자식이나 손자들이 쓸데없는 수집이라고 면박을 주어도 할머니의 흙을 수집하러 시골로 가는 일은 변함이 없다. 할머니의 주장에 따르면 토생금이라 흙이 금을 모아준다는 것이다. 그러나 자식이나 손자는 그 말을 납득하지 못한다. 그들은 할머니가 흙을 가져오고 채소 따위를 심고 하는 것을 일종의 감상적인 향수병으로 여긴다.

할머니에 의하면 흙은 얼른 보기에 다 같은 것 같지만 색깔도 다르고 질도 다르고 향도 다르다. 인삼이 잘되는 흙이 있는가 하면, 무가 잘되는 흙이 있고 한마당에서도 동쪽에는 양파가 잘 되는데 서쪽에서는 안 되는 수가 있다. 할머니는 흙을 한 번 보면 그 흙에는 어떤 식물이 잘 살고 못사는 것을 식별한다. 또 같은 흙이라도 계절에 따라 토향(土香)이 다르다.

"내 코에는 봄의 흙에서는 풋과일과 같은 냄새가 나고, 여름에는 지릿한 냄새, 가을에는 생 고구마 냄새, 겨울에는 고소한 냄새가 난다."

할머니는 자기 옷을 불쌍한 사람들에게 모두 벗어주고 땅으로 몸을 가렸다는 지장보살을 가장 좋아한다. 강원도에서 제주도까지 가서 파 가지고 온 흙을 모았다가 비닐 봉지에 넣어서 선물하는 것이 할머니의 일이요, 이웃집엘 돌아가며 채소밭을 만들어 주는 것도 할머니의 일이다. 일테면 흙의 전도사 같은 것이다.

우리 나라가 근대화 산업화 시대로 접어들면서 노인들의 위상은 봉건사회의 권위와 지혜의 상징이던 지도적 위치에서 한갓 쓸모 없는 존재로 추락하고 말았다. 노인이 주인공인 소설이나 부 주인공으로 등장하는 소설이거나 간에 노인 인물은 거의가 하나같이 병들고 무기력하고 죽음만을 코앞에 둔 '문제꺼리'로 그려지는 경우가 대부분이다. 노년인물이 주인공인 경우 거의가 하강 구조인 것이다. (문학을 생각하는 모임 지음, 『한국문학에 나타난 노인의식』 참조)

노인문제는 20세기 사회의 큰 문제로 떠 올라와 있다. 대가족제도가 핵가족제도로 바뀌어지면서, 또 농경사회가 산업사회로 바뀌어지면서 노인들은 가정에서도 사회에서도 설자리를 잃은 채 '소외'의 대명사로 존재하게 되었다. 과연 노년에게 허용된 것은 이와 같은 '붕괴의 넌센스' 뿐이란 말인가? 고령화 사회를 맞고 있는 우리 나라에서도 노인문제에 대한 연구는 노인건강, 노인복지 등 다각도로 이루어지고 있다. 최근 노년문학 이론에서는 이러한 노년에 대한 부정적 이미지만 드러내는 소설에 대하여 조심스럽게 비판하고 노년에는 하강적 이미지뿐만이 아니라 노년에 이르기까지 꾸준히 성장하고 발전하는 상승적 이미지가 있으며 이러한 상승구조의 노년소설이 가능함을 역설하고 있다.

　　우리가 지금 보는 현숙 할머니는 바로 이런 상승구조 소설의 주인공이다. 노년에 접어 든 할머니이지만 노년이면 항용 따라 붙는 병적인 징후가 거의 없다. 오히려 흙과 더불어 사는 할머니는 건강하고 지혜로운 모습이다. 비록 아들 따라 도시에 와서 살지만 흙과 더불어 살고 있기 때문인지 노인이 풍기기 마련인 냄새가 전혀 느껴지지 않는다. 오히려 할머니는 흙 속에 매우 싱싱하게 뿌리를 내리고 흙이 주는 신선한 생명력으로 그 누구보다도 젊어 보인다.

　　흙에 대한 관심으로 다시 돌아가 보자. 현숙 할머니는 어떻게 이런 흙의 숭배자가 되었을까? 물론 그는 농촌 출생이고 농촌에서 성장하였다. 일제 식민지 치하에서 땅을 빼앗기는 설움과 그로 인한 배고픔을 절실히 겪었기에 땅에 대해 남다른 애착을 갖고 있었다. 그는 도회지에서 온갖 고생을 다 하면서 땅을 사 모아 그 땅으로부터 넉넉한 보상을 받는다. 그보다 그는 독립운동을 한 남편과 함께 땅은 곧 조국이었다. 땅과 더불어 그의 한 평생이 그로 하여금 그처럼 흙을 사랑하게끔 만든 것이다. 아니 할머니는 곧 그 흙과 같은 마음으로 감옥에서 죽을 뻔한 남편을 자신의 피를 수혈해 살려냈고 홀로 아들 하나를 키워낸 시어머니를 잘 봉양하였으며 또 독립운동을 하다 남편이 죽자 혼자서 과일장사 등 온갖 험한 일을 하며 두 아들을 잘 키워냈다. 그녀가 곧 흙이었던 것이다.

이러한 흙과 같은 한 여성의 일생을 넘어서는 곳에 이 소설의 의미가 있다. 이 소설에서 우리가 볼 수 있는 것은 흙에 대하여 쓰고 있는 작가의 흙에 대한 지식의 해박함과 그에 대한 착목이다. 토질이라는 것이 있을 터이고 흙을 이용한 각종 건강법도 있을 것이다. 그러나 그것을 이처럼 흙을 사랑하는 마음과 더불어 우리의 곁에 가까이 와 이야기 해준 경우가 흔치 않았다. 얼마나 오랜 우리의 농경사회인가? 얼마나 뿌리가 깊고 깊은 흙의 문화인가? 그럼에도 불구하고 흙의 문학은 어떤 의미에서 불모지에 가까웠다. 계몽의 대상이요, 미개의 대명사가 곧 흙이었다. 우리의 생활과 그다지도 가까웠던 흙의 이야기가 이렇게도 신선하게 느껴지는 것은 무엇 때문인가.

그것은 마치 여성과도 닮았다. 너무나 오랫동안 남성 중심의 사회와 사고에 젖어 지내다 보니 억압받고 있는 사실을 의식하지 못한 채 살아가는 것처럼 흙은 너무나 우리의 가까이 흔하게 있었기에 그 고마움이나 의미를 모르고 살았던 것이다. 여성의 삶에서 더욱 가까웠을 흙의 문화가 너무나 오랫동안 감추어져 왔다고 생각이 된다. 아니 여성의 문화에 긍지를 심고 그 아름다움에 이름을 붙여 주어야 하는 것이 오늘날 우리 여성들이 해야 할 일이라면 여기 이 흙에 대한 사랑 역시 우리가 우리 여성의 문화로 또 노년여성의 문화로 새롭게 관심을 보여야 할 분야로 생각된다.

이 소설의 주인공이 여성이라는 것은 어쩌면 우연인지도 모른다.

작가가 남성이기 때문이다. 그저 남성 주인공보다 여성으로 그려지기에 더 어울릴 듯하여 할머니를 주인공으로 하였는지도 모른다. 그러나 흙과 할머니, 흙과 어머니를 연계시켜 보면 아무래도 남성보다 여성과 더 자연스럽게 어울린다. 할머니는 흙을 사랑하고 아끼고 즐기면서 그것을 자기 자신만의 소유에서 그치지 않고 이웃과 나눈다. 모성애를 나누듯이. 여성 주인공이 노년에 이르도록 흙과 더불고 그 더불음이 이와 같이 신앙의 경지에까지 이른 것을 보는 마음은 감동적이다. 마치 잃어버린 대륙을 찾은 듯한 느낌이라고 할까. 우리 여성은 이처럼 자랑스럽고도 소중한 어떤 것들을 부끄러운 것으로 치부하고 잃어버리거나 드러내기를 주저하지나 않았을까? 흙 할머니의 이야기를 읽으면서 잃어버린 보물을 다시 찾은 듯 반갑다.

흙 할머니는 아이들이 감기라도 들고 기침이라도 하게 되면, 이 흙으로 배를 싸서 불에 구워 먹이면 기침이 멎는다며 새로 가져온 찰흙 한 봉지를 선물하러 이웃집에 갔다가 연탄가스에 중독 된 이웃을 발견, 살려내게 된다. 그 때 할머니는 선물하려 했던 흙을 연탄가스가 가득 찬 방에 우선 뿌리고 구조대를 요청한다. 이 대목에서 떠오르는 것이 있다. 화학물질이 섞인 폐수로 해초 등의 양식 장에 적조가 발생하였을 때 황토를 뿌려 효과를 보았다는 신문 보도이다. 흙이 어떻게 그런 역할을 해내는지 도회지 사람들에겐 신기하기만 한 일이다. 또 흙 침대에 황토 방 소동은 또 어떠한가? 흙 할머니가 가르치는 것처럼 양어장도 시멘트로 만들면 고기가 죽고 흙으로 만들어야만 고기가 살며, 흙 냄새를 맡고 자란 아이들이 건강하고 순박하다는 논리는 이 시대 우리의 아스팔트 문화에 대한 깊은 반성을 촉구하고 있다. 여기 흙 할머니에 의하면 도회지 사람들이 보다 잘 살려면 흙의 고마움을 잊어서는 안 된다는 것이다.

그렇다. 아직도 노년은 우리에게 지혜의 보고이다. 노년소설을 찾느라 지난 시절의 소설을 뒤져 읽다가 찾은 작품 〈선물〉은 20년 전에 쓰여진 소설이지만 천지에 공해가 가득한 오늘, 이 환경의 중요성을 일깨우는 메시지이자 노년이 결코 퇴락이나 붕괴나 소멸 그것만은 아니라고 우리에게 이야기하고 있다. 여성의, 그것도 노년여성의 문화를 찾고 되살리는 작업은 오늘날 더욱 필요하고 소중하며, 시급하다고 생각을 모아 본다.

여성이 독서계를 리드해야 한다

　벌써 십 년도 더 전의 일이다. 막내가 유치원에 다닐 때인데 유치원에서는 걸핏하면 엄마들을 호출해서 유치원 한켠에 주루루 앉혀 놓곤 하였다. 나는 웬일인지 이 학부형 노릇이 언제나 어색하기만 하여 노상 따분한 꼴로 앉았다 오는데 그때 나는 책 읽는 어머니를 '발견'하고 매우 신선한 인상을 가졌던 적이 있다. 그녀는 조용히 —옆자리의 여성과 수다를 떨지 않고— 책을 읽고 있었는데 그런 자리에서 책 좀 읽는 것이 무어 그리 신통하랴, 내가 그녀로부터 신선한 인상을 가지게 된 것은 그녀의 손에 들려진 책이 보통 여성들이 읽는 것으로 되어 있는 소설책이나 수필집이 아니라 아놀드 하우저의 「문학과 예술의 사회사」였던 까닭이었다. 무언가 자기 일을 가진 여성이 아니고 순전히 집에서 아이 기르고 살림만 하는 어머니가 읽게 되는 책은 아니라고 생각했기에 나는 책을 지나 그녀의 얼굴을 유심히 보았으며 시선이 마주치자 빙긋 미소마저 보내었던 것이다. 그녀도 내게 마주 미소를 보내주어서 그로부터 나는 유치원에 가는 마음이 그리 어설프지 않았다. 그녀는 순전히 집에서 아이 기르고 살림만 하는 어머니였다.

　나도 그렇지만 대부분의 사람들은 여성들이 주로 가벼운 읽을거리를 선호한다고 생각한다. 그렇게 생각하기 쉬울 것이 여성들이란 가사에 전념하고 있고 특별히 따로 집중적으로 어느 한 분야를 파고들 필요가 없으므로 부담 없이 읽을 책을 선호한다고 생각하는 것은 어쩌면 자연스러운 것일지 모른다. 그렇지만 여성이 반드시 전문적 독서를 하고 있는 것은 아니라고 누구나 생각하고 있다면 무언가 잘못된 것이 아닐까.

　작년이던가, 나는 서점에서 취재를 당한 적이 있다. 그 서점에서 발간하는 저널에 글을 써서 원고료를 받은 김에 책을 좀 사 가지고 가려고 서점에 들른 길이었다. 나는 서점에 들르면 우선 내가 전공하는 분야에 필요한 책이 새로 나온 것이 있는가 살피고서야 다른 분야의 것을 기웃댄다. 그날도 우선 여성에 관한 것, 또는 여성작가의 글들을 우선하여 살피노라니 몇 가지 신간이 있어 사려고 뽑아 들었다. 그때 어떤 목소리가 나를 불렀다. 죄송합니다만, 잠깐 한 말씀만 여쭙겠습니다. 그는 자유기고가이며 최근의 독서 경향에 대한 글을 쓰기 위하여 취재중이라고 하였다. 나는 그의 시선을 따라 나의 손에 들려 있는 책을 내려다보았다. 내가 뽑아서 안고 있는 책은 소위 베스트 셀러의 저작을 연달아 내고 있는 여성 문인의 책들이었다. 그는 베스트 셀러의 책을 사가는 독자를 만나기 위하여 오랫동안 그 목을 지키고 있었던 모양이다. 기다리던 여성독자(문제의!)를 드디어 만난 그는 흥분을 감추지 못하면서 왜 그 작가를 좋아하는지 등을 연달아 묻는 것이었다. 나는 일순 당황하였다. 베스트 셀러와 양서가 반드시 일치하지 않는 것이 현실인줄은 나도 알고 있었지만 내가 바로 그러한 현상을 만들어 내는 존재로 지적되고 거기에 답을 해야하는 위치에 서게 되자 당황하지 않을 수 없었던 것이다.

여성독자는 세계문학사에서 사조를 바꿔 놓을 만큼 강력한 힘을 발휘해왔다. 여성독자가 어떤 경향의 글을 좋아하느냐에 따라 책의 출판 경향이 바뀌어 근대문학사의 첫 페이지에 여성독자의 영향력에 대한 언급이 턱 하니 등장했다. 여성들이 문학사에서 소외되어 온 것을 분개하던 나는 이 사실이 퍽 고무적으로 느껴졌다. 우리 나라에서도 여성들이 소설책을 즐겨 읽었기에 고소설이 발달하였던 것이다. 여성들은 고급독자의 역할을 맡은 것이 아니라 독서대중으로 그 힘을 톡톡히 발휘하였다. 그러다 보니 여성독자는 저급독자라는 고정관념이 생긴 모양이다. 베스트 셀러를 사다가 현장에서 붙잡힌 나는 꼼짝없이 내가 그 저급독자가 되어 그의 취재에 응하는 곤혹을 치러야 하였지만 여성독자에 대한 이러한 고정관념은 하루 속히 깨어져도 좋지 않을까.

그렇지만 이것도 배부른 걱정이다. 어느 모임엘 가든지 화제에 등장하는 것은 책에 관한 것이 아니라 TV에 등장하는 이야기이거나 그와 관련된 이야기이다. 열 마디 말보다도 요즘 티브이 연속극에 등장해 유행어가 되어 있는 "아 글쎄, 홍도야"하는 편이 우리는 하나라는 것을 더욱 확실하게 해준다. 사람들은 서로 통하는 화제를 나눔으로써 동질성을 확인하고 또 안도를 느낀다. 이러한 동질성 확인에 영상매체를 따라갈 것이 없는 시대에 우리가 살고 있다. 그런 판에 여성독자에 대한 고정관념을 문제 삼는다는 것은 현실감각이 없는 소리 같기도 하다. 읽는 시대에서 보는 시대로 바뀐 현대에서 독서를 권한다는 것은 매우 따분한 것으로 여겨지기 십상이다. 얼마만큼 화제에 오른 작품들은 곧 드라마나 영화로 제작되어 며칠씩 읽어야 할 작품을 단 두어 시간에 편안하게 볼 수가 있다. 정말 골치 아프게 책을 읽고 앉았을 필요가 없는 것이다.

나는 미국에 가서 평소에 가졌던 고정관념이 틀렸음을 여러 가지 발견하였는데 그 중의 하나가 이 독서이다. 영상문화의 원조요, 자유주의의 본산이니 만큼 이 나라도 독서 수준이 낮고 아마도 대마초 문화만 가득하리라 생각했는데 그게 아니었다. 뉴욕타임스는 매주 독서 안내판을 특집으로 내는데 무려 24페이지가 책 소개였다. 게다가 북 클럽이 잘 되어 있어서 이 클럽을 통해서 좋은 책을 추천 받아 소개한다. 베스트 셀러를 기준으로 책을 소개하는 것이 아니라 권위 있는 북 클럽의 추천을 받아 좋은 책을 소개한다. 이 달의 책(Book of the month)은 주부들이 중심이 되어 만든 독서클럽으로 전국적인 조직을 갖고 있으며 영향력도 막강하다. 지역마다 도서관이 잘 되어 있는 것만 보아도 독서를 생활화하고 있는 그들의 모습을 잘 알 수 있다.

우리 나라에도 이 달의 책이라는 독서클럽을 비롯하여 곳곳에 독서클럽이 있는 것을 알고 있다. 주부들이 중심이 되어 있는 독서클럽도 적지 않다고 한다. TV나 보고 책은 손에도 잡지 않는 것이 여성들이 아니라 올바른 독서를 통해서 바른 삶을 살아가려고 하는 의식 있는 어머니, 지혜로운 아내가 많은 것이다. 이러한 움직임은 더욱 확산되어갈 추세라고 한다. 그러니 너무 절망은 하지 않아도 좋은 것일까.

엊그제 나는 교보문고의 북 클럽에서 보내오는 책 출판정보를 보고 내가 살 책을 적어 가지고 교보문고에를 들렀다. 새로 단장하여 개관한 이 서점은 정말 크고도 호화롭다. 책도 많고 사람도 많다. 그런데 문제는 매번 내가 사고자 하는 책을 거의 한 권도 찾지를 못하는데 있다. 살 책을 적어서 서면으로 주문하면 손쉽게 구입할 수 있는 줄을 알지만 서점에 나와보면 미처 사지 못한 책을 발견하기도 하는 등 예상외의 소득이 있으므로 나는 항상 서점에 나와 책을 사기로 하고 있었다. 이것은 도서관 이용 때도 마찬가지여서 누구를 시켜 필요한 책을 찾아오기보다 필요한 책을 직접 찾다가 보면 그 보다 더 중요한 자료를 찾게 되는 경우가 많기 때문에 번거롭지만 항상 직접 도서관에 가도록 한다. 하지만 서점에서 자기가 찾는 책을 매번 종업원의 도움을 받아야만 찾게 되는 시스템이란 문제가 있지 않을까. 누구나 자기가 찾는 책을 어렵지 않게 찾을 수 있는 서점이라면 좋겠다고 생각한다.

나의 욕심은 좀더 좋은 책이 많이 나왔으면 하는 데에도 있다. 조선조 그 기나긴 세월에도 여성의 삶이 진솔하게 적힌 책 한 권이 없다. 이에는 여성에게 글쓰는 것을 극구 허락하지 않은 사회에 그 책임이 있겠지만 우리에게는 무엇이든지 꼬박꼬박 기록하는 기록의 습관이 배어있지를 않은데도 그 원인이 있을 것이다. 흘려버린 많은 소중한 삶과 문화를 생각하면 안타깝기 그지없다. 좋은 책이 나오려면 역시 좋은 책을 많이 읽고 기록하는 것을 즐겨하는 습성이 몸에 배어야 한다. 그러기 위해서는 어머니가 먼저 책 읽고 쓰는 모습을 자식에게 보여 주어야 하겠다. 언제나 책을 읽고 쓰고 있는 어머니라면 자신의 성장은 물론이요, 어머니가 무얼 알아 라는 말도 듣지 않을 뿐 아니라 자식에게 필요할 때 좋은 말로 도와줄 수 있을 것이다. 요즘 글들을 읽으면서 뭔가 징후를 보는 것처럼 느낀다. 옛날을 그리워하는 글들이 많다. 이제 모두들 잃어버린 자기를 찾아가는 모양이다. 질주에서 잠시 숨을 돌리고 자기를 돌아보고 있는 모습이 있다. 우리는 이제야 내면의 성장을 시작할 모양인가.

나는 책 모으는 취미를 가지고 있는데 —어느 한 권의 책도 버리지를 못해 문제다. 철지난 잡지까지도 구석구석 좋은 글들이 가득하니 어떻게 버린단 말인가. 그러다 보니 집안에 책이 사방에 쌓이게 된다. 그래도 나는 책에 집착을 해서 아무에게도 책을 빌려주지도 않는다. 책을 잃어버리지 않으려는 수작이다. 내 생각엔 그 어떤 책도 우리에게 줄 좋은 구절 하나쯤은 갖고 있다고 본다. 그래서 무슨 책이건 소중하여 버릴 수가 없다. 버리다니 남들이 버린 책들을 소중하게 싸들고 들어오는 게 나다. 그렇다고 그 많은 책을 다 읽을 수는 없는 일이다. 그래서 적절한 책읽기의 안내는 참으로 필요한 것이다. 이미 역사적으로 증명된 여성독자의 파워를 살려서 여성들이 독서 계를 리드해야 한다. 그리고 베스트셀러를 만들어내는 여성독자가 저급 독자가 아니라는 것을 증명해 보여주어야 한다. 전국적 규모의 권위 있는 독서 클럽이 나타나기를 기대한다.

놋대야

　내가 시집 올 때엔 아직 대야와 요강이 혼수에 들어 있었다. 우스운 것은 대야 이야기를 하려고 하면서 내가 요강을 붙여서 쓰고 있는 것이다. 예전에는 그랬다. 요강은 대야와 이렇게 딸려 있는 것으로 인식이 되었다. 내가 시집가는 딸에게 대야도 요강도 사주질 않았으니 딸과 내가 각각 시집가는 그 사이 약 25여 년간에 혼수 물목은 크게 바뀐 셈이다. 어쨌든 우습다. 요강을 싸들고 시집을 가다니. 화장실을 싸 가지고 시집을 간 게 아닌가? 요강이란 그러고 보니 참으로 많은 문화적 의미가 중첩되어 있구나 싶다. 그러나 오늘 내가 생각해 보고자 하는 것은 요강 이야기가 아니니 이만 하고 넘어가자.

　그런데 그 때는 스테인레스 제품이 놋 제품을 대신하여 온통 부엌이 스테인레스로 번쩍거리던 판인데 나의 어머니는 놋 제품을, 그것도 방짜 유기로 구해서 마련해 주었다. 나는 방짜를 강조하시는 어머니의 말을 귓등으로 들으며 시집을 왔는데 어느 날 시어머님이 놋 제품을 스테인레스 제품으로 바꾸어 놓았다고 말씀하셨다. 잘 쓰지도 않는 것이었지만 막상 바꾸어놓았다고 듣고 보니 친정어머님의 마음을 배반이라도 한 듯 죄송하였고, 며느리의 살림을 묻지도 않고 바꾸어 놓은 시어머님의 그 막강한 권력에 놀랐다. 그로부터 나는 친정 어머니의 전통 지향성과 시어머니의 새로운 것을 쉽게 받아들이는 모더니티 지향성의 대조적인 성품을 곰곰 생각해 보는 일이 있었다. 여학교를 나온 신여성 시어머니와 초등학교도 나오지 못한 친정 어머니.

스테인레스 제품으로 바뀐 대야는 후일 빨래 삶는 그릇으로 유용하게 쓰였다. 만약에 놋대야 그대로라면 빨래 삶는 일마저 해 낼 수 없는 진짜 아무 쓸모 없는 물건으로 남았을는지도 모른다. 나의 어머니는 잘 닦은 놋대야에 맑은 물을 담아 세수를 하고, 다시 안방 농 밑에 닦아 넣어두고 마른걸레 등을 넌지시 넣어두는 등 유용하게 사용하고 계셨다. 요즘 장농은 대야 밀어 넣을 여백이 없기 마련이니 나의 놋대야는 놓일 자리를 못 찾아 어느 구석에선가 시커멓게 녹이 슨 채 엿장수에게나 넘어가고 말았을는지 모른다.

그러나 골동품 수집하는 바람에 휩쓸려서 이것저것 사들이는 것을 본 어머니가 모아다 주신 베 매는 솔이며 바디, 어머니가 쓰시던 손 다리미, 이런 것들을 볼 때면 스테인레스 제품이 있는 줄을 알면서도 놋대야로 사주신 어머니의 안목을 새삼 생각하게 된다. 어머니는 수돗가에서 아침마다 방짜 유기 대야와 요강을 번쩍 번쩍 닦는 부자 집 행복한 마나님을 머리에 그리면서 놋대야와 요강을 사주셨다고 후일 이야기하셨다.

세밑이 되어 송년 모임에 모처럼 한복을 입어 볼까 하고 이 옷 저 옷을 꺼내 보노라니 마음에 맞지를 않는다. 큰딸 여읠 때 입었던 분홍 한복은 치마가 너무 부풀려져서 안되겠고 둘째딸 여읠 때 입었던 것은 어딘지 어두워 보여 안되겠다. 회색 삼회장 치마저고리는 너무 여러 번 입어서 안되겠고 … 꽤 여러 벌되는 한복이건만 조금은 화사한 모습으로 나서고 싶은 마음에 모두 미흡하다. 나는 문득 시집 올 때 어머니가 해 주신 옷이 생각났다. 흰 공단에 금실로 공작을 수놓은 저고리에 황금색 치마를 받쳐입으면 무척 고왔었다. 내 옷을 해 줄 적마다 올케에게도 꼭 똑같이 해 주던 어머니였지만 이 금실로 수놓은 저고리만은 내게만 해 주셨던 것이 이제야 문득 생각나는 것이 아닌가.

나는 어머니에 대해서 원망이 많은 딸이었다. 사위를 얻고 세상에도 없는 사위라도 얻은 듯이 귀해하며 잘해주던 어머니가 내게 뜨악해진 것은 내가 철 늦은 공부를 하던 때부터이었다. 딸이 공부하면 첫 번 지원자가 친정 어머니이어야 옳을 터인데 오히려 시어머님이 지원을 해주는 폭이고 친정 어머니는 반대였다. 어찌 보면 시샘을 하는 것처럼 보이기도 하였다. 그러나 이제 생각하니 그것은 바로 전통 지향형인 어머니의 생각에 딸의 때늦은 공부가 남의 아내 된 자로서 당치 않다는 생각 때문이었던 게다. 이에서도 어머니와 시어머니의 생각 차를 알 수 있다. 후일 어머니는 내게 말했다. 내가 어머니에게 어렸을 적에 책을 읽으면 왜 그리 말리고 때리고 그러셨어요? 라고 물은 데 대한 대답이었다. "늬가 이리 크게 될 줄 몰랐지야" 어머니는 여자란 이런 것이다 라는 어려서부터 들은 그대로 딸을 키웠고 그 전통이란 세상이 끝날 때까지 변하지 않는 것으로 알았던 것이다. 치매로 정신이 없어 이것저것 다 잊어버린 상태에서도 어머니는 내가 교수라는 것을 잊지 않고 우리 교수님, 박사님을 연발하셔서 나를 민망하게 하였다. 어머니에게 나는 엄청난 도전이었던 셈이다.

그렇지만 어머니는 시집가는 딸에게 금실로 수놓은 중전마마나 입을만한 저고리를 해 입히셨다. 공작 깃을 깃에 수놓은 저고리를 꺼내 보았다. 소매 끝에는 공작 두 마리가 황금빛 꼬리를 늘인 채 마주 보고 있고 저고리 고름에도 공작 두 마리씩이 수 놓여 있다. 섶에는 금빛 공작 깃털이 클로즈업 된 채 수 놓여 있고…. 34년이나 지났지만 서울 장안에서 제일 비싸다는 일류 가게에서 맞춘 한복도 따라갈 수 없을 아름다운 한복이다. 저고리 길이가 짧아지면서 어머니는 이 저고리를 가져다가 고쳐 주셔서 지금 입기에 조금도 어색하지 않다. 다만 흠이라면 그 때의 관습대로 고름 길이가 짧은 것 뿐.

어머니는 나를 이다지도 귀하게 생각하셨던가. 하나밖에 없는 딸을 조금도 귀하지 않게 길렀다고 원망하던 나는 얼마나 생각이 짧았던 것일까? 시집 온지 34년이 되는 지금에 이르러 이런 생각을 하다니, 정말 나는 모자란 사람이다. (2001.12.28)

어머니가 기른 사람

　시어머님은 밥 먹이는 것을 좋아하셨다. 시어머님이 오시면 언제나 밥 먹는 사람의 숫자가 늘어났다. 어머님이 떴다 하면 맏이인 우리 내외는 서울역으로, 버스 터미널로 마중을 나갔다. 아버님과 함께 오시는 어머님을 모셔오기 위해서만이 아니다. 어머님이 가져오시는 열댓 개가 넘는 보따리를 실어 와야 해서이다. 고추장, 된장, 마늘이며 갈치, 병어, 홍어, 조기 등 생선과 김, 미역, 감태, 젓갈…장아찌, 나라쯔께…. 목포에서 구할 수 있는 것들은 아마 죄다 싸오셨을 거다. 가져오신 반찬에 아들 딸 며느리와 시집간 딸, 사위며 손자, 조카들까지 불러 밥을 먹였다. 6·25전쟁 당시 쌀이 없어 고생하셨던 기억을 잊지 않으시고 집에 쌀은 꼭 비축해 놓아야 한다 시며 가을이면 열 가마씩 보내오던 쌀…여름에 나는 쌀벌레도 쌀벌레지만 그 많은 쌀로 밥을 다 해 먹었거니…생각하면 나는 요즘도 가끔 어머니와 함께 했던 시간들을 재미있게 추억하곤 한다.

어머님이 싸 오시는 반찬과 밥 먹이는 일은 시댁 식구들을 단합시키는데 더할 나위 없이 좋은 역할을 했다. 어머님이 시집간 딸과 사위, 조카를 부르는 명목은 "내가 싸 온 마늘, 고춧가루 등등 가져가거라"이었으니 먼길에 힘들게 가져오신 것 가서 받아오지 않을 도리가 없어 시댁 식구들은 한 달이 멀다하고 우리 집에 모이게 마련이었다. 모이고 먹고 마시다 보면 화목은 저절로 이루어지는 것이었다. 나는 우리 시댁의 유명한 화목이 맏며느리인 나의 공적이거니 생각했는데 그것이 아니라는 것을 어머님이 돌아가시고 나서야 알게 되었다.

벌써 10년 전 일이다. 고향 목포의 집에서 어머님이 돌아가시자 경향 각지의 많은 분들이 오셔서 어머님의 죽음을 진정으로 슬퍼하였다. 그 분들은 어머님이 먹이고 재워준 사람들이었다. 그런데 이야기를 듣고 보니 그들은 그저 하루 이틀 먹고 자고 간 사람이 아니라, 짧게는 두어 달 길게는 몇 년씩 어머님의 집에서 산 사람들이었다. 그들은 자식들의 친구(참고·자식이 9남매)이거나, 집안 친척이거나, 시골 고향의 친지와 이웃들 등 매우 다양하였는데 그 수를 다 세지 못할 정도였으나 대략 백이 넘는 숫자로 짐작되었다. 당신 자식 여덟에 조카딸까지 아홉 자식을 기르면서 어머니와 떨어져 살아야 단명 수를 이긴다는 조카까지도 데려다 거두던 어머님은 홀로된 친정 올케와 조카, 친정 어머니까지도 돌보던 분이었는데 그 속에 그 많은 사람들을 함께 기르고 돌보셨다니 진정 믿기 지 않는 일이었다.

그들은 판검사가 되어 있기도 하고 재벌 총수가 되어 있기도 하고 국영 기업체의 사장이 되어 있기도 하고 국회의원이 되어 있기도 하여 나는 어머님이 기르신 사람, 어머님의 그 넓은 품을 진실로 놀라운 마음으로 재인식해보지 않을 수 없었다. 그렇게 많은 사람들을 거쳐 보냈으면서도 어머님은 한번도 공치사를 하지 않았다. 그래서 며느리인 나도 옛일을 알지 못했던 것이다. 잘되고 출세한 그들이 찾아오면 자식처럼 친구처럼 반갑게 맞으셨을 뿐이었다. 전라도 특유의 푸짐한 큰손과 내 자식 네 자식 가리지 않고 모두다 불쌍한 것들로 안으시던 그 풍성한 모성. 짭짤한 젓갈, 투박한 밥그릇이나마 넉넉한 인심은 언제고 그들로 하여금 어머니를 격의 없이 찾게 하였던 것이다.

몇 년 전 캐나다에서 남편의 친구가 나와, 우리 집에서 저녁을 함께 한 적이 있었다. 저녁을 들면서 이야기를 나누다 보니 여기에도 밥 이야기가 있었다. 그는 초등학교 친구였는데 집이 가난한 그 친구는 밥이 먹고 싶어 끼니때가 되면 꼬박 꼬박 남편의 집엘 찾아 왔다는 것이다. 그 때 어머니는 이를 귀찮아 않으시고 상에 같이 앉히고 꼭꼭 밥을 주었다는 것이다. 꽤 오래 그랬는데 어느 날 남편이 뒤주의 쌀을 퍼서 친구에게 주다가 어머니에게 들켰단다. 이를 본 어머니는 아무 말 없이 지게꾼을 불러 쌀가마니를 지워 그 집에 가져다 주셨다는 이야기였다. 캐나다로 이민을 가서 사업에 성공을 한 그 친구는 커다란 연어를 들고 와서 옛 이야기를 눈물을 글썽이며 되새기는 것이었다.

얼마 전 고향사랑모임이라는 데를 다녀 온 남편이 어머니의 이야기를 또 하나 듣고 왔다. 지금 서슬이 시퍼런 자리에 앉은 출세한 40대의 그는 시골에서 처음 목포에 나왔을 때 어머님이 집에 재우고 먹여주었다고 무척 고마운 분이라고 일부러 찾아와 인사를 하더라는 것이다. 그 때 기차를 처음 보았다고 하면서. 중학생이던 그 시골뜨기는 그 때 얼마나 볼품없는 모습이었을까! 어머니는 사람을 가리지 않았다. 시골 사람들은 목포에 나오면 당연히 어머님께 와서 자고 가는 것이었다. 여학교를 나온 신여성이면서도 농사짓는 시골 아줌마들과 진정으로 정을 나누던 어머님. —시누이들은 그래서 맨 날 이가 끓어 창피하고 불편했다고 웃으면서 이야기하곤 했었다—이런 어머님을 나는 감히 닮을 생각조차 하지 못한다. 시아버님조차 금년 초에 돌아 가시고 이제 우리집안의 화목은 우리 대에 달렸는데 진정 불초인 이 며느리가 어찌 어머니의 그 크신 덕을 흉내나마 내 볼 것인가!

(2002.5.3)

떡국 상을 이고 오신 고모님

이제 며칠 있으면 설이다. 설 명절이 되면 내가 해 보고 싶은 일이 하나 있다. 그것은 아담한 떡국 상을 한 상 차려서 상보를 덮어 오라버니에게 가져다 드리는 일이다. 그 까짓 거 하나도 안 어려운 일 같지만 사실 이것은 불가능한 일이다. 차를 타지 않고 상을 이거나 들고 갈 수 있는 거리에 오라버니가 살고 계신 것이 아니니 내가 상을 보아서 들고 갈 수가 없는 것이다.

명절이면 생각나는 아름다운 사람이 많지만 그 중에 내가 참 아름답다고 느낀 이가 막내 고모이다. 막내 고모는 목포에서 우리 집과 가까이 살고 계셨는데 어느 해 설날, 고모는 밥상 만한 목판에 전과 나물, 식혜, 약과, 생선 구운 것 등 설음식을 보기 좋게 접시에 담고, 놋주발에 떡국을 한 그릇 담아 상보를 덮어 이고 우리 집엘 오셨다. 그리고는 아버지 앞에 그 음식을 놓고 놋주발의 뚜껑을 벗기면서 "좀 드셔 보세요" 하였다.

놋주발 속의 떡국은 아직 따끈하였고 검은 암탉 같은 김과 댕기 같은 실고추와 파르스름한 움파가 얹혀 있는 하얀 떡국은 참으로 어여뺐다. 나는 이 음식을 아버지가 어떤 마음으로 드셨는지 물어보지는 않았으나 언제나 설 명절이 돌아오면 고모가 이고 오셨던 그 아름다운 이바지 상을 생각하곤 한다. 그 상은 "오라버니 건강하시오" "오라버니 날 이렇게 길러 시집을 보내, 잘 살게 해 주셔서 고맙습니다" 이렇게 말하는 성만 싶었다. 요즘 말로 하자면 "지난 한해의 보살핌에 감사 드리옵고, 새해에도 오라버니와 오라버니의 가정에 만복이 깃드시기를 비나이다" 쯤 되겠다. 그러나 그것을 글로도 아니고 말로도 아니고 이렇게 목판에 이고 와서 오라버니 앞에 펼쳐 놓는 고모의 그 마음씨와 솜씨가 수 십 년이 지난 오늘까지도 내게는 그렇게도 아름답게 기억이 되는 것이다.

요즘 명절이 되면 신문마다 방송마다 여자만 며느리만 힘든 날이 명절이라 해서 남녀 모두 함께 일하자고 계몽을 한다. 백 번 맞는 말씀이다. 아내와 누이는 부엌에서 허리를 못 펴고 일을 하는데 텔레비전이나 보면서 점심 차려와라, 재떨이 가져와라 해서야 될 일이 아니다. 아내와 누이들의 불평이 제법 먹혀 들어갔는지 요즘은 명절에 여행을 떠나는 집들이 적지 않은 모양이다. 차례는 가는 길에 성묘로 대신하고, 한 걸음 더 나아가서 행선지는 해외로 확대한다. 명절 연휴가 되면 국제공항이 발 디딜 틈이 없을 정도로 붐 빈다.

나도 때로는 명절 노역과 상관없이 하와이다, 호주다 하고 떠나는 이들이 부럽기도 하였다. 그러나 명절은 여행을 떠나기 보다 우리 고모처럼 누군가에게 상을 차려 대접하는 아름다운 날이라고 생각을 한다. 누구나 기억할 것이다. 우리 나이 또래의 세대는 명절에 가는 집마다 차려주던 음식상을. 아무리 꼬마가 가더라도 "아이고 울애기 떡국 잔 묵고 가그라이?"하면서 나물에 고기에 전에 떡에 한 상씩 채려

주시던 그 푸짐한 인심들. 평소에는 용서가 없던 엄한 어머니도 명절
만은 늦도록 놀고 와도 야단 치시지 않던 명절, 그 날은 참으로 해방
의 날이요, 축복의 날이었다. 그 때는 몰랐지만 내 앞에 상을 채려주
는 것이 얼마나 큰사랑이었는지를 훗날 나는 알게 되었다.

김채원씨의 소설에 '밥상 차리는 여인'이라는 부제가 붙은 소설이
있다. 이상 문학상을 받은 〈겨울의 환〉이다. 이 소설을 보면 밥상 차
리기란 단순히 먹을 것을 올려놓는 작업을 의미하는 것이 아님을 알
수 있다. 밥상, 그것은 우리의 문화요, 종교요, 삶 그 이상이다. 상위
에 놓인 음식과 그릇과 수저는 단순한 삶의 기호를 넘어 우리의 혼,
정신까지 축약해 놓은 민족전통의 축도다. 상을 받으면서 우리는 우
리 선조의 사랑을 먹었다. 민족의 정신을 먹고 어둠 속에 익은 어미
의 아비의 뜨거운 바램도 먹었다. 철없어 차린 음식을 흘리고 고마운
줄도 모르고 상을 쉽게 물리고 그랬지만 그 아이들이 자라서 그 사랑
을 기억한다.

풍요의 시대를 우리는 산다. 먹을 것도 입을 것도 넘쳐난다. 너무
들 버려서 걱정인 세상을 우리는 살고 있다. 그런데도 이웃간의 사랑
이나 인척간의 우애는 갈수록 엷어져 가고 있다. 형제끼리 한자리에
모이기도 쉽지 않다. 상을 차리자. 오라버니에게 떡국 상을 이고 가
자. 누구나 집에 찾아오게 하자. 세배라는 좋은 '구실'이 있기에 명절
이면 서로 오갈 수 있고, 집을 방문할 수 있다. 얼마나 좋은가. 오는
이가 아무리 어린 손님이어도 상을 차려 음식을 들게 하자. 그 마음
에 사랑을 심어 이 나라를 복되게 하자. 해외로 여행을 떠난다는 것
은 남에게 봉사하기 싫어 자기만을 위해 살겠다는 선언에 다름 아니
다. (2002)

『청파문학』 제1집

    우연히 『청파문학』 제1집을 뽑아 들었다. 정말 이것은 우연이다. 이 책을 얻은 것이 그러니까 언제였더라… 옆방의 K교수가 저 이런 것도 있어요, 하면서 보여준 것이 『청파문학』 제1집이었다. 나도 가지고 있지 못한 숙명여대 국어국문학과 학회지 창간호라 아, 그런 건 내가 갖고 있어야지…했더니 순순히 내어주었다. 뜻밖이었다. 그런데 욕심 잔뜩 부려 얻어다 놓고는 또 읽지도 않은 채 몇 년을 보냈고 오늘은 실로 우연히 이 책을 뽑아든 것이다. 보고 싶은 책이라고 다 볼 수 있는가. 보고싶은 책은 보아야하는 책에 밀려 언제나 소리 없이 서고 한구석에 박혀있기 마련이다. 정말 이제라도 뽑아든 것이 마음에 그리 다행일 수 없다. 책 찾느라 살피는데 우연히 날 좀 보소 하는 듯이 머리를 내밀고 있던, 이 우연이 아니었으면 나는 이 책을 어쩌면 영원히 보지 않았을는지도 모른다.

    아마 하루는 이 『청파문학』 창간호를 들었다 놓았다 했던 것 같다. 강의 등등으로 바쁘면서도 존경하는 대 선배의 글들이 내 눈길을 붙잡고 놓아주지 않았던 탓이다. 어쩌면 선배님들은 이렇게도 글들을 잘 쓰셨던 것일까? 아니 이 분도 글을 쓰셨구나 등등 나의 감탄사는 가슴속에서 계속 비집고 나오는 것이었다. 옆방에 전화를 걸었다. 이 책 어디서 얻었어요?

듣고 보니 이 책은 네 곳의 서재를 거쳐서 내 손에까지 온 것이었다. 세 분의 학자가 모교 숙명여대 국문과 학회 지를 소중하게 보관해오다 넘기고 넘겨서 내게까지 넘어 온 것이다. 부끄러운 일은 내게 준 『청파문학』이 네 권인데 한 권만 받았다고 기억한 일이다. 나는 전화를 끊고야 그 것들을 찾아 꺼내 보았다. 3집, 5집, 7집 어떻게 1,3,5,7 홀수 것만 모여있다. 뒤의 호수도 흥미 있고 알차기는 하지만 창간호가 내게 준 감동은 각별한 것이었다.

『청파문학』 창간호는 1958년에 淑大 靑坡文學會가 발행하였다. 국판 226페이지이다. 창간사는 이능우교수가 쓰셨는데 숙대 청파문학회라 한 것이나 창간사에서 동인지라고 한 것을 보면 『청파문학』은 문학동인지의 성격을 띠고 발간된 것 같다. 편집후기에서도 『청파문학』은 습작기의 작품이나 싣는 동인지가 아니라 기성인의 문학지를 표방한다고 되어 있다. 문학에의 의지나 자부가 대단한 인상이다.

교수, 강사, 졸업생, 재학생들이 망라되어있고, 국문과만이 아니라 영문과, 가정과생의 글도 실려 있다. 내용은 창작, 시, 수필, 평론으로 나뉘어 있는데 학술논문도 평론으로 분류하여 싣고 있는 것을 보아도 당시의 숙명여대 국문과의 분위기가 문학창작에 절대 비중을 두고 있었음을 알겠다. 『청파문학』은 후일 점차로 학술지로 변모해 갔다고 기억하는데 이러한 변화가 바람직한 것이었는지는 따져 볼 필요가 있지 않을까. 문학 동인지 『청파문학』은 그대로 살리고 학술지를 따로 만드는 것이 좋지 않았을까 싶다.

목차를 보면 이채우 (이능우교수의 필명)교수와, 구혜영, 전순란, 최정순, 박영숙, 박수애, 이인복, 안훈의 창작 8편이 최옥주의 희곡과 나란히 무게를 잡았고, 정한모, 김남조, 김구용교수를 비롯하여 추은희, 박경선, 김숙자, 오숙영, 안인귀, 허영자, 김윤희, 그리고 많은 선배들의 시가 영시 번역까지 20편이 실려 있다. 수필에는 조규동, 이남덕, 임동권교수와 박기원, 이무현, 김혜순, 박연숙 대선배 그리고 이규동, 양춘렬, 윤용숙, 윤정희, 권회현과 이옥련 선배의 글이 실려 있다. 평론에는 조연현, 김함득, 김용숙, 이중순, 곽종원 강한영 등 학계의 중진이 되신 이름들이 줄지어 있다. 내가 1학년이었을 때, 4학년이던 선배들이 1학년이었을 때 나온 과 회지이다. 그러니 내가 재학하는 동안에 눈에 띠지 않았던 것이다. 그러나 그들의 그림자가 길게 걸쳐 있어 더러 마주치거나 선배들의 존함을 듣거나 하였던 거다. 초원의 빛이라 할까 꽃의 영광이라 할까. 스승, 선배의 글들이 학창 아래 나란히 실려 있는 것을 보는 느낌은 각별한 것이었다. 이것을 동문이라 하는구나. 이런 훌륭한 동문들의 영광 속에 내가 안겨 있구나. 선배님들은 그 때로부터 지금까지 참으로 줄기차게 문학을 해 오신 것이다. 그 선배들을 기르신 스승님도 대단하시고 그 재주 빛나게 가꾸어 온 선배들도 정말 자랑스럽다. 이미 문단의 원로가 되어 있는 선배들의 글도 『청파문학』 창간호를 다시 빛나게 하고 있지만 문단에 등단은 아니하였으나 사회활동을 통해서 숙명의 이름을 빛내는 선배들의 글을 읽는 기쁨도 말할 수 없이 컸다. 벌써 대학 시절 그 때부터 비범하셨던 거다!

광고도 재미있다. 책 광고가 대부분인데 조연현의 평론집 『문학의 주변』, 김동리의 소설 『실존무』, 황순원의 소설 『잃어버린 사람들』, 손창섭의 소설 『비오는 날』 등이 광고되어 있고 김동리의 소설 『사반의 십자가』』곧 발간된다고 예고되고 있다. 뒤 표지에는 고대문학회를 필두로 동국대, 문리대, 사대, 성균관대, 신흥대, 연세대, 이화여대, 중대문학회가 축 창간 광고에 참여하고 있다. 경희대의 전신 신흥대가 끼어 있는 것도 재미있고 서울대가 문리대, 사대로 나뉘어 참여하고 있는 것도 당시의 분위기를 전해주어 재미를 더한다.

작품성이 탄탄한 소설, 그야말로 주옥같은 시! 그리고 수필들, 평론들! 불초라 했지만 이런 좋은 선배들이 있건만 닮지 못하고 나의 문학 공부는 어찌 그리도 부족했던가. 이제 생각하면 한없이 아쉬운 일이다. 나는 대학신문의 기사 쓰는 일보다 선배들을 찾아 문학 수업을 했어야 했다. 문학 선배가 권하는 세계명작도 목숨 내걸고 읽어야 했었고, 되든 안되든 글쓰기로 날밤을 새우며 꾸지람을 들으러 선배의 서재를 찾아갔어야 했다. 나는 대학시절 '나의 20대'에 무엇을 했던가? 입학하자 학생기자 모집 광고를 보고 찾아 가 시험을 본 그 길로 나의 대학생활은 결판이 났다. 신문기사 쓰기, 신문 만들기로 영일이 없게 된 것이다. 숙대신보사에서 일하는 것, 그것은 시골에 계신 부모님께 조금이나마 자랑거리를 드리는 것이었고, 그리고 나를 대학에 보내기 위해 하숙비를 내게 돌리고 가정교사로 들어 간 작은오빠에게 좀은 떳떳한 것이었다.

신문사의 일은 수월치 않았다. 4면이라고는 하지만 주간신문 발행이란 무척 바쁘게 마련이다. 기획, 청탁, 취재, 편집, 사진, 광고 이 모든 것을 전임인 편집국장과 전임기자1명 그리고 일고여덟 명의 학생기자가 해낸다. 올챙이 기자시절부터 언제나 기사마감에 쫓겼으며, 이 원고 빚은 대학시절 내내 내 발목을 쥐고 있었다. 언제 한번 문학에 대해 진지하게 생각해 볼 겨를이 있었던가? 날마다 원고지를 대하고 있으면 문학은 저절로 되는 것이라고 믿고 있었던 것 같기도 하다. 신문사에서 일하다보면 최소한 문장력은 갖추게 되는 것으로 착각을 하면서 보낸 나의 안타까운 젊은 날!

　신문사 생활이 내게 가르쳐 준 것은 한없이 많다. 내게 편집이란 무엇인지 가르쳐 주신 김재광 편집국장, 커리어우먼의 길을 가시면서도 여성적인 수줍음을 잃지 않으시던 모습이 늘 잊히지 않는다. 여걸풍의 용모에 개성출신답게 음식솜씨 깔끔하여 살림의 지혜를 수시로 일러주시던 김종순 영업국장, 걸어다니는 백과사전이라는 별명이 붙을 만큼 무불통지에 입만 열면 속담이 줄줄이 나오던 이규동 언니(전 임기자), 인상이 너무 좋아 눈부시던 장신자 언니, 영문학 전공을 바꿔 일문학 교수가 되었다. 소설 잘 쓰고 글 잘 쓰는 재원으로 소문났던 안훈언니, 방과후 늦도록 편집실에 남아 특유의 글씨체로 한자한자 철필로 원고를 쓰는 언니의 모습은 후배 기자들의 우상이었다. 말없이 소설 한편을 너끈히 끝내 우리를 놀라게 한 홍문자 언니, 쇼팡의 시를 살던 소녀 스타일의 유경심 언니. 총학생회장으로 출세를 해서 떠났다가 졸업 후 학교에 남게 돼 그 좋은 부서 다 두고 신문사로 올 때부터 멋있는 수필가가 될 싹이 있었던 입사 동기 이부림 언니. 그 외 작가 고경숙, 시인 성낙희 교수 등등 재주 있는 후배들의 이름은 생략하기로 하자. 이 선배들로부터만 잘 배웠어도 나의 문학적 감성은 좀 더 닦일 수 있었으련만 이들 선배와 나는 죽자고 신문으로만 만나야 했던 것이다.

　문학을 전공하는 자는 문학과 씨름을 해야만 했다. 아니 최소한 문학에 대한 기초 소양은 갖추어야 했다. 신문 문장과 문학 문장의 차이라는 기본 개념조차 생각할 겨를이 없이 정신없이 보낸 20대였다. 독서와 사색이 없이 무엇이 나오랴? 교정은 보았으되 독서는 않았으며 기사는 썼으되 문장은 알지 못하였다. 졸업 후에도 신문사에 남아 전임기자로 편집장으로 둔재를 혹사하여야 하였으니 언제 한번 차분히 다독하고 상량 할 여유가 있었을까? 신문과의 악연(?)은 평생에 이어져 나는 지금도 대학신문의 주간을 맡고 있으며 논문 쓰기가 아무리 밀려 있어도 학생들이 써 온 기사를 읽어 주어야 하는 바쁜 학기를 보낸다.

『청파문학』 창간호는 나의 20대에 이 좋은 선배들을 찾아 왜 배우지 않았던가 후회하는 마음이 새삼 끝없이 일게 하였다. 부족한 문학적 소양에 마음 깊이 부끄러움을 지니고 있는 나는 문학에 정진한 스승과 선배의 글들을 읽자 대번에 후회와 부러움에 빠지고 만 것이다. 부족하나마 문학연구의 끄트머리에 이름을 걸고 애면글면 자료를 모으고 읽어 문학의 정수를 찾아보려 안간힘을 쓸 때마다 나는 나의 문학적 감수성과 상상력의 부족을 절감하며 나의 어휘의 천박함과 단조한 문장을 한탄하곤 한다. 젊은 날 나의 20대에 자랑스러운 선배들에게 잘 배우지 못한 것을, 문학이라는 이 거대한 산맥과 내통하는 통로를 일찍이 마련해놓지 못한 나의 어리석음을 이제 탓해 무엇하랴.

소 망

무안의 여름은 황토 빛이다. 황토의 붉은 빛깔이 어느 계절이라고 달라질리 없지만 새파란 여름 하늘과 하얀 뭉게구름이 황토의 빛깔과 원색적 대비를 이루는 여름에 그 붉은 빛은 제 빛깔을 마음껏 토해내는 것이다. 황토의 유난히 붉은 빛은 내가 어려서 여름방학이면 찾아든 촌에서(이곳에서는 시골이라고 하지 않고 촌이라고 한다) 어디에서건 이상스레 시선을 끌던, 드러난 흙이 그냥 드러남이 아니라 벌거벗겨진 듯한, 드러나서는 안될 부분이 드러난 것처럼 안쓰러워 보이던 그 빛깔이 삼 십여 년이 지난 지금도 여전하다. 그 황토에 역시 황토 빛깔을 닮은 양파 그물이 밭마다 쌓여 있으니 무안의 여름이 황토 빛으로 더욱 붉게 느껴지는 것이 조금도 이상할 게 없다.

황토를 말하면 외지 사람은 황토 현을 생각하여 동학을 떠올리거나 '가도, 가도, 먼 전라도길 숨막히는 더위뿐이더라'의 한하운 시인을 떠 올려 아픔의 빛깔로 인식할 것이다. 그 뿐인가, 호남의 오랜 푸대접과 맞물려 개발이나 발전의 대오에서 소외된 역사까지도 겹쳐져서는 천형의 한의 빛깔같이 느껴지기도 할 터이다. 그도 그럴 것이 황토의 빛깔은 핏빛을 닮았기 때문이다.

그런데 무안의 황토 빛은 돈 빛깔이다. 누구든 무안에 와서 돈 자랑을 말아야 한다고 한다. 봄날 무연한 초록 들판이 보리밭인가 하고 다가가 보면 마늘밭이거나 양파 밭인 것이어서 실망(?)을 하게 되거니와 무안 일대는 붉은 황토밭에 온통 마늘과 양파를 심어 전국의 수요 중 많은 부분을 감당한다. 그러자니 마늘과 양파 수확기인 여름이 되면 양파를 수매하기 위해 몰려든 중간 상들로 무안은 한동안 흥청거린다. 게다가 국제공항과 도청이 곧 들어서게 되고 서해안 개발이 진행되고 있는 중이라 무안의 땅값은 하늘 높은 줄을 모르게 되었다. 그래서 새로 부임한 교수들은 거처 마련에 은근히 속을 썩히곤 한다.

그러나 무안의 황토 빛이 돈 빛깔일까? 어느 날 박씨는 지나가는 나를 보고 "인자 나는 갑니다, 김씨가 나보고 나가라고 안 하요. 나는 인자 갑니다." 박씨는 술이 취해 있었다. 나는 사태를 짐작했다. 대낮 근무 중에 술을 마셨으니 관리담당 김차장이라고 그냥 둘 수는 없을 게다. 학교의 청소를 담당한 박씨를 처음 보았을 때 나는 그가 검둥이인가 생각했다. 아무러면 저렇게 검은 사람이 있을 수가 있을까, 생각되도록 박씨의 얼굴은 검었다. 나이는 육십은 되었음 직한데 허리는 꼿꼿하였고 얼굴이 너무나 검기 때문에 표정을 잘 알 수가 없는 노인이었다. 처음의 서먹서먹함을 내가 먼저 인사함으로써 풀었는데 만나면 언제나 긴장하여 인사를 받곤 하였다. 언젠가 족발 한 봉지를 싸주었더니 그것을 잘먹었다고 잊지 않고 인사를 하고 박씨는 그 후 나를 꽤 가깝게 여기는 눈치였었다. 그러니까 박씨는 김차장에게 야단을 맞고 내게 하소연을 하고 있는 것이었다. 박씨는 말했다. "여그서 저 아래까장 쓰레기 리아까를 멫번 날르고 나면 속이 폭폭해서 술을 한잔 안할 수가 없어라우. 그래서 소주 한잔 마셨는디 술 먹었다고 당장에 고만 두라고 안허요"

그럴 것이다. 평생을 노동에 길들여진 몸이 아닌가. 그는 한나절 일하고 새 참에 막걸리 한잔 걸치고 또 논으로 밭으로 들어가 일하고 하는 리듬으로 평생을 살아온 것이다. 일을 한 바치(바탕) 했으면 술이 한잔 들어가야 그의 피는 제대로 돌도록 된 것이다. 그런 그가 갑자기 맨송맨송한 얼굴로 온종일 펜대잡고 일하는 조직 속으로 들어와 한가지로 맨송맨송한 얼굴로 하루를 견디기란 얼마나 어려웠으랴. 듣고 보니 술로 인하여 김차장으로부터 경고를 받은 것이 한 두 번이 아닌 모양이었고 이제 최후 통첩을 받은 셈이었다. 박씨는 마치 국민학교 학생처럼 두 손을 양옆에 똑바로 붙이고 서서 나에게 김차장에 대한 섭섭함을 전하고 나더니 뜻밖의 고백을 했다.

"지가 평생을 농사를 짓고 삼서 돈에 구애를 받지 않는다면 그거는 거짓말이지라이. 하재만 지는 돈만 생각허고 이 학교에 취직헌 것이 아니어라. 청소 함시러 선상님덜이 칠판에 쓰신 것이라도 보고 공부를 해 볼라고 여그로 온 것이제라. 그것뿐이어라. 못 배운 것이 한이 되아서라. 지는 학교를 못 다녔어라. 그라제만 지도 논어까장 읽다가 말었어라."

박씨는 옆에 있던 달력을 집어 뒷장에 '天地玄黃'을 달필로 써 보였다. 나는 논어의 한 대목을 써보일 줄 알았다가 약간 실망을 했으나 얼른 천자문부터 읽으셨느냐고 물었다. "아니지라, 학어집, 동몽선습을 몬야 읽고 천자문을 읽지라"했다. 그에 의하면 한달 받는 월급은 버스 요금 빼면 얼마 되지도 않는 것이라고 했다(여기 버스 요금은 6백원이다). 그가 이 직장에 나오는 것은 오직 배우고 싶은 마음 때문이라고 했다. 사람을 움직이는 힘이 어찌 반드시 돈의 힘뿐이랴.

신앙도, 그리고 배움에 대한 열정도 한 인간을 움직이게 하는 큰 힘인 것이다. 내가 근무하는 산업대학은 직장에 다니는 사람에게 혜택을 주어 대학과정을 마치게 하는 특별전형제도가 있다. 나는 자동차에 기름을 넣다가, 친척집에서 누군가를 소개받다가 공부를 계속하고 싶다는 고백을 많이 받았다. 그 나이는 이십대에서 삼십대 오십대까지 다양하다. 지금 우리학교 학생 중 가장 고령자는 55세의 산업디자인학과 학생이다. 그가 무슨 생각으로 다 늦게 산업 디자인을 공부하기로 마음먹었는지 물어보지는 못했지만 배움에 대한 열망이라는 것은 평생토록 다하지 않는 것임을 나는 알게 되었다.

그 후 박씨는 어찌 어찌 잘 되었는지 그냥 그대로 학교에 나와 일하고 있었다. 나와 마주쳤건만 그날 이후에 대한 해명이 없다. 술기운으로 그나마 나에게 말을 했던 것이리라. 나를 보고도 말없이 돌아서 가는 그의 뒷모습이 어쩐지 짠했다. 그 후로 술 먹는 습관을 고친 것인지 그의 얼굴에는 술기운이 없었다. 한 학기가 지나서 아주 검었던 그의 얼굴도 조금은 검은빛이 걷어졌지만 그의 얼굴에서 검은빛이 걷어지는 만큼이라도 그가 대학에서 뭔가 배워서 밝아졌으리라고 나는 믿을 수가 없다. 나는 강의 중 칠판에 판서를 할 때 이것을 박씨가 읽을까, 생각해 보는 적이 있다. 나는 박씨의 소망을 잊을 수가 없었기 때문이다.

황토바닥에서 황토빛깔로 산 사람들. 그는 얼마나 학교에 가기를 소망하였으랴. 그러나 아무도 그를 학교에 보내주지 않았다. 고루한 노인들은 한학을 고집하며 향교에나 다니고 나는 그러한 사람들을 많이 안다. 결국 그런 사람들만 농사를 지으며 고향을 지키게 되었다. 무안의 황토빛깔은 그 사람들의 안타까운 삶의 빛깔이다. 박씨의 소망이야말로 무안의 빛깔이자 안타까운 황토의 빛깔인 것이다.

책이 좋아서

　벼르던 책 정리를 하려고 새벽같이 학교로 왔다. 학기 중에는 강의도 있고 이런 저런 일들이 연 달아서 차분히 정리할 시간을 내기가 어려웠던 탓이다. 그러나 방학이라고 시간이 쉽게 잡히지도 않았다. 어언 팔월에 접어드니 방학도 벌써 달 반이나 지나갔다. 이제 20여 일이면 개학이라 싶으니 개학 전에는 말끔히 정리된 방으로 만들어야 하리라, 조급한 마음마저 든다.

　연구실을 세 번이나 옮겨야 했다. 신설대학이라 새로 건물이 지어질 때마다 학과별 공간 배치가 새로 바뀌지 않을 수 없고 보니 학과 없는 교양과 교수들이 자주 옮길 밖에는 딴 도리가 없다. 지난 봄 자연관에서 이공 관으로 옮길 때에는 수도가 있는 남향 방으로 가니 영전이라고 위로들을 해 주는 것이었지만 책이 많은 처지에서는 이사가 난감인 것은 두 말 할 여지도 없다. 옮기는 것부터가 문제다. 공부를 대단히 한 것도 아닌데 웬 책은 이렇게 많이 모아졌는지 모르겠다. 무엇보다도 큰 비중을 차지하는 것이 잡지 영인본들이다. 내가 학위

과정에 있을 때는 복사기 문화가 전성기를 이룰 때였다. 복사기도 없을 때 공부한 선배들은 얼마나 고생들을 했겠느냐고 동정까지 해 가면서 영인본을 사서 신나게 논문을 쓸 때까지는 좋았는데 이 영인본은 이제 서재 밖에까지 넘치게 된 것이다. 머지 않아 CD롬이 나와 이 영인본을 대신하리라 하는데 그 CD롬이 나올 때까지는 이 엄청난 분량을 몰고 다니지 않을 수 없다.

사실 국문과 교수의 방치고 책으로 넘쳐나지 않는 곳은 거의 없다. 특히 Y대 S교수의 댁은 방방이 책으로 가득 쌓여 있었지만 학교의 연구실에도 성처럼 둘러싸인 책 속에 가까스로 의자를 끼워놓고 앉는 형국이었던 것이 생각난다. 자료 많기로 소문 난 K교수의 서재는 구경을 해 보지 못했으니 알 수 없지만 아마도 온 집안이 엄청난 자료의 창고가 되어 있을 것은 상상하기 어렵지 않다. H대의 S교수는 집 아래 층 전체를 서재로 쓰고 계셨고 나의 지도교수인 C교수님도 자료가 대청마루 복판까지 차지해 나와 산 같은 책 더미를 신문지 등속으로 덮어두신 것을 본 적이 있다. 그러니 우리 같은 애송이 학자의 책이야 많다고 할 것이 없을 터인데도 집에다 책을 두어야 할 때는 이 책이 그렇게 처치 곤란일 수가 없던 것이다. 다행히 전임교수가 되어 책을 연구실에다 옮겨 놓을 수 있게 되어 "이 댁 주인이 교수님이세요? 참 책이 많군요." 이런 인사를 받지 않아도 되었다. "아니 마누라 책이랍니다." 이렇게 해명을 하지 않을 수 없는데 사람들은 책을 볼 때 돈을 먼저 생각한다는 것도 마음에 걸리는 일이었다. 이 집 마누라는 책을 사는데 엄청나게 돈을 많이 쓰고 있습니다 라고 공개하고 있는 꼴이어서 도무지 마음이 편치가 않기도 하였던 것이다.

그러나 책을 많이 가지고 있다는 것을 은근히 자랑스럽게 생각해

왔던 것도 사실이다. 집안 식구들도 그래서 책으로 온통 집을 어지럽혀도 즐겁게 참아 주었지 싶다. 교수로 부임하면서 연구실에 책을 빼곡 채워 놓았을 때엔 학교에 뭔가 기여라도 한 것처럼 흐뭇했다. 큰 트럭을 빌려 책꽂이 째 실어 온 책들은 제대로 분류되어 꽂혀지기까지 꽤 시간이 걸려야 했다. 정리하고 또 정리해서 학교생활에 제법 익숙할 무렵 새 건물이 지어지고 그리로 옮겨갔다. 높으신 분들의 방이 가까워 조심스러웠는데 다른 건물로 이동을 하는 데다 방도 널찍하여서 좋았다. 학생들이 헌신적으로 도와주고 하여서 별 어려움 없이 이사를 할 수 있었는데 2년만에 다시 이사를 하게 된 것이다. 그러고 보니 책은 계속 늘어나고 있었다. 이사할 적마다 더 힘이 들었던 것은 책이 늘어나서였다. 직업이 그렇다 보니 책이 늘어 날 밖에 없었다. 이젠 도저히 어쩌 볼 방법이 없었다. 정리도 못한 채 그냥 산처럼 쌓아 놓을 수밖에 없었던 책들을 이젠 좀 골라서 버리지 않으면 안되게 되었다. 남들이 진작에 하던 일을 무엇이든지 늦는 나는 이제야 이 것을 결심하고 실천에 옮기기로 한 것이다.

책을 버리다니…나는 책을 버린 적이 거의 없었다. 내가 가진 책 속에는 옛날도 옛날 대학교 1학년 적의 교과서로부터 대학신문 기자 시절 받은 원고료로 산 생 뗵쥐베리의 『인간의 대지』같은, 나로서는 매우 소중한 책들과 은사님들이 사인해 주신 저서들까지 모두 고이고이 간직하고 있을 뿐 아니라 누구든지 책을 버린다 하면 쫓아가서 싸오고 하여 남의 책까지 알뜰히 모시고 있는 것이 내 장서이다. 쓰레기장에 내다 버린 책들까지 주어 온 나다. 손 때 묻고 낡았어도 내가 미처 보지 못한 책들이기에 한없이 소중하였다. 내가 미처 보지 못한 책…이 왜 그리도 많은지. 도대체 독서란 어떻게 해야 하는 것인가? 나는 책이 풍부한 환경 속에서 때에 맞는 책을 읽으면서 성장한, 매우 정상적인 사람들을 몹시도 부러워하였다. 나의 독서란 실로 보 잘 것이 없는 것이었다. 어린 시절엔 삼촌이 보던 일어로 된 책들을 훑어보는 것이 고작이었고 중학생 시절부터 불붙은 독서열은 대여서점에서 빌어다 보는 소설책과 잡지 《학원》이 기껏 이었다. 오빠가 어디선가 가져온 서정주 시 선집, 조희관 수필집 이런 것이 겨우 신간이었을까? 언제나 헌책을 읽는 것이 나의 책읽기였고 그나마 어머니의 구박으로 숨어서 읽다시피 해야 하는 게 나의 독서였으니 언제 한번 계통 세우고 수준 따져 볼 겨를이 있었겠는가. 대학에 와서는 책을 읽을 더 할 나위 없는 좋은 기회였으련만 주간으로 발행되는 대학신문 기자 생활이 일간지 기자 웃도는 엄청난 노동력을 필요로 하였으니 나의 독서는 뒤로 밀리지 않을 수 없었다. 제대로 책을 읽지 못하였다는 아쉬움이 나로 하여금 그렇게 열심히 책을 모으게 하였는가 한다. 얻어 온 책이든 주어 온 책이든 그 속에서 내가 미처 보지 못한 책을 발견하고 그것을 읽을 때의 기쁨을 어디에다 견주랴.

요즘 젊은이들은 책을 읽지 않는다고들 한다. 책을 읽으러 들면 책이야 얼마든지 구할 수 있는 세상이니 책읽기가 한없이 좋은 시절이건마는 책을 읽지 않는다니 안타까운 마음 한량없다. 이들 젊은이들이 헌책 주어오는 마음을 알까? 구석구석에 책을 쌓고 사는 마음을 알까? 인테리어에 마이너스가 된다고 책을 사정없이 내다 버리는 판이다.

그러나 이제는 나도 어쩔 수 없다는 것을 알게 되었다. 이제는 내게 시간이 주어져도 읽을 수 없는 책이 있다는 것을 알게 된 것이다. 한번밖에 읽지 않았으니 언젠가 다시 한번 읽으려고 했던 책들, 언젠가는 읽으려고 모아 둔 고전들도 이제는 읽을 수 없으리라는 것을 인정해야 하는 나이가 된 것이다. 이제는 내 분야의 책을 읽을 시간도 모자라고 그 것을 정리하고 죽기에도 부족한 시간만이 남은 것이다.

장갑을 끼고 책을 뽑기 시작한다. 몇 분야로 나누어 책을 정리해 나간다. 안 볼 책을 과감하게 뽑아 내 놓는다. 그러나 뽑아 내 놓는 책은 얼마 되지 않는다. 나는 이 일이 순탄하지 않으리라 예감한다. 나는 아무래도 구식이다. 책이 좋은 것이다. 책이란 그 어떤 책도 반드시 배울 것이 있다. 아마 오늘도 책 정리하다가 무슨 책인가 손에 잡고 어질러 놓은 속에 그냥 주저앉아 읽고 있을 게다. 시간 가는 줄 모르는 채. 그리고 나의 남은 시간이 얼마 남지 않았다는 다짐조차 잊어버릴 것이다. 불광불급(不狂不及)이라는 말을 읽었다. 미치지 않으면(不狂) 미치지 못한다(不及)는 뜻이다. 책에 미쳐 보낸 세월 무언가에 미치기(及)나 한 것인지…그러나 어째도 좋다는 마음이다. 책이 좋은 걸 어떡하느냐 말이다.

문학에 나타난 공무원상

　오늘 이 자리에서 제가 드릴 말씀은 그렇게 아름다운 이야기가 되지 못하는 것 같습니다. '문학'이라 하면 대개 '시'를 떠올리고 가슴 뭉클한 서정에 잠길 준비를 하게 됩니다만 오늘 제가 드릴 이야기는 「소설에 나타난 공무원 상」입니다. '소설'은 시와 달라 듣기 좋은 이야기는 하지 않고 듣기에 괴로운 이야기를 주로 하게 된답니다. 소설은 이야기가 아니냐, 이야기라면 재미있고 듣기에 즐겁고 그런 것 아니냐 할는지 모르지만 소설은 본질적으로 비극적 구성을 갖습니다. 그래서 좋은 끝을 보는 경우가 거의 없습니다. 그것을 소설의 장르적 특질로 보기도 하지요 근대에 나타난 문학 양식이 소설이요, 이 소설은 이 근대가 가지는 모순을 소설 속에 담게 된다는 겁니다.

　하여간 오늘은 소설 속에 나타난 공무원 상을 이야기해 보려고 합니다. 자신의 모습을 남의 눈을 통해서 보는 일이 결코 즐거운 일은 되지 못한다고 하더라도 자신을 객관화해 본다는 점에서 전혀 무의미한 일만은 아니리라고 생각합니다. 공무원이라 하면 어떤 사람일까요. 사전에 보면 공무원이란 '국가나 지방 공공단체의 공무를 맡아보는 사람' 이렇게 되어 있군요. 공자(字)가 세 개나 등장하는 것을 보니 얼마나 사적인 일이 아니고 공동체를 위해 일하는 사람인지 알만하군요. 예전엔 공무원을 관리라고 불렀죠. 관리는 공무원과 같은 일을 하지만 벼슬아치의 다른 이름이기도 하지요. 공무원은 벼슬아치로서가 아니라 국가와 사회를 위하여 사심 없이 봉사한다는 의미가 강하지요. 아니 민주국가에서는 봉사정신이 없는 공무원은 상상할 수 없다고 보아야 하겠지요. 상관의 의미에서가 아니라 국민을 위해 멸사봉공하는 자세, 이것이 바로 공무원이다 라고 정의해도 그리 무리가 없겠습니다.

이런 공무원이 소설 속에 어떻게 그려지고 있느냐, 상당히 흥미있는 주제입니다. 저는 군청에서 근무하는 공무원이 주인공으로 등장하는 소설을 찾아보려고 하였으나 아쉽게도 찾지 못하였습니다. 찾을 수 있는 공무원은 경찰 공무원이 대부분이었습니다. 아마 더 시간을 두고 찾아보면 적합한 작품을 찾게 될 줄 믿으나 짧은 시간에 방대한 작업을 해낼 수도 없고 주어진 30분의 시간에 다 다룰 수 있는 것도 아니어서 오늘은 소박하게 이계홍씨의 단편 「끝의 일부」를 통해서 공무원 상을 살펴보겠습니다. 단편 「끝의 일부」는 이계홍씨의 창작집 『틈만 나면 자살하는 남자』(책나라 간)에 실려있습니다. 부제가 —어른들이 읽는 동화— 라고 붙어있듯이 이 소설은 동화형식으로 쓰여져 있습니다. 줄거리는 이러합니다. 국민학교 이 학년생인 가난한 집 아이 현이는 어느 날 학교에서 돌아오다가 조그만 돈이 든 보퉁이 하나를 줍습니다. 눈이 휘둥그래질 만큼 큰돈이 들어있는 보퉁이를 그 자리에 놓아두고 가려할 때 일 학년 때 같은 반이었던 친구 동수가 지나가다가 그걸 봅니다. 그래서 둘은 그 보퉁이를 그 자리에 두면 다른 사람이 가져갈는지도 모른다고 경찰서에 갖다 맡깁니다. 착한 일을 했다고 순경아저씨는 칭찬을 하고 학교와 이름을 적었습니다. 어느덧 새 학년이 되었습니다. 담임 선생님께 경찰서에서 오란다 는 전같을 받고 찾아간 현이는 이제 그 돈을 자기가 갖게 된다는 것을 알게 됩니다. 일년이 지나도록 주인이 나타나지 않아 돈이 주워 온 현이에게 돌아가게 된 것입니다.

그러나 문제는 그 돈을 받는 절차입니다. 처음엔 아버지의 주민등록 등본을 가져오라고 합니다. 버스를 세 번씩 갈아타면서 어린 현이가 다시 찾아가니까 왜 부모님과 같이 오지 않았느냐고 합니다. 그래서 현이는 다음날 엄마하고 갑니다. 그랬더니 이번에는 동수와 함께 주웠는데 현이에게만 줄 수 없으니 동수를 데리고 오라고 말합니다. 수소문을 해보니 동수는 다른 학교로 전학을 해서 현이는 혼자 경찰서로 갔습니다. 그러나 순경 아저씨는 꼭 동수를 데려와야 한다는 것입니다. 이날 현이는 버스를 잘못 타 엉뚱한 곳에 내려 집까지 걸어오느라 밤중에야 집에 오게 되었습니다. 어머니도 짜증이 나서 다음날 함께 경찰서에 갔습니다. 그러나 경찰 아저씨는 이제 자신들이 동수를 찾아다 놓을 테니 내일 다시 오라고 말합니다. 할 수 없이 다음날 현이는 혼자서 경찰서에 갑니다. 그러나 해가 저물도록 동수는 오지 않습니다. 집에 돌아가는 시간이 늦어지자 엄마가 걱정하실 것 같아 내일 다시 오겠다고 하고 현이는 그냥 집에 돌아갑니다. 날이 어둑어둑해지니 현이의 마음은 급해집니다. 그래서 신호등이 바뀌자 마구 뛰었습니다. 길을 다 건넜는가 하자 현이의 몸이 공중에 붕 떴습니다. 그리고 병원에 실려간 현이는 끝내 숨이 끊어지고 맙니다.

참 가슴 아픈 이야기입니다. 작가는 이 단편을 통해서 순경아저씨의 무책임하고 무신경하고 지루할 정도로 대책 없이 시민을 학대하는

(결과적으로) 경찰 공무원의 부정적인 모습을 그렸습니다. 왜 순경아 저씨는 현이에게 처음부터 부모님과 같이 주민등록을 떼어 가지고 동 수랑 같이 오너라 라고 말하지 않았을까요? 시민을 학대하는 공무원 은 시민은 언제나 찾아오는 것이니까 몇 번이고 찾아오는 일이 얼마나 힘든 것인지 모를 뿐 아니라 아예 무신경해지고 말았기 때문일까요? 그 정도의 수고도 하지 않고 그 큰돈을 가져갈 수 있겠느냐 생각한 것일까요? 그저 몇 번 오가는 것뿐인 일에 화를 낸다면 촌뜨기, 라고 생각하는지도 모릅니다. 이 소설 속의 현이나 어머니는 미처 생각을 못하고 있지만 철이 든 어른이라면 적당한 시기에 그 '쇼부'라는 것을 쳤을 것입니다. 찾아 갈 돈에서 얼마만큼을 순경아저씨에게 주려했다면 현이와 엄마는 그처럼 여러 번 헛걸음을 하지 않았을 것입니다. 작가도 그것을 모를 리 없습니다. 그래서 어린아이를 주인공으로 내세운 것이지요. 잘못된 방법이 아니라 정식으로 일을 처리하려고 할 때 일어나는 현상을 그대로 적어보려고 한 것일 겁니다. 이 이야기는 소설이지만 최근 이처럼 창구에서 창구로 돌다가 울어버린 예가 신문에 보도되기도 했습니다. 그렇다면 이 이야기는 단순히 허구에 불과한 이야기라고만 할 수 없겠습니다.

　이 이야기는 부제가 말하듯이 동화적인 구성을 지녔다고 했습니다. 현이의 시선을 따라 작가는 동화처럼 부드럽고 순수하게 묘사해 나갑니다. 어른들은 이 어린이의 이야기가 짜증이 납니다. 악한의 이야기를 악한의 문장으로 당당히 쓰지 않고 이처럼 어린아이의 시선을 통해서 그리고 있기 때문에 처음에는 아름답고 행복한 이야기를 들려줄 것으로 착각을 하다가 속아서 불쾌하고, 다음에는 공연히 지루하게 늘어놓는 것 같아 짜증이 나고 끝내는 너무 참혹한 결말을 맞이하여 고통을 당하게 됩니다. 작가가 이 소설에서 노리는 점이 바로 이

것입니다. 어른들의 가장 부끄러운 모습을 아이의 천진난만한 목소리로 들려줌으로써 비극을 한층 더 비극적이게 하는 것, 독자를 고통스럽게 하는 것, 이것이 이 소설이 의도한 비극적 효과입니다. 이 「끝의 일부」를 통해 우리는 오늘날 경찰 공무원이 보여줄 수 있는 매우 부정적인 측면을 보았습니다. 말하자면 소설 속에 나타난 경찰공무원의 모습은 이처럼 둔하고 무책임하고 나아가서 시민의 입장을 배려해주지 않는 잔인한 모습으로 그려져 있는 것입니다.

7,80년대 우리 소설에서는 보다 잔혹한 경찰이나 모처의 인사들이 적지 아니 그려집니다. 시대가 어두웠기 때문이지요. 우리 나라 고소설 춘향전에서도 탐관오리 변학도가 그려지지만 정다산의 「애절양(哀絶陽)」에도 잔인한 관리들의 행패가 적나라하게 그려져 있습니다.

갈대밭의 젊은 아낙 울음소리 길기도 해
관문 향해 울부짖고 하늘보고 외쳐보네

출정 나간 남편이 다시 못 옴은 그럴 법도 한다지만
옛날이래 사내가 양물(陽物) 자른단 말 들어보지 못 했다 네

시아버지 삼년상이 끝난 지 오래고 갓난아이 배내 물도 마르지 않았는데
삼대의 이름이 군적에 실리다니

가서 호소하고 싶지만 관문의 문지기 호랑이 같고
이정이 으르렁대면 진즉 소를 끌어 가버려

칼 갈아 방에 드니 흘린 피 자리에 흥건하고

스스로 한탄하길 애 낳은 죄로 이런 군색한 액운 당한 다오

누에치던 방에서 불알 까던 형벌도 잘한 일 아니고*
민(閩) 땅의 건(囝)이라는 거세 풍습*도 또한 비통한 일이었다

자식 낳고 살아가는 이치 하늘이 주시는 일
천도는 아들을 만들고 땅의 곤도(坤道)가 딸을 낳아

말이나 돼지 거세함도 오히려 가엾다고 말하거늘
하물며 우리 백성 자손 잇는 길임에랴

부호 가에서는 한해 내내 풍악 울려 즐기지만
쌀 한 톨 비단 한치 바치는 일없더구나

너나 나나 한 백성인데 어찌하여 후하고 박한 거냐
객창에 우두커니 앉아 거듭거듭 시구(鳲鳩편*을 외워보네

― 다산 정약용, 「애절양」(도서출판 해 누리 『다산 정약용 시선집』
번 역에서 인용)

죽은 시아버지와 아직 강보에 싼 아기 몫까지 군포 세를 물어야
하는 현실을 고발한 시입니다. 백성이 이처럼 처참한 지경에 빠져도
부호 가에서는 오히려 세금을 한푼도 내지 않고 있는 모순된 체제도

---

*1 중국옛날의 감옥에서 행한 형벌의 한가지. 누에치는 침침한 감옥에 사람을 가두
    어놓고 거세하던 악법이다.
*2 중국의 복건성에서는 옛날에 아이를 건이라고 부르면서 어릴 때에 거세하여버리
    던 풍습이 있었다고 한다.
*3 시경의 편 명. 내용은 관리들의 차별대우를 풍자한 것이다.

문제지만 허위장부를 만들어 사리를 취하는 관리의 모습이 숨김없이 그려져 있는 것을 주목하지 않을 수 없습니다.

예로부터 우리 나라는 동방예의지국이라 불리었는데 이 예의지국 이라는 것이 뇌물을 잘 바친다는 뜻이라고 합니다. 고려공사 삼일이 라거나 조선공사 삼일이라는 말도 뇌물을 주지 않으면 서랍 속에서 잠자는 서류가 사흘 간다는 의미라고 하지요. 『성호사설』의 인정론에 서는 나라님에게는 보잘것없는 선물을 보내지만 자기와 이해타산이 얽혀있는 상관에게는 바리바리 실어가며 이를 인정이라 한다고 되어 있습니다. 말하자면 뇌물이 곧 인정이다 이렇게 되는 거지요. 오늘날 도 미국이거나 그 어디거나 한국사람이 있는 곳에는 '촌지' 때문에 웃지 못할 촌극이 종종 벌어진다고 합니다. 아무리 청렴한 외국인이 라 할지라도 한국인의 이 '인정'에는 당하지 못한다던가요. 그렇게 본 다면 동방예의지국이라는 말은 오히려 부끄러운 말이 아닌가 싶습니 다. 청백리라는 말도 있고 아름다운 이야기도 많이 전해지지만 부끄 러운 관리란 우리 나라 전통을 이어받은 모습의 하나가 아닌지 모르 겠습니다. 이 「끝의 일부」에 나오는 순경아저씨의 모습은 요즘에서 만들어진 것이 아니라 먼 옛날로 거슬러 올라가 그 원인을 찾을 수 있는 우리가 지닌 부끄러운 전통 중의 하나일 수도 있습니다.

오늘 이 짧은 특강이 고통스러운 시간이 되었더라도 용서하시기 바랍니다. 저는 문학 연구를 하는 사람이므로 그저 문학에 대한 이야 기를 했을 뿐입니다. 오늘 「끝의 일부」에 나타난 공무원 상을 살펴본 작업이 바람직한 공무원상을 구축해 나아가는데 객관적인 하나의 자 료가 되었으면 합니다.

공부를 덜하고 청소를 하라

이 땅의 교육, 이대로는 안 된다고 말들이 많은 것은 어제오늘이 아니다. 그러나 삼월, 대학에 새로 입학한 새내기들의 초롱초롱한 눈빛과 진지한 자세들을 만날 때면 초등학교에서부터 중학교, 고등학교 선생님들의 오랜 교육에 감사한 마음이 되곤 한다. 선생님을 대하는 저 공손한 자세! 학문에 입문하고자 보이는 저 겸손한 표정! 그러한 아름다운 모습이 어떻게 이루어졌겠는가? 우리의 교육이 이루어낸 장하고도 귀한 결과가 아니겠는가? 초등학교와 중학교, 고등학교의 많은 선생님들의 가르침이 축적이 되어 대학 선생은 이렇게도 편하게 강의를 할 수 있게 되었구나! 교실이 무너지고 있다는 끔찍한 말을 나는 믿지 않고 있다.

그런 학생들에게 나는 여러 가지 이야기를 해 주지만 내가 빼지 않고 하는 말은 "공부를 덜하고 청소를 하라"이다. 공부하러 온 학생들에게 공부를 덜하고 청소를 하라니 이건 무슨 말인가?

몇 년 래 나의 좌우명이 된 "공부를 덜하고 청소를 하라"는 우리

학생들에게 매우 좋은 가르침이라고 생각하고 있다. 수능 성적을 올리기에 급급한 우리 학생들에게는 생활이 빠져 있다. 먹고 자고 입는 우리 삶의 기본에 속하는 노동은 엄마가 대신해 주고 오직 공부만 잘하라는 교육을 하다 보니 우리 신세대들은 노동의 가치, 일상의 중요성을 잊고 있기 쉽다. 자기 주변의 정리 정돈을 잘 하지 못함은 물론이요, 정리 정돈을 잘하지 못하는 것은 공부에까지 영향을 미친다. 책상을 언제나 잘 정돈하고 책꽂이도 잘 정리하고 방도 물걸레질을 하고 한 걸음 더 나아가서 마당도 쓸고 베란다 물 청소도 하다 보면 뜻밖의 소득이 많은 것을 알게 된다. 잊었던 메모를 찾아내기도 하고 보려고 사 두었던 잡지나 책도 읽게 되고 잊었던 계획도 생각나서 생활이 완전히 새롭게 될 수 있는 것이다. 공부를 덜하고 청소를 해 보라, 여러분은 참으로 놀라운 보물을 발견하게 된다, 고 나는 이야기한다. 넘쳐나는 정보를 소화하기 위해서도 묵은 정보를 청소해야 한다고 말한다.

우리는 아이들에게 일하는 즐거움과 소중함을 가르치지 못하였다. 그래서 우리가 일군 건설을 잘 관리하지 못하여 언제나 용두사미의 꼴을 만든다고 생각한다. 아무리 사소한 시설이라고 할지라도 그것을 잘 관리한다면 언제나 일류의 위치를 유지할 수 있다. 그러한 청소나 관리하는 일은 여자나 하는 하찮은 일로 생각하기 때문에 우리가 일군 소중한 것들이 황폐하게 방치되고 있는 것을 우리는 얼마나 많이 보아오는가.

장사하는 사람은 장사를 덜하고 공부하는 사람은 공부를 덜하고 청소를 하자. 그러면 우리의 삶은 보다 윤택해지고 일류가 될 수 있다.

일 잘 하는 사람

　일 잘하는 사람을 보면 마음이 기뻐진다. 중국의 고전 장자(莊子)에는 기막히게 일 잘하는 사람의 이야기가 나온다. 소를 잡는 사람인데(포정 · 疱丁) 그는 어떻게나 소를 잘 잡던지 그가 쓰는 칼은 평생 닳지를 않았다고 한다. 소를 잡을 때면 뼈에서 살을 발라내는데 살과 살 사이의 떨어질 부분을 교묘하게 잘도 알아 고기는 그의 칼이 가 닿기도 전에 떨어져 내린다는 것이다. 그래서 그는 평생 단 하나의 칼을 품에 간직하고 다니면 되었다는 것인데 그가 소를 잡는 것을 볼 수 있다면 그것은 참으로 가경일 것이다.

　일 잘하는 사람을 보면 기분이 좋아진다. 우리 집에 오는 파출부가 티 셔츠를 개키면 그처럼 반반할 수가 없다. 내가 섣불리 상점의 흉내를 내어 개켜 놓으면 여기저기 구김이 가는데 이 파출부의 손에만 가면 구김이 잘 펴져서 옷이 편안해 보인다.

　예전에 나는 인쇄소에 다니면서 신문을 만든 적이 있었다. 요즘과 달리 활판 인쇄 시절이라 문선부와 식자부에는 많은 사람이 활자를

다루고 있었다. 활자 하나 하나를 심어서〔植字〕 조판을 하는데 일 시
키는 사람이 조금이라도 서투르면 신경질부터 내기 마련이라 조판하
는 날은 내내 조심해야 하였다. 그러나 신문이란 게 걸핏하면 판 뜯
어고치기가 예사였다. 그럴 때면 이 식자공의 눈치 보기가 수월치가
않았다. 그런 때 약간 읽은 얼굴의 그의 손에만 가면 활자는 풀이 붙
은 듯 흩어지는 법 없이 덩어리진 채 떼고 붙고 척척 고쳐지는 것이
었다. 그의 능숙하고 날랜 손을 보고 있으면 나도 모르게 즐거워지곤
했다. 그것은 바라던 대로 판이 고쳐져서만이 아니었다.

얼마 전에 S산부인과에 아이를 잘 낳게 하는 조산원이 있다고 해
서 그 이야기를 들으며 즐거워했던 기억이 난다. 적지 않은 세월을
아이 낳는 일에 종사하다 보니 아이를 잘 그리고 빨리 낳을 수 있도
록 옆에서 그렇게 잘 도와주는 사람이 되었던가 보다. 무슨 일이든지
자기의 일을 능숙하고 정확하게 잘해내는 것은 아름다운 일이다.

나는 영화 람보를 보면서 장자의 포정(疱丁)을 생각했었다. 그는
어찌나 싸움에 능숙한지 낙하산으로 공중 투입되어 그의 성능 대단한
기관총 하나를 매고 적지를 종횡 무진하여 주어진 명령을 완벽하게
수행한다. 실로 포정의 기술에 비할만한 신기이다. 그러나 임무수행
전후의 람보의 모습은 왜 그리도 쓸쓸한 것이었을까? 내가 좋아하는
이소룡도 그 출중한 무술로 악당들을 시원하게 때려눕힌 뒤 몹시도
비감한 표정을 짓곤 하였다. 임무를 맡을 때의 람보도, 임무를 끝낸
후의 이소룡도 얼굴이 그처럼 슬퍼 보인 것은 왜 인가. 그들이 혼자
있어도 쓸쓸해 보이지 않고 신나 보이는 때는 오직 일하고 있을 때뿐
이다. 장자에 나오는 소 잡는 사람 표정도 아마 그렇지 않았을까 나
는 생각한다. 나는 주변에서 일에 몰두한 사람을 보면 흐뭇하고 일을
잘하는 사람을 보면 아끼고 사랑한다. 그러나 그들에게는 대부분 친

구가 그리 많지 않다. 일을 끝낸 후 그들은 허전하고 쓸쓸한 것은 아닐까.

일을 잘한다는 것은 참으로 장한 것이다. 그러나 적당히 쉴 줄 안다는 것은 더욱 중요한 일이라고 한다. "어떻게 일하느냐 보다 어떻게 쉬느냐, 이것을 보면 그 사람됨을 알 수 있다."는 말이 있다. 일하는 것에 비중을 두고 살아온 우리는 쉼에 대하여 잘 이해하고 있지 못하다. 왜 쉬는가. 일하기 위하여 쉰다고 생각한다. 그 말이 틀린 것은 아니다. 그러나 잘 쉰다는 것은 일을 잘 하기 위하여 심신의 피로를 푸는데 에만 그 의미가 있지 않다는 것이다. 일의 노예가 되지 않기 위하여, 인간이 되기 위하여 쉰다는 것이다. 밀린 일에 쫓기지 않고 자유롭게 사는 것이 어떤 것인지 실은 나도 잘 모른다. 삼십대에 평생 쓸 돈을 벌어 놓고 남은 인생을 자유롭게 사는 것을 권하는 책을 읽을 때 나는 오히려 곤혹을 느낀다. 놀 줄을 모르기 때문이다. 아침에 눈을 뜨고 그 날 할 일이 밀려 있지 않으면 기분이 좋다. 그러나 할 일이 없다면 불행할 것이라고 나는 생각해 왔다. 일이란 일 그 자체가 삶의 목적이라고 생각해왔기 때문이다. 일을 하면서 보람과 기쁨도 느낄 수 있다고 생각해 왔다.

그러나 삶의 궁극적 목적을 생각함이 없이, 일하기 위해서만 일을 한다면 우리는 일의 노예밖에 될 것이 없다. 저 람보와 이소룡의 비감한 표정은 그런 의미에서 삶의 정곡을 꿰뚫고 있는 것 같다. 누구를 위하여 무엇을 위하여 일하는가. 일을 잘 하는 것은 좋지만 일 잘 하는 것을 내세우는 동안 우리는 외로워지고 말 것을 그들의 표정이 웅변으로 말하고 있다. 왜 뛰고 있는지 모른 채 뛰고 있는 자신을 위해 이제 쉼을 생각해 보아야 하겠다.

공묘의 문턱

중국 치푸〔曲阜〕에 갔을 때다. 맹자의 사당인 맹묘의 대문 문턱이 뜯겨져 한쪽에 밀쳐져 있는 것을 보았다. 문화재임에 틀림없는 수 백년 된 건물의 문턱은 오랜 세월에 닳고 삭아 저절로 주저앉은 듯 했다. 바닥이 대리석이니 문턱이 없다고 해서 별문제는 없어 보였다. 허지만 한쪽에 아무렇게나 치워져있는 문턱은 너무나 어처구니없었다. 관광객이 끊임없이 몰려오는 문화재의 일부가 아닌가. 훼손되었다면 마땅히 수리를 해야 할 일이요, 미처 수리가 안되었다면 수리를 하기까지 주저앉은 문턱을 창고에 곱게 보존하는 것이 옳을 터인데 그걸 맨바닥에 팽개쳐 놓은 것이다. 공자의 사당 공묘에 갔을 때 눈여겨보았더니 여기도 마찬가지였다. 낡고 삭은 문턱은 대문 옆 바닥에 팽개쳐져 있었다. 뜯어 재낀 문턱 옆에서 제복을 입은 사나이가 연신 들어서는 관광객의 입장권을 받고 있었다. 개방된 중국의 모습은 이런 것인가.

단체관광이란 관광가이드가 입장권을 사서 나누어주게 되어 있다.

가이드는 입장권을 사러 갈 때마다 웬일인지 오래 기다리게 하는 것이었다. 그 뿐 아니라 차를 타고 관광지에 들어서서 검문소를 거치게 되는 이 때도 꽤는 오래 기다리게 하였다. 무엇을 확인하는 것인지, 무엇을 검열하는지도 모른 채 우리는 오래 기다리곤 하였다. 문턱을 뜯어 재끼고 관광객을 받아들이는 중국과는 또 다른 모습이었다. 체제가 다른 외국인에게 중국은 아직 문턱이 높다랗게 실존한 나라라는 깨달음이 왔다. 중국이라는 나라는 이 문턱의 양면성으로 가장 잘 설명이 되는 것은 아닐까. 가는 관광지마다 온통 한국인 천지이다 보니 중국은 우리에게 완전히 개방이 된 곳처럼 느껴지게 마련이지만 실은 중국을 이해하기 위해 우리는 좀더 긴장된 노력을 하지 않으면 안되리라는 것을 이번 중국을 여행하면서 생각했다.

중국이란 어떤 나라인가. 엄청난 역사와 문화가 쌓인 곳이 아닌가. 우리는 유교문화 뿐만 아니라 수 천년에 걸쳐 엄청난 중국 문화의 우산 아래서 뼛속까지 영향을 받으며 살아오지 않았는가. 그런 중국을 우리는 결코 경시할 수 없을 것이다. 그런데 문턱을 뜯어 한쪽에 발로 밀어놓은 듯한 일들을 어렵지 않게 만날 수 있는 곳이 중국이다. 이번에 간 관광지에서도 안내서 따위를 준비했다가 주는 곳은 한군데도 없었다. 대단치도 않은 안내 쪽지 따위도 모두 사야만 하였다. 우리가 문화재라고 생각하는 것들을 그들은 너희들의 유적이라는 듯한 태도였다. 상인의식여부 보다도 불친절 그것만 잔뜩 느껴지는 관광지.

치푸(曲阜)의 한 호텔에서였다. 명색이 호텔인데 화장실 문간에 한 아주머니가 서서 휴지를 찾는 손님에게 화장지를 적당량을 잘라서 주고 있었다. 이 아주머니의 존재를 알지 못하고 화장실에 들어간 손님은 화장지를 쓸 수 없을 건 당연하다. 무엇보다 화장지를 화장실에 걸어두는 것보다 사람을 하나 쓰는 것이 돈이 덜 든다는 계산인 것 같았다. 식당에서도 달라면 주기는 하지만 우선 한사람 당 제공되는 냅킨이 성냥 곽만 한 것 딱 한 장이다. 실리를 위해서는 체면 따위는 대단치 않게 여기는 듯 하였다. 문 없는 화장실문화를 비롯해 중국인들의 이러한 모습들은 경제적으로 우위라고 생각하는 한국인들을 우쭐하게 만들기 좋은 것들이다.

공묘에 들어가려면 일곱 개의 문을 거쳐야 한다고 되어 있다. 유성문, 성시문, 홍도문, 대중문, 동문문, 규문각, 대성문. 그러나 이외에도 금성옥진(金聲玉振)이니, 지성문(至聖門)이니, 태화원기(太和元氣)니 하는 돌을 깎아 세운, 우리 나라로 치자면 홍살문 비슷한 문 등이 사이사이에 있어 그 수를 헤아리기 어려울 지경이다. 이어 밀려오는 관광객에 밀린 탓도 있지만 그 수를 헤아리기 어려울 만큼 문에 문이 잇닿아 있다. 문턱이 있는 문, 문턱이 없는 문, 어쨌든 중국인은 무척 문을 세우기 좋아하는 민족인가 보았다. 맹묘에도 태산에도 문이 많았다.

문이 많다는 것은 무엇을 뜻하는가. 결국은 문턱이 많다는 뜻이다. 문턱이 많다는 것은 들어가는데 그만큼 거쳐야 할 고비가 많다는 뜻이다. 쉽사리 용납할 수 없다는, 거부와 금기의 몸짓이 거기에는 담겨 있는 것이 아니겠는가. 그런 중국이 문턱까지 뜯어 팽개치고 돈을 받고 있다. 그러나 문이 없어진 것은 아니다. 문턱은 삭아 뜯어 치웠지만 문은 엄연히 남아 버티고 있는 것이다. 그 문이란 무엇인가?

임어당에 의하면 중국인은 세계 그 어느 나라의 국민보다 현실적인 사고를 하는 민족이라고 한다. 영국이나 미국 프랑스 등 서구의 그 어느 나라보다도 현실적인 사고를 하는 나라라는 것이다. 우리 나라보다 중국이 공자의 사상에 더 훨씬 더 유연하게 대하는 태도를 그

한 예로 들 수 있다. 위대한 철학자에게도 절대적인 숭상을 허락하지 않는 나라. 임어당은 그처럼 현실주의에 철저한 중국인은 동시에 환상을 그만큼 갖고 있다고 하였다. 반쯤 실눈을 뜨고 세상을 본다는 것이다. 현실적 사고에서 비롯한 상업주의만 눈에 띄어 중국을 오해하기 쉬운 것이 요즘의 중국인 것 같다. 우리가 흔히 아는 삼국지나 서유기만 해도 얼마나 대단한 상상력인가? 임어당이 말하는 환상적 측면이나 유머러스한 측면까지 다 이해하기는 어려우나 중국이란 그 오랜 역사에 쌓인 거대한 문화로 하여 결코 얕잡아 볼 수 없는 국가임을 모르는 사람이 없을 터이다. 그런데 우리 나라 사람들이 보인 그 동안의 반응들은 문턱을 뜯어 밀쳐놓고 돈을 받는 중국인에만 국한하여왔지 않은가 싶다.

중국을 몇 번째 가게 되었지만 이번 여행에서 특히 느낀 것이 '그들의 분노'였다. 공묘와 맹묘에 남겨진 문화혁명의 상처들. 많은 비석과 조각이 철퇴에 맞은 듯 부서지고 훼손되어 있었고 시멘트로 더러 메웠지만 채 복원되지 못하고 있었다. 중국은 그런 문화재를 '보여주고' 있는 것이 아닌가. 그것은 우리에게 당시의 분노를 보여주는 것에 다름 아니다. 공자를 문선왕으로 추대하여 세운 비에 왕(王)을 간(干)으로 보이도록 가리면서까지 정치적 특권을 누린 것, 엄청난 토지를 소유한 공씨 일문들의 삶의 방식, 이런 것들을 그들의 분노와 관련시켜서 옳은 건지는 모르겠다. 그러나 웃음 짓는 돌 문신(文臣) 등등에 남은 이 분노에 대하여 우리가 무엇을 느끼리라고 그들은 생각하고 있는 것일까? 문화혁명이 남긴 해악에 대해서 진작 '수치스러운 역사'로 결론 짓고 있었던 나의 감각에 이들의 분노는 새삼 실감으로 다가왔던 것이다. 같은 결론에 도달하더라도 문화혁명에 대하여 그 터무니없어 보이는 분노에 대하여 좀 더 알아야 할 것을, 동시에 중국의

근, 현대사에 좀 더 폭 넓은 공부를 해야 할 것을 절실히 느껴 보았다. 실용적 가치관에 의하여 문턱까지 뜯어 재끼고 관광객을 받아들이고 있지만 그들의 문은 아직 열린 것이 아니라는 생각이 분명해진 순간, 실용적 사고의 중국만이 아니라 임어당이 말하는 환상적인 면의 중국, 유머러스한 중국까지 이해하지 않고서는 그 많은 중국의 문을 열고 들어갈 수 없을 것이라는 깨달음이 온 것은 너무나 당연한 것인지 모른다. 공자와 맹자의 문묘의 문턱이 함부로 뜯겨 버려진 것은 참으로 여러 가지를 생각하지 않을 수 없게 하였다.

도덕공부 새로 하기

60대 초반의 노인 한 분이 어느 날 만원 전철을 탔다. 경로석이라 해서 비어 있을 리가 없다. 노인은 습관적으로 주위를 한번 돌아보고는 그냥 서있었다. 그러자 바로 앞자리에 앉아 있던 고교 2학년쯤 되어 보이는 남학생이 무거운 엉덩이를 들고 일어섰다.

"여기 앉으세요."

"괜찮아, 그냥 앉아 가."

노인이 미소를 지으며 사양하였다. 학생도 엉거주춤 허리를 굽히고 뜻을 굽히지 않자, 노인이 미안한 표정을 지으며 자리에 앉고 대신 학생이 서게 되었다. 바로 그때,

"애, 내 무릎에 앉아라! 어서 여기 와 앉으라니까."

찢어지는 금속성 목소리로 짜증을 내면서 노인을 무안하게 한 여인은 바로 그 학생의 어머니였다.

이 이야기는 오늘날 기성세대의 도덕과목 점수를 그대로 드러내 주고 있다. 자기 그리고 자기 가족의 이익만을 결사적으로 추구하는

우리의 추한 모습이다. 누가 나는 아니라고 할 수 있겠는가. 비록 지하철에서 몰상식한 목소리를 내지는 않는다고 하더라도 요즘 날마다 신문 전면을 덮고 있는 부정과 비리의 기사는 우리로 하여금 날마다 도덕점수를 새로 매기지 않을 수 없게 만들고 있지 않은가.

이것은 참 뜻밖의 재난(?)이었다. 우리의 이 중단 없는 경쟁시대(!)에 쐐기를 박는 이 장애물(?)은 이 봄 대한민국 국민에게 예상치 않은 충격과 혼란을 던져주고 있다. 비록 부정과 비리의 대열에 동참하지는 않았다고 하더라도 초록은 동색이 아니던가. 우리는 이 총체적인 비리에 동참하고 있었다. 나라도 돈이 있었다면 땅 투기를 했겠다, 나라도 아이가 대학에 한없이 떨어지고 돈은 있고 뒷문이 열려 있다면 부정 입학에 나섰겠다… 라는 솔직한 심경의 토로가 사방에서 들려오는 가운데 아, 그것이 죄가 되는구나, 그것은 잘못된 것이었구나. 이제 사 바보 멍청이처럼 깨닫느라고 얼들이 빠져있다. 지하철의 그 부끄러운 어머니도 우리가 공모한 총체적 비리의 대열에서 낙오하지 않기 위해 목을 매다 보니 부끄러움 같은 것 따위는 거들떠볼 겨를도 없었으리라. 날마다 새로운 비리가 터져서 정신이 없는 가운데 우리 국민들은 새로 도덕 공부를 하느라고 머리가 세어질 판이다.

생각하면 어처구니없는 일이다. 국민학교 하급반에서부터 열심히 공부하여 이미 도덕과목 점수는 다 따 놓았건만 이제야 '정직'이며 '성실'이며 '솔직'이며 '반성'이며 '회개'며… 이런 단어들을 신기한 박래품 보듯 하고 있으니 이 아니 재난인가 말이다. 게다가 정직이 무엇인지 솔직히 무엇인지 그 개념마저 까맣게 생각이 나지 않는다. 지금 두름 엮듯 끌려가는 부정과 비리의 인사들이 자신의 죄를 낱낱이 다 고백하는 것이 곧 정직한 사회를 낳는 길이며, 또 사정 당국이 진정으로 성역 없이 수사해주면 민주사회가 이룩되는 것이라고 막연히 생각하고 있다. 죄를 지은 사실이 밝혀짐으로써 부정은 바로잡히게 되는 것이지만 사실이 밝혀지는 것 자체가 곧 정직이며 진실이 되는 것은 아니다. 사실이 밝혀지고 거기에 온당한 심판이 가해져야 부정이 바로 잡히게 되는 것이다.

언제나 정직한 영을 새롭게 하여 달라고 기도하는 다윗의 시를 보면 "하나님의 구하시는 제사는 상한 심령이라"(시편 51편 17절)고 되어 있다. 상하고 통회하는 심령이야말로 정직하고 순전한 심성에 가장 우선하는 마음가짐이라는 것이다. 상하고 통회하는 심령이이란 바로 도덕적 심판을 거침으로써 마음이 심히 낮아진 겸손한 상태를 말한다. 감추어졌던 부정과 비리의 사실이 들추어지고 밝혀지는 것도 중요하지만 그러한 부정과 비리를 뼈 속 깊이 부끄러워하는 도덕성의 회복이 무엇보다도 중요한 것이다.

나는 또 하나의 어머니 이야기를 여기에 소개한다. 실화이기 때문이었을까, 아니면 내가 아름다운 이야기에 너무나 목말라 있었기 때문이었을까, 지난 초봄 이 이야기를 들은 후 잊을 수가 없었다. 대학 재학시절 우리는 하나의 전설 같은 이야기를 들었다. 모교에 교수로 재직하고 있었던 선배 한 분이 자신의 사랑에 충실하고자 교수직을 사임하였다는 것이었다. 유부남을 사랑했던 그는 자신의 불륜인 사랑을 버리기 보다 교수직을 내놓았다고 했다. 그로부터 삼 십 년, 나는 교수되기가 하늘에 별을 따기만큼 어려운 세상을 살면서 자주 그 선배를 생각했었다. 작가이기도 해서였는지 모르지만 그 되기 어려운 교수직은 왜 내놓았을까, 그 사랑은 어떤 것이었을까, 들려오는 풍문에 그 선배는 곧 그 남자와 헤어졌다는데 그럴 바엔 교수직을 버리긴 왜… 그렇게 늘 궁금했었다. 지난 초 봄 은사의 정년 퇴임 식에서 그분을 만났다. 식이 끝나고 은사님 댁에서 뒤풀이를 하는 시간 나는 드디어 선배에게 그때의 이야기를 들려달라고 졸랐다. 조용히 웃기만 하는 선배 대신 은사께서 자초와 지종을 들려주었다.

문제는 임신에 있었다고 했다. 결혼도 하지 않은 터에 아이를 낳는다면 그런 모습으로 교수직을 이어갈 수는 없으니 주변에서는 그 아이를 포기하고 교수직을 계속하는 것이 백 번 낫다고 무수히 설득을 하였다는 것이다. 가난해서 조교시절 교수님께 국수 값을 얻어가던 선배는 교수직을 그렇게 쉽게 포기할 수 있는 입장도 아니었는데 끝내 사표를 쓰고 아이를 낳았다는 것이다. 그 아이가 지금은 훌륭히 자라서 어른이 되었다는 이야기를 들으면서 우리도 눈물을 글썽였지만 막상 선배는 수건을 얼굴에 대고 오래 눈물을 흘리는 것이었다.

잊혀진 노래의 나직히 울리는 멜로디와도 같은 잔잔한 아름다움, 그것은 감동이었다. 아무나 할 수 있는 일이 아니었다. 홀몸으로 아이를 낳아 키우면서 고생이 얼마나 많았을까. 언제나 너털웃음을 웃으며 태평스런 표정으로 살아가던 선배에게 그런 아픈 사연이 있는 줄은 몰랐다. 불륜 어쩌고 하는 것이 교수직 사임의 이유인줄 알았던 나는 그의 선택에 크게 놀랐다. 낙태 수술 한번이면 자기의 인생을 새롭게 시작할 수 있었을 텐데 그것을 거절하고 기어이 그 어려운 길을 택해간 선배. 그는 진정 교수직에서 쫓겨 갈 수밖에 없어서 사임을 한 것이 아니라 그 스스로 사임을 선택한 것이었다. 자기의 선택에 끝까지 책임을 다한 성실한 인간… 그분의 용기와 파탈한 듯 늘 여유 있는 미소를 띠고 있던 선배의 얼굴을 아울러 떠올리지 않을 수 없었다.

그의 여유는 바로 도덕적 힘에서 나오는 것이었다. 인류를 지배해 온 권력의 이동이란 완력 즉 힘으로부터 지식의 힘으로 이동해 왔으며 그리고 앞으로는 도덕적 가치가 인류를 지배하리라고 한다. 우리가 배우지 못하여 부도덕해진 것은 아니다. 알면서도 우리가 그것을 외면한 것이다. 그러다 보니 자식들에게도 그것을 가르치지 못한 셈이 아닌가. 최근 어느 신문에서 조사한 청소년의 가치관을 보면 돈의 많고 적음이 사랑을 평가하는 가장 중요한 조건으로 나타나 있다. 무엇을 보고 배웠겠는가. 우리의 도덕공부는 이제 새로 시작되어야 한다.

낙엽

　S선생님의 얼굴은 예상했던 대로 초췌하였다. 그러나 부인의 병간호로 고생이 무척 심하다는 전문에 비기면 그렇게 대단히 얼굴이 깎이지 않아 다행이다 싶었다. 인사에 게으른 나로서는 일찍이 찾아 뵙지 못하여 죄송한 마음을 펴지 못하는데 선생님은 오히려 느긋하게 제자들을 걱정해주시는 것이었다. 흰 얼굴에 검은 눈썹, 모나지 않은 부드러운 눈매는 그로 하여금 비평가이기보다 군자라는 인상을 준다. 근황을 묻고 제자의 앞길을 염려해주시는 선생님께 조심스레 사모님의 병세를 여쭈니 담담하게 혼자서는 다섯 발자국을 겨우 걷는 정도라고 말씀하신다. 아주 불편해요, 주방 일도 내가 해야 하고 청소까지…허허 웃으신다. "국도 집사람이 끓여주는 것이 익숙한데 그걸 못 해 주니까 불편하지. 일이 아주 많아요, 목욕도 시켜주어야 하고 그러면서 이상한 것은 이러한 불편 속에서도 참으로 감사한 일을 많이 발견한다는 것이에요, 나는 요즘 늘 감사를 느끼면서 살아요." 하시는

것이다. 선생님의 말투가 너무 기독교 신자들과 비슷해서 선생님 교회 나가세요? 내가 묻고 말았더니 같이 갔던 송교수가 옆구리를 꾹 찔렀다. 선생님께서 그렇게 식사를 잘하시는 것을 처음 보았다. 아침을 드시지 않았구나….

부산에서 송교수가 올라왔다고 전화한 것은 어제였다. 우리가 새로 기획하는 출판관계의 이야기를 매듭짓느라고 어제저녁 만났는데 오늘 S교수를 같이 찾아 뵙기로 하였던 것이다. 서울에 살면서 부산에서 일부러 올라온 사람과 함께 해서야 찾아 뵙는다는 게 너무 인사가 아닌 듯 했으나 이렇게 라도 해서 해는 넘기지 않아야 할 것 같아 함께 온 것이다. 학교 앞까지 일부러 걸어나와서 점심을 함께 해주신 것도 선생님으로선 크게 마음 쓰신 것이다. 연세대 인문대 건물은 학교 안 깊숙이 있어서 걸어 나오기에 시간이 좀 걸리는 곳이다. 캠퍼스의 풍성한 나무들이 단풍이 들어 빛깔이 찬란하도록 아름다웠다. 금년엔 낙엽도 쓸지 않아 길에도 낙엽이 깔려 있지만 낙엽 속의 캠퍼스를 걸어나오노라니 가을의 정취가 더욱 가슴속으로 파고들었다. 나이…를 문득 생각하게 되었다.

선생님의 회갑은 어떻게 준비가 되는지? 여자제자란 게 모두 나 같기에 쓸모 없다는 말이 나왔을 게다 생각했다. 진작 와 뵈어도 좋았으련만 거의 일년이 다 되도록 인사가 없었으니…선생님은 건강에 관한 말씀을 많이 하신다. 너무 무리들 하지 말라고 공부하는데 자기 능력의 65퍼센트만 쓰고 나머지는 다른 사람과의 인간관계를 화해롭게 유지하는데 쓰는 것이 좋다는 이야기였다. "일년 이년까지 넘기면 안돼요. 삼 년 넘으면 회복이 안돼요. 노인들을 찾아뵈세요. 지혜가 많으신 어르신들께 배우기도하고 좀 좋습니까?" 선생님은 계속 욕망을 줄일 것을 권하셨다.

요즘 회갑의 나이란 노경으로 치지도 않는다. 그런데 선생님은 저렇게 늙으시고 제자인 우리도 과로를 걱정하는 나이가 되었다. 나만 해도 금년의 생일엔 가족으로부터 돋보기가 내장된 안경을 선물로 받았다. 내가 돋보기를 쓰기 시작한 게 어느 덧 2년이 되나보다. 돋보기 쓰기 전에 박사학위를 끝낸 것만도 다행으로 여겨야 할지 모르나 돋보기 없이 책을 읽을 수 없게 되었다는 생각을 새삼스럽게 하지 않을 수 없었다.

집에 오는 길에 우리 교회 H권사를 만났다. 지난여름 부군이 갑자기 병환을 앓게 되어 방문을 한 뒤 찾아가 보지 못하여 궁금하던 차였는데 우연히 길에서 만난 것이다. 얼굴이 부기로 부석부석하고 창백하였다. 부군은 아직까지 병원에 누워 있으며 크게 차도가 없어 걱정이노라고 하였다. 이제 퇴원시켜 집에서 간호하고 싶은데 아들 며느리가 반대를 해서 그냥 병원에 두고 있다면서 눈물을 흘렸다.

이처럼 병환 중에 있는 분들, 그것도 노환의 환자를 돌보느라 지쳐 있는 분을 겹쳐 만나고 보니 마음이 무척 쓸쓸해지는 것이었다. 늙는다는 것…그것은 인생은 낙엽과 같은 것임을 우리에게 가르쳐주는 것이 아니겠는가…나는 수북히 쌓여있는 낙엽을 유심히 바라보며 걸었다.

덜렁뱅이의 도시락

"그 도시락 이리 가져오너라." 친구랑 점심을 먹고 도시락 뚜껑을 닫으려던 나는 선생님의 말씀에 빈 도시락을 가져다 선생님께 드렸다. 선생님께서는 내 도시락을 받으시더니 내 도시락 속에 남아 있는 밥풀을 젓가락으로 깨끗이 떼어 드시는 것이었다. 그제야 나는 내가 도시락에 그처럼 많은 밥풀을 남겨놓은 채였다는 사실을 깨달았다. 그리고 선생님께서는 나의 그런 버릇을 눈여겨보시고 가르치시려고 그와 같이 하신 것임을 철없는 국민학교 오 학년 짜리도 알아들었다. 철이 없다니, 국민학교 오 학년이면 어지간히 철도 들 나이이다. 그러나 남자형제 넷에 고명딸로 자란 나는 오빠와 똑같이 사내애처럼 자랐다. 제기차기 구슬치기를 사내애들과 하는 것은 물론이요, 여자아이라면 누구나 기본적으로 갖추는 수줍음이라는 것도 전혀 몰라 친구들로부터 사내애 같다는 소리를 듣던, 한마디로 조심성이 없는 그런 아이였다. 그러던 내가 그 조심성이라는 것을 처음으로 배우게 된 것은 바로 국민학교 오학년 담임선생님이셨던 박인수선생님 덕택이었다.

　내 더럽혀진 도시락의 밥풀을 떼어 드시던 선생님의 모습은 어린 날 한 컷의 부끄러운 기억으로 그치지 않고 이후 나의 삶 동안 내내 천둥 같은 울림으로 조심성 없는 나를 지켜온다. 그것은 도시락 사건이 보여주듯이 오 학년 한해동안의 가르침이 모두 그와 같이 행동으로 본을 보여주셨음이요, 더할 나위 없는 사랑이 바탕이 된 성실한 교육 그것이었기 때문이다. 나는 오 학년 그 한해가 단 일년이었다고 믿기가 어렵다. 내가 학교에 다닌 그 많은 날수의 기억보다 오 학년 때의 기억이 훨씬 더 많기 때문이다.

　6·25전쟁이 아직 채 끝나지 않은 1952년 그 시절의 국민학교에 무슨 시설이 있었겠는가. 그러나 우리는 오늘의 풍요한 시절에도 누리지 못할 참으로 다채롭고 풍부한 산 교육을 받았다. 천장에는 은하수가 하얗게 흐르고 태양계를 비롯해 온갖 성좌가 그려져 있었다. (천장 까지 쌓아 올린 책상과 의자를 우리는 붙들고 선생님은 미켈란젤로처럼 그 위에 누워 파리약병에 넣은 분필가루 푼 물을 입으로 불었다. 천장과 얼마나 가까운 위치에서 불었겠는지 상상해 보라) 동서남북의 나침반이 그려진 천장 중심으로부터 내려뜨려진 실에 묶인 막대자석은 시계추의 원리를 알려주기 위해 흔들리고 있었고, 교실 앞문과 대각선을 이룬 코너에는 발신기와 수신기를 놓고 전선을 유리창 틀 위로 전봇대까지 만들어 가며 둘러놓아 우리로 하여금 모올스 신호를 익히게 했다. 그 시절에 그럴 수밖에 없는 빈약한 독서 량을 대신 채워주던 선생님의 일기와 선배들의 글모음 집이 꽂힌 도서 부, 매일 측후소에서 배달되는 기상도는 기압골의 흐름을 우리의 머리 속에 확실하게 심어주었고… 우리 반의 노래, 반성하는 노래 등 등 선생님이 직접 작사 작곡하신 바로 우리들의 노래를 부르던 행복한 기

억…종이를 이어 붙여 만든 활동사진을 돌려가며 들려주던 근대사(업혀가던 민비의 모습이 인상적이었다), 원균의 배신이 너무나 원망스럽던 임진왜란 이야기…국어 책의 〈꽃과 나비〉라는 극도 실제 연극으로 공연해보았고 대동여지도를 만든 김정호를 배울 때는 김정호처럼 흘러가는 구름을 바라보며 꿈을 꾸라고 유달산 부동명왕 조각이 있는 넓은 잔디밭으로 데리고 가서 수업을 해 주셨다. 언젠가는 지구가 둥글다는 대목을 설명하다 우리가 잘 이해를 하지 못하자 즉시 교실을 나서 유달산 제일 높은 데까지 데리고 오르셔서 그 자리에서 한바퀴 돌면서 우리가 둥근 둘레 속에 서 있는 것을 확인시켜 주시던 선생님. 그러던 어느 날 우리는 거의 전부가 숙제를 안 해 가지고 왔었다. (일부러 그랬을 리는 없고 숙제를 내주는 선생님의 말씀이 좀 분명치 않아서 그랬을 것이다)선생님의 너도 냐? 라는 듯 실망하신 채 바라보시던 눈길…이는 선생님이 잘못 가르친 탓이라며 우리에게 당신을 매로 때리라고 하셔서 울던 기억. 선생님은 결국 우리의 숫자대로 당신의 다리를 매질하시고….

같은 학교에 재학 중인 따님이 사친회비를 못 내서 우리 반으로 찾아 올만큼 가난했던 선생님은 그러나 우리에게 얼마나 위대하신 분으로 비쳐졌던가. 그때로부터 나는 검소와 겸손과 성실과 도덕성만큼 귀한 가치가 없음을 마음속에 깊이 아로새겼다.

매달 나눠주신 성적표, 우등상, 표창장. 모두 등사판에 선생님이 그려 만든 것들이었다. 선생님은 낡은 가죽가방과 함께 등사판을 늘 가지고 다니셨는데 우리는 그것을 서로 들겠다고 싸우곤 했으며…교실이 모자라 계단이나 느티나무 아래에서 야외수업을 곧잘 받던 우리였지만 그것이 불편하다는 생각은 한번도 해보지 않았으니 전쟁으로 한껏 황폐해진 우리 어린 가슴에 선생님의 사랑 넘치는 수업은 그 모든 어려움을 이겨내기에 모자람이 없었다….

도시락을 깨끗이 먹도록 본을 보여주신 선생님은 그 후에도 나의 부주의한 성격을 여러 차례 지적해 주셨다. 그런 덜렁 뱅이를 언니들 졸업식에 송사를 하도록 시켜주신 것을 보면 선생님의 나에 대한 믿음과 사랑이 결코 적지 않았음을 알 수 있다. 크신 키, 낡은 밤색의 더블 자켓, 흰 얼굴에 맑은 음성…선생님이 그리워서 주소를 알아내 편지를 드렸더니 이 제자에게 공대를 하셔서 송구하였다. 오랜 교단 생활로부터 정년 퇴임하신 후 선생님은 광주에서 붓글씨와 한적(漢籍)의 연구에 몰두하고 계시는데 오래 안부 여쭙지 못하여 죄스런 마음이다. (1993.5)

선생님의 일기장

교직에 생명을 거는 교사가 나와야 한다고 언젠가 썼지만 우리에겐 하나의 전범이 되는 교사상이 없는 것은 아닐까, 그런 생각을 해볼 때가 있다. 제자를 가르치는데 사랑과 헌신으로 일관하여 인류의 스승이 된 페스탈로치 같은, 그런 교사상이 우리에게 있다면 교실은 결코 무너지지 않을 텐데…생각해 보는 것이다.

미우라 아야꼬의 글들을 다시 찾아 읽기 시작한 것은 그의 죽음을 전해 듣고 난 뒤 그를 추모하는 마음에서였다. 60년대쯤이었을 게다. 미우라 아야꼬의 소설 『빙점』이 선풍적인 인기를 끌었다. 소설 뿐 아니라 그의 신앙 수기들도 신앙심이 없었건만 좋았다. 나중에 신앙을 갖게 된 뒤로 읽은 그의 글은 더욱 감명 깊었다. 그가 암과 투병 중이라는 소식을 듣고 젊어서 그토록 병마와 싸웠는데 나이가 들어서 다시 병을 얻다니 안타까웠다.

언제나 그렇듯이 책을 다시 읽으면 새롭게 보이는 것이 있다. 『길은 여기에』에서 나는 교사 미우라 아야꼬를 새롭게 만났다. 열 일곱 살, 대동아 전쟁이 한창이던 1940년 초등학교 교사를 시작한 그는 교사 직무에 철저한 나머지 패전이 되자 몸져눕고 만다. 어제까지 자신이 가르친 것이 오늘 잘못된 것이었다고 말해야 하는 입장이 된 순간 그는 더 이상 교사 직을 수행할 수 없다고 생각하고 교직을 그만두었다. 그 좌절은 그녀를 폐결핵 환자로 만들만큼 치명적이었고 이후 그는 오랫동안 병석에 눕게 된다.

이런 교사로서의 양심도 감탄할 만한 것이지만 나를 감동으로 꼼짝못하게 만든 것은 교사로서의 그의 직무태도였다. 일본인들의 성실성은 때로 상상을 웃돌기는 하지만 미우라 아야꼬의 그것은 정말 놀라지 않을 수 없었다. 그의 글에 의하면 그는 자기가 담임한 아동 50명의 일기를 매일 썼다고 한다. 자신의 일기를 매일 쓴다는 것도 쉬운 일이 아니다. 그런데 하물며 자기가 맡은 반 아이 하나 하나에 대하여 매일 일기를 쓰다니, 있을 수 있는 일일까? 이 점 하나만 보아도 그녀가 어떤 자세로 아이들을 가르치고 있었는지 넉넉히 짐작할 수 있다. 아이들은 당연히 부모보다도 선생님을 더욱 사랑하고 의지하는 것 같았다. 병든 선생님을 줄을 서서 찾아오는 학생들. 그 아동들이 그린 그림을 온 방에 둘러 붙여놓고 바라보는 미우라 아야꼬 미우라 아야꼬의 극진한 제자사랑을 아는 후임 담임의 자상한 배려 덕택이었다. 날마다 일기를 쓰고 있었으니 제자 한사람 한사람에 대하여 얼마나 잘 알고 있었을까?

이것은 단순히 노동의 양으로 따질 것이 아니다. 교사로서 학생 하나 하나를 얼마나 아끼고, 공들여 지도를 하면 일기를 쓰게 되겠는가. 이것은 교직을 하나의 직업으로서가 아니라 성스러운 사명으로 인식하고 있음을 나타낸다. 이런 선생님을 만난 학생은 정말 행복했을 것이다.

그러자 문득 나의 초등학교 5학년 담임 선생님 생각이 났다. 그분은 우리 하나 하나에 대한 일기를 쓰고 계시진 않았지만 가난한 아이, 문제아 이런 아이들에 대한 일기를 쓰고 계셨다. 그리고 몇 년이 지난 일기장은 교실 도서부 책꽂이에 꽂아 놓으셨다. 우리는 다른 책을 빌려 보는 것처럼 그 노트를 가져다 읽었다. 선생님도 우리도 그 노트에 대하여 한번도 이야기를 하지 않았지만 나의 가슴에는 선생님의 일기장에 쓰여진 가난한 아이들에 대해 가슴 아파하는 선생님의 모습이 진하게 각인 되었다. 온갖 아이디어와 자료를 동원하여 육이오 전쟁 후 그 삭막한 교실에서 한없이 풍요하고 알찬 교육을 베풀어 주신 그 분. 이 선생님의 헌신적인 지도를 떠올리면서 나는 때로 이런 훌륭한 교사 교육이 일제시대의 사범학교 교육에 의해 이루어진 것이 아닌가 의심해 볼 때가 있었다. 헌신적이고 고귀한 인격의 교사, 진정 스승이라 불리어도 좋을 그런 뚜렷한 교사상이 일제 시대의 사범 교육에는 있었던 것은 아닐까? 라고 30년대 소설이나 수필 등속에서 만나는 훌륭한 ―물론 악독한 교사상도 있지만―교사는 일본인이기 쉬웠다. 항일 저항 의식이 소설의 밑바탕을 이루는 경우에까지도 훌륭한 교사로 일본인을 쓰고 있는 것을 보면 일본에는 훌륭한 교사의 전범 같은 것이 있는 것이 아닐까 생각하지 않을 수 없었다. 교직에 생명을 건 미우라 아야꼬의 글을 읽고 나 역시 교직에 몸을 담고 학생들과 삶을 함께 하는 자로서 어떤 교사상을 머리 속에 그리면서 성직이라는 교직을 감당하는 것일까, 생각하면 부끄러울 때가 많다.

독서의 절제

　책읽기를 좋아하는 것을 문제 삼을 수는 없다. 그러나 책읽기에도 절제가 필요하다. 더구나 직업상 책읽기를 전문으로 해야 되는 사람은 책읽기에 자기 나름의 원칙을 세워 놓지 않으면 안 된다. 읽어야 될 책은 많고 할 일은 많기 때문이다. 무슨 소리냐고 할지 모른다. 양서이기만 하다면 읽어 나쁠 것이 없지 않느냐고 그러나 우리가 쓸 수 있는 시간은 한정이 되어 있고 보아야 할 책은 많다.

　일주일 단위로 시간표를 짜 놓고 생활하는 나의 경우 수업이 없는 목요일은 천금과도 같은 날이다. 나는 이날 아침이면 행복한 꿈에 잠긴다. 밀린 일을 할 수 있으리라는 기대에서. 그러나 하루를 마감해 놓고 보면 그 빈약한 결산에 낙심하고 만다. 나의 후회는 대개 그 책을 손에 잡지 말았어야 했다는 데로 모아진다. 불요불급한 책인데 조금만 보자고 손에 든 것이 하루를 다 보내고 더러는 며칠에 이어지는 경우가 태반인 것이다. 그래서 꼭 해야 될 일을 못하고 전전긍긍한다. 그럴 때 나는 놀지 않고 어쨌든 책을 보았다는 강변을 해 보지만 일을 못한 것은 못한 것이다.

　쇼펜하우어의 글을 보게 되었다. "책을 살 때 그 책에 바쳐질 시
간도 계산하라" "책을 읽는 동안은 나는 저자의 사고를 따라갈 뿐이
다." "생각할 시간이 없는 독서는 무익한 것이다." 등. 나는 한없이 책
에 욕심을 냈던 어리석음을 부끄러워했다. 내가 읽을 수 있는 책은
그리 많은 분량이 아니다. 내가 살날이 얼마나 남았는가 말이다.

　글을 쓸 때 좋은 책을 잘 인용하는 작가가 있었다. 사람들은 그를
일러 현학적이라 했다. 유식을 자랑한다는 비꼼이 들어 있는 말이었
다. 그 작가는 말하는 것이었다. "어디 당신들 한번 마음껏 현학적이
돼 보시오!" 현학적이라는 말을 듣기가 얼마나 어려운 것인지 우리는
잘 안다. 마음껏 현학적인 문인 또는 학자가 되기 위해서 절제 있는
독서가 필요한 것이 아닌가. 만시지탄이 있지만 이제라도 독서의 절
제를 실행에 옮겨보아야 하겠다.

고향의 하늘

파란 보리 아픈 마음

　　시골에서 보리나물을 보내오셨다. 깊은 겨울에 파란 보리 움을 보는 기쁨이 있다. 곰밤부레라는 나물과 함께 섞어 국을 끓여 먹는다. 내 고향 남쪽의 특산물인 홍어의 애를 넣고 된장을 풀어 슴슴히 끓인 국에서는 향긋한 풋내가 나서 맛보다도 그 향기에 취하는 겨울음식이다. 서울에서는 얻어보기 어려운 것이라 시골에서 겨울이면 꼭 몇 번씩 보내주신다. 나는 이 나물을 펼쳐놓고 보는 것만으로도 무척 즐겁다. 하얀 대궁, 파란 움. 나는 눈 속에서 이놈들이 어떻게 자라고 있는지를 안다. 눈 속에서 얼지도 않고 어찌 들 자라는지 신통하기 짝이 없다. 겨울 밭에는 보리만 자라고 있는 게 아니다. 시금치도, 양파도 파랗게 자라고 또 봄 배추도 땅에 다가붙은 채 눈을 뒤집어쓰고 있다. 눈이 그들을 얼리기는커녕 포근히 감싸주고 있는 것인지 그것들은 눈 속에서 더욱 싱싱하다. 그 차가움 때문일까. 나는 겨울 밭의 그 풋것들이 말할 수 없이 신선하게 생각되곤 했다. 이 세상 그 어느 음식보다도 싱그럽고 단 음식일 것이라고 생각되던 것이다.

이렇게 보내주신 보리나물로 국을 끓이면 식구대로 반기면서 식탁에 앉던 일도 그러나 이제는 옛날이 되어 버렸다. 요즘엔 나 혼자 신이 나서 국을 끓여 놓는데, 애들은 거들떠보지도 않는다. 처음엔 새파랗게 색깔이 살아있던 나물이 차츰 그 빛깔을 잃고 어두운 건더기가 되어 갈아 앉는 탓인지 아이들은 이 국의 향취를 도무지 취하려 들지 않았고, 도리어 볼품이 없는 그 빛깔을 경원하기조차 하는 것이었다. 식구들이 왁자하니 많던 때는 어떤 음식이든지 달기만 하더니 이 국 맛을 즐길 줄 아는 시동생 시뉘들이 모두 결혼해서 집을 떠나고 난 뒤 새 주인공으로 부상한 새 세대들은 이 겨울철 풍미를 통 인정할 줄을 모르는 것이다.

눈이 귀했던 이번 겨울이었지만 워낙 눈이며 얼음이 늦게 녹기로 유명한 강촌이라 창 밖으로 내다보이는 밭고랑에 아직도 흰눈이 쌓여 있다. 물론 그 밭에서는 아무 것도 자라고 있지 않다. 햇볕이 풍성한 여름에도 나무숲 사이에 어렵사리 일구어놓은 밭에서 자라는 풋것들은 그리 실하지가 못하였다. 그럼에도 동네 노인들은 물을 길어다 주어가면서 알뜰히 가꾸어 고추도 열리고 가지도 열리게 하던 곳이다. 서울에서는 겨울 밭농사가 안 되는 것인지, 아니면 노인들이 겨울에 거동이 어려워서인지, 밭은 황량하게 버려진 채 겨울 나목들 사이에 을씨년스럽게 누워 있다. 강 건너 모래 산이 눈을 뒤집어쓰자 빙산의 모습으로 화하여 겨울 강변을 더욱 얼음 나라로 만들어 주었는데, 이런 겨울 강변의 모습이 보리나물로 하여 더욱 쓸쓸히 시골생각에 젖어들게 하였나 보다.

나만해도 농촌을 전혀 모른다고 할 수는 없는 세대였다. 도시에서 나고 자랐지만 우리 집에는 노상 시골에서 온 손님이 한 둘쯤 머물고 계셨다. 때로는 아랫목에 하얗게 앉아 있기도 했다. 흰 무명치마와 무명저고리를 입고 밥상을 기다리며 오두마니 앉아 있던 여자들이 생각난다. 그들은 일이 있어 목포에 나들이 온 아버지 고향의 인척들이었다. 당신들의 일을 보러 왔으면서도 우리 집에서 자고 먹고 때로는 돈도 얻어 가지고 장을 보아 가던, 우리로 해서는 집안 어른들이었던 셈이다. 후대를 받는 형편이 아니면서도 부엌에서 밥짓는 어머니를 도울 줄도 모르는 듯 방에만 앉아서 밥을 기다리던 그들은 지금에 와서 생각해 보면 목포라는 데가 낯설기만 했던가 싶다.

그들의 옷자락에 묻어 오는 농촌 냄새― 무명에 먹인 풀 냄새 같기도 하고 찬 공기를 머금은 옷에서 나는 상큼한 냄새 같기도 한―를 맡으며 나는 자랐고, 아버지를 따라 시골에 가서는 그들로부터 깍듯한 대접을 받기도 했다. 그리고 6·25동란 중에 피난 가서 지냈던 몇 개월간의 농촌 생활이 내게는 더없이 소중한 기억이 된다.

그래서 내 나름대로 갖고 있었던 농촌에 대한 인식은 안정되고 풍요로운 것이었다. 아버지의 고향에는 꼬장꼬장한 어르신네들로부터 빠릿빠릿한 청년들까지 층층이 엄존해 있어서 어디로 보나 빈 데가 없었고, 집집마다 새댁이나 처녀가 있는 뒷방은 도배도 깨끗하던 그런 동네였다.

고향에 아직 남아 있는 친척 오라버니는 세상 몰라라하고 농사만 지어온 농사꾼이었다. 평생을 일밖에 모르며 살아와서, 들리는 소문에 착실히 농토를 늘려 부자가 되었다고 했다. 작년인가 아버지 산소에 들른 길에 오라버니 댁을 들렀더니 무척이나 반기면서 점심을 채려주었다. 그러나 동네는 옛날의 그 풍요하고 윤기 흐르던 모습을 찾을 길 없고, 길마다 엉클어진 풀 더미와 무너져 가는 집들로 폐허화하고 있었다. 이것은 전혀 내가 기억하는 그 동네가 아니었다. 동네에서 제일 큰집을 사 들었던 오라버니는 그 집의 반을 헐어버려 집꼴이

어수선하기 짝이 없었고, 옛날 총각들이 그들 먹 하던 사랑채는 온통 소의 배설물과 더러운 짚으로 휘갑이 쳐져 있었다.

나는 오라버니의 게으름이 원망스러웠다. 어찌 집을 이렇게 버려둘 수가 있단 말인가. 그러나 오라버니의 손바닥은 생고무를 한 겹 두껍게 입혀놓은 것 같았다. 얼마나 평생 일만 했기에 이런 손이 되는 것일까? 나는 나의 손이 너무나 부끄러워 슬그머니 감추지 않을 수 없었다. 내가 내 손 때문에 죄의식을 가져 본 것은 이 때가 처음이었다. 그런 오라버니의 수입이, 나를 너무나 실망시켰기에 나는 이 보리나물에 대한 감상이 예사로울 수가 없는 것이다. 얄미울 만큼 인사치례를 모르던 그들이 평생 일해서 모은 토지에서 거두어들일 수 있는 수입이 일년에 4백 만원도 안 된다는 사실, 그리고 거기에서 비료, 농약, 세금 등 온갖 비용을 제해야 한다는 사실은 믿어지지 않는 일이었다.

인건비 들여서 농사 지으면 도리어 손해가 날 뿐이기 때문에 자기 손으로 지을 수 있는 만큼 밖에 농사를 지을 수 없다고 했다. 집들이 이렇게 황폐한 것은 즉 일손이 없어서였던 것이다. 동네에서 제일 넉넉하다는 오라버니의 수입이 이 정도일 때 다른 농민의 현실은 어떨 것인가? 집집마다 빚이라고 했다. 금년 농사지어 수매하는 대로 빚 갚고, 모자라면 다시 빚으로 늘어나고 해서 농가마다 빚이 없는 집이 없다고 했다.

"분수에 넘치는 일들을 하니 모자라지. 그냥 먹구 살면 살기는 허지" 오라버니는 자신이 학교에 다니지 못한 것에 한도 없는지 고등학교에 보내는 것을 분수에 넘는 짓이라고 말했다. 고등학생 하나만 있어도 그 집은 빚더미에 올라앉고 만다는 것이었다. 아이를 고등학교에 보내는 일을 분수에 넘치는 일이라고 생각해야할까? 냉장고, 티브이, 전화를 놓고 사는 일이 분수에 넘치는 일이어야 할까?

보리나물국을 끓이며 그 향기가 즐거울 수만 없는 것은 아이들이 즐겨 먹어주지 않아서만이 아니다. 아이들이 보리나물국의 향취를 모르듯이 오늘의 농촌의 현실을 까맣게 모르는 것이 안타까운 것이요, 조금 안다는 나도 강 건너 모래 산이며 황폐한 밭고랑이나 바라보았지 별 뾰족한 수 없이 하루하루를 넘기는 무심한 도시 사람에 지나지 못하는 것이 가슴 아파서이다. 하얀 대궁, 파란 싹의 보리나물이 무한히 내 마음을 싱그럽게 울리면서 동시에 무척이나 아픈 마음을 갖게 하는 이 겨울이다.

소용돌이 사회

　　새벽에 일어나 밖을 보니 여섯 시도 안된 그 시각에 농부들은 벌써 나와서 일을 하고 있다. 물이 가득한 논에는 벌써 모가 심겨 있고 농부는 논 가장자리를 따라가면서 무언가를 건져내고 물꼬를 터주고 한다. 물이 흐르는 소리가 콸콸 나는 걸 들으면서 올 봄은 물이 많아 근심이 없었구나 했다. 새벽인데 맹꽁이는 맹꽁맹꽁 울고 잇따라 개구리가 개굴개굴 운다. 안개 살포시 내린 아득한 벌판을 바라보는 건 무안 생활의 더 없는 기쁨 중의 하나이다. 멀리 밭에는 아직 붉은 양파 묶음이 늘어 놓여 있다. 밭에 수확한 양파가 붉게 놓여 있는 것도 무안의 아름다운 풍경 중의 하나이다. 양파를 다듬어서 붉은 망에 담아 작은 탑처럼 밭에 놓아둔다. 어지간한 도로 변에는 이 양파를 토치카처럼 쌓고 검은 비 가림 막을 덮어놓아 이것 역시 무안의 특이한 풍경이 되어 있다. 아파트 앞 도로에도 그렇게 양파가 쌓여 있다. 나는 이 농부들을 보면서 이제 몇 년 지나지 않아 이런 농부들도 보기 어렵겠구나 생각한다. 수지가 맞지 않는 데다 정부에서 권장하지 않는 농사를 누가 짓겠는가. 그러니 이 농부의 모습도 귀한 풍경이 될는지 모른다.

　손질이 잘 된 밭과 논은 정말 아름답다. 전에 나는 농촌의 마루가 더럽고 집안을 아름답게 가꾸지 않는 삶을 이해하지 못해 했다. 그러나 지금은 잘 가꾼 논과 밭이 그들의 아름다운 거실이요, 집인 것을 알게 되었다. 논과 밭이 곧 그들의 삶의 터였던 것이다. 떡 가루처럼 곱게 손질된 밭, 붉은 황토의 사래들은 그 어떤 인테리어보다도 아름다운 것이었다. 모가 파랗게 자란 논은 또 어떤가. 논을 돌보는 저 농부의 마음은 자식을 돌보는 어미의 것 바로 그것이다. '내 논에 물 들어가는 소리하고 아기 목에 젖 넘어가는 소리가 제일 오지다'던 어느 농부의 말이 떠오른다.

　농사 짓는 일만이 이 세상에서 해야 할 유일한 일이라고 생각하고 살아 온 사람들에겐 눈부시게 변화하는 세상이란 어떤 것이었을까? 월드컵 열기로 전국이 환호와 감격의 도가니에 빠져 있는데 이 평화로운 무안의 어느 마을에서 할머니 한 분이 농약을 마시고 자살을 했다. 여든 한 살의 이 할머니는 도시로 나간 자식들을 따라 가 살 형편이 되지 못해 고향에 혼자 남아 농사를 짓고 있었는데 늙고 힘이 들어 일을 할 수 없게 되자 그만 죽음을 택한 것이다. "고추 심어 놓고 깨 심어 놓고 죽어 부렀어요" 죽는 날까지 일을 해야만 했다는 할머니… 내일 죽어도 오늘 일을 해야 하는 게 농사라고 한다. 이런 슬픈 죽음은 농촌에서는 드문 일이 아니다. 홀로 살아가는 이런 할머니 할아버지가 수도 없이 많다고 이 이야기를 전해주는 분은 말했다. 그래서 이런 죽음은 이제 신문 기사 깜도 되지 못한단다.

　우리 사회를 '소용돌이사회(vortex society)'라고 사회학자들은 말하기도 한다. 소용돌이 모양처럼 일체 구성원이 사회의 중심을 향해서 발버둥치며 진출하려고 한다는 뜻이다. 이러한 욕망을 억제하는 법률적 도덕적 장치가 없는 것이 이 소용돌이 사회의 특징이다. 기계적인 근대성을 강제로 이식한 세계 주변 부에서 흔히 일어나는 현상이라는 도덕도 무엇도 알 바 없는 이 놀라운 질주는 당연히 농촌과 노년 이 두 가지 주변적 요소를 겸비한 이 할머니의 외로운 죽음에 결정적 요인을 제공하였다. 모두들 정신없이 뛰어가는데 함께 뛰어 갈 젊음도 정보도 없는 노인은 어제처럼, 그제처럼 살다 보니 혼자 남고 만 것이다.

정보화, 국제화, 세계화, 미래화가 이들 농촌의 노인들과 무슨 상관이란 말인가. 농촌, 노인은 진작에 주변으로 밀려났고, 주변에서 일어나는 일은 중심과 아무런 상관이 없다. 고추 심고 깨 심으면 됐지 신 지식인이 다 뭐냐고 할머니는 반문하였을 법하다. 이렇게 아름다운 농촌을 관광상품화 하자는 이야기는 벌써 나왔고 역시 우리 나라의 중심인 서울에서 가까운 지역에선 이미 실천에 들어갔다. 창의성이 요구되는 21세기의 농촌을 만들 젊은이는 모두 중심을 향해 떠나버린, 중심에서 멀고 먼 남쪽 땅에서 할머니는 자신이 왜 이와 같은 처지에 내쳐지고 말았는지, 전혀 이해하지 못한 채 죽어 갔을 것이다. 그리고 부디 자신의 죽음이 자식들에게 누가 되지 않기를 간절히 소원하였을 것이다. 아마도 역시 이유도 모른 채 질주하고 있을 그 자식들에게 말이다.

농촌의 노인문제…진실로 심각하다. 우리가 날마다 공짜로 보고 있는 저 평화로운 풍경…모가 푸르게 자라고 있는 논, 담배가 심긴 저 밭, 고추, 가지, 옥수수. 작물들이 다투어 합창을 하고 있는 듯이 느껴지는 이 아름다운 농촌은 거의가 바로 일하기조차 힘겨운 노인들의 피땀어린 작품인 경우가 많다. 죽기 전날까지 일을 한 그 할머니의 밭은 어디였을까. 창 밖으로 논과 밭을 바라보는 것조차 송구한 마음이다. 중심과 주변…그 거리는 진정 줄이지 않으면 안 된다. 도청이 오고 국제공항이 들어서고 신 외항이 서고 서해안고속도로가 뚫리고 고속기차도 운행되고…그러면 뭐가 좀 달라질까….

아버지의 가르침

　아버지가 돌아가셨을 때 문상을 온 화정 아제가 아버지의 가르침을 책으로 엮어 보라고 말씀 하셔서 언젠가는 한번 엮어보리라 생각을 했었다. 그러나 막상 아버지의 가르침이 어떤 것이라는 분명한 생각이 떠오르지는 않았다. 아버지는 우리에게 나의 가르침은 이런 것이다 하게 들려주시거나 보여주신 그런 분이 아니었기 때문이다. 아니 아버지는 그런 지도라든가, 가르침이라든가 하는 어휘하고는 거의 어울리지 않는 아주 평범한 분이었다. 서민의 풍모…아버지의 삶은 가장 서민다운 그런 것이었기 때문에 아버지의 가르침을 우리가 얼른 떠올린다는 것은 사실 쉽지 않은 일이었다. 그런데 화정 아제는 무엇을 아버지로부터 보고 배웠기에 그런 말씀을 하셨던 것일까. 화정 아제는 우리집안 뿐 아니라 목포의 아니 우리 나라에서 이미 인정하는 사회의 지도자인데 어찌 우리 아버지 같은 평범한 분으로부터 가르침을 받았다고 생각하는 것일까? (화정 아제란 서한태 씨를 말함.)

　일제 식민지 치하에서 태어나 (1913년) 소학교 6학년 때인 열 네 살에 부친을(나의 할아버지) 잃고(1928년) 형과 함께 가난한 살림을 보살펴야 했던 아버지는 막노동에서부터 공장 직공 등 밑바닥 인생을 거쳐 운 좋게 장사에 성공을 해서 약간의 부를 축적하였다. 아버지는 밝고 쾌활하고 고운 마음씨를 가지고 계셨다. 당촌 고모가 "아이고 냄(남)평오빠 가시는 데는 언제나 웃음이 그칠 줄 몰라, 어쩌면 그렇게도 말씀을 재미나게 하시까이, 이 참 추석에도 사방에서 냄평오빠만 모세 가서 우리는 오빠를 차지 하도 못했어."하시던 목소리가 지금도 귀에 쟁쟁하다.

이런 아버지의 명랑하신 기질을 타고나서 우리 형제들도 모두 성격이 밝다. 또 우리 형제들은 하나같이 일을 잘하는 편이다. 이 역시 아버지로부터 배운 것이다. 어디 가서든지 미련할 정도로 일을 사서 하고 그것도 궂은 일을 앞장서서 한다. 그러면서도 누구에게 하소연을 한다든지 도움을 청한다든지 하는 일이 없다. 자기 일은 자기가 죽어라 하고 해내고야 만다. 나는 미국에 가서 약사로 성공한 동생 정식이의 다리가 온통 정맥류로 뒤엉킨 것을 보고 속으로 뜨거운 눈물을 삼켰었다. 작은오빠도 마찬가지다. 나를 대학에 보내자고 이녁이 아버지를 졸라 놓고 그 말 값을 하느라고 가정교사를 자청하고 가질 않나, 하숙비 아끼느라 그 배고픈 숭덕학사에서 견뎌내질 않나, 참 어지간했다. 내가 시동생이 여덟이나 되는 장남에게 시집을 가서 행여나 살아내지 못하고 돌아올까 봐 아버지가 못내 걱정을 하시었다는 말씀을 후에 어머니로부터 전해 들었는데 그것은 기우였다. 우리 오 남매는 참 억척스러운 데가 있다. 그런데 그게 겉보기에는 모두 다 양순해 빠져 보인다는 게 참 모순이자 이상한 점이다. 그것을 아버지는 민둥뫼 자손이라 그렇다고 했다. 민둥산 밑에서 태어난 아버지의 가계는 모두 영악하지 못한 순둥이라고 했다. 우리 오 남매 중 남자가 넷이지만 그 중에 누구도 주먹으로 재미를 보았다는 사람이 없다. 되려 주먹에게 당하고 와서 우리 집의 막강한 백 어머니가 대신 가서 혼을 '내준'일은 있을지언정 언제나 지성인을 자처하면서 나약함을 포용력으로 자기 변명해 마지않으며 얼버무렸던 게 사실이었다. 그러나 공부 잘하는 우리 오빠나 동생들이 비겁한 쪽에 섰다는 경우는 들은 적이 없다. 일하는데서 꾀부릴 줄 모르는, 그러나 결코 비굴하지 않은 양순한 기질들은 모두 아버지의 삶을 닮은 데서 비롯한 것임을 나는 나중에야 깨닫는다.

아버지로부터 배운 것이라고 생각되는 우리들의 특징을 열거하자면 한이 없지만 숫되고 겸손하고(나는 아니지만)— 상대편을 편안하게 해주려는 사람 좋은 기질의 바탕은 아버지와 생활하면서 저절로 익힌 것이었다. 아버지는 우리의 삶에 너무도 깊이 들어와 계셨다. 그리고 그것은 너무도 귀한 가르침이었다. 살아가면서 뼈저리게 '나는 갈 데 없는 민중계층이로구나' 새삼 깨달을 적이 많은데 지방의 소도시이기에 쉽게 부유층이 살고 있는 동네로 진입할 수 있었지만 그곳에서 소위 '부자 집' 자식으로 성장한 우리가 이처럼 서민의식을 절대로 지니게 된 것은 생활에 좀 여유가 생겼더라도 전혀 달라지는 것이 없었던 아버지 때문이었음을 갈수록 실감한다.

일하는 아버지

세 살 적에 살았다는 양동 이층집의 기억도 드문드문 나기는 하지만 내가 아버지와 어머니와 함께 살던 것을 확실하게 기억하기는 북교동 시절부터이다. 이때가 아버지의 전성기였던 셈인데 이때 아버지는 해방전후의 경기를 잘 타서 부촌인 북교동 105번지 큰집을 사서 살고 계셨다. 내가 다섯 살 때 이사를 왔다는데 나의 기억은 일곱 살 학교에 입학할 무렵부터가 분명해진다. 방이 세 개였지만 커다란 대청마루, 새로 지은 목욕탕과 화장실에 백 평이 넘는 마당과 꽃밭, 해서 이곳에서의 햇빛 밝은 기억은 우리에게 무척 아름다운 것이었다. 날마다 아침이면 등산하시는 아버지, 멋있는 양복을 입고 외출하시는 아버지, 나까오리에 스태끼 짚고 나서시면 아버지는 흠 잡을 데 없는 신사였다. 어머니는 이렇게 아버지를 훌륭하게 차려 내놓으시곤 흐뭇해 하셨다.

그러나 우리가 아버지를 기억한다면 그것은 역시 일하는 아버지의 모습이 그 평균이 되지 않을까? 아버지와 어머니는 언제나 일을 하고 계셨다. 그래서 나는 낮잠 자는 버릇을 키울 수가 없었다. 집 안팎에서 언제나 일하고 계신 부모님의 모습은 내게 죄송스러운 마음을 갖게 하였고 그래서 나는 늘 일거리를 찾아서 손에 들고 있는 것이 습관이 되었다. 친구네 집에 놀러가서 그 집 식구들이 모두 핀 핀 놀고 있는 것을 보면 부럽기도 하고 이상하기도 하였다. (낮잠 자지 않는 나의 버릇은 후에 시어머님으로부터 칭찬을 받게 된다.) 아버지는 목포의 유명한 세 가지 특산물 삼 백(三白)—쌀, 소금, 목화—중 목화를 사서 솜으로 만들어 파는 공장을 경영하셨다. 당시 목포의 솜은 전국적으로 유명하였다. 질 좋은 육지 면을 고하도에서 실험 재배하여 성공하였고(1910년대) 이 목화가 목포를 중심으로 호남에서 대량으로 재배되었기 때문에 목포가 목화산업의 중심지가 되었다고 한다. 서울로 유학을 와서 보니 서울에서는 대개 삯 솜을 타는 작은 솜 집밖에 없어 아버지의 직업을 구멍가게 같은 작은 공장으로 생각하는 것이 어린 맘에 안타까웠다.

공장도 규모가 작지 않았을 뿐 아니라 일제 시대에는 평양까지,

해방 후에도 서울을 비롯해 제주도까지 전국으로 물건을 내 갔었다. 가을이면 산처럼 목화를 사서 쌓아놓은 것이랑, 그것에서 나온 목화 씨가 역시 산처럼 쌓인 것을 사람들에게 보여주지 못하는 것이 억울하였다. 우리는 등산을 하듯이 목화의 산으로 기어올라가 미끄럼을 타고 놀았는데 가을이면 북교동 안집 너른 마당에 덕석(멍석)을 펴고 목화를 하얗게 널어 말리던 광경도 우리 집만 가진 아름다운 자랑이었다. 나는 목화 따는 이야기가 깔린 미국민요 켄터키 옛집이나 썸머 타임 등을 그래서 멋도 모르고 무척 좋아하였다.

아버지는 겨울이면 당꼬 바지에 쓰메 에리의 국방색 저고리를 즐겨 입고 일하러 나가셨다. 특히 소위 일제시대에 국민 복이라는 이름으로 불려졌던 그 쓰메 에리의 국방색 저고리는 아버지를 떠올릴 때면 반드시 생각이 난다. 와이셔츠를 받쳐입을 필요가 없는 그 옷은 일하는 아버지에게 무척 편리하셨던 것 같다. 그 옷을 입은 아버지는 참 보기 좋았다. 검은머리를 단학 포마드를 발라 빗어 넘기시고 한국인답지 않게 우뚝한 코, 검은 눈썹의 붉은 얼굴이 입체적이고 잘 생기셔서 우리는 아버지의 인물을 퍽 자랑스럽게 생각하면서 자랐다. 게다가 아버지는 웃는 모습이 참 보기 좋았다. 사람 좋은 티가 완연한 그러나 호탕하리만큼 밝은 아버지의 웃는 얼굴을 좋아하지 않는 사람이 없었다. 평생 상인의 길을 걸었으면서도 얼굴만큼 선하셔서 상인의 기질을 찾아보기 어려웠던 아버지를 그래서 손님들은 "여기 아자씨 어디 가겠다우"하고 늘 아버지만 찾았다. 어머니는 아버지가 물건을 너무 싸게 팔기 때문이라고 장사 수완이 없는 아버지를 나무라곤 하셨지만 나는 때로 아버지 같은 어른이 평생을 밥 굶지 않고 살수 있었던 세상은 그리 나쁘지 않다고 생각하였다. 그렇게 아버지는 착하시었고 한편 겁이 많았다. 그러시면서 야바위꾼 갈매기 떼가 우글거리는 목포 선창 가에서 어떻게 장사를 해내시었는지. 육이오 후 남교동 공장을 처분하고 선창가로 나가셨다가 다시 남교동 공장을 사서 이사 오신 후 집과 공장이 함께 있어 여름이면 어머니가 지어드린 모시 중의적삼을 입으시거나 마포 등지게(등거리)를 입으시고 부채를 들고 공장으로 안집으로 왔다 갔다 하시면서 일하셨다.

우리가 자란 후로는 아버지가 자리를 완전히 잡으신 후였기 때문에 아버지가 직접 솜을 타거나 험한 일을 하시는 것을 볼 수 없었다. 그러나 새벽부터 밤까지 아버지와 어머니는 공장을 돌보셨다. 안집과 공장이 붙어 있어서 우리는 잠결에 공장 기계 돌아가는 소리를 들으며 아버지는 지금도 안 주무시는구나, 하였다.

언제나 일하고 계셨지만 당신의 후 반생 기에는 그저 생활과 교육비를 해결하는 정도의 수입이었던 것 같다. 당신은 그것을 운수 때문이라고 생각하시었지만 아버지께서는 세상 돌아가는 것에 그만큼 어두우셨다. 일본이 그랬던 것처럼 아버지도 미국이라는 곳이 얼마나 물자가 풍부한 나라이라는 것을 아셔야 했었다. 육이오 전쟁이 나자 대동아 전쟁시절처럼 물자부족이 당연히 따르리라고 생각하시고 성냥과 종이 등을 사 놓으셨다가 질도 좋지 않은 성냥은 못쓰게 되어 거의 버렸고 종이는 우리 오 남매가 학교에 다니는 동안 내내 공책을 만들어 써 없애야 했다. 목화장사도 그런 것이었다. 미면이라고 하는 것이 등장했다. 질이야 희고 티 하나 없어 좋아 보이지만 이불을 만들어 놓으면 갈수록 무겁고 딱딱해져 좋지 않았어도 무진장 들어와 국산 목화의 재배를 갈수록 줄어들게 만들고 끝내는 명맥 유지 정도에 머무르게 될 것을 아버지는 일찍이 알아야 했던 것이다.

어려서 생활의 어려움을 겪은 아버지는 결코 모험을 하려 하지 않았다. 그래서 진취적인 어머니와 더러 다투기도 하였다. 그러나 어머니라고 해서 이 근대화의 거대한 변화를 알아차릴 재주가 있었겠는가. 그러나 험한 세월을 살아오면서 우리를 한번도 경제적인 어려움에 내쳐지게 하지 않으셨던 아버지가 몹시 고맙다. 언젠가 아버지는 젊었을 때는 돈이 주렁주렁 열려 있는 것이나 마찬가지라고 말씀하신 적이 있다. 그걸 부지런히 따서 담아야 한다고 하셨다. 아버지는 그 돈을 따서 담는 방법을 알고 계셨다. 곧 일하는 것이었다. 결혼해서 처음에 빈손 쥐고 살림을 시작할 때 고생한 이야기를 어머니는 곧잘 재방 삼방을 하시는데 낮에는 솜 장사를 하고 밤에는 밤이 맞도록 솜 부대를 붙여 팔았단다. 후꾸로〔袋〕라고 하였는데 우리 어렸을 때도 이 후꾸로를 붙여 오는 사람이 뒤를 다 대지 못하여 우리 집에서도 붙여야 하였다. 솜 일관씩을 포장하는데 쓰이는 이 솜 부대는 시멘트 부대나 비료 부대 빈 것을 가져다가 초를 먹인 실밥을 풀어서 다섯 겹으로 된 것을 잘라 만드는데 이 때 시멘트 가루가 나오기도 하고 설탕 같은 비료가 쏟아지기도 하였다. 이 부대의 폭대로는 좁기 때문에 쪽을 대서 늘리고 또 밑을 접어 붙여서 솜 장이 편편하게 포장이 되게 한다. 계단처럼 나란히 놓고 풀칠을 해서 하나씩 완성해 가는 것은 참 근사했다. 이 후꾸로 붙이는 시간은 일하는 시간이기도 하면서 우리 가족이 오순도순 이야기하는 시간이기도 하였다. 아버지는 우리들과 함께 접고 풀칠하고 또 접고 풀칠하고 하시면서 많은 이야기를 해주셨다.

일제 말과 해방 기에는 아버지 말씀 맞다나 운이 좋아서 돈을 세지 못하리만큼 벌고 그 돈으로 할머님께 새집을 지어 드리고 논밭을 사드린 후에 할아버지 묘에 비를 해 세우고 우리 집도 북교동에 큰 것으로 마련하셨지만 사 둔 땅은 토지개혁으로 빼앗기다시피 하였고 이후부터는 목화장사도 큰 재미를 볼 수 없게 되어 결국은 당신의 노동력에 생계를 건 셈이 되었다. 그때가 자식들이 대학에 갈 무렵이었으니 두 분이 얼마나 힘들었겠는가. 방학 때마다 고향에 내려와서는 일하시는 부모님을 보고 더욱 절약하며 공부를 열심히 할 것을 다짐하며 서울로 올라가곤 하던 생각이 난다. 부모님께서는 두분 다 돈에 대하여서는 유교적 가르침에 충실하셔서 우리에게 돈을 가르치지 않으셨고 집에 돈이 없다는 말을 하신 적이 없었다. 나는 사람들이 돈을 중요시하는 것을 보고 돈이 뭐가 문제일까 하고 대학을 졸업하도록 생각하고 있었으니 한편으로는 너무 돈을 몰랐다고 후회가 되기도 하지만 돈걱정을 해보지 않고 자랐기에 당당하고 기가 펄펄 살았었느니라 싶으면 부모님께 더할 나위 없는 감사를 느끼곤 한다.

할아버지가 돌아가신 후 학교도 그만두고 노동판으로 뛰어들어 파군다리 저수지 공사장에서 날품을 팔기도 하고 산에 가서 나무를 해다 장에 가서 팔기도 하는 등 일하기로 당신의 일생을 시작하여 돌아가실 그 날까지도 공장에서 계셨던 아버지. 당신의 삶은 곧 일이요, 일이 곧 삶이었다.

창을 즐겨 부르신 아버지

아버지는 창을 잘 부르셨다. 물론 아마추어였다. 창을 즐기시고 또 글씨를 좋아하셨다. 사랑방에는 가끔 글씨 쓰시는 할아버지가 오셨고 그럴 젠 아버지는 무릎을 꿇고 앉으셔서 그 할아버지에게 극진한 예우를 하시곤 하였다. 우리의 공부방엔 온 벽을 돌아가면서 글씨가 붙어 있었다. 그것이 표구가 된 그런 것이 아니라 아예 벽에 풀칠해 붙인 것이어서 벽지와 함께 낡아버렸지만 무척 멋있게 써 내려간 초서체의 그 글씨는 지금도 눈앞에 선하다. 사랑방에 걸린 글씨는 손가락이 하나 단지된 장인(掌印)의 글씨였는데 그게 안중근 의사 것인지 물어보지를 못했다. 글씨를 좋아하고 창을 즐기고 시조도 멋지게 부르는 아버지의 풍류는 어디서 몸에 붙이신 것이었을까? 나는 아버지의 그런 모습에서 할아버지를 떠올린다.

할아버지 서인집 씨는 한의사였다. 주사도 놓을 줄 아는 개명한 의사(공의)셨는데 아버지 말씀에 의하면 덕이 많은 분이었다고 한다. 아버지는 기회만 있으면 할아버지를 추억하셨다. 아버지가 그리는 할아버지는 아버지의 우상 그것이었다. 할아버지는 아버지의 우상이 되기에 부족함이 없었다. 첫째 할아버지는 멋쟁이였다. 아버지가 할아버지를 묘사할 때에는 반드시 나귀가 등장한다. 할아버지가 외출하실 때 나귀는 오색 수실로 화려하게 치장을 하고 할아버지를 태우고 방울을 와랑좌랑 울리면서 길을 갔단다. 일산을 쓰고 방울 소리도 아름답게 화려한 나귀를 타고 오는 할아버지는 아버지에게 더없이 우러러 보이는 분이었던가 보았다. 둘째는 할아버지의 직업에 대한 자부심이었다. 할아버지는 영험한 의사로서 인근에 소문이 높았다. 게다가 할아버지는 자비심이 많아 무료환자를 언제나 몇 명씩 집에 두고 치료를 하셨으며 이러한 임상경험을 통해 그의 "驗方"은 더욱 빛나게 되었다. 그래서 할아버지의 은혜에 감사하는 환자들의 할아버지에 바치는 존경을 보고 아버지는 더없이 자부심을 느꼈던 것이었다. 셋째는 돈에 초연한 할아버지의 모습이었다. 할아버지는 돈을 모르는 분으로서 돈이 있으면 베풀고 뒤를 염려해 감춰두지 않았으므로 집은 언제나 가난했다. 그러나 그런 살림을 말없이 잘 꾸려간 할머니가 있었기에 아버지의 유년시절은 아버지가 그리는 꿈의 세상이 될 수밖에 없었다. 할아버지가 돌아가셨을 때 빚도 남기셔서 아버지가 후일 대신 갚은 이야기를 어렸을 때 들은바 있었는데 아버지는 이런 부분까지도 미화해서 생각하시는 것 같았다. 확실한 생활인이었던 아버지는 대범한 할아버지가 우러러 보였던 것 같다.

이런 지극히 덕스럽고 아름다운 가정에서 아버지는 저절로 풍류적인 분위기를 익히셨던가 보다. 그런 아버지는 우리와 함께 있을 때엔 창가를 곧잘 불러 주셨다.

지나간 한 옛날에 푸른 잔디에/ 꿈을 꾸던 그 시절이 그리웁고나
저녁하늘 해는 지고 날은 저물어/ 나그네의 갈 길은 아득하여라.

라는 〈세동무〉, 그리고

산곡 간에 흐르는 맑은 물가에 /저기 앉은 저 표모 방맹이 들고
이웃 저웃 빨때에 하도 바쁘다. /해는 어이 빨라서 날이 저무네

창가의 곡조는 어쩔 수 없이 시대적 성격에서 오는 유치함이 있었으나 이 노래를 부르는 아버지의 모습은 너무도 순박하신 것이어서 나는 가끔 이 노래를 부르면서 아버지처럼 동심에 젖은 목소리와 얼굴을 짓는다. 그 순수함이 아름다워서이고 아버지의 소학교 시절을 실감해 보느라고 이다. 아버지의 그 순수함을 내가 지닐 수 있다면 나는 아직 스스로를 신뢰할 수 있는 것이 아닐까. 또 나는 아버지의 딸로서 아버지의 순수함을 그대로 이어받은 것은 아닐까, 생각하는 마음은 즐겁다. 아버지는 이런 창가 말고도 일본말도 아닌 것을 일본말 비슷이 해서 부르는 기묘한 노래도 가르쳐 주셨다.

진지로게야, 진지로게야, 도리동네 나왔다. 후라스 답빠레 쓰라스

마도링고 마도링고 와이 와이 후뚜로 맞뚜로 밤이요, 미노미노 밤이요, 밤이 하나가 쫑 쫑고라링.

이런 것들은 우리 오 남매가 지금도 좔좔 외우는 것이다.(오빠랑 이 말들이 무슨 의미인지를 일본어 잘 아는 분께 물어보았는데 별 뜻은 없는 것이라 한다. 다만 일본어를 강제로 쓰게 하는데 대한 학생들의 반발심이 이런 노래를 지어 부르며 일본어에 대한 모독을 꾀했던 것은 아닌지.) 또 세상에서 가장 긴 이름을 지어줬다가 아이를 물에 빠져 죽게 한 아이의 이름 '데끼 데끼야 데끼스로 곰보 소심보 소다까유도 하루마루베또 자왕 쇼꾸 쇼꾸 이끼 이끼 조스메 소사이몽'도 우리는 좔좔 외운다. 이런 것을 가르쳐 주실 적에 아버지는 우리의 다정한 친구였다. 꾸밈이 없는 아버지. 나이가 들어서도 동심을 그대로 가지고 계셨던 아버지. 이런 아버지를 추억할 수 있는 나는 행복하다. 아버지의 이런 삶의 빛깔, 이 즐거움, 이것이야말로 우리 자식들이 누릴 수 있었던 훌륭한 가르침이 아니었던가.

본래 목소리가 허스키 보이스이신 아버지는 창을 하기에 썩 좋은 음색을 가지고 계셨다. 공장에서 일하며 평생을 보내시다 보니 기계 소리보다 큰 소리로 말해야 의사소통이 되어서 아버지의 음성은 기차 화통에서 나오는 소리처럼 컸고 창하는 사람의 음성 같았다. 음성이 커서 우리에게 야단을 치시면 음성만으로도 충분히 위협이 되어 아버지의 말씀을 두려워하곤 하였다. 외사촌 정석이랑 정인이는 우리 집에 왔다가 아버지가 계시는 성만 싶으면 꽁지가 빠져라하고 달아났는데 그것은 순전히 아버지의 음성이 큰 탓이었다. 정석이와 정인이는 우리 집 대문을 들어서서 마당으로 들어가기 전에 대문 간에서 빼족히 아버지가 있는지 없는지 살피고 아버지가 계시면 마구 달아났다.

아버지는 이때 일부러 큰소리로 엄포를 놓으셔서 사촌들이 더욱 놀라 혼비백산하게 만들고는 껄껄 웃으셨다.

그 음성으로 새타령을 부르시면 내가 듣기에 라디오에서 나오는 국악인의 그것에 조금도 못하지 않았다. 목포는 예향이라 그 때에도 국악이 성했는데 라디오에서는 줄창 장월중선의 창이 흘러 나왔고 시조도 매일 읊어져 나왔다. 육자배기, 시조, 새타령 이런 창들을 기분이 좋으시면 즐겨 노래하시던 아버지, 당신은 풍류를 즐기시던 분이었다. 이렇게 늘 일 속에 파 묻혀 사시면서도 풍류를 잊지 않으셨던 아버지의 기질이 우리에게도 전해져서 우리가 어딘지 문약한 성품들이 되지 않았는지 하고 생각한다. 비록 모두들 생업을 가지고 밥벌이에 여념이 없지만 그 진지한 신앙심이라든지 마음자리가 온유한 것이라든지 이게 모두 아버지의 영향이라고 느껴지는 것이다. 거기에는 물론 어머니의 섬세함과 우수한 두뇌도 적지 않은 영향이 있었을 게다.

이야기 보따리 아버지

아버지가 우리에게 해 주신 이야기 보따리는 무궁무진했다. 이야기라면 아버지는 참말 잘하셨다. 우리는 아버지의 그 많은 이야기를 듣고 자랐다. 나의 머리 속에는 아버지가 해 준 이야기로 항상 가득 차 있었다. 그래서 초등학교 시절 오락시간이면 나는 맡아 놓고 이야기를 했다. 아이들은 나에게 늘 이야기를 하라고 시켰다. 나는 다른 아이들은 왜 이야기를 많이 알고 있지 못하는지 이상하였다. 아버지는 당신이 읽은 이야기는 모조리 기억을 하고 계셔서 그것을 입담 좋게 전하시는 것이었다.

건너 산 똑 보이, 잠근 문 열쇠, 무거워도 가벼울 이, 멀어도 가까울 이, 뜨거워도 찰 이, 등 일곱 형제가 어려운 관문을 통과하여 승리하는 이야기며, 뱅뱅 돈다, 소두방 연다, 저 눈깔 !하는 멍청이의 공부가 도둑 잡는 이야기며 삼국지에서 유비가 일부러 천둥소리에 놀라는 척 하여 조조를 안심시키는 대목에서는 아버지가 직접 벌렁 넘어지는 모습을 실연하시기도 하였다. 우리는 이 이야기에서 아 사람이란 유비처럼 지혜로워야 하고 또 잘난척하는 것이 얼마나 낮은 수인가를 배웠던 것이고 제갈량이 화전을 해서 수많은 목숨을 죽이고 자기는 오래 살수 없을 거라고 탄식했다는 대목에서는 사람은 모름지기 적이라고 할지라도 그 생명을 함부로 살상해서는 안 된다는 것을 배웠다. "그랬드라냐, 밤에 북교 학교 마당에 가서 세멘 포를 털어 각고 밤새 후꾸로를 붙이는디 잠이 온게 못 자게 헐라고 밤새 이야기를 해 주세야. 이야기도 총도 좋게 참 잘하셨느라." 새댁 시절을 회고하시면서 어머니는 말했다.

아버지는 그 많은 이야기를 〈세계일주동화집〉에서 읽었다고 말씀하신 적이 있었다. 나는 그 말씀을 기억하고 있었는데 몇 년 전 30년대 잡지를 뒤지다가 이 동화집의 광고를 보고 흥분이 되었다. 그러나 이 책을 찾지는 못하였다. 도서관들에는 없고 K씨가 가지고 있다는 것까지는 알았는데 그 분의 책이 창고 속에서 정리가 되지 못한 상태라 찾을 수가 없다는 것이어서 무척 안타까워한바 있다.

그런 아버지는 또 나의 이야기 듣기를 좋아 하셨다. "야발쟁이야 이야기잔 해 바라"하고 장난스럽게 주문을 하셨다. 방학 때면 또 "찐자 찐자 찐자야 서울 이야기 잔 해바라"하시었다. 그래서 방학 초입 며칠은 서울 이야기를 내내 해야 했고 아버지는 즐겨 들으셨다. 내가 종알종알 이야기를 하면 그 때마다 아버지는 즐겁게 웃으시며 공장에도 안 나가시고 이야기를 들으시는 것이었다. 특히 유머러스한 재미나는 이야기를 해 드리면 퍽 즐거워 하셨는데 아버지에게는 이야기꾼의 기질 같은 것이 있었다고 생각된다.

이야기를 즐겨하시는 아버지가 있는 우리 집은 따라서 늘 온 가족이 모여 앉기 마련이었다. 그러다 보니 모인 자리에서 집안 일이 의논이 되곤 해서 자연스레 민주주의가 정착이 되어갔다. 이처럼 가족이 한 자리에 모여 앉아 이야기하며 지나는 것이 얼마나 좋은 것인지를 오랜 후에야 나는 알았다. 아버지가 돌아가신 후 어머니로서 가장 견디기 어려우셨을 것이 아마 아버지를 중심해서 둘러앉던 그 습관의 없어짐이었으리라고 나는 가끔 생각하였다.

고향에 새로 설립된 대학으로 교수가 되어 내려온 나는 아침마다 큰 시장으로 가는 길을 걸어 출근을 하였는데 어느 날 어렸을 적에 늘 뵙던 어른이 노인이 되어서 자전거를 타고 가시는 것을 보았다. 나는 아버지께서 자전거를 타고 가시던 모습이 떠오르고 그렇게 우리를 위해 일하시던 아버지가 생각이 나서 나는 그 노인을 쫓아가서 인사라도 하고 싶었다. 우리가 자란 후에는 자전거를 타신 적이 거의 없으셨는데 그날 내가 학교를 다녀오던 길이었는지 길에서 마주친 아버지는 무척이나 능숙한 솜씨로 자전거를 타고 계셨고 잘 생기신 아버지의 모습은 그러나 자전거와는 정말 어울려 보이지가 않아서 나는 무척 마음이 아팠다. 그러니까 그때가 아버지로서는 경기가 좋았던 젊은 시절과는 달리 우리들 학비 얼러 돈은 많이 들어가고 수입은 그리 많지 않던 때였던가 한다. 돈이란 그래서 나의 경우엔 이러한 아버지의 땀이 섞인 성스럽기조차 한 그런 것이었다. 그렇다. 우리의 의식 속에는 일하는 아버지, 그 힘들게 살아오신 당신 삶은 그 자체로 우리에게 가르치신 가슴 아린 어떤 교훈이 있는 것이었다. 고향의 대학에 근무하게 되면서 나는 아버지가 다니셨던 일로(一老) 국민학교엘 가 보았다. 아버지의 연보를 정리하는데 국민학교 재학 년도를 확실히 하고 싶어서였다. 1924년에 입학한 학생의 학적부를 열람하려고 왔는데요, 했더니 70년 전의 학적부라아 하면서 연 캐비넷 속에서 용케도 1920년대의 학적부가 고스란히 나왔다. 나는 아버지의 어린 시절의 얼굴을 모른다. 아버지는 어린 시절의 사진을 갖고 계시지 않았다. 학적부는 아버지의 얼굴이었고 등신대 사진이었다. 신장과 체중, 흉위가 매 학년마다 적혀 있었는데 수치의 단위가 짐작이 되지 않는 것들이 있었다. 그러나 3, 4, 5, 학년은 알아볼 수 있었는데 5학년의 키가 139센티였다. 14세, 140센티의 키에—좀 자라서— 가슴둘레 64센티, 체중 30 Kg의 아버지는 이 때 아버지라는 보호자를 잃고 학교도 그만 둔 채 생활전선에 나서게 된다. 가냘픈 몸매로 파군다리 저수지 공사장에서 날품을 팔아야 했던 아버지, 가난만 남기고 가셨지만 한번도 할아버지를 원망하지 않으시던 아버지…… .

가신지 올해로 벌써 20년째. 잊을 수 없는 분이 아니라 갈수록 그리운 아버지이다.

무안으로 가는 길 1

　무안으로 오는 길이 한결 쉽고 편해졌다. 그 타기 어려운 200번 버스를 기다릴 필요 없이 시외버스 터미널에서 무안가는 버스를 타면 되는 것을 알아냈기 때문이다. 시내버스는 곧잘 만원이 되어서 버스 정거장에 서지도 않고 마구 지나쳐 가지만 이 무안 군내버스는 텅텅 비어서 다닌다. 흰 바탕에 감색이나 쑥 색 선을 두른 시외버스는 언제나 두세 명 손님을 싣고 터미널을 출발하는 것이다. 나는 이 버스를 타기만 하면 옛날로 즐거이 돌아간다. 우선 버스의 외양부터가 요즘의 버스모양이 아니다. 흰 바탕은 오랜 세월의 때를 묻혀 누렇게 되었고 버스 모양도 요즘의 날렵한 그런 것이 아니라 올라타는 층계가 높직한 구식의 그것이다. 게다가 버스가 출발하면 걸쭉한 유행가가 시절을 만난 듯 한가롭게 뽑혀 나온다. 버스 승객은 모두가 농사꾼들이다. 얼굴이 햇볕에 그을리다 못해 온통 빨간 할머니, 손까지 검게 탄 중년 여자와 남자들이 버스에 앉아 있고 버스 정거장에서도 어김없이 그런 분들이 오르고 내린다. 나는 이런 버스 승객들 사이에 앉아 있는 것이 즐겁다. 무안에 가는 것이 실감나고, 고향에 온 것이 실감나기 때문이다.

사실 나의 고향은 목포이지 무안이 아니다. 허지만 내가 결혼하기 전, 그러니까 본적을 옮기기 전까지 나의 본적은 전남 무안군…이렇게 시작하는 것이었다. 나의 아버지의 고향이 무안이어서 이다. 나는 자라면서 무안, 해남, 강진, 함평, 사창, 비금, 망운, 해제…이런 지명을 귀에 익게 듣고 자랐다. 우리 집에 오시는 분들의 입을 통해서 들은 것이리라. 그러나 나는 무안을 빼놓고는 한군데도 가본 적이 없었다. 아니 그렇다는 것을 이번에 이곳에 내려와서야 알았다. 내가 아는 곳은 목포 외엔 무안뿐이다. 무안, 아버지의 고향만은 아버지를 따라 자주 갔고 그래서 나도 무안을 고향처럼 느끼는 것 같다. 나는 무안으로 가는 버스를 타고 가면서 고향 분들을 떠올리곤 한다. 내가 아는 고향 사람들은 그러나 거의 고향을 떠나고 없다. 그래서 고향처럼 다정하게 떠올리는 얼굴들은 서너 사람뿐이다.

나의 기억은 대체로 육이오 피난 갔을 때와 이어져 있다. 시누이답지도 않은 어린 사촌 시뉘를 애기씨라고 존대를 하며 모시 잎 송편을 만들어 주던 사촌 성님, 그는 그 때 사촌 오라버니가 군에 나가 있을 때라 몹시도 걱정스러웠을 것이었다. 칠순이 넘은 그 성님은 아직 고향에 있다. 그리고 덕스럽고 음식 솜씨 얌전하던 큰어머니. 큰집을 생각할 때면 맨 먼저 떠오르는 다정한 얼굴. 큰어머니는 손녀 따라 손녀 밥해주며 서울 살이 하다가 일찍 돌아가셨다. 나는 버스를 타고 가면서 번번이 그 세상없이 부드럽고 선량한 큰어머니의 웃음을 떠올리곤 했다. 그 분 고향도 무안 어디였던 것을 생각하고 처녀시절의 그를 상상해보기라도 하면 무안은 더욱 포근하게 내게 다가오는 것 같았다. 무안에 거의 다 와 가면 팽나무 군락지가 나타난다. 이곳엔

하덱이 언니가 산다. 맑으내(淸川里). 청계면(淸溪面)에 청천리이니 이곳은 맑은 물이 흐르는 곳이 많은가 보다. 청천리보다 맑으내가 훨씬 아름다운 이름이다. 이 맑으내가 먼저고 한자로 쓰니 청천리가 되었을 터이다. 수 백년이 된 팽나무가 하늘을 가리는 팽나무 군락 지는 바로 맑으내의 상징이다. 바람이 많아 바람을 막기 위해 심었다는 팽나무들은 오랜 세월에 가지가 꼬불꼬불 자라면서 하늘로 솟아 나무 모양이 장엄하면서도 뭔가 많은 전설과 이야기가 한없이 매달려 있을 듯 싶다. 하덱이 언니는 일찍 열 일곱 살에 시집을 갔다. 그때 (육, 이오 때) 친정에 왔다가 나를 데리고 이 팽나무가 있는 맑으내 시집으로 온 적이 있다. 언니는 내 짧은 머리를 꼭꼭 잡아서 땋은 다음 그리 가깝지 않은 길을 햇볕 속에 데리고 갔는데 그 때 그 집이 어디께 인지 알 수 없지만 언제라도 버스에서 내려 들어가면 찾아낼 수 있을 것 같다. 이제 언니도 한번 찾아가 봐야겠다.

무안가는 버스는 무안이 다 와 가건만 버스 안 손님이 여전히 서너 사람을 넘지 못한다. 중간에 두어 사람이 타고 내렸을 뿐이다. 당신들과는 어딘지 달라 보이는 내가 내리는 것을 그들이 생경한 눈으로 바라보는 것을 등뒤로 느끼며 나는 이 버스가 언제까지 다닐 수 있을까, 걱정한다. 그 버스가 없어지면 나의 고향이 사라지기라도 할 것처럼.

생판 본적도 없는 농사꾼 노인과 노파를 이처럼 다정하게 느끼는 것은 모두 고향 분들이기 때문이리라. 나는 우리 대학에 청소부로 일하는 아주머니들도 늘 남 같지가 않다. 동네 어른이라도 만난 듯이 꼭꼭 인사를 한다. 아버지가 고향 어른들을 보면 인사를 잘 하라고 우리를 몹시 단속을 하셔서 그런 것 같다. 인사를 잘 하는 나를 그들도 퍽은 다정하게 군다. 때로는 물김치 같은 것을 싸다 주기도 한다.

겡덕이 어머니와도 그래서 스스럼없이 이야기를 나누었던 것 같다. 학교 뒤로 난 숲길을 걷다 예비군 훈련장 가까이 있는 우물가에서 만난 겡덕이 엄마는 낯선 나에게 이야기를 잘도 했다. 마당에 펌프를 묻었건만 물이 안나온다는 이야기며 주말이면 꼬박 꼬박 돌아오는 아들 이야기며 다섯 마리나 되는 소먹이는 이야기며…. 그는 우리 대학에 청소부로 취직하는데 내가 도움이 될 것으로 생각한 듯 하였다. 나는 내게 그런 힘은 없다고 말했고 이 똑똑한 무안 여자는 단숨에 걱정 없다면서 자기의 '줄'을 척척 갖다 댔다. 그러나 우리 대학의 청소부중 겡덕이 엄마를 아직 볼 수 없는 것을 보면 그 줄이란 게 대단치 않았던 모양이다. 그 때 내가 농사는 어떡하고 취직을 하려느냐 했더니 '궁둥짝 만한' 농사일은 일요일에만 해도 충분하다고 했다. 무안에서 만나는 검붉은 얼굴은 내겐 늘 남 같지 않고, 일에 찌든 피부와 마른 몸매를 볼 땐 안쓰러운 마음이 든다. 무엇보다 군내버스에서 만날 수 있는 이런 무안 사람들이 나는 왠지 그렇게 좋다. 그들이 곧 고향인 것처럼.

무안으로 가는 길 2

　어제는 강의 끝나고 시간 여유가 좀 있길래 노송정에 다녀오기로
하고 태식 오빠에게 전화를 했습니다. 마침 오빠가 전화를 받아 차를
몰고 노송정으로 가는 데 해 어름이고 비가 부실 부실 와서 산과 들
이 좀 쓸쓸했습니다. 태풍 루사의 피해는 여기 전라도에도 적지 않아
논의 벼들이 쓰러져 있는 곳이 많고 아직도 일으켜 세울 염을 않는
걸 보아 수확을 단념한 것 같았습니다. 농사를 권장하지 않는 정부의
시책이라 피해 상황을 보고하면 보상이 나오는 것인지? 그러나 그 보
상이라는 게 수확에 버금가는 것이 아닐 것은 뻔하겠지요. 그런데도
뉴스를 듣는 입장에서는 정부가 해결해 주겠지 하는 안이한 생각을
하게 됩니다. 팽나무가 줄지어 있는 옛날 작은 한해가 살던 곳은 봉
명리 보건소가 되어 있는데 이곳 앞 골목길을 지나 노송정 큰집으로
가곤 했으나 차를 끌고서는 동각 쪽으로 돌아가야 하지요.
　우리가 노송정에서 생활한 것이 그러니까 1950년 6월이나 7월부
터 10월까지 대략 3개월쯤이었을 건데 1년쯤 산 것처럼 기억이 많은

건 수시로 출입을 했기 때문일 겁니다. 작은 한해 집을 지나 소동한 해 집을 지나는 길가에는 개울이 있고 개울가에는 산죽 같은 대나무가 빽빽이 울을 이루고 있었으며 길가에 돗자리를 치는 왕골나무가 수북하게 자라고 있었지요. 개울의 물은 맑았지요. 그 개울에 댓잎으로 배를 만들어 띄우기도 하였습니다.

예전에 들깨나무가 수북하게 자라던 모퉁이를 지나면 동각으로 들어가는 길이 나옵니다. 이 길가에 큰아버지가 한 때 살았던 집이 있지요. 나는 이광수의 1910년대 소설을 읽을 때 뒷문을 열고 각시가 나오는 장면을 늘 이 장면을 상상하며 읽었지요. 동각은 여전하더군요. 너른 대청과 합문을 가진 위엄 있는 건물…만취정이라는 편액이 걸려 있으나 기둥에는 경로당이라는 간판이 새로 붙어 있었습니다. 경로당이라 붙일 것도 없이 동네는 온통 경로당이 아닌가 싶어서 웃음이 났지요. 새꿀 한해네 집 대문도 여전하고 대문안 집도 여전하고 우리 큰집도 여전합니다. 그러나 우리가 옛날에 본 그대로의 이 집들이 무려 53년이 지났음을 생각하면 집과 마을이 그대로 있는 게 신통할 지경입니다. 흙으로 된 벽과 초가 지붕…대문 안 앞으로 흐르던 개울도 그대로입니다. 대문 앞만 좀 복개하여 차를 출입하도록 하고 새 대문을 단 것이 좀 달라진 점이라 할까.

큰집은 언제나 밝고 깨끗했지요. 큰아버지는 집 단속을 잘하셨는데 집을 언제나 흰 종이로 발라 밝게 해 놓으셨고 길이 잘 난 소나무 마루는 빛깔도 붉으래해 집을 더욱 환하게 했었습니다. 그러나 이제 그 마루에는 유리문이 달려 알루미늄 사시의 문턱 때문에 편하게 걸터앉는 즐거움이 없어졌지요. 밀대며 솔가지를 때서 밥을 하던 정제는 현대식 주방이 되었고 마루 광은 침대를 들여 놓는 침실이 되어 세상이 얼마나 바뀌었는지 알만 했습니다. 아마 몸이 불편한 올케 때문에 그렇게 한 것 같았습니다. 태식 오빠는 반갑게, 그러나 그렇게도 살뜰히 사랑해 주었건만 와보지도 않는 이 동생이 서운했을 그만큼 좀은 어색하게 맞아 주었습니다. 대학교수라니 대단한 자리에 있는 것으로 생각했겠지요 만 신설 대학의 긴장된 분위기는 잠시도 자리를 비울 수 없었다는 것을, 그리고 시간이 나더라도 쫓기는 글 빚과 살림과 시아버지와 등등으로 영일이 없었다는 것을 어떻게 다 설명을 해야 할건지 순간 좀 한심했습니다.

올케는 중풍으로 절룩이면서도 웃음을 잃지 않으며 오빠가 교회에 함께 가지 않는다고 푸념을 했습니다. 세례도 받고 교회 일도 잘 도와주지만 성경이나 찬송을 따라 읽고 부르지 못해 교회에 가지 않으려 하신다고 했습니다. 그러겠다 싶었지만 교회 가세요, 그래야 올케가 오래 살아요, 하고 공감을 쳤습니다. 올케가 참 잘 생겼어요. 아이들도 다섯이나 두어 다복한데 올케가 고혈압으로 고생하는 것이 안타까웠지요. 어두워졌으나 전기는 켤 염을 않아 컴컴한 방에서 이야기를 하니 어쩐지 마음이 우울해졌습니다. 좋은 오빠, 올케지만 젊은 이들이 없고 노틀 들이 늙은 집에 이렇게 있구나 하는 생각만 들어요. 마루에 앉아 있으면 안산의 봉우리가 참 보기 좋았는데 헛간이 좀 높이 지어진 탓인지 잘 보이지 않고, 헛간 뒤로 허물어진 담을 넘어가면 잿등이고 또 우리 텃밭으로 갈 수 있어서 가지랑 호박이랑 따는데 따라 가기도 하고 잿등에 가서 놀기도 했는데 이젠 막혀서 아쉬웠습니다.

조카 영만이는 없고 춘식이 오빠 부인-큰 형님도 일을 나가서 안 계셨습니다. 일흔 일곱이신 데도 놉일을 하신다고 올케는 혀를 내둘렀습니다. 춘식이 오빠에게 다시 합해 올 때 돈을 벌어서 재봉틀을 가지고 왔다던 이야기가 생각났습니다. 성식이가 전해 달라는 봉투를

양쪽 집에 전하고 나는 가지고 간 선물로 인사를 대신하였습니다.

차를 빼서 좁디좁은 길을 조심스럽게 빠져 나올 때 신발은 질척이는 흙바닥을 디뎌 발바닥까지 젖어 있었습니다. 나는 여자 애라 들어갈 수 없었던 사랑방에서 오빠서껀 남정네들은 건강하게 웃음을 뽑고, 마당마다 널어놓은 곡식에 부엌에서는 밀전병 부쳐 나누어 먹고, 누에를 물솥에 끓이며 번데기를 건져 주시던 친척어른이 있던, 풍성하던 동네는 어디로 갔는지, 모시 삼는 처녀나 팥을 고아 밀국수 뽑아주던 새댁이나 뒷방으로 몰려다니며 노래 배우던 처자들도 다 어디 갔는지 궁금하다는 생각을 했습니다. 동네는 고적하기 그지없었습니다. 연극한다고 떠들썩하던 소동한해네 사랑방에 몰려 있던 이들도 지금은 무엇을 하는지? 서당이 있는 소나무 숲과 마을 앞, 거머리와 송사리, 가제가 있던 개울, 물이 졸졸 흐르던 논들, 평화롭고 아름답던 그 마을은 우리가 보았던 그 시절을 끝으로 그만 사라지고 만 것일까요? 동각 앞 느티나무만은 흠 없이 여전한 기품을 자랑하고 있었습니다만.

오다가 맑으내를 들렀습니다. 늦었지만 하덱이 언니네 조문을 간 것입니다. 맑으내 마을은 광목 도로변에서 가까워 땅값만 해도 만만치 않을 겁니다. 넓은 마당이 있는 경로당 옆에 언니 집이 있는데 잠기지 않은 문을 열고 들어가니 아들만 내다봅니다. 형부를 닮아 인물이 준수한 용대라는 아들이지요. 언니는 마을을 가고 없어 아들이 찾아 나섰는데 30분만에 돌아와서는 어디 가셨는지 못 찾겠다고 해요. 마을 갈 마음의 여유가 있으니 다행이다, 싶었지요. 전립선암으로 20일간 입원하시다가 운명하셨다고 했습니다. 아들 셋에 딸이 넷 모두 일곱. 아들 하나만 아직 미혼이고 다들 성혼해 잘 들 사니 좋다고 오늘 아침 전화에서 언니는 밝은 목소리였습니다. 90넘은 노 할머니는 일년 전에 돌아가셔서 어머니 먼저 보내고 아들이 갔으니 효자라고 그러더군요.

하덱이 언니는 큰아버지 외딸로 어머니를 여의자 곧, 열 일곱 살에 시집을 갔답니다. 육이오 동란 때 언니를 따라 이곳 맑으내에 와 본 기억이 또렷한데 집을 둘러 서 있는 수많은 감나무 가지에는 감이 찢어지게 많이 달렸고 우리 안에는 개도 여러 마리 있어 낯선 이를 보면 마구 짖으며 집을 지키고, 낡은 집 앞에는 양관이라 할 집을 한 채 떠억 지어 놓아 언니의 탄탄한 가세가 느껴졌습니다. 광에는 말려놓은 고추가 푸대푸대 놓여 있고 헛간에는 마늘을 엮어 드레드레 늘여놓고…바로 집 앞으로 널쩍하니 펼쳐진 밭에는 콩 대가 수확을 기다리고 있었습니다.

그렇더라도 저녁때가 되었는데 아들보고 알아서 저녁 먹으라고 언니가 돌아오지 않아서 인지 집안은 썰렁했습니다. 비가 왔고 기온이 차진 탓인가 싶었습니다. 부엌에서 나온 연기로 검게 그을은 툇마루의 천장-흙으로 마감된 사이가 더러 떨어져 대나무 엮은 것이 비어진-이 눈에 띄었습니다. 그랬죠. 예전에는 이렇게 그을음 내면서 밥을 짓고 국을 끓이고 해서 많은 식구가 김을 내며 밥을 먹곤 했었지요. 다음에 다시 들를게 하고 약간의 부의 금이 든 봉투만 전하고 돌아왔습니다. 돌아오는 길의 라디오에서는 차가 밀리는 광주의 교통상황을 전하고 있었습니다. 참으로 한가한 들길에서 듣는 아나운서의 목소리는 어쩌 그리도 생경하던지…농촌과 도시는 진정 같은 시대를 살고 있는 것이 아니다…이 엄청난 괴리는 언제까지 계속될 것인가…착잡한 생각이 들었습니다.

산 1

  금년 정월엔 눈이 잦다. 한 두 번 눈이 내려줄 때만 해도, 아쉬운
손님처럼 지나가겠거니 했는데 눈은 내렸다하면 거침없이 쏟아져서,
종당엔 눈이 마음놓고 우리들의 겨울 속에 들어앉고야 말았다는 느낌
이다. 그 눈 속에서 나는 새로운 즐거움을 하나 익힌다. 어져, 녹녹겨,
하는 강물과 새의 날음이 더욱 호젓해 뵈는 눈 덮인 강안(江岸)을 보는
즐거움 외에 산을 바라보는 즐거움이 하나 더 는 것이다. 눈이 그친
어느 하오, 겨울 햇빛은 흰눈에 반사되어 그지없이 화사한데 눈이 쓸
어 내린 대기는 청아하기조차 하다. 그 때 창 밖을 더듬던 나의 눈길
에 한 개의 경이가 잡힌 것이다.
  늘 멀리, 아스라이 보이던 백운대의 인수봉이었다. 그 잘 생긴 봉
우리가 하얗게 흰눈을 덮어 쓴 채 분홍빛 겨울 햇살아래 오연히 솟아
있지 않은가. 그것은 마치 만년설을 이고 있는 히말라야 어느 봉우리
에 못지 않은 아름다움이었다. 북악의 능선과 산 주름마다 흰눈이 골
을 이루고, 그 위에 솟은 인수봉이 그처럼 아름다운 줄을 예전에 미

처 몰랐다니. 저러한 아름다움은 이처럼 식탁의 창쯤에서 볼 수 있는 것은 아닐 터이다. 혹독한 추위와 눈보라 속에서 목숨을 걸고 산에 도전하는 산악인들에게나 허락된 아름다움일 것이다. 그런데….

어쨌든, 눈 덮인 인수봉은 만년설로 뒤덮인 준령의 봉우리에 비할 수는 없었으나 그런 장관을 떠올리게 하기에는 충분했다. 흰눈에 덮인 인수봉을 창 밖으로 몇 번씩 내다보았다. 마치 자크리 영감이 사는 동네의 산이라도 보듯이. 나는 자크리 영감을 낳은 위대한 산이 너무나 좋았다.

자크리영감, 그는 스펜서 트레이시가 주연한 오래된 영화 『산』의 주인공이다. 자크리는 학교교육도 받지 못한 참으로 소박한 산간의 양치기영감이다. 그는 열두 살 때부터 혼자 산에 오르기 시작하여 난 코스로 이름난 그 산(영국의 어느 산봉우리쯤 되는가?)의 길목을 훤히 알아 이름난 등산 안내원이기도 했다. 그는 신앙이 깊고, 소박한 마음씨를 지녔으며 신을 두려워하고 공경하듯이 산에 대해 한없이 겸손하다. 이 대목이 그런 큰산을 모르고 사는 내가 놀랐던 대목이다. 어려서부터 안 마당처럼 타고 놀았던 산이라면 그 산쯤이야 하는 교만을 부렸으련만 그는 결코 그런 경솔함을 보이지 않는다. 삶에 대해서도 마치 산을 대하듯이 겸손하기 짝이 없는 자크리영감이다. 그는 양치기인 자신의 삶에 만족하고 오직 성실하고 꿋꿋하게 살아왔다. 그런데 동생인 크리스는 형의 그 무의미하고 따분한 생활에 비난을 퍼붓는다. 가난과 초라함만이 점철된 산간의 생활, 촌사람으로 도시인들의 길 안내나 하며 평생을 살아야 한다는 사실을 견딜 수 없어 한다.

마침, 인도를 떠나 영국으로 가던 비행기가 산에 추락하는 사고가 일어난다. 구조대조차 이 험한 산에 접근을 못하고 마는데 형의 실력을 아는 크리스는 이 비행기 안의 물건을 훔치러 산에 같이 가 줄 것을 요구한다. 형의 완강한 반대에 부딪치자 크리스는 혼자서라도 가겠다고 설쳐댄다. 형의 손에 자란 크리스의 무모한 요구에 형은 괴로워하나 결국 동생을 혼자 보낼 수 없어 이 도둑질 행각에 따라 나서게 된다.

자크리의 무형한 듯한 성격은 우람한 산을 배경으로 하자 그 굵고 숭엄한 인간미가 드러나기 시작한다. 탐욕에 불타는 크리스의 모습이 상대적으로 왜소해 가는 것은 당연했다. 동생은 끝내 훔친 물건과 함께 절벽에서 떨어져서 죽고 자크리영감은 아직 살아있던 인도여자를 구출해 내려온다.

이 영화에서 내가 감명을 받았던 것은 자크리영감의 인간미였다. 생에 깊이를 갖는다는 것은 지식이 아니오, 순수한 마음과 성실성 그 자체에서 오는 것을 이 영화는 절실히 보여주었던 것이다. 자크리는 인도에서 오는 비행기가 산에 추락했다는 얘기를 듣고 집에 돌아와 지리부도를 펴고 인도를 찾아본다. 있구나 있어, 이 책에 인도라는 나라가 나와있어. 칼카타, 칼카타라고 씌어 있구나. 이 먼 곳에서 오다가 거의 다 와서 그만 추락을 하다니…쯔쯔쯔 자크리는 들고 있는 확대경을 내리고 고개를 흔들면서 혀를 찬다. 이처럼 더운 지방에서만 자라는 나무가 있는데 이 나무를 무어라고 하더라? 동생이 퉁명스레 종려나무요, 하자 자크리는 종려나무…그래 종려나무라, 하며 대단한 발견이라도 한 듯이 고개를 끄덕이며 기뻐한다.

자크리가 알아낸 것은 지극히 상식적인 것뿐이었지만 그 간단한 상식으로부터 자크리가 보아낸 것은 참으로 그 깊이를 알 수 없을 만큼 심오한 것들이었음을 우리는 느낄 수 있다. 인도라는 국명과 도시이름 하나와 종려나무… 이 세 가지만으로도 그는 멀고 먼 나라의 삶을 통째로 느낄 수가 있었던 것이다. 자크리 자신이 자신의 삶을 사랑하였기에 그 성실한 마음의 눈은 가보지 않은 나라의 깊은 곳까지라도 다 느끼고 볼 수가 있었을 것이다. 자크리는 그 마음을 사랑으로 채워 욕망에 물들지 않도록 소박한 인간미로 감쌈으로써 참으로 거룩한 삶의 핵심에 도달하고 있는 듯이 보였다. 그것은 산이 있었기 때문이라고 생각되던 것이다. 자크리에게는 하나님께 순종하는 신앙이 있었고 또 그의 성실을 지탱케 해주는 산이 그의 앞에 있었다. 너무나 우람하고 두려운 산이 있었기에 자크리는 약삭빠른 인간이 될 수가 없었던 것이다. 자크리의 산에 말할 수 없는 부러움을 느꼈던지라 소박하나마 산의 기품을 남김없이 보여주는 인수봉의 흰 봉우리가 참으로 애틋하지 않을 수 없었다.

아깝게도, 그러나 인수봉의 눈은 참으로 빨리 녹아버리곤 했다. 이 영하 15도 내외의 혹한에도 눈은 그곳에 오래 남아있지 못했다. 눈을 벗어버린 인수봉은 날씨에 따라 멀게도 가깝게도 서 있다. 어쨌든 나는 산을 보게 되었다. 겨울의 낮은 하늘은 곧잘 산을 감추어버린다. 짙은 안개 넘어 가리워 진 산을 나는 날마다 바라본다. 밤이면 어둠 속에서도 산을 바라본다. 아니 산 쪽을 바라본다. 춥고 어두운 밤하늘 저 멀리에 허공을 찔러 서 있을 봉우리… 이 겨울 잦은 눈 속에서 나는 산을 연모하며 지나고 있다. (1980)

산 2

　나는 남들 그렇게 잘 가는 등산도 갈 기회를 열심히 피해서(!) 거의 한번도 등산다운 등산을 해 본적이 없다. 또 해 볼 생각도 갖고 있지 않다. 그런데 산은 내게 깊은 감동과 함께 늘 내 마음속에 있다. 우연히 보게 되는 산의 사진— 요즘은 이런 좋은 사진을 볼 수 있는 기회가 적지 않다— 천년의 비경을 간직한 산 사진들을 나는 언제나 감동에 넘쳐서 보군 한다. 전에는 좋은 산 사진들을 보면 모아 두고 가끔 꺼내 보기도 했지만 이즈음의 나는 이런 수집이라든가 보존이라는 데서 손을 뗀지 오래다. 무어 마음을 비워서 그랬다고 하기 보다 어떤 것에 집착하여 그것에 탐하는 것이 그저 편편치 않게 생각된 탓이다. 수집하던 이런 저런 것도 흩어 버리고 소중한 듯 간직했던 편지 묶음 따위들도 훨훨 버리고 나니 아쉽지 않은 바는 아니나 한편 시원하기도 했다. 그래서 내게는 산 사진 하나 없으면서도 나는 산을 사랑한다. 어쩌다 굴러 들어온 화보 잡지 같은 데에 실려 있는 남미의 어느 산이라든가, 일본 어느 산록의 사진이라든가 그저 너무 좋다.

좋을 뿐이다. 우리 나라의 국력이 대단해진 게 사실인 듯이 우리 나라의 사진작가나 산악인들이 세계의 아름다운 산 사진을 찍어 오고 또 그런 사진을 싣는 좋은 잡지도 많이 늘어나서 굳이 노력하지 않아도 종종 산을 볼 수 있어서 나는 아주 흐뭇하다. 내가 산을 좋아하는 수준은 이런 정도이다. 좋아한다, 라고 말할 수도 없는 수준인지 모른다.

원래 내가 산을 좋아하게 된 것은 산이 아름다워서가 아니었다. 엄밀히 말하면 산을 좋아하는 사람이 좋아서였다. 그렇다고 또 내가 산사나이라는 알피니스트와 친한 그런 처지여서가 아니다. 나처럼 산과 아무런 인연이 없는 사람에게 산 사람은 우연히도 큰 감동을 주었다. 벌써 십여 년도 넘었지만 나는 '산'이라는 영화의 주인공에게서 받은 감명을 산이라는 같은 제목으로 수필을 쓴 적이 있었다. 그 영화 속에 등장하는 순박한 자크리 영감의 인정이 어찌나 아름다웠는지, 그리고 그러한 인간미가 우람한 산을 보고 평생을 살아온 탓으로 울어 나올 수 있었으리라 생각되어 산을 외경의 마음으로 바라보았었다.

그러나 내게 나의 인생의 전기가 될 만큼 크게 감동을 주었던 산 사람은 마나슬루 봉에 도전한 산사나이들이었다. 그 때 나는 죽음의 긴 터널을 걷고 있었다. 어린 아들을 교통사고로 잃고 저승과 이승을 분간할 수 없도록 절망에 빠져 지나던 때, 그 아픔 속에서도 죽음에의 공포가 언제고 나의 심장을 옭 죄어 오곤 했던 때, 전화 벨 소리만 울리면 어디선가 또 끔찍한 소식이 전해 오는 듯 공포에 질리던 나는 상실과 공포의 처절한 진흙길을 고통 속에서 혼자 걷고 있었다. 진실로 죽음의 체험을 나는 하고 있었던 것이다. 육신도 따라 만병이 돋아나기 시작해서 나는 영적으로나 육 적으로나 극도로 피폐해 있었다. 그때 우연히 이 책을 읽게 되었던 것이다. 〈집념의 마나슬루〉. 가족들 중의 누군가가 사다 놓았었지만 읽지 않고 두었던 책이었다.

우연히 집어들고 무심코 읽기 시작한 나는 점차로 글 속에 빠져 들어 갔다. 거기에는 참으로 이상한 사람들이 있었다. 히말라야 연봉 중의 하나인 마나슬루 봉을 정복하기 위하여 일가족 네 형제가 돈과 시간과 생명을 다 털어 넣는 이야기였다. 산에 무엇이 있기에, 산꼭대 기를 등정하여 정복한다는 것이 무엇이기에 이들은 이다지도 전력을 다하여 산을 오르는 것일까. 그것도 한차례 실패하여 형제 하나를 잃고 또 한차례 도전하여 또 형제를 잃고 만 형편임에도. 그러나 그들은 단념하지 않고 다시 마나슬루 봉에 도전하는 것이었다.

한번 도전에 드는 비용도 실로 엄청났다. 삼 백 명의 현지 인이 메고 가야 할만큼 엄청난 장비와 식량이었으니 그 비용의 규모를 알만했다. 그들이 어떻게 이 비용을 조달하는지 알 수 없었지만 등산이라는 것이 그처럼 거대한 작업임도 처음 알았고 그런 아무짝에 쓸모 없는 듯한 것에 그처럼 목을 매는 사람이 있는 것도 처음 알았다. 내가 두려워 한없이 쫓기고 있는 죽음을 향하여 아니 죽음을 찾아서 그들은 그 얼음산을 오르는 것이었다. 대단한 충격이 아닐 수 없었다.

나는 이 책을 읽으면서 죽음의 공포에서 벗어날 수 있었다. 나는 죽음에 계속 쫓기면서 두려움에 무너져 가고 있었지만 그들 마나슬루에 도전하는 산 사나이들은 죽음을 찾아서 가고 있었던 것이다. 죽음이란 두려워서 쫓겨야 하는 그런 것이 아니라 진정으로 넘어서야 할 어떤 것이라는 것을 깨달았다. 산 사나이들은 내게 참으로 중요한 것을 가르쳐 준 것이다. 그 때부터 나는 산을 사랑하게 되었다.

이상하게도 산은 나에게 죽음을 넘어서는 귀한 체험을 또 한번 하게 해 주었다. 지난겨울 나는 스위스 몽블랑에 오르게 되었다. 등산은 아니다. 그 흔한 케이블카로 오른 것이다. 그저 관광 코스에 들어 있으니 가는 거다 해서 사실 별 기대도 하지 않았다. 그러나 가이드의 말이 대단했다. 심장이 약한 누군가가 산에 올랐다가 죽었다는 것이었다. 나는 지극히 정상적인 혈압이라는 말만 들어 왔지만 갑자기 혈압이 떨어지지나 않을까 은근히 걱정이 되었다. 목숨을 걸고 올라가는 듯한 무거운 분위기가 일순 버스 안을 훑어 갔지만 일행 중 등정을 포기하는 사람은 하나도 없었다. 아마 그런 분위기 때문에 나는 알프스에 대한 기대를 가질 여유가 없었는지도 모른다. 아니 무엇보다 산에 대한 무지가 나로 하여금 적절한 상상을 가질 수 없게 하였을 게다.

결과적으로 나는 산에 가서 아름다움을 맛보지 못하고 만다. 백두산보다도 1킬로미터나 더 높다는 몽블랑의 산정에서 내가 느낀 것은 심한 멀미와 어지러움이었다. 그 아름다운 산에 가서 엉뚱한 체험을 하고 온 것이다. 우리가 몽블랑에 오른 날은 일년 가야 몇 번 만나기 어렵다는 맑은 날씨였다. 게다가 우리가 도착하기 전날 많은 눈이 내려서 알프스 연봉들은 흰 눈으로 아름답게 덮여 있었다. 나중에 사진을 보니 더할 나위 없이 아름다운 경치가 우리 앞에 펼쳐지고 있었지만 영하 20도의 추위와 눈가루를 쓸어 올리는 폭풍 때문에 그 훌륭한 알프스의 경치를 감상할 여유가 없었다. 아니 여유는커녕 멀미와 어지러움으로 정신이 다 없었다. 뛰어서는 안 된다는 주의를 잊고 층계를 기분 좋게 달려 오른 것이 원인이었는데 그 불쾌감이란 표현하기 어려울 정도였다. 죽음에 이를 때 이런 체험을 하는 것이 아닐까, 생각했을 정도였다.

그러나 그런 나에게 잊을 수 없는 만남이 있었으니 바로 그 몽블랑의 얼음 동굴에서였다. 한 발자국만 잘못 딛으면 천길 낭떠러지로 미끄러지게 되어 있는 그 곳에서 스키어들이 낭떠러지를 내려갈 차비를 하고 있었다. 백두산보다도 더 높은 이곳에서 스키를 타고 내려간다는 것이다. 얼음벽은 절벽 타기로 내려가고 더러는 스키를 타면서 내려갈 작정으로 준비하고 있는 몇 명의 일행 속에는 여성도 끼어 있었다.

나는 그 얼굴에서 다시 한번 죽음을 넘어선 인간의 의지를 보았다. 나는 비록 패배자처럼 멀미와 두통 속에서 겨우 겨우 케이블카를 타고 내려 왔지만 얼음 동굴에서 만난 스키어들을 생각하면 지금도 한 자락 삽상한 바람이 내 마음에 솟아 오른다. 경솔하기 짝이 없는 나는 몸이 아프면 그만 죽어졌으면 좋겠다고 곧잘 생각해 버린다. 약물 중독으로 마치 몽블랑에 올랐을 때 겪은 것과 같은 오심과 구토 그리고 두통을 앓은 며칠 전만 해도 나는 그런 생각을 했었다. 그러나 그 때 나는 얼음 동굴에서 만난 사람들을 생각하고 나의 경솔을 꾸짖었었다. 나는 죽음을 넘어서 아름다운 생명을 구가하는 그런 사람들이 있는, 또 그런 사람들을 만들어 내는 산을 사랑하는 것이다.

산을 생각하면 나의 옹졸함이 보인다. 그 넓은 품이 보인다. 그리고 내가 돌아가야 할 곳이 보인다. 이 생명이 영원한 것이 아니며 그러나 이 생명이 도달해야 할 높이가 이런 것이라는 가르침이 온다. 그랬다. 스위스 국경이 가까워지면서, 멀리서 깜짝 놀랄 만큼 흰 봉우리가 구름 속에 환영처럼 떠 보이기 시작했을 때 나는 내가 도달하려 그처럼 오래 찾아 헤매던 것, 어떤 높이와도 같은 그것은 바로 당신이었다고 고개를 끄덕였었다. 그렇게 금방 알아지던 것이다. 잘은 모르지만 산을 찾는 사람들은 그것을 진작에 안 사람들이리라. 산과 나는 이처럼 보잘 것 없는 관계를 맺고 있는데 불과하다. 그러나 나는 이 작은 인연을 무척 소중하게 간직하고서 나는 산을 무척 사랑하고 있다고 생각한다. 등산 한번 제대로 하지 않고서…　(1995.3.29.)

배롱나무

　광주에서 무안까지 무수히 오가는 동안 나는 많은 것을 본다. 봄, 빈 논에 찬란하게 깔린 자운영 꽃의 보라 빛은 하나의 경이이고 푸른 보리밭의 그 기름진 초록과 며칠 사이에 변해 가는 보리 누름, 그리고 모내기 한 논의 그 판유리 같은 물빛…그리고 여름이면 푸른 들녘으로 느릿느릿 날아가는 왜가리의 한가로운 비상, 치마폭처럼 너울진 부용화의 꽃 판은 명절 날 놀러 나온 처녀아이 같은데 이 부용 화는 지금 광목도로변에 내내 이어가며 피어있다. 목화 꽃 같은 이 꽃씨를 보내는 편지글을 중학교 1학년 국어시간에 배웠는데 중국에서 보내왔다는 이 꽃씨는 요즘 전국 도로변에 뿌려져 어디서나 여름이면 소담스레 피어난다. 가을엔 당연히 코스모스, 누런 들판, 흥겨운 나락 냄새 이런 것들이 마음을 마냥 즐겁게 해주지만 그 중에서도 빛나는 것은 여름에 붉은 꽃을 피워내는 배롱나무 가로수이다.

　배롱나무는 목 백일홍이라고도 하는데 배롱나무라는 이름이 훨씬 더 멋이 있다. 영암의 도갑사에 갔더니 도갑사 앞뜰에 큰 배롱나무가

있고 그 나무에 배롱나무라는 표찰이 달려 있어서 내가 아는 목 백일
홍 나무가 배롱나무라는 이름을 갖고 있음을 처음 알았다. 배롱나무
는 겨울이 가고 봄이 오고 벚꽃이랑 봄꽃이 흐드러지게 필 때까지도
죽은 나무처럼 잎눈도 삐끗 않다가 다 늦게 잎을 피우고 여름도 한창
인 칠월이 다 갈 무렵에야 꽃을 피운다. 그렇다. 배롱나무는 우리 쌀
농사가 봄이 제법 흐드러지고야 시작되듯이 제 살이도 그 적에야 시
작해서 논에 모가 짙푸르게 자라고 꽃을 피울 무렵 저도 꽃을 피운
다. 그래서 여기 시골사람들은 이 나무를 '쌀 나무'라고 부르나보다.
이 배롱나무는 도시의 정원에서 아주 귀한 정원수로 대접을 받아 상
록수 속에 끼어 붉은 꽃으로 여름을 빛내는데 이 광목 도로에는 이
배롱나무가 지천으로 가로수가 되어 서 있는 것이다. 빨갛게 꽃이 핀
배롱나무 가로수 길을 달리노라면 이런 호강이 없다 싶은 것이다.

그러나 내가 배롱나무를 남다르게 생각하는 것은 배롱나무의 이
귀족 같은 아름다움 때문만은 아니다. 배롱나무를 볼 때마다 어버지
생각이 나기 때문이다. 아버지와 배롱나무가 무슨 상관이 있는 것은
아닌데 나는 배롱나무를 보면 아버지 생각이 난다. 아버지는 여름 방
학이 되어 곤충채집을 위해서 꼭 가야된다는 이유 말고도 큰집에 가
려는 우리들을 기꺼이 데리고 가 주셨는데 어느 해였던가 그 때는 웬
일인지 오빠도 동생도 없이 나 혼자 아버지를 따라 시골 큰집엘 가게
되었다. 아버지는 나를 데려다 주시고 다시 목포로 가시었는데 가시
는 아버지를 배웅하러 동구 밖까지 나간 내 눈에는 멀리 걸어가시는
아버지가 무사히 집에까지 가실까 무던히도 걱정이 되는 것이었다.
그 때 들녘에 피어 있던 배롱나무의 붉은 꽃이 내 마음에 깊이 인상
지워진 것인가 배롱나무를 보면 그 때의 아버지에 대한 안타깝던 마
음이 떠오르곤 한다.

생각해 보면 나는 아버지와 함께 길을 간 적이 적지 않았다. 아버지와 함께 아버지의 고향인 시골길을 걷고 있으면 "딸이요?" 하는 소리가 우북한 깨밭 골이나 목화밭 골에서 솟아 오르곤 하였다. 나는 아버지의 딸인 것이 퍽 자랑스러웠다. 누구나 아버지를 반겨 하였기 때문이다. 아버지는 잘생기신 얼굴에 밝은 성품을 지니신 데다가 돈을 잘 벌어서 할머니에게 집을 지어드리고 논밭을 사드린 성공한 효자였기 때문에 가는 곳마다 인기가 높았다. 아버지는 필시 일가붙이들이었을 그런 여자들의 인사에도 공손하고 밝은 음성으로 대하였다. 아버지는 금기에 속하였을 목화나무의 다래도 따서 맛보게 해 주시고 까마장이라는 열매도 따 주시었다. 아버지와 걷던 그 길들 그 시간과 그리고 그 풍경 속에 늘 배롱나무가 서 있었다. 아마도 대개 그 때가 여름이어서 이었나 보다.

늘 지나 다니는 광산들에서 지난 봄 모내기를 하는 것을 보았는데 여자 혼자 손으로 논 갈아엎기며 쓰레질이며 모내기(기계로) 모두를 하는 것이 무척 외로워 보였다. 들에 사람이 모자란다 기 보다 없다. 이제는 밭둑을 지나도 "삼수 딸인가?" 하고 목청을 높여 나를 알아 볼 일가 분도 없으려니와 아예 들녘은 사람 손이 부족해 쓸쓸하기 짝이 없다. 일어서도 허벅다리와 종아리가 바로 펴지지 않은 채 마름모꼴이 되는 농부(農婦)들의 모습은 앞으로는 극히 보기 힘든 날이 올는지 모른다. 지난번 금강산 관광을 갔을 때 온천에서 만난 여자들—온갖 멋쟁이 여자들 중에 긴 시골 할머니들은 모두가 다리가 그런 마름모꼴이었다. 평생을 밭에 엉거주춤 버티고 앉아 일해야 했던 탓에 뼈가 그렇게 고정되고 만 여인들—이 온천에서 몸을 풀고 있는 것을 보면서 나는 이들은 국보급이다 라고 생각했었다.

배롱나무를 보면 여기 저기 밭에서 서슴없이 인사말이 솟아오르던 시골이 생각나고 풍성하게 핀 배롱나무 꽃에서 풍년을 꿈꾸던 결코 가난하지 않은 옛 사람들이 생각난다. 그들은 물질을 풍부히 갖지 못하였어도 마음은 한없이 당당하고 부요한 그런 사람들이었다.

들녘이 쓸쓸한 것은 또 배롱나무가 없어진 때문인지도 모른다. 논둑에 있던 배롱나무는 농지정리 하면서 모두 주민등록을 옮겨야 했을 터이다. 넓은 들 한 가운데에 외롭게 서서 쌀 농사를 지키던 배롱나무는 이제는 자동차가 끊임없이 공기를 가르는 가로수로 나와 앉아 있다. 오 가는 우리들의 눈에 아낌없는 호사를 안기지만 배롱나무는 아무래도 논 가운데 있어야 제격이었다고 생각하고 보니 그저 눈요기감으로 서 있는 배롱나무가 어쩐지 안돼 보인다.

〈목포의 눈물〉과 항일의식

이상금 교수가 쓴 「반쪽의 고향」에서 〈목포의 눈물〉에 대한 각주를 읽고 나는 정신이 번쩍 났다. 목포사람들의 십팔번 노래 〈목포의 눈물〉이 항일 저항의식이 담긴 것으로 일제 때 금지 곡이었다는 것이다. 등하불명이란 이런 경우를 두고 하는 말이 아닐까? 타향사람이 이다지도 명료하게 각주까지 다는 사실을 목포사람인 내가 모르고 있다니… 끝까지 부를 수 있는 유행가가 없어서 모임에서 언제나 곤경에 처하는 나 같은 사람도, 비록 2절인지 3절인지 잘 모르고 부르지만 최소한 〈목포의 눈물〉을 비장의 카드(?)로 가졌다고 자부할 만큼, 핏속에 녹아 목포사람의 노래가 된 〈목포의 눈물〉이건만, 이 노래가 이처럼 '의미'를 지니는 것인지에 대하여 한 번도 생각해 본 적이 없었다니! 나는 순간 부끄러웠고 〈목포의 눈물〉을 좀 꼼꼼히 살펴보아야겠다는 생각을 하였다.

유달산에 올랐다. 유달산에는 이난영 노래비가 있다. 노래 비에 적힌 가사를 꼼꼼히 읽어보노라니 우리가 부르던 가사와 조금 다른 대목이 있는 것 같았고 의미가 심장해 보이는 대목도 새로 보이는 것이었다. '삼 백년 원한'이나 '노적봉'은 물론이고 '유달산 바람도 영산강을 아느니'의 아느니도 '안으니'가 아니지 않는가…

목포 문화원을 통해서 목포대 고석규 교수를 소개받았다. 목포 출신도 아니면서 고교수는 〈목포의 눈물〉에 대한 자료를 모두 모아 갖고 있었다. 바로 얼마 전 「이난영의 노래 이야기와 대중문화」라는 강의를 한 바 있었던 탓인지 〈목포의 눈물〉과 작사자 문일석에 대한 해설이 뜻밖에 자상하였다. 고교수의 해설과 나눠준 자료, 그리고 목포 문화원의 향토지까지 들춰보고 나니 궁금했던 부분이 많이 해소가 되었다. 생각보다 많은 사람들이 〈목포의 눈물〉과 가수 이난영에 대하여 관심을 보이고 있었다. 그러나 아쉬운 점은 작사자 문일석에 대한 자료가 미흡하고 또 정작 〈목포의 눈물〉가사에 대하여는 그다지 관심을 보이지 않은 점이었다. 작사자 문일석이 단순한 유행가 작사자가 아닌 동경유학생이자 시인이라는 사실은 귀가 번쩍 띠일 만큼 놀라운 사실이었는데도.

향토지 『마파지』에는 작사자 문일석에 대하여 대략 다음과 같이 씌어 있다. "본명이 윤재희로서 문일석은 필명이다. 1916년 목포에서 태어나 목포 북교 초등학교를 졸업하고 전주고등학교를 거쳐 일본 와세다 대학 문학부를 졸업하였다. 와세다 대학을 졸업하고 돌아와 있던 24세 때, 조선일보가 후원하고 O K 레코드 사가 주최한 "우리민족 고유의 정서를 북돋는 향토노래가사" 모집에 〈목포의 노래〉를 응모하여 1 등에 당선이 되었다(손목인씨 증언). 그러나 아쉽게도 26세의 나이로 요절하였다. "윤재희가 문일석이라는 점은 그의 6촌 동생도 전화로 알려왔다니까(문화원 추규영선생의 말) 사실이라 믿어도 될는지 모르겠으나 얼른 보아 연대가 맞지 않는다. 16년 생이면 42년 몰

(洙)에 26세가 틀리지 않으나 조선일보 당선시기가 1934년이면 그의 나이가 18세라야 맞는다. (95년 향토지 『나무전거리』에는 22세라고 되어 있고 상금이 백원이었다는 구술이 있다) 그렇다면 이 나이는 와세다 대학 문학부 졸업 후가 될 수 없거나 출생년도가 틀렸거나 할 것이다. 와세다 대학 재학 중이거나 일본 유학전이거나 했을까? 어쨌든 동경유학을 할만큼 우수한 청년의 작품이라는 점에서 〈목포의 눈물〉은 다시 한번 주목을 하게 된다.

정작 문제가 되는 것은 노래 가사였다. 필자가 조선일보 1934년 영인본을 들춰보니 하필 1월 1일부터 9일까지 낙장이 되어 있다(영인본에 없으면 대체로 원본이 없다고 보아야 한다). 찾을 수 있는 것은 《신춘현상당선유행가》라는 제목이 달린 당선작들인데 2번부터 6번까지는 연재되고 있다.(1등 2 등의 표시가 없이 단지 번호만 붙여져 있다) 손목인씨가 증언했다는 향토노래가사 모집이 바로 이 《신춘현상유행가》였는지 모르겠다.* 〈목포의 노래(눈물)〉 가사가 실려 있을 신문이 낙장이 되었으니 원본을 어디서 찾아 확정지을 것인가? 〈목포의 눈물〉의 가사는 현재 두 개가 전해지고 있다. 하나는 유달산 노래비에 적혀있는 것이고 또 하나는 이난영이 부른 가사이다. 〈목포의 노래〉는 OK레코드 이철 사장에 의해 〈목포의 눈물〉로 제목이 바뀐다. 노래 제목도 바뀌었지만 삼 백년 '원한'이 '원앙'으로 바뀌는 등 노래 가사는 일본의 검열로 우여곡절을 겪은 것으로 되어 있는데(위의 95년 향토지) 원전을 구할 수 없으니 안타깝다. 참고로 현전하는 두 개의 가사를 적어본다

---

* 참고로 당시 현상유행가 당선작들을 적어보면 ②이회민의 〈낙동강칠백리〉③남궁인의 〈방아 찧는 색시〉④오빈의 〈귀여운 애기야〉⑤목일신의 〈새날의 청춘〉⑥유병우의 〈안의민요〉등이다.

유달산 노래 비에 적힌 가사

　1절/사공의 뱃노래 가물거리며/삼학도 파도 깊이 스며드는데/부두의 새아씨 아롱 젖은 옷자락/이별의 눈물인가 목포의 설음/2절/삼 백 년 원한 품은 노적봉 밑에/임 자취 완연하다 애달픈 정조/유달산 바람은 영산강을 아느니/임 그려 우는 마음 목포의 눈물/3절/깊은 밤 조각달은 흘러가는데/어찌타 옛 상처가 새로워진다/못 오는 임이면 이 마음도 보낼 것을/항구의 맺은 절개 목포의 사랑

　이난영이 부른 가사

　1절/사공의 뱃노래 가물거리며/삼학도 파도 깊이 숨어드는데/부두의 새아씨 아롱 젖은 옷자락/이별의 눈물이냐 목포의 설움/2절/삼 백 년 원한 품은 노적봉 밑에/님 자취 완연하다 애달픈 정조/유달산 바람도 영산강을 안으니/님 그려 우는 마음 목포의 눈물/3절/깊은 밤 조각달은 흘러가는데/어찌타 옛 상처가 새로워진다/못 오는 님이면 이 마음도 보낼 것을/항구에 맺은 절개 목포의 사랑

　이 두 가사를 비교해 보면 거의 같지만 굳이 차이를 찾아보면 ① 스며드는데/숨어드는데, ②눈물인가/눈물이냐, ③아느니/안으니, ④항구의 맺은 절개/항구에 맺은 절개 등 네 군데의 표기 차이 정도이다. 노래는 모두 4행씩 한 연을 이루고 있다. 그렇지만 각 2행은 한 문장으로 보아도 좋게 내용이 이어진다. 그렇게 보면 각 연 모두 첫째 노랫말과 둘째 노랫말이 대구를 이루고 있으며 이 두 노랫말의 절묘한 조화로서 일제 식민지 지배에 대한 저항과 대중적인 통속성을 성공적으로 어울려 놓았다. 첫째 노랫말만 나열해 보자.

1절/ 사공의 뱃노래 가물거리며 삼학도 파도깊이 숨어드는데
2절/ 삼 백년 원한 품은 노적봉 밑에 임 자취 완연하다 애달픈 정조
3절/ 깊은 밤 조각달은 흘러가는데 어찌타 옛 상처가 새로워진다

　　이 세 노랫말을 보면 이 노래의 제목이 〈목포의 노래〉라야 옳다
는 것을 새삼 느낄 수 있다. 삼학도, 노적봉, 한산섬 달 밝은 밤의 깊
은 시름이 떠오르는, 깊은 밤 조각달 모두가 목포와 충무공 이순신과
관련한 풍물들이다. 게다가 '숨어들다' '완연하다' '새로워진다' 등 동
사 및 형용사들이 매우 의미 심장하게 대응하고 있는 점은 놓쳐서는
안될 부분이다. 사공의 뱃노래는 '숨어들고' 임 자취는 '완연하고' 옛
상처는 '새로워진다'. 사공의 뱃노래가 들리는 현재는 "숨어들"고 있
는 비극적 시점이요, 삼 백년 원한 품은 노적봉 밑의 임 자취는 '완연
하다'는 것이어서 과거를 그리워하고 있고 깊은 밤에 옛 상처는 더욱
'새로워진다'는 것이니 이 노래는 공간적으로는 목포의 유선각 쯤에
서 목포 부두와 시가를 내려다보고 있으며 시간적으로는 일제 식민지
의 전초기지화 한 목포항을 비극적으로 인식하고 있는 구조를 취하고
있다. 삼 백년 원한 품은 노적봉*에서 너무나 뚜렷이 드러나 재언이
필요 없지만 이 노래는 새아씨의 눈물을 노래하는데 주제가 있는 것
이 아니라 목포가 지닌 항일의 상징을 노래하고 있는 것으로 따라서
노래 제목은 본래대로 〈목포의 노래〉가 되어야 맞을 것 같다.
　　다음 둘째 노랫말을 적어보면

---

* 고석규, 이난영의 노래이야기와 대중문화, 그때로부터 3백년전 정유재란때 명량대
　전과 고하도에 진을 치고 있었던 이순신장군을 생각한다면 일본인이 그때는 꼼짝
　도 못했다는 내용을 담은내용이다,

1절/부두의 새아씨 아롱 젖은 옷자락 이별의 눈물이냐 목포의 설움
2절/유달산 바람은 영산강을 아느니 임 그려 우는 마음 목포의 눈물
3절/못 오는 임이면 이 마음도 보낼 것을 항구의 맺은 절개 목포의 사랑

우선 1절에서 '새아씨'는 목포아가씨가 아니다. 목포에서는 '새아씨'라는 말을 쓰지 않는다. 새아씨가 아니라 '새아기' '새아그'이며 처녀라면 '큰애기'다. 이 새아씨는 당시 선창에 번창했던 기생이었기가 쉽고 그 새아씨는 어디선가 흘러들어 온 타지 인일 수 있다. 말하자면 1절은 일제 식민지 치하 식민지 이상 경기 호황을 누리던 목포항을 찾아든 새아씨의 모습 속에 목포의 비극적 현장을 노래한 것이라고 할 수 있다. 그러기에 댓바람에 '목포의 설움'이 되지 않을 수 없었겠다.

따라서 2절의 유달산 바람은 영산강을 '안기 보다 '아'는 것이고 임 그려 우는 마음의 임이 1절의 새아씨가 이별한 임이 아닐 수 있는 것이다. 안다는 것은 지기지우(知己之友)에서도 보듯이 사랑에 못지 않은, 아니 사랑보다도 더 거룩하고 진한 감정일 수 있는 것이다. 그리하여 임(이순신 장군)을 그리며 목포의 눈물을 흘리는 것이다. 그러므로 3절의 항구의 맺은 절개가 단순히 사랑 놀음에서 일컬어지는 절개일 수 없다는 해석도 가능하다.

이처럼 〈목포의 눈물〉은 남녀간의 사랑과 이별을 노래하는 형식을 취하여 승일의 격전지이며 항일의식 드높은 목포의 정서를 절묘하게 조합시킨 민족의 노래이다. 이 노래가 대 히트할 수 있었던 것은 바로 이처럼 항일 저항의식을 한의 정서로 승화시켜 적절히 애조를 띠게 함으로써 패배가 아닌 슬픔을 노래할 수 있게 한 때문이라고 생

각된다. 최근 이 〈목포의 눈물〉은 〈목포애국가〉, 〈목포아리랑〉이라 불리기도 하는데 내 생각에는 〈목포의 노래〉라는 본래의 이름을 찾아 주는 것도 좋겠다는 생각이 든다. 끝으로 작사자 문일석의 자료를 찾는 과정에서 일석이라는 이름으로 발표된 시 〈바다가에서〉가 『호남평론』에 실려있는 것을 발견하였으며 윤준희. 문이석이라는 이름의 작품이 있어 문일석과의 관계를 살펴볼 필요도 있는 것 같다.

유달산에서

　선생님, 지금 제가 글을 쓰고 있는 이곳은 유달산의 유선각 앞입니다. 해를 등지고 일등바위를 바라보며 난간에 종이를 펴니 이보다 훌륭한 서재가 없구먼요. 십일월의 푸른 하늘은 그지없이 맑게 트여 있고 한가롭게 떠 있는 구름은 아침 햇살을 받아 분홍 진주 빛을 머금고 있는데 일등바위는 잎 진 아카시아 나무 사이로 뚜렷하고 울울창창 우거진 소나무의 푸른 물결은 흘러내리다가 용머리 물빛으로 가서 고이고 있습니다. 서해 바다의 탁한 물빛도 용머리 병풍바위의 선경에 이르러서는 문득 숨을 죽인 듯 에메랄드의 깊은 초록으로 응결되고 마는 이 목포의 아름다움을 저로서는 무어라 표현할 길이 없습니다.

　일찍 집을 나서서 학교로 가는 길에 유달산에 오릅니다. 불과 10여분만에 이처럼 깊은 산의 유현한 맛을 볼 수 있다는 것이 기적만 같습니다. 북교동 집 뒤의 산자락에 올라 달성사 입구를 들어서서 산의 중턱 숲길을 가로질러 유선각에 오르는데는 그리 많은 시간이 걸리지 않습니다. 한 시간쯤 해서 노적봉까지 바라보며 목포문화원 쪽으로 내려와서 버스를 타기까지 아침 산책이 그만인 목포의 생활을 저는 그지없이 사랑합니다. 차는 사실 목포에서는 필요 없는 물건입니다. 좁은 도로에 궁색하게 끼워 둘 필요가 없습니다. 차는 그냥 학교에 두고 버스를 타고 집에 오고 갑니다. 이 유달산 산책을 마음놓고 하는데는 차가 없는 것이 너무도 좋은 조건이니까요. 차가 있으면 그만 유혹을 뿌리치지 못하고 새벽같이 학교 연구실로 가 들어박히게 되지요.

까치가 까악 까악 울어 쌉니다. 아직 노란 잎을 달고 서 있는 은행나무에 새가 가지를 흔들고 나는 것이 보입니다. 여러 마리인 모양이고 다른 새들도 있는 것 같은데 무슨 새 울음인지 분간을 못합니다. 긴 피리 소리 같이 주거니 받거니 하는데. 나무들은 가을의 낙엽을 위하여 봄에 그 많은 잎을 다는가 싶도록 단풍이 곱게 물들고 또 지고 있습니다. 유달산 숲 속 길을 걸으면 제가 밟고 있는 돌들이 50년 전 초등학교시절 산에 올라 밟던 그 돌임을 새삼스레 발견합니다. 세월…얼마나 빨리도 흐르는 것일까요 선생님과 언니를 만났던 여고시절은 36년 전의 일입니다. 참 긴 날들이 지나갔습니다. 그럼에도 저는 그 긴 시간을 실감하지 못합니다. 여기 흙 위에 솟은 돌곽들이 그대로이듯이 제 마음이 아직 그대로이기 때문이겠지요.

선생님의 시집을 읽으면서 저는 선생님과 동시대인이라는 것을 확인할 수가 있었습니다. 선생님의 시집 『아름다운 가난』을 읽으면서 제자인 저희 세대와 선생님이 같은 정서 속에 있었고 같은 고뇌와 가난을 겪고 있었다는 사실이 그리도 반갑고 고마웠습니다. 수탉, 고추잠자리, 쌀 뉘, 검은 고무신, 등잔불, 장수 꿩 등등 반세기도 전 꿈틀거리고 쓰여졌던 말과 이미지들이 극히 짧은 결구 속에 압축되어 있더군요. 그것은 놀라움이었습니다. 선생님과 저는 아름다운 가난의 기억 속에서 여전히 그 시절을 살 수 있는 행복한 세대입니다. 송희 언니도 마침 목포의 이야기가 담긴 시집을 내서 저는 오랜만에 목포를 다정하게 추억하였습니다.

고개를 들어 휘이 숨을 내 쉬며 주위를 둘러보니 멀리 섬들로 이어진 원경에 옥빛 바다가 있고 배가 지나갑니다. 선생님께서도 언니도 이 바다와 유달산이 있기에 시인이 되신 게 아닌가 생각합니다. 적지 않은 곳들을 돌아 다녀 보았지만 이 유달산과 목포항의 경치처럼 아름다운 곳을 보지 못하였습니다. 저는 이 경치들을 바라보며 신선이라도 될 것처럼 느긋한 마음이 되어 봅니다.

많은 시간이 흘러 50년대의 그 가난이 다 벗어지고 저 산 아래에는 높은 빌딩과 아파트 숲이 우거지고 차들이 빈틈없이 달리고 있지만 꼭 과거여서만이 아니라 잃어버린 옛날이 더 없이 그리워지기만 하고 옛날과 변함없이 서 있는 유달의 품이 못내 정겹고 가슴저립니다. 아직은 유선각까지 밖에 못 올라왔습니다만 언젠가는 일등 바위까지도 가볼 참입니다. 다시 유선각을 한바퀴 돌면서 삼학도랑, 목포 역전이랑 저기 멀리 성당산이랑 뒷개랑 압해도랑 삼삼히 바라보고 내려가렵니다. 언니, 선생님, 언제 함께 이곳에서 차 한 잔 해요. 너무 늦기 전에 요.

유달산 유선각에서   제자 올림.

목포여자

나는 목포 이야기를 하는데 적합한 사람이 아니다. 목포이야기를 잘 할 수 있는 사람은 아마도 나를 빼놓은 모든 목포사람이 아닐까 싶게 나는 목포에 대하여 말할 자격이 없는 사람이라고 생각이 된다. 나는 목포에 가서야 내가 얼마나 목포에 대하여 아는 게 없는지를 잘 알게 되었다. 30여 년을 서울에 살면서도 나는 늘 목포사람이라고 생각해 왔고 그곳은 나의 낯익고 정다운 곳이니 모른다고 해서 될 일이 아니지만, 나는 고향에 대하여 아는 게 정말 없던 것이다. 빈약하고 얄팍하기 짝이 없는 나의 고향에 대한 지식과 또….

　그것은 먼저 목포를 둘러싼 지역에 대한 무지의 깨달음에서 시작된다. 광주터미널에 처음 도착했을 때다. 광주터미널은 새로 지어 참 넓고 자판기로 표를 판매하는 등 서울보다도 근사한 곳이다. 나는 무안 가는 표를 사러 이 자판기 대열 앞에 섰다가 참으로 반가운 이름들을 거기서 만났다. 해남, 영암, 망운, 몽탄, 나주, 해제, 다시, 영산포…나는 그 이름들에서 따뜻한 고향 내음을 먼저 맡았다. 어쩌면 그렇게도 낯익은 이름들이 한꺼번에 모여있을 수 있지 라는 느낌이었다.

이 느낌은 목포에서도 마찬가지여서 터미널 말고도 버스에 붙이고 다니는 노선 안내판만 보아도 그리 반갑고 기뻤다. 그러나 이것이 고향 기러기만 보아도 반갑다는 수준이라는 것을 깨닫는데는 그리 오랜 시간이 걸리지 않았다. 거의 모든 다정한 지명들이 실은 내가 한번도 안가 본 땅이었던 것이다. 한번도 안가 본 해남, 한번도 안가 본 강진, 한번도 안가 본 지도…이런 식으로 나열하고 보니 결국 가본 데가 한군데도 없던 것이다. 이런…이럴 수가…했지만 이건 어쩔 수 없는 사실이었다. 그래서 나는 고향이 목포이면서도 타지 출신 교수들에게 시원한 안내말씀 한 마디 하지 못하였다.

게다가 이건 목포에 대해서도 사정이 다르지 않았다. 서울 버스터미널에 가서 버스 표를 사 보고 목포의 지위가 추락했다는 것을 실감했었지만 그것이 어떤 변화를 말하는 것인지는 몰랐다. 우선 약이 올랐다. 전화를 해 보니 터미널 자동응답기의 응답부터가 영 시원치가 않았던 것이다. 목포가 광주와 달리 전남지역의 안내로 구분되어 있는 것도 기분이 상했는데 전남지역에서도 네 번짼가 다섯 번째로 나오는 것이었다. 가나다순서도 아닌데 말이다. 옛날 광주를 목포보다 아래로 내려다보던 자존심이 여지없이 상처받는 일이 아닐 수 없었다. 표를 사러 가보니 광주행 버스 표 파는 창구는 독립되어 있고 목포행 버스 표는 기타지역의 표와 함께 팔고 있었다. 광주행 버스는 수시로 뜨고 있었지만 목포행은 그렇지 않았고….

고향 목포에 대해서 나는 잘 안다는 생각은 목포에 가서 계속 무너진다. 목포에 대한 대우가 터미널에서 달라진 것이 목포가 발전하지 못한 탓이었다면 목포는 예전과 크게 다름이 없어야 맞다. 그러나 목포도 '발전'이라는 것을 한 것이다. 목포는 우리가 학교에 다니던 때와 비교도 되지 않게 커졌다. 그 때에는 교외(郊外)에 속하던 사범학교 주변은 시내 복판이 되어 있다. 기차로 가야했던 임성이나 일로도 목포 시내나 다름없는 위치에 있다. 영산호며 하당지구며 북항(뒷개)의 넓은 아파트단지며 목포는 품을 넉넉히 늘리고 있다. 예전 우리가 알던 곳은 그저 내가 나서 자란 동네, 학교, 놀러갔던 몇 군데뿐일 정도이다.

그러나 내가 목포에 대해서 잘 모른다는 생각은 이런 외형적인 데서만 기인하는 것이 아니다. 월출산을 처음 가보았기 때문만이 아니다. 톱머리에서 생선회를 처음 먹어보았기 때문이 아니다. 나는 아직도 목포사람이 아니 목포여자가 되어 있지 못하더라는 이야기다. 그것은 어느 날 올케가 담근 물김치를 먹다가 확연히 깨달은 것이다. 목포여자, 그는 누구인가? 무슨 잡지 기사 제목처럼 이렇게 중얼거려본 것은 그 물김치가 하도 맛이 있어서였다. 너무도 목포 맛이었기 때문이다. 너무나 오랜만에 맛본 목포 맛이어서 이었다. 흰 무 쪽이 붉은 갓 물에 담가져 있는 목포 물김치, 그것은 억지 춘향으로 설탕에 잠겨져 들큰 시큰한 그런 물김치가 아니고 무의 시원함과 무청 푸른 잎이 편안히 곁들여지고 거기에 갓도 그렇게 끼어 있는 참 깨끗하고 감칠맛 나는 물김치였다. 나는 "이 물짐치 으뚷게 담었소?" 하고 본토 발음으로 올케에게 묻지 않을 수 없었다.

올케는 목포여자가 아니다. 그러니까 이 김치는 영광의 맛이라고 해야 옳을는지 모른다. 그러나, 그러나 말이다. 목포여자가 누구인가? 영광여자이고 무안여자이고 함평 여자이고 해남여자이고 완도여자이고 고금도 여자이고 샛굴 여자이고 또 지도 임자 안좌 강진…여자가 아닌가? 목포여자는 본시 없던 게 아닌가? 목포는 그런 곳이다. 모두가 이리로 와서 목포여자가 되었다. 목포사람도 마찬가지이다. 그러니 이 김치 맛도 굳이 영광 맛이라고 이름 붙일 일이 아니다. 영광의 솜씨가 목포에 와서 목포 맛이 된 것이다. 거기에 어느 동네의 어느 맛이 보태어졌는지 분간을 할 수 있겠는가? 우리 어머니의 아니 외할머니의 아니 외할머니의 친정의 맛이 분명 코 어울려졌을 터이니. 목포의 문화는 이렇게 목포와 이웃한 모든 곳의 문화를 집약한 것이다.

솜씨도 야무진 목포여자들, 그러나 그냥 솜씨만 자랑하면서 손 발 개 얹고 있는 여자들이 아닌 게 또 목포 여자들이다. 지금도 온 시가가 거대한 쇼핑 센터 화되어있지만 목포는 옛날부터 무안 신안 일대의 쇼핑센터였다. 거기 가게에 차고앉아 있는 주인은 누구였던가? 거의가 안방마님이다. "오매, 언니 어서 오씨요." "이리 오세에, 아지임." 능수 능란한 화술과 여차 직하면 일전도 불사하는 놀라운 입심까지 겸비한 목포여자의 그 은근하고 야무지고 낭창낭창한 모습은 바로 인근 각지에서 온 문화가 조화를 이룬 에센스가 아니고 무엇일까.

진정한 의미에서 목포를 알려면 목포주변의 지역을 잘 알지 않으면 안 된다. 그저 고향의 정겨운 이름만 보고 반가워하는 수준이어서는 곤란한 것이다. 적어도 물김치 하나라도 똑 떨어지게 담글 수 있어야 한다는 말이다.

요즈음 목포는 무안과 통합을 놓고 진통을 하고 있지만 무안 신안 목포의 통합은 이미 목포사람의 핏속에 이루어져 있는 것이다. 30여 년만에 귀향했다고 흥분하고 들떴던 마음은 그 긴 세월동안에 나의 선 솜씨와 억지로 익힌 감처럼 어설픈 내면만을 씁쓸하게 되새긴 꼴이 되고 말았다. 나는 서울에 사는 여고 동창생들의 얼굴을 떠 올려 본다. 누구, 누구, 누구… 많은 진짜 목포여자들을 떠올린 나는 목포이야기를 하는데 정말 적합하지가 않다고 생각하고 만다. 엽엽하고 짯짯한 목포여자들을 떠올리는 것은 그러나 즐거운 일이다. (1994.12)

성지순례를 다녀와서

— 이집트, 이스라엘, 로마…성지의 하늘과 바람

　　조병남 숙명선교회 총무가 소식지에 아무래도 성지 순례의 기록이 들어가야 한다고 해서 메모했던 것을 들여다보노라니 가슴이 벅차올라 도저히 글을 쓸 수가 없다. 일찍이 이처럼 행복하고 이처럼 의미 있고 이처럼 아름다운 여행을 한 적이 있었던가? 그 여정은 우리의 아쉬움 속에서 한없이 이어지고 있고 그 감동은 마르지 않는 샘물같이 끝없이 솟아오른다. 이 글을 써야하는 나는 아무래도 함께 했던 여러분들 중에 가장 불행한 사람인지도 모르겠다. 이 감동은 부족한 어휘와 둔한 문장으로 군색하게 나열할 그런 성질의 것이 아니다. 그냥 사랑에 빠진 이가 그 사랑을 가슴 속에 품어 안 듯 그냥 가슴 깊이 간직한 채 오롯이 주께로 향한 감사와 찬양으로 품어 올려야 마땅한 것이다.

　　그러나 생각해 보면 나는 무엇이 되었건 고역을 마땅히 감당해야 할 의무가 있을 듯 하다. 숙명 선교회 성지순례 계획은 몇 년 전부터 거론되어 오던 것이지만 막상 여행을 떠나게 되었을 때 나는 숙명 선교회의 현역에서 멀찌감치 물러 서 있어 그 속에 끼일 자격이 없었다. 멀리 지방대학으로 내려 간 것이 베드로가 고기 잡으러 갔던 것과 같은 것인지, 따로 하나님의 계획이 있으신 것인지는 나로선 알 수 없으나 선교회 여러분께는 늘 면목이 없는 사람이 되어 있었기 때문이다. 하나님의 은혜로 하나님께서 지극히 사랑하시는 기도의 정예 부대 속에 끼어 성지순례를 하게 되었으니 이 고역을 내가 감당하는 것은 너무나 당연한 일이 아닌가? 그러나 막상 되돌아보니 메모라는 것도 부실하기 짝이 없고 기행문을 만들 자료도 시원치 않은데다가 나의 붓은 둔하고 더구나 제한된 지면에 어떻게 우리의 그 감동을 다 전할 수 있단 말인가? 다만 함께 한 숙명선교회원 여러분들이 나의 부족함을 크게 탓하지 않으신다면, 그리고 이 글을 읽으시는 분들께서 너그러이 보아주신다면 짧게나마 우리의 은혜로운 여정을 적어보는 용기를 내어 보려 한다.

시내산 등정과 출애굽

이상숙회장님과 옥성석 목사님을 단장으로 한 일행 열 일곱은 1997년 1월 27일(화) 오후 7시, 현수덕 권사를 비롯한 선교회 멤버들의 사랑 어린 전송을 받으면서 비행기에 올랐다. 성지 순례에 대한 기대로 들뜬 우리를 먼저 맞아준 것은 물병이었다. 좌석마다 멜빵을 단 물병이 놓인 것을 보자 우리가 사막을 향하여 간다는 실감이 났다. 바레인까지 12시간, 다시 제다까지 2시간을 더 간 후 다시 카이로를 향해 날아가는 2시간, 모두 합한 16시간은 결코 지루하지 않은 은혜의 시간이었다. 이상숙회장님과 옥성석목사님은 수시로 돌면서 회원들의 컨디션을 살펴주실 뿐 아니라 눈으로 사랑 도장을 찍어 주셨고 박순자교수 이영란선생은 불편이 없는지 쉴 사이 없이 체크하고 서대화 전 간사는 간식 보따리(현 권사 님의 선물)를 들고 배급하느라 바빴으며 각자는 옆자리의 짝과 은혜를 나누기에 게으르지 않았으니…내 옆에 앉은 박경희교수는 황선혜교수와 나란히 앉아 "나는 문이라, 누구든지 나로 말미암아 들어가면 구원을 얻고 또는 들어가며 나오며 꼴을 얻으리라" 성경구절을 외우고 그의 선교여행 무용담(?)도 신나게 들려주었다. 그 유명한 '낄낄'과 함께. 그러니 그 시간이 오히려 짧을 지경이었다. 목이 불편한 노용숙 선생은 고통스러워하였지만.

카이로에서 시작하도록 짜여진 여정은 옥성석 목사님이 인도하시는 아침 기도회로 하루가 시작되고 이상숙 회장님이 인도해 주시는 저녁 기도회로 하루 일정이 끝난다. 관광 가이드 말고도 이처럼 훌륭한 두 분 지도자를 모시고 성지순례를 하는 복됨이 무한히 감사하였다. 우리는 눈으로만 관광하는 것이 아니라 말씀 속에서 성경 속의 성지를 순례하여 영과 육 양면에 걸친 은혜로운 성지순례를 할 수 있게 된 것이다. 거기에 기도선수들이 —김정자, 이남희, 김재영, 박순희, 김초일,조무석, 노용숙, 박순자, 이영란, 박소영, 서대화, 황선혜, 박경희(존칭 생략)— 뒤를 받치고 있으니 아침마다 저녁마다 우리는 은혜의 세례 속에서 지날 수 있었다.

도착한 당일 피라밋이며 스핑크스며 박물관을 두루 돈 우리는 카이로에 있는 예수님 피난 교회를 찾아가 보았다. 헤롯왕이 새로 태어난 아이를 모두 죽이는 수난을 피하여 오신 애굽 땅이 바로 이곳이라 한다. 지반보다 낮아 계단을 내려가서 들어가게 되어 있는 이집트 정교회 콥틱교회에는 열두 제자를 상징하는 돌기둥이 서 있고 그 중 가롯 유다를 상징하는 기둥만이 거칠고 초라하게 되어 있었다. 마리아의 품에 안긴 주님이 거하셨다는 석실은 지하이고 물이 차 있어 들여다보기 송구하였다. 우리에게는 알려지지 않았으나 많은 순교자를 낸 고색 창연한 콥틱교회 예배실에서 초대교회의 모습을 상상해 보았다. 이집트에 콥틱교회와 같은 초대교회의 믿음이 존재한다는 사실은 새로운 발견이었다.

우리가 놀란 것은 위대하다고 일컬어지는 이집트의 문명이 아니라 카이로 시가의 남루함이었다. 일년 내내 거의 비가 오지 않아 먼지투성이인데다가 감출 수 없는 가난은 누추를 그대로 드러내고 있었다. 겉모습만 보고 판단해서는 안되며 사막에는 엄청난 자원이 부장되어 있다고 가이드는 말하였지만 거대한 문명을 이룩하였음에도 그들의 후손은 왜 이렇게 낙후하게 되었을까? 계속 의아하기만 하였다. 성지순례를 하는 나그네의 눈엔 거대한 사자(死者)의 문화를 이룩해놓고 죽음을 바라보며 살아 온 데 그 이유가 있지 않을까 생각되었다. 도심에 산 사람과 똑같은 형태의 사자의 마을을 건설해 놓아 온 도시가 무덤처럼 삭막하였다. 점심에 나온 풍성한 상치를 보고서야 나일강의 델타지역이 옥토라는 것이 생각이 날 지경이었다. 다음날 새벽에 기도모임에 가려고 나왔을 때 안개가 호텔 뜰과 복도에 뭉게뭉게 밀려와 꿈속처럼 아름다웠다. 아마 나일강이 뿜어 올린 베일이었으리라. 푸르고 기름진 나일강은 예전과 같으련만 도시는 이처럼 비참하다니. 생명이신 예수 그리스도를 바라보며 사는 자의 감사를 다시 한 번 뼈 속 깊이 느껴 보았다.

다음날 29일은 카이로를 떠나 광야로 향하는 일정의 시작이었다. 유대인 회당, 모세 기념교회 —다윗의 별이 그려진 지성소의 문양이 모교 숙명여대 교표와 너무도 흡사했다— 등을 들러 드디어 출 애급이 시작된다. 2백 만 명의 이스라엘 민족이 걸어서 건너갔다는 광야… 과연 그 많은 인구가 어떻게 이동할 수 있었을까? 불가사의한 일이 아닐 수 없었다. 마이크도 없는 그 때에 어떻게 통솔이 가능했으며 어떻게 생활이 가능했는지…넓고 황량한 광야를 버스로 달리면서 우리가 생을 산다는 것이 곧 광야를 건너는 것이려니, 우리도 그들처럼 자신도 모르는 사이에 우상을 섬기고 사느니 생각해 보았다. 두어 시간을 달린 후 강 밑으로 뚫린 터널을 통해 우리는 쉽게 홍해를 건넜다. 우리는 수에즈운하를 지나 계속 홍해를 옆으로 바라보면서 광야를 달렸다. 광야와 사막을 끼고 흐르는 물빛이 얼마나 깨끗하고 아름다운지…우리는 홍해의 아름다움에 감탄하면서 기념사진을 찍었다. 세계에서 가장 깨끗한 바다가 홍해라고 한다. 오염된 물이 일체 흘러들지 못할 뿐 아니라 배도 지나다닐 수 없고 고기도 잡을 수 없게 해 놓았다고 한다. 그렇게 할 수 있는 산유국의 재력을 생각하였다.

이날은 종일 광야를 지났는데 그 넓고 넓은 땅이 이스라엘 민족이 지나간 광야라는 것이었다. 광야는 띄엄띄엄 풀 무더기가 있을 뿐 아무 것도 자라지 않는 맨 땅이었고 가끔 한 그루씩 싯딤나무가 서 있었다. 언약 궤를 만든 싯딤나무… 그 뿌리가 무려 몇 천 미터가 되어 사막에서도 살아 남는다는 나무이다. 빈들에 서 있는 외로운 싯딤나무는 종교적인 모습이었다. 우리도 싯딤나무처럼 외롭지만 의연하게 서서 그 뿌리를 은혜의 수맥을 찾아 한없이 깊이 뻗어내려 보자… 도중에 마라의 우물이 있는 오아시스에 들렀고 점차 광야는 협곡으로 뻗어 가는데 협곡 속의 오아시스 르비딤에 들렀다. 이스라엘 민족이 모압과 암몬 족속과 싸울 때에 모세가 손을 들어 싸움에 이겼던 곳이다. 발안 광야, 미디안 광야, 신 광야…믿음의 선조들이 갔던 길을 비록 버스를 타고 가는 길이긴 하나 우리는 숙연한 마음으로 갔고 진정으로 출 애굽하는 길에 대하여, 충심으로 주님을 따라가는 길에 대하여 묵상하면서 갔다. 광야의 양옆에 솟은 붉은 산들은 온통 돌이고 산 중턱에 뚫린 굴들은 저장고 같은 것들이라 한다. 협곡과 같은 돌산의 골짜기에 지붕이 없는 건물들이 있었다. 일년 내내 비가 오지 않으니 지붕이 필요 없는 것이다.

어두워서야 시내산(호렙산)아래 숙소에 도착했다. 몹시 추웠고 내일(30일)도 추울 터이니 시내산 등정은 그만 두는 것이 좋을 거라는 가이드의 위협에 가까운 설명이 있었으나 저녁 기도회에서 이상숙 회장님께서 "한사람의 낙오자도 없이 모두 오르게 하여 주소서" 눈물로 기도하시는 바람에 겁나서 어쩔까 하던 생각은 아예 거두어 들였다. 전날의 추위를 생각하고 다섯 겹씩 겹쳐 입은 옷차림이 무색하게 다음날 새벽 2시는 포근한 달밤이었다. 버스 안에서 은혜로운 목사님의 말씀과 기도를 받고 버스로 캐터린 수도원 앞으로 가서 피라밋 앞에서 만났던 낙타 똥이 꺼림칙했으나 용기를 내어 낙타를 타고 더러는 그냥 걸어서 산에 오르기 시작했다. 달빛에 드러난, 나무 한 그루 없는 붉은 돌덩이 호렙산, 그 장엄한 봉우리와 골짜기들…올라도, 올라도 계속 나타나던 그 봉우리들…모세의 발자취를 따라 낙타를 타고 찬송을 부르면서 맑은 밤하늘의 반달과 초롱초롱한 별을 우러러보고 발아래 서린 안개를 내려다보는 기쁨… 1시간 반 동안의 낙타 타는 체험은 뜻밖에도 매우 흐뭇한 것이었다. 호렙산 중턱 낙타 정거장(?)에 모여서 뜨거운 홍차 두어 잔을 여럿이 나눠 마시고 8백 계단을 올랐다. 계단이라 지만 손으로 괴어서 만든 돌계단(모세라는 이름의 수사가 평생을 기울여 만들었다는)인데다 구불구불하고 성에가 끼어 있어서 미끄러운데 아차 미끄러지면 뾰족한 돌이 솟아 있는 골짜기로 떨어질 판이라 위험하기 짝이 없었다. 그 계단을 어찌 올라갔던가? 2천 2백85미터의 고산지대라 산소가 희박하여 숨쉬기가 괴롭고 손전등으로 비추면서 네발로 기다시피 하여 체면도 버린 등정이었는데 오를수록 힘이 나 그 또한 은혜로웠다. 두 시간의 등정 끝에 드디어 정상! 시간은 6시 30분, 곧 해가 떠오를 참이었다. 붉게 물들어 오는 동쪽 하늘, 잿빛과 흰빛의 구름바다! 발아래 깔린 하얀 구름…그 위에 솟은 봉우리… 얼싸 안고 눈물을 흘리며 감사 연발, 찬송, 기도…그리고 성산 호렙 산정에서 우리는 일출을 보았다. 이 등정에서는 누구나 주인공이었다. 우리 모두가 하나님의 자녀였다. 우리 모두가 성스러운 하나님 얼굴의 빛이 우리에게 비추인 듯 감격하였다. 사랑하는 가족을 위하여, 자신의 사명을 위하여, 숙명을 위하여 호렙 산정에서 드리는 기도는 가슴 벅찼다. 떠오르는 아침 햇빛으로 황홀한 모습을 한 붉은 산! 산허리를 감도는 흰 구름! 모세가 40일간 금식하며 기도한 이 산을 우리는 다녀가는 것이다. 그러나 이날의 주인공 자리는 아무래도 김초일 권사가 차지해야 할 듯 하다.

우리가 출발하기 전 토요기도회의 말씀 당번은 김초일 권사(선교회 부회장)였었다. 요한복음 2장 1절부터 11절의 말씀을 가지고 말씀 증거를 하시는데 성령이 충만하여 시작부터 은혜에 벅차 목이 메었다. 60이 다 되어 첫 해외여행을 성지순례로 가게 해주신 은혜를 감사하면서 선교회에 나와 말씀 공부를 하는 동안 물과 같은 자신이 포도주로 변한 것과 그와 함께 하나님께서 주신 축복들을 눈물로 간증하여 참석한 모두가 큰 감동을 받았다. 아파트 추첨에 넣어 놓고도 아예 되지 않았으리라 가 보지도 않은 그 무욕! 피아노지도한 세 학생이 대학에 다 무난히 합격되어 찾아 와 하나님께 영광을 돌리는 것을 보고 영혼 구원을 기뻐하는 그 믿음! 말씀 증거 하면서도 하나님의 은혜가 감사하여 끊임없이 콧물과 함께 흘리는 그 눈물! 언제나 있는 듯 없는 듯 겸손하며 어린아이와도 같이 순전한 김초일 선배를 보고 있으면 천사와도 같다는 생각이었는데 이처럼 은혜로운 말씀 증거를 하시는 것을 보니 하나님의 말씀이 우리에게 주시는 능력을 새삼 실감하지 않을 수 없었다. 나는 성지순례 내내 이 김초일 선배의 순전한 말씀과 감동을 마음에 품고 있었는데 이 선배가 호렙산 하산길에 드디어 이마에 호렙산의 키스를 받은 것이다. 걸어서 내려오다가 넘어져 이마를 깨 동행하던 박순희 선배가 응급처치를 해서 다행히 무사하였지만 하나님의 사랑을 가장 많이 받으셨다는 평을 들었다. 하나님께서는 분명히 그러셨을 것이다. 김재영 교수는 기지를 발휘하여 스카프를 이용, 상처를 가렸을 뿐 아니라 기막힌 패션을 연출하여 너도나도 스카프 묶기가 번졌던 즐거운 한때가 있었다.

시내 산을 내려 왔을 때 해는 높이 떴고 하늘은 남빛을 뺀 푸름으로 정말 고왔다. 이 하늘빛은 우리 나라의 하늘빛과 달랐다. 구름 한점이 없는 맑음, 그리고 청 옥과도 같은 푸름이다. 이곳의 절기는 지금이 꽃피는 철인지 캐터린 수도원 정원에 오얏, 살구, 자두 꽃이 만발하였다. 불모지와도 같은 돌산과 화사하게 핀 꽃나무와 붉은 돌과 초록의 돌들이 보석처럼 굴러 있는 이곳에서 낙타의 진가를 발견하게 된 것도 빼 놓을 수 없는 시내산 등정의 소득이었다. 순하고 순하여 정이 드는 동물, 발레리나와도 같이 사뿐 사뿐 딛는 발걸음, 노상 순종하여 끓는 바람에 생긴 낙타무릎의 그 굳은 살, 능히 인간의 벗이 될 만 하였다.

1천5백 여 년의 역사를 지닌 캐터린 수도원 안에는 모세의 장인인 이드로의 우물이 있었고 모세가 하나님의 부르심을 받던 떨기나무가 있었다. 이 교회에는 돌아가며 놓인 목제 의자가 특이하였고 오래되어 색이 흐려졌으나 비잔틴 양식의 동그란 얼굴들이 그려진 성화가 있었다. 수많은 등이 주렁주렁 달려 있고 생나무에 꼼꼼히 무늬를 새긴 교회 문이 오랜 연륜에 닳고닳아 있었다. 이곳에서 중요한 성경 시내산 사본이 발견되었다고 한다.

출 애급의 여정은 길었다. 시내산은 시나이 반도의 남쪽에 있어서 우리는 다시 이 시나이 반도를 벗어 나와야 하였다. 광야는 계속되고 이집트 그랜드 캐년이라는 다양한 퇴적암들이 끝없이 이어졌다. 홍해가 보이는 곳으로 다시 나와 누에라는 항구에서 한식을 들고 몹시도 까다로운 이스라엘 국경 타바를 통과하여 우리는 드디어 이스라엘로 들어왔다. 출 애급하여 가나안 복지에 들어선 것이다.

젖과 꿀이 흐르는 가나안 땅

에일랏의 밝고 풍요로운 모습은 이집트와 극적인 대비를 느끼게 하였다. 에일랏은 건물이며 도로며 조경이며 가 다 훌륭하여 젖과 꿀이 흐르는 고장 가나안 땅 그것이라 하여 부끄럽지 않았다. 다음날 아침 8시에 버스에 올라 사해를 옆에 두고 엔게디를 향해 가면서 보니 오른쪽 사해와 도로 사이 모래땅에는 경작지들이 있었다. 모두 물을 끌어다 농사를 짓는 것이다. 무성한 종려의 숲이 장관이었다. 소금 바다요 죽은 바다라는 사해도 물이 맑고 푸르러 듣기와는 달리 매우 아름다웠고 이 역시 보물창고라는 것이었다. 온갖 광물질이 녹아 있는 데다 진흙이며 온천이며 가 미용에 그만이어서 엄청난 돈을 벌어준단다. 흰 소금덩어리들이 떠 있었지만 죽은 물 같지 않았고 아름답기만 하였다. 소돔에서 내려 소금기둥이 된 롯의 아내의 형상(누군가가 조각해 놓았음이 틀림없을)도 보고 소금 산에서 돌소금의 맛도 보았다. 소금이 그 맛을 잃으면 무엇으로 짜게 하리오의 그 말씀은 바로 이 돌소금을 두고 하신 말씀이라고 한다. 이 돌소금은 소금기를

빼면 찌꺼기가 남는데 그 찌꺼기가 어떻게 짜게 하리오의 뜻이라는
거다. 사해의 푸른 물 건너편은 요르단인데 역시 붉고 나무 없는 돌
산이었지만 푸른 물빛과 붉은 산, 그리고 해변의 노란 모래 빛이 참
으로 아름답게 조화를 이룬 것이 기이하였다.

　마사다 요새는 케이블카로 올라갔다. 이스라엘 어린이들은 이곳
으로 수학여행을 온단다. 조국을 위해 로마 군과 대치하다 960명이
자결한 조상의 유적이 남아 있는 이 곳은 살아있는 민족의식 교육장
이다. 458미터의 높이라던가, 바람이 불어 추웠는데 요새 위에 목욕
탕, 곡식 창고, 기타 많은 유적들이 남아 있고 또 복원되어 있었다.
당연히 궁금한 것이 물 조달 방법. 빗물을 받아 사용한 수조가 여럿
있었다. 우리가 그곳에서 가장 감동적으로 바라 본 곳은 이런 유적도
아니고 헤롯이 조성한 궁전 유적도 아니고 여기서 바라보이는 유대
광야였다. 예수님께서 세례를 받으신 후 성령에게 이끌리어 마귀에게
시험을 받으러 가신 곳, 사 십일을 밤낮으로 금식하신 곳, 유대광야가
눈앞에 멀리 펼쳐져 있었다. 거대한 들과 골짜기로만 이루어진 유대
광야! 풀도 나무도 보이지 않는 그곳! 예수님은 그곳에서 어떻게 지나
셨을까? 하얗게 타 들어간 입술, 소금 끼 어린 이마, 마른 얼굴에 빛
나는 눈, 그러나 그 눈매는 한없이 자비하셨으리라…저기 골짜기 어
느 곳을 거니는 주님이 보이는 듯 하였다.

　엔게디에 이르러 사해에 몸을 띄우고 온천 욕을 하였다. 해수욕을
하기에는 추운 날씨였으나 공짜라는데 진흙 맛사지도 포기할 수 없다
고 온몸에 문지르다 보니 모두가 토인이 되었다. 온천에 들어가 짠물
에 몸을 푼 탓인지 다행히 감기 든 사람은 없었다. 예루살렘으로 가
는 길은 쿰란을 거치게 되어 있었다. 쿰란은 유명한 사해사본의 성경
이 발견된 곳이다. 광야의 자연 동굴 속에서 수 천년의 세월을 천혜

의 조건으로 성경 사본이 무사히 보존되어 전해진 것이다. 박경희 교수의 말에 따르면 하나님께서 이스라엘 민족을 '선택'하신 것은 하나님의 말씀을 가장 오래, 가장 정직하게 전할 수 있다고 믿었기 때문이라는 것이다. 고지식하기 짝이 없는 백성, 가감 없이 성경을 베끼어 전하고 전해 받을 수 있는 백성… 그런 점은 정말 위대하게 생각되었다. 성경을 베끼던 장소로서의 유적이 남아 있었다.

점차로 어둠이 내리기 시작하였고 다시 광야를 달려 우리는 예루살렘을 향하여 갔다. 희미한 어둠 속에서 우리는 보았다. 시편 23편의 푸른 초장을. 가이드가 말한 대로 이건 정말 장관이었다. 광야의 그 죽은 듯한 빈들은 비가 내리면 며칠 사이에 풀이 돋아 초장으로 변한다. 우리가 갔을 때는 이른 비가 내리는 우기로서 며칠 전 내린 비로 들은 약 70퍼센트 가량 풀이 돋아 있었다. 풀이 돋은 나지막한 구릉은 예루살렘에 입성하기까지 또 끝없이 이어지는 것이었다. 여호와는 나의 목자 시니 내가 부족함이 없으리로다 그가 나를 푸른 초장에 누이시며 쉴만한 물가로 인도하시는 도다…광야는 죽은 땅이 아니라 비가 내리면 무수한 풀이 돋아나는 살아있는 땅이라는 발견은 그 자체로 한편의 시이자 계시였다.

이 초장에는 곧 아름다운 꽃들이 피어난다고 했다. '들에 핀 백합'이 백합이 아니라는 것은 이제 대개 알고 있다. 가이드는 그 꽃이 어느 꽃을 이름인지 지금까지 분명해지지는 않았으나 이른 비에 피어나는 화려한 들꽃 '버터 컵'일 것이라고 했다. 우리는 그 꽃이 동산을 덮는 모습을 보지 못하는 것을 안타까워하였으나 앞으로의 여정에 몇 개씩은 보게 될 것이라고 하여 기대에 부풀었다. 주님이 보시던 꽃을 우리가 보게 되는 것이다. 그랬다. 우리는 주님이 보시던 꽃과 주님이 보시던 하늘과 주님이 거니시던 땅을 밟아보고자 이 곳에 왔다. 주님이 오셨던 예루살렘에 우리도 가고 주님이 오르셨던 감람 산과 성전 산에 우리도 올라보는 것이다. 그리하여 주님의 음성을 듣는 것, 그것을 위하여 우리는 이곳에 왔다! 예루살렘으로 가는 언덕 위에 차가 오르니 눈 아래 예루살렘의 동네가 나타났다. 초저녁의 어둠 속에 잠긴 예루살렘의 불빛은 아름다웠다. 어찌 그리도 정다운가? 마치 시골의 고향에 돌아온 듯한 느낌은 그 은은한 불빛들 때문이었을까? 깨끗하고 조용한 예루살렘의 막 시작되는 저녁은 옅은 어둠 속에서 향기롭게 빛나고 있었다.

이날이 안식일이라 호텔 입구에는 촛불이 여러 개 쟁반 위에서 흔들리고 있었고 검은빛 정장을 한 유태인들이 로비에서 서성거리고 있었다. 잠시 후 이들은 예약 석에서 저녁식사를 나누었는데 한 가족쯤 되는 듯 하였다. 유모차에 태워진 아기로부터 소년들과 장년들과 할아버지들 모두 한 40여명이 즐겁게 몸을 흔들면서 노래(찬양?)를 부르더니 즐겁게 담소하면서 식사를 하는 것이었다. 이들을 보자 이스라엘에 왔다는 실감이 났다. 다음날부터 예루살렘 성지순례가 시작되었다. 먼저 감람 산에 올라 주님이 승천하신 흔적으로 발자국이 남아 있다는 승천교회에 가고, 세계 각국어로 씌어진 주기도문이 있는 주기도문 교회, 이 천년은 족히 넘었음직한 감람나무가 서 있는 겟세마네 동산, 수난 교회, 눈물교회, 만국교회, 주님이 갇히셨던 감옥, 주님이 십자가를 지고 골고다 언덕으로 올라 가셨던 길 비아 돌로로사들을 보았다. 주님의 고난이 피 자국으로 번졌을 그곳들을 돌아보는 시간은 짧았고 주변은 소란하였다. 3천년의 고도 예루살렘은 아직도 사람들이 살기 위하여 너무도 싱싱하게 팔고, 사고, 외치고 있었다. 주님의 고난을 절실히 느껴보기에는 너무도 둔하고 무지한 나…교회와 기념물로 덮인 성지는 동방의 순례자에게는 한갓 장애물로만 비쳤다.

그 나름으로 얼마나 숭고한 신앙의 표현이랴 마는.

아몬드 꽃이 핀 길을 달려 베들레헴엘 다녀와서-가는 길에 라헬의 무덤이 있었다-, 다윗 왕 무덤, 마가 다락방, 통곡교회, 베데스타 연못, 성묘교회 등을 계속 둘러보았다. 이 모든 곳들은 주님의 발자취가 이른 곳들로서 성지마다 교회가 서 있다. 2천년의 세월 동안에 이곳을 찾은 이들의 간절한 소망이 이렇게 담긴 것이다. 이 길을 걸으면서 얼마나 성령이 충만하셨던지 다음날 아침 기도회에서 지난 밤 박순자 교수가 성령 님을 보았다는 소식이 전해졌다. 박순자교수는 이삼일 전부터 금식을 하고 있었다. 기도 차례만 오면 눈물이 쏟아지고 (그래서 토끼 눈이라는 별명을 얻음. 눈이 늘 빨개 있으니) 길어지곤 해서 주의(?)를 받기도 했는데 놀라운 은혜를 받은 주인공이 되었다. 밤에 박순희 선배가 기도를 하고 있었는데 이상하게도 박순자교수를 위한 기도만 나오더라고 하였다. 그 시각에 성령 님께서 박순자교수에게 나타나셨던 것이다. 이날이었던가 또 황선혜교수도 아침 금식을 하고 점심엔 박경희교수가 금식을 했는데 사연인즉 박순자교수가 금식하는 것을 놀린 데 대하여 회개하는 의미와 우리의 아랍인 버스기사가 라마단의 규율을 지키느라 계속 금식을 하는데 노상 먹고 마신 데 대한 속죄의 의미가 있다고 하였다. 누구나 쉽게 할 수 있는 일은 아니지만 숙명선교회에서 이런 일들은 병가지상사이다. 이런 아름다운 신앙 인들과 열 이틀간을 함께 지낸다는 것이 나는 너무나 감사하였다. 이들의 믿음이 선교회의 반석이 되고 있음을 다시 한번 느끼게 해준 사건(?)들이었다.

예루살렘에서 드린 주일예배

예루살렘 이틀째(2월2일) 날은 주일이었는데 예루살렘에서의 주일
예배는 역사적인 예배이므로 기록해본다. 호텔 세미나 실을 빌려 일
정에 차질이 없게 새벽 6시에 모였다.

예배에의 부름…시편13편…옥성석목사
기도……옥성석목사
찬양…… 9장……다같이
성경말씀……마 5:1~16…옥성석목사
찬양……360장……다같이
기도……이상숙회장
성경봉독……마:17:1~8…옥성석목사
특별찬양…아름답다 예수여…김정자,김초일,박순희권사
말씀……옥성석목사
기도……옥성석목사
봉헌……숙명성전 건립기금
찬양……350장…다같이
축도……옥성석목사
폐회

주일예배를 위해 아껴 둔 정장을 입고 나오신 이상숙회장의 단정
한 모습이나 김정자선배 외 두 분의 특별찬양에는 예루살렘에서 드리
는 주일예배에 대한 정성된 마음이 절절이 배어 났다. 숙명선교회 창
립멤버이기도 한 김정자, 김초일, 박순희 선배들은 이날의 예배가 더
욱 뜻 깊었으리라. 옥성석목사님은 다음과 같은 내용의 말씀을 주시
었다.

〈주일예배 설교 요약〉

성지순례 수십 년 동안 한국에서 이곳을 다녀간 사람이 20만 명이라고 한다. 3천만명중 극히 적은 숫자이다. 성지순례는 극히 적은 숫자의 사람에게 주어지는 은혜이다. 선택된 자이다. 어떻게 우리가 여기에 오게 되었는지 그 답을 안고 돌아가야 한다. 참새 한 마리가 이 가지에서 저 가지로 옮기는데도 의미가 있다고 한다. 숙명의 복음화를 위해 부른 우리를 이곳까지 보내신 데는 특별한 뜻이 있다고 본다. 성경을 보면 하나님께서는 당신의 백성 가운데 특별히 몇 명에게만 특수한 체험을 하게 하신다. 그 첫 예로 모세를 들 수 있다. 하나님께서는 호렙산 떨기나무에서 모세를 만나 주시었다. 두 번째로 이사야를 들수 있다. 웃시야 왕이 죽던 해에 하늘의 영광을 본다. 스랍들이 여섯 날개로 발을 가리고 얼굴을 가리고 하나님을 찬양한다. 세 번째로 엘리야를 들 수 있다. 로뎀나무 아래 쓰러진 엘리야에게 하나님께서는 떡과 물을 주고 하나님을 만나 생명의 위험에서 벗어나게 한다. 네 번째로 바울을 들 수 있다. 다메섹 도상에서 부활하신 예수님을 만난다. 왜 하나님께서는 이러한 특별한 체험을 주셨을까?

첫째, 이 사람들이 신앙의 위기에 처했을 때 하나님께서는 만나주셨다. 모세가 80세가 되어 '이제 내 인생은 끝나는구나' 비참한 신세를 한탄하고 있었을 때 우리가 가 본 캐터린 수도원 근처 떨기나무에서, 이사야는 사촌형 웃시야왕이 갑자기 죽어 의지를 잃어 버렸을 때, 엘리야는 신앙의 위기에 처했을 때 하나님께서 만나 주셨다. 신앙적으로 힘들 때 다시 한번 보여주기 위해서 이런 체험을 주시며 부르셨다. 둘째, 영적으로 교만해 있을 때 하나님이 영광을 보여주신다. 예를 들면 사울을 아라비아 광야로 보내신 것, 요나를 니느웨로 보내신 것, 엘리야를 광야로 보내심으로써 신앙적 교만을 꺾으셨다. 영적인 교만이 있으면 낮추고 새롭게 해야 한다. 마지막으로 특별한 체험은 특별한 사명을 맡기기 위함이다. 어떤 경우에도 흔들리지 말라고 특별한 체험을 하게 하신다.

성경을 보면 주님은 열두 제자 중 베드로, 야고보, 요한을 데리고 변화산에 오르신다. 주님께서 모세와 엘리야와 대화하는 것을 보게 하셨다. 이들에게 왜 특별한 체험을 하게 하셨을까? 마태복음 16장 9절부터 22절까지의 말씀에서 우리는 제자들의 교만을 보게 된다. 우리는 제자들이 산에서 내려왔다는 의미의 중요성을 알아야 한다. 위에 앉은자리에서 아래로 내려온다는 것은 겸손해지는 것을 의미한다.

광야로 간다는 것은 주님만 의지한다는 뜻이다. 나는 성지 순례하는 동안 교회를 보기보다 자연 속에서 주님을 그려보려 한다. 이스라엘의 하늘과 겟세마네와 유대광야에서, 앞으로 우리가 갈 나사렛 변화산에서 예수 외에는 아무 것도 보지 않으려 한다. 예수를 만나 영적으로 힘을 얻도록, 무엇보다 두려운 마음으로 이 체험을 하고 있다. 기대와 함께 두려운 마음을 갖는다. 하나님께서는 특별한 체험 후에는 특별한 사명을 맡게 하신다. 충성을 다짐하는 예루살렘 체험되기를 바란다. 베드로는 십자가에 거꾸로 매달려 죽을 때까지 충성하였고 요한도, 바울도 그러하였다. 최선을 다하는 우리의 삶이 되도록 하자. (문책 필자)

아침과 저녁에 예배와 기도를 쉬지 않음으로써 경건한 마음을 잃지 않았던 우리들이었지만 이날의 주일 예배는 정말 엄숙하였다. 예루살렘의 주일예배는 잊지 못할 예배가 될 것이다. 이날 예배의 헌금은 숙명성전 건축 기금으로 봉헌하여 더욱 뜻깊었다.

　이 날 통곡의 벽, 황금 돔, 이스라엘 박물관, 유태인 학살 기념관 야드바솀, 세례요한의 집 등을 돌아보았다. 통곡의 벽은 유대인들이 자신들을 대신해서 성전으로 나아가게 해 줄 메시아가 올 때까지 그 벽을 넘어가지 못하기 때문에 그 곳에 와서 기도를 하는 것이며 통곡의 벽이란 돌에 이슬이 맺혀 마치 눈물처럼 보이기 때문에 붙여진 이름이라고 했다. 유대인들이 율법을 지키는 것은 우tm울 정도라고 가이드는 말했다. 이틀동안 예루살렘 성지를 두루 돌아보고 난 저녁기도회에서 이상숙회장님의 제안으로 이스라엘 민족을 위해 기도하기로 하였다. 지금까지도 예수를 부인하고 율법에 얽매인 채 사는 유태인들. 길거리에는 검은 양복에 모자를 쓰고 귀밑머리를 길게 늘어뜨리고 가는 유태인들을 흔히 볼 수 있었다. 이들 유태인과 모리아 산상에 세워졌던 솔로몬 성전의 자리에 대신 들어선 마호멧의 돔은 예루살렘의 오늘을 극명하게 대변하고 있었다. 모리아 산의 바위라고 주장하며 황금돔 안에 둔 바위는 우리로 하여금 혼란에 빠지게 했다. 아브라함은 분명 돌을 취하여 단을 쌓았지 큰 바위에 이삭을 올려놓지는 않았는데? 성경지식이 옅은 나이지만 이런 의문이 잠시 스쳐갔었다. 예루살렘의 회복은 언제 이루어질 것인가? 주님은 이런 예루살렘을 보시며 무슨 생각을 하실까.

풍요로운 갈릴리

　2월 3일 아침 예루살렘을 출발하여 선한 사마리아 여인숙을 거쳐 여리고로 갔다. 여리고에는 풍성한 과일들이 가게마다 수북히 쌓인 채 마침 내리는 비에 젖고 있었다. 흔적도 없이 되었지만 여리고 성터라고 짐작되는 곳에 올라 사방을 보니 농작물이 자라는 곳은 여리고 뿐이다. 사막의 한가운데 이런 옥토가 있다는 것이 신기하였다. 바나나와 오렌지를 사서 나눠먹고 다시 가서 삭개오의 뽕나무를 보았고 요단강에 들렀다. 좁으장한 요단강은 수목으로 둘러 싸여 있었고 요즘도 이곳에서 세례를 준다 하였다. 빗속에 요단 강물을 만져보고 드디어 갈릴리에 도착하였다. 그 유명한 갈릴리 바다가 비에 젖고 있었다. 그러나 점심을 위하여 우선 식당으로 가야 하였으므로 감동은 뒤로 미루어 두었다. 우럭 비슷하게 생긴 베드로 고기가 드디어 식탁에 올랐다. 마침 한국식 양념간장을 발라 구운 새로운 조리법을 개발한 식당주인의 덕으로 맛이 별로 라고 소문 났던 베드로 고기가 단박에 아주 맛있는 고기로 평이 났다. 그렇더라도 베드로 고기를 보는 우리의 마음은 꽤 착잡한 것이었다. 주님과 베드로 사이에는 이 물고기를 가운데 놓고 행해지는 만남이 여러 번 있었다. 대부분 멋쩍고 부끄러운 장면이었던 것 같다. 베드로 고기를 보니 마치 나의 부끄러운 점이 드러나는 것 같았다. 배에 올라 비에 젖는 갈릴리 바다를 보았다. 갈릴리 호숫가에서 주님은 시몬에게 물으셨네~ 찬양을 부르면서 예정대로 선상예배를 드렸으나 예배가 끝나니 다시 해변에 닿아 갈릴리 바다를 좀더 감상할 수 없었던 점은 아쉬웠다. 예수님께서는 95%를 갈릴리 해변을 다니시며 사역을 하셨다고 한다. 와 보니 주님을 가장 피부로 느낄 수 있게 하는 곳이 갈릴리인 것 같다. 예수님은 여기에서 예루살렘까지 무엇을 타고 가셨을까? 걸어서 가신 것은 아니었을까? 그러자면 멀고 덥고 험한 그 길을 어찌 가셨을까? 예수님은 모두 다섯 차례 예루살렘에 오르셨다고 목사님께서 가르쳐 주셨는데 할례하러, 그리고 열두 살 나던 해 유월절에 오르신 것 두 차례를 빼면 사역 중에 세 차례 오르신 것이다. 주님이 걸어가시는 모습을 생각하니 버스를 타고 온 우리가 몹시 송구하였다.

빗속이었지만 주님이 사셨던 곳 가버나움에 갔다. 진분홍 부겐베리아의 화려한 빛깔이 잿빛 하늘아래 탐스럽게 휘늘어지고 겨자 꽃이 노랗게 핀 길을 지나 베드로의 집터에 갔다. 주님께서 장모의 열병을 고쳐주신 베드로의 집터에서 오 분도 채 안 되는 거리에 유대인 회당터가 있었다. 예수님께서는 이 곳에 머무시면서 이 회당에서 가르치셨으리라 한다. 회당 바로 옆으로 종려나무가 흔들리고 갈릴리의 바다가 무연하게 펼쳐져 있다. 베드로가 밤이 맞도록 수고하였으나 한 마리도 잡지 못하다가 주님께서 오른쪽으로 그물을 던지라 하시자 그물이 찢어지게 고기를 잡았다는 곳 타브가, 부활하신 주님이 물고기를 구워 놓고 베드로를 부르셨던 곳에 베드로 수위권교회가 있었다. 육의 양식과 영의 양식 풍성히 차려 놓으신 주님의 식탁, 바위가 있었다(꼭 그 바위인지 아닌지 확인할 필요가 있을까?). 이곳의 주님은 초등학교 시절 담임선생님 같으시다. 꾸중처럼 듣는 사랑 넘치는 담임선생님의 음성. 나는 순간 즐겁고 감사한 열살 짜리 아이가 되었다.

오병이어의 기적이 행해진 곳에 세워진 교회에서 물고기가 그려진 갈릴리의 돌을 사 가지고 팔복산으로 올라갔다. 산상수훈이 행해진 곳으로 짐작이 되는 언덕이다. 그 곳에는 훌륭한 건물의 교회가 서 있었다. 팔복교회 답게 팔각으로 지어졌는데 각 면마다 가로로 길게 낸 창이 있고 그 창으로 내다보이는 경치가 천국과 같았다. 갈릴리는 여기서 바라보는 것이 가장 아름다운 것 같다. 팔각의 천장에 새겨진 팔복의 말씀, 아름다운 제대, 금방 꺾어 꽂은 듯한 꽃, 그보다 교회 뜰에 서 있는 백년도 넘었을 듯한 종려나무들과 울창한 아열대 나무들은 마음을 한없이 평화롭게 해주었다. 산상수훈을 듣는 우리의 마음을 자연으로 표현하면 이렇게 되는 것이 아닐까? 교회의 현관 문

옆에서 한 수녀가 바느질을 하고 있었다. 함께 갔던 김재영 교수는 이곳으로 와서 한달 또는 그보다 오래 묵으면서 공부를 해보고 싶다고 말했다. 우리는 예루살렘에서 히브리대학을 방문했었는데 히브리대학에 와서 공부하면서 갈릴리 팔복 동산의 교회에도 와 머무르며 조용한 시간을 가질 수 있다면 얼마나 좋으랴.

다음날 우리는 갈릴리를 떠나야 했다. 어젯밤 가이드가 세속적인 관광도 하라고 충고(?)를 해서 젊은 노용숙 선생들이 갈릴리 카페에 가자고 동지를 모았으나 아침에 들으니 무산되고 말았다고 한다. 젊은 회원들의 뜻을 받아 주시려고 나와 계셨던 이상숙 회장님의 피로한 모습에 취소, 취소 연발하며 무산시켰다는 것이다. 갈릴리 호수 위에 작은 배 한 척이 떠 있고 해변은 조용하다. 어제 밤하늘엔 별이 빛났고 새벽엔 비가 오더니 아침엔 찬란한 해가 갈릴리 호수 위로 솟았다. 그러나 아침에 우리가 떠날 때엔 구름이 끼어 갈릴리 물빛도 잿빛이 되었다. 푸른 초장과 아열대 나무들과 이스르엘 평원이 이어지는데 문득 길고 긴 밭고랑으로부터 무지개가 솟았다. 이윽고 왼쪽 산 위에도 무지개가 걸렸다. 쌍 무지개가 섰다. 갈릴리 바다(호수)는 그 풍부한 수량으로, 꽃과 나무와 기름진 평야로 그리고 주님과 함께 함으로, 참으로 풍요롭고 평화로웠다.

마지막 밤엔 성찬예배

가나 혼인잔치교회를 보고 포도주를 조금씩 맛 본 후에 나사렛으로 가서 마리아의 우물을 퍼서 마셨다. 므깃도를 향해서 가는 길에 이스라엘 전통 식 무덤을 보았다. 돌문을 굴려서 막게 되어 있었다. 그 무덤 위 풀 속에 우리가 그토록 보고자 했으나 가까이는 볼 수 없었던 들꽃 '버터 컵'이 있었다. 아네모네 같기도 하고 양귀비 같기도 한 타는 듯이 붉은 꽃이었다. 사막지대의 꽃은 모두 이처럼 요염할 정도로 아름답다고 가이드가 알려주었다. 므깃도 성터에 가서 박물관 구경을 조금 하고 갈멜 산으로 갔다. 갈멜 산에는 엘리야의 모습이 조각으로 서 있었고 동굴형태를 그대로 살린 교회가 있다. 사방이 탁 트인 전망대에서는 당시 엘리야의 사환이 바라보았던 지중해 바다 편 넓은 들판과 하이파 항구가 보였다. 빗속에 백부장 고넬료가 주둔해 있었고 베드로가 와서 세례를 주었던 곳 가이사리아로 가서 하얗게 지중해의 파도가 부서지는 고성에서 점심을 먹었다. 헤롯이 만들었다 는 이 항구는 원형 경기장 등 유적이 아직 많이 남아 있다. 헤롯은 건 축에 대단한 취미가 있었나 보다. 우리가 본 유적 중에는 헤롯이 쌓 은 성, 궁전들이 있었는데 이번엔 항구다.

이곳에서 이스라엘의 수도 텔아비브로 갔다. 현대식 텔아비브의 거리를 보니 우리가 타임 머신을 타고 과거에서 돌아 온 듯 하였다. 텔아비브를 지나면 옛 도시 욥바 항구가 있다. 베드로가 머물던 곳이 자 요나가 다시스로 가는 배를 탄 곳이다. 돌이 깔린 도로하며, 고풍 의 가로등, 하며 중세적 분위기가 물씬 나는 이곳은 뜻밖에도 그 고 색 창연함으로 해서 아주 매력적인 곳이었다. 가게며 티 룸도 골동 취미로 꾸며지거나 현대적 인테리어와 잘 조화를 이루고 있어서 미술 전공 선교회원들의 찬탄을 자아냈다. 지하에 옛 욥바 항의 유적이 보 존되어 있었다. 포말을 일으키며 부딪쳐 오는 지중해의 파도를 바라 보며 꼬불꼬불한 장식의 램프가 달린 찻집에서 차 한잔씩을 나누고 텔아비브의 호텔로 갔다.

오늘밤은 가나에서 산 포도주를 가지고 성찬 예배를 드리기로 하 였다. 매일 저녁 그랬듯이 이상숙 회장님의 방에서 저녁 기도회가 열렸다. 이상숙 회장님께서는 팔복의 말씀을 성지순례의 말씀으로 택하시고 우리에게 매일 한 구절씩 묵상하게 하시더니 묵상이 끝날 무렵에 팔복 산을 방문하게 되고 그로써 사실상 성지순례가 끝나게 되어 그 선견지명에 감탄하지 않을 수 없었다. 이제 오늘 성찬 예배로 이스라엘 일정은 끝나게 된다. 며칠 전부터 안질을 앓고 있는 조무석 교수는 선글라스를 쓴 채로 왔다. 몇 년 전 북미 선교여행 때에도 두통으로 고생을 하였는데 이번엔 안질을 앓게 되었다. 사해 온천에서 옮은 것인지 모르나 안질을 앓는데 대한 우리의 해석은 뭔가를 보지 않도록 그리하신 것이 아니냐는 것이었다. 영력이 대단한 조무석 교수도 그렇게 해석하고 있는 것 같았다. 그런 가운데에서도 우리의 신앙상담을 해주고 기도해주는 에스터와 같은 멤버이다. 성찬예배가 끝난 뒤 서로 안고 기도해주는 순서에서도 조교수와의 상봉(?)이 가장 길었다.

성령 충만한 회원들이 많아 기도회나 예배시간이면 울고불고 하는 경우가 많은데 유독 조용한 분이 김정자권사님이다. 가장 부드러우면서도 가장 강한, 숙명선교회의 반석 김정자 권사님. 함께 방을 쓰는 이남희선배는 새벽 세시면 일어나 기도하세요, 정말 놀랐어요 했었다. 새벽 기도를 한 번도 빠지지 않는 분인데 매일 아침 예배가 있으니 따로 기도 시간을 갖기 위해 새벽에 일어 나셨던 모양이다. 기도의 어머니 이상숙 회장님과 나란히 선교회의 두 기둥이다.

예배가 끝난 뒤 잠시 여흥 시간에 이상숙 회장님의 유명한 유희가 나오고 박순희 선배의 춤이 나왔다. '예수님이 좋은걸 어떡합니까' 춤은 박순자교수가 겨울 수련회에서 모두에게 가르쳐 주었는데 무용 경력이 있는 박순희선배가 제일 잘 추어서 뽑힌 것이다. 역시 가락이 있게 잘 추었다. 흥이 오른 선교회원들은 드디어 목사님 부부를 심문

(?)하기 시작하였다. 누가 먼저 사랑을 고백 했느냐로 시작해서 시시 콜콜히 대답하라고 다그쳤다. 이미 사해 온천에서 진흙미인으로 뽑힌 바 있는 김향아 사모는 침착하고도 기지 넘치게 답변을 해서 이번 여행의 스타 자리를 기어이 차지하고 말았다.

로마로 가는 비행기에서 회원들은 조용히 이스라엘의 여정을 정리해 보는 듯 하였다. 올리브(겟세마네)동산, 기드론 골짜기, 시온 성, 골고다, 갈보리, 갈릴리, 가버나움, 여리고, 요단, 가나, 나자렛, 므깃도, 갈멜산, 가이사리아… 이런 지명들에서 떠오르던 성경 말씀…모두 주님을 새롭게 만나고 각자 나름대로 가지고 온 기도제목에 응답을 받아 가지고 돌아가리라. 함께 성경대학에서 공부하시는 정규선 전 총장님 내외분을 텔아비브 공항에서 반갑게 만난 것도 특기할 사실. 넓고 넓은 세상이라 지만 또 좁기도 한 것이 세상인가 보다. 역시 성지순례를 다녀오시는 길이라고…

이번 성지 순례에서 로마의 일정은 사족과 같은 것이었다. 이상하게도 성지순례가 되지 않았다. 그냥 로마의 거리에서 서성인 정도라고 할까. 카타콤베에 가지 못한데 대하여 안타까움을 표하는 회원도 있었지만 이것도 주님의 뜻으로 알고 감사로 받아들였다. 버스를 기다리다가 전차경기장 앞에서 벌이게 된 즉석 찬양이 즐거운 기억으로 떠오른다. 가이드가 성가대 지휘자 경력이 있어서 우산대로 멋지게 지휘를 해주었고 우리는 '갈보리 산 위에'를 비롯해서 서너 곡을 신나게 불렀다.

하늘과 맞닿은 이 길을

서해안 고속도로가 개통된 것은 작년 12월이다. 이 고속도로를 달리기 시작한 지 벌써 반년이 넘어가나 보다. 수도권 집에서 학교가 있는 무안까지 가는데 이 서해안 고속도로가 시간이 가장 적게 먹히므로 나는 즐겨 이 도로를 이용한다. 왕래하는 차가 별로 없어 학교가 있는 무안까지 330여 킬로미터를 3시간대에 너끈히 주파할 수 있다. 60나이에 고속운전이 부담스럽지 않은 것은 아니지만 서울에서 수도권 대학에 출근하는 이들도 2시간 이상 운전하는 일이 다반사이니 3시간 운전을 대단하게 여기지 말자 생각하기로 한다. 제한 속도 110킬로미터는 경부고속도로의 100킬로미터와 별 차이가 없어 보이지만 차 막힘이 없기 때문에 그 상쾌함이란 경부고속도로에 비할 바가 아니다. 게다가 종종 볼 수 있는 바다와 평화로운 주변경관은 이 도로를 사랑하지 않을 수 없게 한다. 대개 새벽에 집을 나서게 되어 있으니 서해대교에 이를 때쯤이면 일출시간이 되어 바다 위로 둥실 떠오르는 아침 태양을 보는 기쁨도 누릴 수 있다. 서해 대교도 그렇지만 바다를 끼고 달리는 서해안 고속도로에서 사실 바다 보기는 그리 쉽지 않다. 아마도 안전을 위해서이리라, 대부분 바다를 볼 수 없도록 시멘트 가드 레일을 설치해 놓아 바닷가를 달릴 때에도 나 모양 키가 작은 사람은 눈썹처럼 가느다란 바다를 겨우 훔쳐 볼 수 있을 뿐이다. 그래서 서해대교를 지날 때는 휴게소로 내려가 출렁이는 바다를 맘껏 보고 다시 갈 길을 간다. 이 때 떠오르는 태양은 대교 밑, 바다 위로 그 커다란 불덩어리를 띄우고 있는 것이다.

그래도 서산 대천이나 군산 서 김제를 지날 때엔 탁 트인 바다를 볼 수 있다. 서해안 고속도로는 바다를 가로질러 다리로 이어지는 경우가 많다. 서산이나 대천, 군산이나 서 김제는 그래서 양쪽으로 바다를 볼 수 있다. 운전 중이니 순간에 불과하지만 청렬한 물빛과 아득한 수평선을 순시나마 보는 것은 영혼에 생기를 불어넣는 효력이 있다. 바다뿐만이 아니다. 이 도로는 멀리 지평선을 향하여 대지를 가르며 달리는 기쁨도 누릴 수 있다. 넓은 평야를 낀 해안을 지나기 때문이리라. 이런 지평선을 향하여 달리는 구간이 여럿이다. 그럴 땐 마치 넓고 넓은 대륙을 가로지르는 듯 한 낭만도 맛볼 수 있다. 커피를 마시며 이 길을 달리는 나는 '이건 확실히 사치다', 중얼거린다. 목숨을 건 아름다움이 아닌가. 우리는 사소한 것에 목숨을 건다고 리처드 칼슨이 말했지만 나는 위험부담이 적지 않으나 이 길을 통해 일자리로 가서 일을 할 수 있는 것에 더하여 이런 아름다움까지 발견할 수 있기에 이 도로를 달리기를 사양치 않는지도 모른다.

커피 한 모금 머금어 삼키면서 눈을 바다로 보낸다. 커피 한 모금 조심스레 머금으면서 하늘을 본다. 당산 나무가 서 있는 오래된 마을과 소 떼가 풀을 뜯고 있는 진짜 목장과, 모가 자라고 있는 파스텔 톤의 초록 빛 논이 있다. 이들 초록은 너무나 아름다워 때로 나는 전율을 느낀다. 언덕 위에 서 있는 교회. 첫길에 크리스마스 카드에 전형으로 등장하는 언덕 위의 교회당과 너무도 흡사한 교회를 발견하고는 언제나 그 교회를 찾으며 간다. 언덕위로 소금기 머금은 바람은 불고…. 나는 자동차 창문을 내리고 바다 바람을 마셔본다. 말달리듯 굴러드는 바람에 머리를 감으면서 바다의 체취에도 잠겨본다. 집을 수도권에 두고 지방대학교수 노릇을 하기 위해 치르는 이 만만치 않은 노동 세시간 운전에, 이러한 서해안 고속도로의 즐거움은 결코 하찮은 것이 아니다.

이번 여름 나는 또 이 서해안 고속도로에서 새로운 아름다움을 만났다. 그날은 대부분의 사람들의 여름 휴가가 시작되는 팔월 초하루였다. 서해안고속도로와 나의 만남이란 한없이 한가롭고 고요한 것이었건만 이 날만은 아니었다. 고속도로에 진입하자 아차, 때는 늦어 홍수처럼 밀려드는 차량 속에 나 역시 끼어 꼼짝도 못하는 처지가 되고 말았다. 나는 굼벵이처럼 스물, 스물 기어 평소에 1시간이면 족하던 서산 휴게소까지 무려 다섯 시간만에 도착했다. 다행히 서산에서부터 정체는 풀려 학교가 있는 무안까지 시원히 달릴 수 있었지만 학교 가는데 여덟 시간이 걸린 건 새로운 기록이었다. 유명한 명절 귀향 전쟁 때도 나는 거꾸로 상경하는 처지였기에 곤욕을 겪지 않아도 되었으나 이번만은 '딱 걸린' 것이다. 일을 해야 할 시간에 도로에서 어물대는 것이 몹시 안타까웠지만 이거야 어쩔 수 없는 상황이니 이럴 땐 이를 즐길밖에 도리가 없다.

이날의 날씨는 맑았다. 비에 씻긴 하늘과 대지는 청명하여, 맑고 푸른 하늘과 뜨거운 태양, 녹음으로 짙푸른 산과 황토 붉은 밭에 기름지게 자라는 작물들은 티없이 깨끗한 대기로 하여 너무도 선명한 그림을 그리고 있었다. 여름도 한여름, 나는 우리 나라의 여름을 처음 보기나 한 듯 놀랐다. 이렇게도 빛나고 아름다운 여름을 본 것이 언제였던가. 어린 시절 방학을 맞아 찾아간 시골이 바로 이랬었다. 나는 그 이후로 이런 여름을 만난 적이 없었다. 그냥 덥고, 흐릿하고, 답답한 여름만을 만났던 것 같다. 그런데 글자 그대로 찬란한 여름이 내 앞에 펼쳐진 것이다. 그리고, 그리고 말이다. 참으로 아름다운 하늘이 있었다. 하얀 뭉게구름이 떠 있는 푸른 하늘, 지평선으로부터 한없이 넓게 펼쳐진 하늘, 이렇게 넓게 펼쳐진 하늘을 보기도 어렵거니와 여름에만 볼 수 있는 구름의 궁전이 다양하게 떠 있는 하늘을 보기란 내게는 참으로 드문 일이었다. 지평선 위로 드레스 자락처럼 낮게 깔려 하얀 속치마를 내비치며 빛나고 있는 구름과, 푸른 하늘 위로 궁전처럼 솟은 구름, 그런가 하면 눈부신 얇고 하얀 구름이 유유히 하늘 한 가운데에 떠 있고, 그 위를 위대한 화가가 일필휘지로 그은 듯 이 하늘을 가르며 내리 그은 흰 붓 자국! 멀리로는 소나기라도 머금은 듯한 무거운 검 회색 구름이 하늘 한쪽을 받치고…나는 대지의 아름다움과 여름 하늘의 현란함에 완전히 도취되었다. 이 아름다움을 비교할 수 있는 곳이란 3년 전 여름 백두산 천지에 올라 바라 본 하늘과 수해를 이룬 대지의 장엄함뿐이라는 생각을 했다. 나는 이 길을 그렇게 많이 오가면서도 왜 이제야 이런 하늘을 발견했을까? 생각해 보았다. 그것은 내가 주로 이른 새벽이나 저녁 늦게 이 길을 이용했기 때문이었던 것이다! 갑작스런 차량의 홍수로 한 낮의 길을 가게 되었기에 뜻밖에 발견한 보석 같은 아름다움이었다.

혹자는 세계 곳곳을 다니면서 만난 위대한 자연의 여기 저기를 말하리라. 그러나 여기저기 많이 다녀보지는 않았지만 나는 감히 말할 수 있다. 우리 나라의 자연보다 아름다운 곳은 없었다고 외국을 다녀 볼수록 산도 바위도, 계곡도 언덕도, 그 어느 곳의 자연도 우리

나라의 것만 못하다는 느낌만을 갖게 해 주지 않던가. 나는 여름 하늘 이것도 우리 나라의 그것을 가장 아름답게 느꼈다. 나는 한여름, 한낮의 서해안 고속도로에서 진정 아름답고 광활한 하늘을 만나는 행운을 누렸다. '하늘과 맞닿은 이길'을 나는 '걸었네'가 아니라 '달렸네'로 바꿔 노래해 본다. 다시금 생각해 보니 나는 운전을 하면서 늘 하늘을, 하나님을 만나고 있었다. 찬양과 하나님의 말씀을 테이프나 시디로 들으면서 나는 늘 은혜 속에 이 길을 갔던 것이다. 오늘의 하늘은 내가 지금껏 사모했던 하나님의 은혜로운 현현(顯現)이 아니었을까? 욥이 "내가 주께 귀로 듣기만 하였삽더니 이제 눈으로 주를 뵈옵나이다"(욥기 42장 5절)라고 하였듯이.

사랑의 종소리

지난해에 가르쳤던 성은이에게서 편지가 왔다. 지난 2월 18일에 군대에 갔는데(기도를 해주다 보니 입대 날짜를 기억한다) 이제야 편지가 왔다. 그러니까 대략 백일만에 소식이 온 것이다. 백일이 지나 이제 겨우 편지를 쓸 여유가 생겼나 보다. 편지 받는 날, 성은이가 전화를 했다. 편지에 전화에 보통 성의가 아니다. 특유의 군대 말솜씨로, "길게 쓰려고 했는데 말입니다, 시간이 촉박하여 길게 쓰지 못했습니다." 필요도 없는 '말입니다'를 붙이는 것이나 어미를 약간 치켜 올리는 군대 말투는 누구나 군대만 가면 튀어나오니 군대의 위력이 새삼 느껴진다.

벌써 일년이 지났다. 종강 무렵이었다. 매 주 화요일 아침이면 기도회를 갖곤 하였는데 그 날 성은이는 리코오더를 가지고 왔다. 선생님이 좋아하시는 「사랑의 종소리」를 들려 드리겠다는 것이었다. 기도회가 끝난 후, 성은이는 "선생님께 드립니다." 하고는 복음성가 「사랑의 종소리」를 부르기 시작하였다.

주께 두 손 모아 비나니/ 크신 은총 베푸사/ 밝아오는 이 아침을 / 환히 비춰주소서/오, 우리 모든 허물을/ 보혈의 피로 씻으어/ 하나님 사랑 안에서/ 행복을 찾게 하소서/서로 사랑 안에서/ 서로 소망 가운데/서로 감싸주면서/ 손잡고 가는 길/ 오, 사랑의 종소리가/ 사랑의 종소리가/ 이 시간 우리 모두를 /감싸게 하여주소서.

그리고 리코더를 꺼내어 이 곡조를 다시 연주하기 시작하는 것이었다. 일찍이 이와 같이 아름답고 감동적인 선물을 받아본 적이 없었다. 리코더의 곡조는 서툴러 때로 끊기고 때로 더듬기는 했으나, 성은이의 정성은 오롯하여 내 마음에 커다란 감동으로 전해 오는데 부족함이 없었다. 그 때 나는 이 아름답고 숭고하기조차 한 선물을 받으면서 너무 황송하여 몸 둘 바를 몰라 하였던 생각이 난다. 그런 성은이가 군대엘 갔고, 그리고 첫 편지를 보내 온 것이다. 성은이의 편지에 의하면 '같은 중대의 고참 김성현 형이 선생님의 양아들'이라면서 성은이를 잘 돌보아 준다고 한다. 성현이는 우리대학에 다니다가 2년 전 서울 근교의 대학으로 편입해 간 학생이다. 신앙심이 좋고 적극적인 성품으로 내 방에 자주 와 기도를 해 주곤 했었다. 이 어인 기적 같은 만남인가?

이 곳 무안에서 문필봉을 바라보면서 책을 만지는 세월이 어언 6년에 접어든다. 영혼의 맑기가 그대로 드러나는 성은이, 강의시간이면 언제나 미소지으며 고개를 끄덕이던 성은이, 지연이 누나가 좋다고 열심히 신문사에 놀러오던 성은이, 어린이처럼 순수하고 예쁘게 기도하던 성은이 어떻게 그 억센 군대생활을 보내고 있는지. 허지만 늠름한 성현이 병장이 되어서 곁에서 도와준다니 참으로 다행이다. 교양과 교수인데도 잊지 않고 찾아주는 참으로 아름답고, 성실하고, 믿음직한 제자들을 생각하며 가슴 뿌듯이 감사를 느껴본다. 성가 「사랑의 종소리」는 내게 언제나 감동을 주는 찬양이다. 은혜로워 곧잘 눈물을 흘리곤 한다. 오늘 성은이의 편지로 하여 오랜만에 「사랑의 종소리」를 다시 가만히 불러 보았다. 가슴이 뜨거워 왔다.

강촌소묘

사라진 안개

　　강촌 소묘를 쓰던 시절. 그때가 언제였던가? 벌써 7년이 되었다. 나는 아직도 강촌에 살고 있다. 10년째다. 안 팔려서 텅텅 비어 있다는 아파트에 구경왔다가 베란다 쪽으로 난 시원한 유리문에 가득 들어와 있는 하얀 하늘과 넘실대는 풍요한 강물의 몸짓이 너무 좋아서 두말도 할 것 없이 이곳에 살자고 마음먹었던 것이 아파트 살이를 택하게 된 동기였다.

　　그러니까 아파트의 편리한 생활조건에 앞서서, 현대적 감각 따위에도 훨씬 앞서서 아파트 살이의 결정적 동기가 되었던 것이 강이었고 하늘이었던 것을 생각한다면 내가 이곳을 십 년 동안 떠나지 못하고 머무르고 있다는 것이 조금도 이상할 것이 없다.(다른 새 아파트로 가지 않고!)

　　강이 좋아요 강촌이 좋아요 라고 중얼거리던 것이 강촌소묘를 써서 아파트 안에 나눠지는 뉴스레터 귀퉁이에 실리는 것으로 연장이 되었는데, 따지고 보면 이곳이 강촌이라는 단어는 억지가 아닐 수 없다. 처음 강촌이라는 단어를 떠올린 것은 두보(杜甫)의 시에서 연상한 것이었고 강촌이라 계속 불렀던 것은 이 지극히 기하학적인 구도의 마을에 좀 인간적이고, 자연스러운 느낌을 가져보려는 안타까운 노력이었을 것이다. 왜냐하면 누가 뭐라 해도 아파트는(겉보기에) 살벌한 주거양식이 아니라고 말할 수는 없을 테니까.

그러나 억지만이 아니었던 것이 이곳에는 강이 있다는 이 입지적 조건 외에도 강촌다운 풍물들이 적지 않았다. 나는 그것의 첫째로 안개를 들었던 것이다. 안개. 걸핏하면 안개였다. 어디서 몰려왔는지 안개는 유리문을 하얗게 메웠고 문을 열면 엉금엉금 실내로 기어 들어와 맨발의 살갗을 시원하게 간질이는 것이었다. 강도, 나무도, 아무 것도 보이지 않고, 안개 속으로 하얗게 틔어 있는 빛을 보며 아침이거니 느낄 정도이었다. 그러한 안개가 좋았다. 출근길을 걱정하는 염려도 귓등으로 들으면서 행복해했다. 생각해보면 자연, 그것도 풍요한 자연을 느껴보지 못하고 자란 도시의 창백한 영혼에게 어쩌면 그것은 믿어지지 않는 정복(淨福)이었다.

그런데, 지금은 그 안개가 거의 없어진 것이다. 안개에 대하여 예찬했던 것이 불과 몇 년 전인데 강촌에는 더 이상 안개가 끼지 않고 만다. 어쩐 일일까. 우리는 공해라는 말을 떠올리고 우울했다. 공해 때문일 거야, 중성세제의 거품 때문일 거야, 독하게 풀려 가는 악의를 떠올리면서 절망해 갔다. 안개는 기다리는 마음과는 상관없이 말짱하게 사라져 버린 듯 했다.

그렇게 오래 전도 아니건만 강촌의 변모는 그것만이 아니다. 짬짬이 그러한 달라짐을 느껴보게 된다. 이 속도감 있는 시대는 10년의 세월이 결코 짧지 않다고 말하는 것 같다. 강촌의 바깥쪽 변화도 변화려니와 그 속에서 자란 내 아이들의 성장도 곰곰이 따져보아야 할 일인 것 같다. 일상(日常)에 묻혀서 미처 의식하지 못했던 일들이 아이들에게 엉뚱하게 문고리처럼 박힌 채 닳아지고 있지는 아니한가. 그런 생각을 해보면 10년만의 금석(今昔)이 짧기는커녕 도리어 너무 오랜 것 같기도 하다.

얼마 전 잡지를 보면서 둘째가 좋은데, 좋은데…, 하다가 "아, 갈비 집이다."했다. 전통 한옥의 모습을 그대로 살린 채 내부만 편리하게 개조한 아름다운 집의 소개였다. 난간이 둘러진 시원한 누마루엔 등의자도 하나 놓여 있고, 하늘을 향하여 네 귀가 솟은 처마며 뜰의 연못, 그리고 생나무 냄이 날 듯 한 원목의 빛깔 등이 마음먹고 지은 집답게 품위가 있었다. 그런데 갈비 집이라니. 둘째도 그것을 모를 리 없었다. 그 집이 갈비 집이 아니오, 주택이라는 것을 모를 리 없건만 그렇게 한 마디 하고는 하하 웃는 것이었다. 나는 순간 가슴에 서늘한 바람이 지나가는 소리를 들었다. 이 애들을 도대체 어떻게 할까. 십 년을 살다 보니 이 애들로선 평생(?) 아파트에 산 셈이라 아파트 말고 다른 주거양식에 대하여 어떤 실감이나 애정 같은 것을 느끼지 않을 것은 당연하다. 그리하여 별로 자주 간 건 아니지만 영동에 흔한 갈비 집의 그 호사스런 꾸밈새가 눈에 익었던 것이고, 그러한 꾸밈새가 전통 한옥과 엇비슷해 가는 추세와 맞물려 그러한 연상이 이루어졌을 것이다.

나는 다시 어린것들의 무의식 속에 쌓여갔을 허구 많은 이미지들이 걱정스러워진다. 도대체 무얼 보았을까? 무엇을 받아들였을까? 어린 시절을 마당이 있고 방이 있고 툇마루가 있는 곳에서 자란 어미로선 아파트에서 자란 아이들의 심연과도 같이 깊고 어두운 무의식 내용을 알아낼 길이 없어 궁금하다. 그러다가 이처럼 불쑥 어떤 '기미'가 눈치 차려질 때 대책 없는 염려에 시달리곤 한다.

그러니까 우리는 열쇠에 집을 맡긴다는 편리함과 수 천년 동안 인류가 가져왔던 삶의 양식과를 맞바꾸어버린 것이다. 집이라는 것은 얼마나 중요한 것인가. 상징 사전을 보면 집이란 우주의 여성적 양상이자, 모든 지혜의 저장소로서 전통 그 자체와 동일시하고 있다. 먹고 자기 위한 설비로서의 일차적 소용 외에 우리의 정신을 지배하는 장소라는 이야기이다. 바슐라르는 그래서 이러한 집을 친애의 장소로서, 공간의 시학을 얘기하지 않았던가. 집은 외부세계로의 출발점이자 귀환점이고, 우리가 항용 얘기하는 고향 이미지의 핵이 바로 집인 것이다. 모든 지혜와 꿈이 잉태되는, 우주의 여성적 양상이라는 상징적 의미가 그럴 듯하다고 생각된다.

아파트에 살면서 이게 바로 홑 집이지 하는 생각을 하게된다. 문을 열고 들어오자 곧 집 한가운데로 들어오게 되고 이는 곧 집이 온통 드러나 있는 상태라 신비가 드리워질 구석이 없다는 생각 말이다. 시간이 멈춰 있고, 아무도 오랫동안 손대지 않은 잊혀진 공간이야말로 우리의 전 생애 중 가장 원초적이며 초시간적 삶의 무한한 상상력이 고일만한 곳일진대 아파트는 다락이 없는 집이며 고방(庫房)이 없는 집이며 마루 밑 같은 곳은 더욱 없는 네 귀퉁이 훤한 집인 것이다. 내 집뿐만이 아니고 이웃집도 마찬가지라는 점도 못내 마음 놓이지 않는 것이다. 어린 시절 기억나는 집에는 내가 살던 집뿐만이 아니라 이웃집들도 다양하게 끼어 있다. 여러 집들을 떠올릴 수 있지만 그중 잊을 수 없는 집이 '김장성씨네 집'이었다. 그분은 씨자(字)를 두어 개 붙여도 모자랄 어른이었지만 모두가 그렇게 불렀으므로 우리도 그렇게 불렀던 것이다. 그 집은 마치 공원과 같이 컸고, 아름다웠고 신비하였다. 대문부터가 학교 교문처럼 생긴데다가 대문은 항상 열려져 있었고 언제고 들어가 놀아도 좋았다. 자연석으로 고여서 만든 정원은 정문에서부터 그 수많은 기와집들을 이으면서 동산을 이루고 있었고 고급 정원수들이 많았다. 집은 조용하였고 어떤 사람이 사는지 사람은 거의 볼 수 없었다. 그 집 내부는 여러 채의 기와집으로 되어 있어서 이 집 저 집으로 대문을 넘나들면서 놀자면 시간이 가는 줄도 모를 지경이었다. 그때의 기억, 그때의 친구, 그날의 햇빛까지가 늘 내 추상 속에서 여름날 아침 그늘처럼 신선한 공간을 차지하고 있다. 후에 알고 보니 그 집은 바로 우리 희곡사(戲曲史)의 선구자로 불리는 초정 <u>김우진</u>의 집이었다. 그의 작품을 읽으면서 그에게 에피세트로 붙어 다니는 호남갑부자제라는 호칭을 그 집과 결부시켜 이해하면서 연민을 느끼곤 했었다. 자기 집 바로 이웃이 유명한 이름과 연관되어 있었다는 사실은 꽤 흥분되는 일이다. 거기에 여성작가 박화성씨가 김우진씨에게 영어를 배웠다는 것, 박화성씨의 소설에 곧잘 등장하는 지주(地主) 김장자의 집이 바로 이 집인 듯 생각될 때엔 대단한 발견이나 한 듯이 기꺼웠다.

생각해 보면 이러한 지연(地緣)이 결국 박화성 연구로까지 이어졌을 것이다. 고향어른이라는 한 사실 속에는 어린 날부터 차곡차곡 쌓여진 그분에 대한 소문과 아울러 같은 공간에 살았었다는 친애 감이 자리하고 있었던 것이다.

이웃집에는 제각기 다른 삶이 제각기 다른 고향냄새를 꼬리표처럼 달고 있었다. 이웃집의 샘, 나무, 마당, 꽃밭 등등 헬 수 없이 많은 구석진 장소가 신화(神話)처럼 기억 속에 신비하게 살아 있다. 이러한 것들이 결국 내 삶의 습도를 조절한다는 것을 나이가 들수록 알게 되면서 나는 내 아이들의 무의식 창고가 더욱 궁금하고 염려스러웠다. 안개가 있을 때엔 그래도 괜찮았는데….

눈으로 보는 바람

　　강변의 아파트 뒤뜰은 아무래도 가게되는 산보로 이다. 강변도로
를 따라 울창해진 수목과 둔덕의 풀숲과 잔디, 그리고 꽤는 널찍한
공간이 있기 때문이다. 눈인지 가슴인지가 뿌옇구나 싶으면 건물을
벗어나 밖으로 나오고 그리고는 갈데 없이 나의 발길은 이 아파트 뒤
뜰로 향한다. 그때마다 또 아니 갈 수 없겠나, 한번쯤 생각을 먹곤 하
면서, 그냥 또 가곤 하는 것이 나의 동네 산보의 버릇처럼 되었다.

　　몇 년 전만 해도 아파트 앞은 과수원과 논과 밭이 그대로 있어서
새벽이면 밭고랑을 밟고 이슬에 옷을 적실 수가 있었었다. 노랗게 이
삭이 여문 가을 논 벌에 서린 안개는 얼마나 신비했던지 모른다. 갈
대와 코스모스와 호박과 배. 이슬에 푹 젖어 있던 그 풍물들이 지금
은 그곳에 없느니라 생각하려해도 둔해진 감각은 믿으려 들지 않는
다. 그 위로 전철이 지나가는 다리가 섰다고 설명해도 마찬가지다. 어
딘가에 있을 것이라고 고집스럽게 무의식은 버티고 있는 모양이다.
뒤뜰로 돌아설 적마다 그래서 발걸음이 마음속에서 한번씩 멈추곤 하

는 것이다.

소음만 아니라면, 강변을 쌩쌩 달리는 차의 굉음만 아니라면 이곳은 더할 나위 없이 좋은 산보로 일 것이다. 이곳이 가장 훌륭한 구도를 보여줄 때는 황혼이다. 포플러와 은 버드나무와 플라타너스의 수목들이 지평선 너머에까지 이어진 듯 싶게 시야 밖으로 사라지고 검은 그늘을 머금은 암록의 수목위로 감빛 황혼이 타고 있을 때 풍경은 글자 그대로 자연의 교향악이 된다. 하지만, 이곳은 오래 머물 곳이 아니다. 소음이, 세계를 온통 짓이기기라도 할 듯한 소음이 내 마음의 갈피로 쳐들어오기 전에 서둘러 떠나야만 한다. 눈의 기쁨을 위해 귀의 원망을 외면하지는 말아야 하므로 마치 물 속에서 숨을 아끼듯이 귀를 닫고 잠시 걷는 다.

요즈음 이곳을 거닐 때 눈여겨보게 되는 것이 집집마다의 창이다. 창들이 넓어지고 있다. 강을 좀더 시원히 즐기기 위해 창을 한 장의 유리로 처리한다. 그 창들을 얼마나 사랑하고 있는지, 그것이 보인다. 창틀에 놓은 모형 범선에서, 조그마한 도자기의 꽃들에서, 황실처럼 늘인 커튼에서. 강을 사랑하는 마음이 보인다. 그렇지만 바람소리를 들을 수가 없다. 이렇게 울창해진 수목 사이를 수런대며 지나가는 바람소리를. 저 넓은 잎사귀를 허옇게 뉘며 우리들 곁으로 오는 바람소리를.

이것은 진정 하나의 꿈이다. 우리는 바람소리를 듣지 못하고 산다. 나무가 뒤채는 것은 보아도 그 소리는 듣지 못한다. 그 가슴 설레고, 외로움이 뚝뚝 듣는 시간조차도 멈추게 하고야 마는 바람소리를 아주 잊고 사는 것이다. 바람소리는 보다 큰 소음에 흡수되어 오직 몸짓만 남고 만다. 원초적이고, 소리 속에 고요가, 자연의 무거운 고요가 깃들여 있는 바람의 언어를 동반하고 산다는 것은 진정 하나의 꿈이다.

　그것은 유독 강변만의 가슴앓이라고 할 수도 없다. 이제 우리는 소음으로부터 피해갈 곳을 거의 알지 못한다. 태초의 시간처럼 조용하게 살던 나의 어린 날이 또 생각난다. 냉장고도 세탁기도 없던 시절이. 처음 냉장고를 사들여 놓던 때엔 모두들 그것을 대청마루에 번듯이 두곤 했었다. 문명과 부의 상징처럼 그 하얀 육면체는 의젓하고 당당했었다. 그런데 놀랐던 것은 그것이 내는 소리였던 것을 모두들 기억하리라. 자동으로 모터가 작동되는 냉장고는 한동안 잠잠했다가 윙하고 모터 돌아가는 소리를 냈다. 집 한가운데서 그것은 간헐적으로 내 신경을 괴롭혔다. 지금은 어떤가. 냉장고, 세탁기의 소음쯤은 TV의 소음과 함께 도시가 피워 올리는 소음 속에 무음(無音)으로 처리된 지 오래다.

　그런데, 꿈처럼 바람소리를 듣게 될 때가 있다. 온 세상이 고즈넉해지는, 달이면 한차례씩의 축복이 있다. 그것의 시작이 저 듣기 거북한, 비극의 전조인 사이렌만 아니라면 더욱 좋을 것이다. 일시에 찾아드는 고요. 그때에 흐느끼듯 바람이 소리를 낸다. 우수수, 여름 낙엽일망정 낙엽도 풍정 있게 구른다. 하늘, 강, 바람소리……, 아이맥스 화면을 보듯이 바쁘게 시선을 넓힌다. 상하로, 좌우로, 자연의 음향을 귀로만이 아니라 눈으로도, 코로도, 혀로도 맛을 본다. 고층에서 듣는 이때의 바람소리는, 지표에서 듣느니 보다 입체적이어서 좋다. 참새가 메뚜기만큼의 크기로 인식되는 높이의 안타까움이 있을지라도

　높이를 내게 잘 가르쳐 준 것이 참새였다. 새도 바람처럼 영혼의 비상(飛翔)이라고 생각했던 무렵, 참새의 무던히도 현실적인 빛깔마저 누선(淚線)을 울리던 무렵, 참새는 나의 간절한 손님이었다. 그 새가 이사온 아파트의 높이와 더불어 먼지처럼 작아져 갔다. 창 아래

노변에 모여 있는 그것들이 참새인 것을 알아차리면서 참새는 내게 더 이상 참새이기를 그만두었다. 그들은 길모퉁이의 먼지와도 같게 나의 이미지를 허물어 내렸다. 그것은 상실이었고 높이의 변증법이었다.

빗소리는 그렇지 않았다. 실은 그것이 제일 걱정이었었다. 비는 하늘에서 나를 지나쳐 그대로 땅속으로 스며들 것이라고 생각했었다. 그 생각처럼 나를 허전하게 하는 것이 없었다. 빗소리를 유난히 좋아하던 나였다. 우둑우둑 창을 때리는 빗소리도 좋았지마는 처마를 거쳐 떨어지는 빗소리의 우수(憂愁)가 더욱 좋았다. 빗소리는 아마도 공중에서 산화(散華)하리라. 나는 이제 임어당과 더불어 듣던 빗소리를 다시는 듣지 못하리라, 생각했었다. 그런데 빗소리는 도리어 확성(擴聲)이라도 한 듯이 추적추적 우리의 방까지 기어올랐다. 손을 내밀어 악수라도 할 듯이 기꺼웠음은 물론이다. 나는 빗소리를 잃어버리지 않았어.

그것이 소리의 생리인 줄을 점차로 알게 되었었다. 소리란 위로 올라오면서 더 크게 울린다는 것이었다. 그래서 자동차의 소음도 고층에서 더욱 시끄럽게 들린다는 것을 알게 되었다. 시각과 청각은 그 거리에 있어 각각 반비례하는 감각들이었다. 시각은 거리가 가산될수록 부분보다는 전체로 인식하게 되고 청각은 거리가 가산되면 더욱 잘 들리게 된다는 이치 ―물론 어느 한계에 있어서이겠지만―가 바로 창에 유리를 크게 끼우게 하는 소이(所以)가 되었던 것이다.

12센티 두께의 유리(두 겹)를 통판으로 올린 창은 물 속 같이 고즈넉하고 거칠 것 없이 틔어 있지만 그것은 밀폐요 방음이다. 창 가득히 하늘과 나무와 강을 받아들이는 스크린이자 소음을 차단하는 지혜이기도 하다. 그것은 감쪽같아서 강변에 둥지를 틀고 사는 아름다음을 유감없이 누리게 해 준다. 그러나 소리뿐만이 아니라 바람도 제한될 수밖에 없는 차단인 것이다. 바람이 온몸을 감싸고 달릴 때, 백운대에서 오는 바람을 맞을 때, 백운대 아래 사는 친구를 그리워하곤 했었는데… 큰 창을 달고 통풍용 작은 창으로 들어오는 바람이 어쩔 수 없이 아쉬움이 되었다.

요즈음 강변은 도로 넓히기 공사가 한창이다. 사람 근접도 할 수 없던 강변도로에 산책로도 생길 것이라 한다. 손에 잡힐 듯이 가까이 출렁이는 강물을 바라보기만 하다가 강변으로 가 볼 궁리를 했었다. 불과 10미터 폭의 도로지만 차량이 질주하는 도로를 건너기가 무척 어려웠다. 목숨을 걸고(?) 길을 건너, 강변으로 내려가 보았을 때 강물은 생각보다 더 멀리 깊고 푸르렀다. 강변의 고르지 못한 바닥과 웅덩이와 풀 더미들 때문에 힘들어서 더 그랬는지도 모른다. 느릿느릿 갈 숲을 걸어다니는 해오라기류의 하얀 새와 고수부지라는 곳에 조성해 놓은 개나리 단지들이 버려진 듯이 황량했다. 이제 그 곳은 어디선지 날라 온 흙으로 돋우어져서 기존 도로와 높이가 같아졌다. 창으로 편편한 흙의 널찍한 도로가 건너다 보였다. 새롭게 변모할 강변의 모습이 기다려진다.

그러면서 어느 날 갑자기 —내게는 그렇게 인식되었다— 생긴 전선을 애써 피하고 있음을 느낀다. 아무 방해받음이 없이 펼쳐 있던 경치에 낙서처럼 그어진 전선 가닥. 그것이 강변도로를 따라 이어지고 그것은 우리의 눈 높이에 걸쳐져 있다. 꼭, 저렇게 노출시켜야만 했을까. 소중한 그림에 오점이 찍힌 듯 가슴이 아팠다. 그때로부터 나는 이 방해꾼을 피하면서 밖을 보는 버릇이 새로 생겼다. 후에 유의해서 보니 노량진께의 강변에서 흑석동에 이르는 길가는 온통 이런 전선이 늘어져 있었다.

이런 투정은 사실, 해서는 안 되는 것인지 모른다. 그보다 더 급박하고 절실한 삶의 문제가 얼마나 많은 것이냐는 반문을 할는지도 모른다. 그러나 산다는 것이 그렇지 않던가. 사랑하기 위하여, 아름다움을 위하여 사는 게 아니던가 말이다. 마음을 열어 사랑을 나누고 아름다움을 쬐끔만 찾아 어느 마음의 옷깃쯤에 브로치처럼 달아 볼 수 있는 날이라면 그날은 세상이 밝아지는 날이 아닐 것이랴. 우리는 아름다움에 좀더 목말라해야 하는 시대에 살고 있는지도 모른다. 생존은 그때에 생명감을 얻을게다. 작은 일도 차곡차곡 아름답게 풀어나갈 때 우리도, 우리 아이들의 가슴 어느 귀퉁인가 도 곱게 풀릴게다.

태풍이 지나가는 한강의 물빛을 본다. 어둡게 흐린 하늘을 닮아 탁한 빛이다. 물결도 하얗게 뒤채이고 있다. 강의 표정은 다양하다. 나는 그 표정을 낱낱이 알고 있다. 네 계절마다 다른 몸놀림도, 물빛도, 날씨마다 다른 흐름도 나는 안다. 강은 언제부턴가 내 안에서 흐르고 있다. 내 안에서 뒤채고 있다. 이제는 눈을 섬기려고 귀 닫고 사는 강촌(江村)에서 눈 귀 모두 열고 사는 꿈같은 꿈을 꾸어볼까 싶어진다.

아파트의 제비둥지

낯익은 곳을 지닌다는 것은 서글픈 일이다. 우리는 그곳에서 상실과 연민을 만나야 할 것이기 때문이다. 언젠가는 떠날 것을 기약하면서 머무르는 것은 그래서 더욱 쓸쓸한 일이 아닐 수 없다. 바바리코트 깃을 올리고 안개비가 내리는 어둠 속을 걷고 있을 때 문득 눈에 띄는 창의 환한 불빛. 세일 수 없이 드나들었던 낯익은 집의 창이다. 순간, 말없이 고개를 돌리고 그 아파트 앞을 지나친다. 그곳에 살던 다정한 이들은 벌써 오래 전에 떠났었다. 새 아파트로, 새 아파트로 자꾸만 떠나갔었다. 하지만 낯익은 발씨는 그런 집들 앞에서 자꾸만 멈칫대려고 들고, 그리고는 이내 섭섭하게 그곳을 뜨곤 하는 것이다.

여름도 막바지에 이르러, 끝끝내 여름의 햇볕을 마저 차지하고야 말겠다는 듯이 옥외 풀장에 가 있는 막내를 찾으러 입구에 들어서는데 형광등자리, 도톰한 시멘트에 제비집이 바짝 붙여지어져 있었다. 아파트엔 의외로 제비둥지가 많이 있지만 이처럼 엉뚱하고 맹랑한 자리에 지어진 제비둥지는 눈길을 모을 만 했다. 형광등과 거의 붙어져 지어진 둥지에서 제비가 새끼와 함께 스스럼없이 비비고 있었다.

강촌에는 제비둥지가 많다. 처음, 제비가 둥지를 틀기 시작할 때는 그것은 참으로 진기한 느낌이었다. 콘크리트 처마에 짓이겨 붙여진 둥지는 차라리 안타까움이었던 것이다. 제비는 뭔가 오해를 했음에 틀림없다고 생각되었다. 시멘트 숲 속의 제비집이란 도시 처음부터 운이 맞지 않게 생각되었다. 그런데, 십여 년 동안 제비둥지는 더욱 늘어만 갔고, 상가의 처마 밑은 제비 똥으로 늘 지저분했다. 깔끔하게 단장하기 좋아하는 상가의 주인들도 이 제비집만은 없앨 궁리를 아예 하지 않을 뿐 아니라 어딘지 소중하게 생각하는 기미조차 느껴진다. 제비둥지는 낮은 남향판 상가의 처마 밑 철문셔터를 가까스로 피해 올라간 자리에 귀엽게 지어져 있곤 하였는데, 아마도 그쯤의 높이가 예전 초가집 처마 밑 높이쯤 되길래 그러한 양 싶었다.

따지고 보면, 그놈들은 몹시도 끈질긴 것들이다. 그놈들이 제비둥지를 튼 자리가 콘크리트 슬라브 처마라 해서 이상할 것이 조금도 없다. 본시 자신들의 집이 있던 자리에 새 집들이 들어섰으니 그렇거니 하고 예전의 높이대로 둥지를 틀었을 따름이므로. 제비는 다만 오랜 옛날부터 찾아들던 자신들의 집에 돌아온 것뿐인 것이다.

이곳을 새롭게 찾아든 쪽은 우리들이고, 우리들은 낯선 아파트 주거양식에 주눅이 들어서 아주, 아주 친근한 이웃 제비조차 잊으려 들었는지도 모른다. 마치 자리 바꾸기 놀음이라도 하듯이 자꾸만 새로운 얼굴들이 들고나면서, 낯익은 얼굴들과 동네를 떨치며 떠나가면서, 이렇게 끈질기게도 제 집을 찾아오는 제비들을 도리어 진기하게 어울리지 않는 거주자로 몰아세우려 했던 것이다.

언제부터인가 우리들에게 이사란 그렇게 큰일 같지 않은 큰일로 되어버렸다. 주말께 면 아파트 건물마다 이삿짐이 한두 군데 놓여 있기 예사이다. 어느 이사고 안 그럴까마는 아파트로 이사하게 되면 더욱 요란하게 한바탕 살림정리라는 걸 치른다. 구질구질한 살림은 다 정리해 없애고 산뜻하고 간편한 살림을 가지고 들어간다는 것인데 그러자 하니 밀려나는 것은 오래된 구닥다리 살림들이다. 이 정리작업엔 어딘지 보존해 놓고 싶었던 아이들의 어린 날 쓰던 장난감이며, 공책이며, 책들도 과감하게 버려지고 장독대의 크고 작은 장독이며, 오래된 가구들이 숙청의 대상에 오른다. 이러저러한 방법으로 걸러낸 살림으로 아파트에 입주하고 나서도 간헐적으로 버려야 할 것들을 용기 있게 잘 정리해야만 집안이 제대로 정돈이 되었다. 그리고는 또 훌쩍 이사를 가는 것이다. 이사 세 번이면 화재 한번과 맞먹는다는 말이 있지만 이사가 거듭될수록, 과거는 도마뱀처럼 꼬리가 잘려나간다.

필자의 시이모 님이 서울로 이사올 때 이야기다. 인사 겸 이사를 도와줄 겸 이삿날 들렀다. 이사오기 전부터 살림타령을 하시던 이모는 그 많은 살림을 모두 싣고 상경하셨다. 늘그막에 조촐한 병원 운영하면서 내외가 단출하게 살자는 이모부의 주장과는 달리 이 살림 다 가져가지 않으면 이사를 하지 않겠다고 버틴 이모의 고집은 우리들을 아연케 했었다. 아니나 다를까, 이모의 이삿짐은 빈틈없었다. 길길이 쌓인 옷과 이불 짐에서부터 무더기 무더기로 포장된 각종 부엌살림 등등. 세련된(!) 우리의 눈에는 한심하기 짝이 없는 살림들이 끊임없이 날라져 왔다. 아들딸 모두 외국에 보내고 두 분만 살 살림이 너무나 많다고 젊은것들은 코 찡긋, 눈 찡긋 엔간히 들 해가면서 살림정리를 도왔다. 그저 준대도 별로 달가워하지 않을 유행 지난 옷가지며 살림들을 이모는 다짐 다짐해가며 꼼꼼히 제자리에 정돈을 해갔다. 끔찍이도 살림에 재미를 붙이신 분이라는 느낌이었다.

그 분의 살림엔 나이에 걸 맞는 과거가 차곡차곡 쌓여 있었다. 젊은 날에서부터 모아온 그 가지가지 접시며, 밥공기며, 사기주전자들이며, 작은 술병들이며…그분의 시대가 한 눈에 드러났다. 숙연해지는 느낌이었다. 오늘날 어느 젊은이가 이만치 자신의 살림을 잘 보존해 갈 수 있을 것인가? 새 유행의 그릇이 나오기 무섭게 갈아치우는 세대가. 그것도 귀찮아서 종이접시 사용을 권장하는 우리들이. 버리자. 버리자. 이런 기준 아래 신선하고도 멋있는 살림솜씨를 유지하는 세대로서는 이모네 살림은 보기만 해도 두통이 날 스트레스이었다.

사실은 살림이란 버리면 안 된다는 스트레스와의 싸움이라고 보아 틀림이 없을 것이다. 건건이 단속, 장롱 단속, 온갖 집안 일이란 게 단속 잘하여 보존에 차질이 없어야 하는 일이다. 이모의 살림들은 측량할 수 없는 노력이 보태진 것들이다. 이 삼십 년 전에 쓰였음직한 풀먹인 의자 커버에서부터 단지, 단지의 밑반찬에 이르기까지 때에 맞춰 손을 놀린 나머지인 것이다.

실상 우리가(여자들) 아파트에 오기를 바라는 이유 중에는 바로 그러한 스트레스로부터의 해방도 단단히 한 몫을 차지했다. 집을 비울 수 있다는, 그래서 집 지키기의 역할에서 벗어나는 것뿐만 아니라 생활을 좀 더 단순화하자는 데 적극 동의한 것이다. 고백하지만 살림에 별 취미가 없는 나로서는 살림이란 벌레와 곰팡이와의 싸움이라고 정의를 할만큼 보존이라는 것이 큰 부담이었었다. 시골에서 고루고루 보내주시는 밑반찬과 양념과 잡곡 따위를 건사하는 일은 쉽지가 않았다. 계절에 따라 손을 보지 않으면 졸지에 벌레가 나거나 곰팡이가 슬어 있게 마련이었다. 적절히 먹어 치우는 일도 쉽지 않았지만 잊고 있다가 문득 챙겨보면 번번이 실수였다.

결국 "나는 살림을 잘하지 못해요"라고 손을 듦으로써 해방의 길을 드러내놓고 모색하기에 이르렀고, 끝내는 아파트에 와서 거의 해결을 본 셈이 되었다. 무엇보다 수훈은 강에서 불어오는 바람이었던 것이다. 통풍이 잘 되면서부터 쌀이니 잡곡 등에서 벌레가 나지 않게 된 것이다(혹자는 농약 탓이라고 하지만).

재미있었던 것은 벌레의 다양함이었다. 고춧가루에서 생기는 벌레와 마늘에서 생기는 벌레가 다르고, 팥에서 나는 벌레와 쌀에서, 깨에서 나는 벌레가 제 각각이었던 것이다. 곰팡이 역시 마찬가지였다…. 나의 실수 속에서 찾아 낸 자연의 신비이다.

살림솜씨 없다는 단안아래 적지 아니 정리했지만 묵은 살림 이어받은 내 집에는 아직도 버려야 될 것이 많다는 여론을 듣고 있다. 그 정리대상들을 보고 있으면 버리세요, 버리세요, 하고 권하는 누군가의 소리가 들려 오는 것 같다. 그래도 버리지 않고 용케 버틴 탓에 집 안은 중고품센터 같은 분위기가 다분하다. 나는 이모의 살림솜씨를 이해할 수 는 없어도, 버리지 않고 지켜온 살림에 외경심 만은 품을 수 있다. 자꾸만 버리다 보면 자기까지도 버리게 될는지 모른다는 의구를 바닥에 깔아 놓고 있는 탓인지 모른다.

어쨌거나 사람들은 흘러가고 흘러온다. 아파트는 어차피 간이역이 아니겠느냐고 하면서 언젠가는 떠날 차비들을 하고서 살고들 있다. 낯익을 만 하면 떠나가는 사람들…누군가의 시처럼 싸늘한 가슴에 기억만을 남기고, 아니 낯익은 발씨의 관습만을 남기고 가 버린다. 그러다가 우리의 과거는, 고향은 어떻게 되는 것일까? 이제 날이 서늘해지면 둥지를 떠나 남으로 갈 제비들. 그러나 그놈들은 내년 봄이면 어김없이 돌아올게다. 계절 따라 자신들의 순환원리를 결코 잊음이 없이.

우리는 누구나 돌아가고 싶다. 추억과 고향과 아름다운 어린 날의 기억 속으로. 그러나 훌훌 떠나기로 작정하며 살고 있는 이 아파트 사람들은 이곳이 과연 고향이미지의 축에 낄 수나 있을까 의심한다. 잠시 머물 듯이 살았던 이곳을. 그러나 어차피 삶이란 잠시 머무는 일이다. 뿌리를 내리고 붙박이로 산다고 한들 그게 이 우주의 시간에 비하면 그 얼마의 기간이랴. 그렇게 강물은 우리에게 두런두런 일러주며 흘러간다. 늦은 장마에 물이 붙은 우리의 강은 다릿목에서 하얀 물보라를 일으키며 넉넉한 수량으로 흘러간다. 이 넉넉한 품 앞에선 얄팍한 계산도 물거품이 되어 버린다. 우리의 부질없는 유동(流動)과 매정한 삶의 방식도 그 앞에선 한낱 부끄러움이다. 강물은, 언젠가 버리며, 잊으며 하던 것들을 다시 눈독을 들여가며 찾아 헤매는 미련한 사람들의 생리를 오래오래 전부터 터득하고 있는 듯이 늠름하게 우리의 마음속을 재우며 흘러간다.

삶의 리듬 자연의 리듬

　　생활이 단조로워지다 보니까 아이들이 학교에 가고 없는 낮 시간 같은 때에는 찾아오는 사람도 없고 고즈넉하기가 물 속 같다. 찾아와 봐야 책만 붙들고 있는 꼴을 보고 입맛 없다고 달아나곤 하는 것이어서(말은 방해되니까 일찍 가노라고 하지마는)내 주변은 도통 사람이 없게 되고 말았다. 그저 순이의 부엌에서 달그락거리는 기척이나 있을 뿐 온종일 가야 벨 한번 울리는 일없이 해가 저물기 일쑤이다. 물론 해 저물녘이면 돌아오는 아이들의 벨소리, 발소리, 인사소리 등등으로 집안은 갑자기 시끌 덤벙 해지지만, 그래서 낮이면 바라는 대로 한량없이 조용한 시간을 누리고 있는 터이다.

　　하지만 고요에 짓눌리는 듯한 답답함을 느낄 때도 없지 않다. 대개 하는 일에서 잠시 눈을 떼게 되거나, 하려는 일이 뜻대로 되지 않을 때다. 마치 우리에 갇힌 짐승처럼 집안을 서성인다. 그러다가 앞 베란다에 나가 하늘을 쳐다보기도 하고, 멀리 잠실아파트단지까지 아스라이 펼쳐간 공간을 망연히 바라보고 섰기도 한다. 쏟아지는 햇살을 받으며 베란다에 두 손을 걸고 몸을 걸쳐 서 있으면 마치 철없는 아이시절로 되돌아 간 듯 자실(自失)할 때가 많다. 그럴 때 문득 아파트 모퉁이를 돌아오곤 하는 모습, 어김없이 그 노인이 발견되곤 하였다.

나는 처음에 너무도 그 노인을 꼬박꼬박 만나곤 했기 때문에 그럴 수 없이 이상하게 생각하였다. 그 노인은 내가 우연히 밖을 내다보고 있을 때나, 슈퍼에 가는 길에서나 또는 차를 타고 시내에 나가는 길에서나 어김없이 눈에 뜨이는 것이었다. 참, 이상도 하다. 문득 생각하고 곧 잊어버리곤 했었는데 오랜 시간을 그렇게 마주치다 보니까 저절로 그 노인에게 관심이 갔다. 노인은 겨울이나 여름이나 노상 한복차림이었고, 1백 90센티는 될 큰 체구에 퀭한 눈자위를 하고 누구와 같이 라는 법도 없이 혼자서 늘 걷고 있었다. 그 노인을 나는 전혀 모른다고는 할 수가 없었는데, 언젠가 교회에서 노인들을 초청할 기회가 있어서 그 노인을 만난 일이 있었던 것이다. 그 노인은 1890년대에 출생하였다는 것이어서 나를 놀라게 하였다. 그러니까 그 노인은 지금 90세가 훨씬 넘었을 것이다. 그리고 '젊었을 적에는 의병(義兵)을 했었지' 라고 딱 한 마디 했다. 내가 노인에 대해서 아는 것은 이것이 모두였다. 그 후론 그 노인이 눈에 띌 때마다 노인의 모습에다 의병의 이미지를 걸쳐보곤 했다.

그런데 요즘은 통 그 노인을 볼 수가 없었다. 한동안 나는 그것을 의식하지 못했는데 몇 달쯤 지나서야 참 그 노인이 안 보이는군, 어디 편찮으신가, 혹은 돌아가시기라도 한 건 아닌가, 하는 생각이 들었다. 생각이 거기에 이르고 보니 점차로 궁금증이 더 해 가는 것이었다. 하지만 누구에게 물어볼 길도 없었다. 다만 그 노인이 바로 우리 앞 동에 살고 있다는 것만 알고 있었을 따름이었고, 또 일부러 물어

보고 어쩌고 할만큼 한가로운 처지도 아니었기에 다만 앞 동에 상사(喪事)가 난 기미는 없었다는 생각을 하며 오래 편찮으시기라도 한 건가, 하며 지나고 있었다.

엊그제 일이다. 앞 동에 이삿짐이 내려지고 있었다. 무심히 지나치는데 젊은이가 노인 한 분을 업고 승용차로 가고 있었다. 바로 그 노인이었다. 하얗게 변한 노인이 젊은이에게 업힌 채 눈을 끄먹이고 있었다. 그다지 쇠약한 것 같지 않은데 업힌 것을 보니 거동이 불편한 게 틀림없었다. 그 노인 댁이 이사를 가는구나, 서운하면서도 노인이 아직 살아 계신 것이 반가웠다. 노인은 젊은이에게 업혔지만 등이 꼿꼿하였고 무엇보다 다리를 길게 뻗치고 있어 그가 어마나 건장한 체구를 가졌었던가를 다시 한번 느끼게 해 주었다. 노상 혼자서 배회하시기에 가족이 없나보다, 했는데 아들이 있는 것을 보니 그 노인 팔자도 괜찮은가 보다 생각이 되었다. 하긴 여름이고 겨울이고 한복을 꼬박 입고 계셨던 걸 보면 며느리의 정성스러운 뒷바라지가 있었음을 넉넉히 짐작할 수 있는 일이었던걸….

이제 베란다에서 밖을 내려다보아도 어김없이 나타나는 노인을 기대할 수 없게 되었다. 그 어느 때보다도 아파트 큰길가에 앉아서 말없이 오고가는 차와 사람을 보고 계시던 모습이 잊혀지지 않는다. 생각해 보면 그는 실내에 있기를 완강히 거부하였던 것이다. 늘 바깥에 나와 있었던 것이다. 아파트단지를 돌아다니다 식사 때가 되면 집에 돌아왔다가 다시 밖으로 나와 겨울이고 여름이고 그렇게 바깥 공기 속에 살고 있었던 것이다. 나는 다시 그의 건장한 체구와 의병을 지냈다는 그 분의 과거를 생각해 본다. 그는 기운이 장사였는지도 모른다. 그는 훌륭한 장수를 꿈꾸었는지도 모른다. 한입합방 무렵 전국 각지에서 벌떼처럼 일어났다는 의병대의 어느 한 무리 속에 들어가

용감하게 싸웠을 그의 모습은 역사의 페이지 속으로 사라지고 이제 그는 정물처럼 말없이 아파트 어느 모퉁이에 앉아 있어야만 하게 되었던 것이다. 실내를 견디지 못하고 바깥으로, 바깥으로 배회하는 노인을 완고한 체질과 습성으로만 볼 뿐 그 누가 찬이슬 맞으며 프레스토의 리듬으로 달리던 그의 젊은 날을 읽어 줄 것인가?

삶의 리듬이란 그런 것이다. 봄, 여름, 가을, 겨울의 4계가 어김없이 순환하듯이 우리 역시 자연의 리듬에 순응할 수밖에 없는 것이다. 노인이 생판 생각지도 못했던 주거양식인 아파트에 와서 살게 되었듯이, 우리는 우리의 미래가 어떻게 전개될지 생판 알 수가 없는 것이다. 젊었을 때의 그 힘찬 맥박처럼 싱싱하던 리듬이 나이가 들면 어쩔 수 없이 안단테 칸타빌레의 리듬이 되고 마는 것은 마치 여름이 가면 가을이 오는 이치와 다름이 없는 것이다.

아파트의 미적지근한 실내공기와 마당도 없는 공간에 유폐되는 것만은 완강히 거부한 노인의 습성. 따지고 보면 노인의 이러한 습성이야말로 가장 자연과 합일된 상태가 아니고 뭔가? 아파트라는 건 겨울의 추위를 거부하는, 자연의 리듬을 거부하는 주거양식인 것이다. 내가 추위를 더욱 못 견뎌하는 것이 아파트에서 얼마쯤 산 다음부터였던 듯 하다. 추위도, 더위도 유난히 타는 터라 웬 체질이 이렇게 약질인가 했지만 실은 자연의 질서에 반하는 삶의 양식에 적응하다보니 몸이 그렇게 변화되었는지도 모르겠다. 운동량도 그렇다. 온통 평지이고 문턱도 없다시피 하니 실내에서 에너지 소모가 있을 리 없다. 아파트 지역 비만아 출현은 이러한 운동량의 부족에서 기인한 것이다.

쟈끄 마리땡은 타인을 위하여 자신의 지혜를 나누느라 외모에 신경을 쓰지 않은 나머지 너무나 비만하여 책상 앞을 둥글게 파내고 작업을 하였다고 한다. 오로지 일에만 열중하다 보니 균형 잡힌 몸매 따위에 신경을 쓸 겨를이 없었던 것이다. 사실이었을 것이다. 움직이는 일 별로 없이 일에 몰두한 요 몇 년간 나의 체중도 놀랄 만큼 불어나 버렸다. 학교에서 우리끼리는 이것을 '공부 살'이라고 변명 삼아 명명해 두었지만 책상 앞에 오래 앉아 버티다 보면 체중이 느는 것이 커다란 문제라고 생각된다. 그것은 다분히 칭송 감이지만 자신만을 위한 일이었다 싶으면 이래저래 부끄러운 것이다. 이제는 볼 수 없게 된 노인을 생각하며 노인의 삶의 리듬과 나의 삶의 리듬을 비교해 본다. 가을이 오면 어김없이 낙엽을 떨구는 나무처럼 당신의 리듬대로 고요하던 그 노인. 나는 나의 삶의 리듬에 변조(變調)를 주고 있지는 아니한가?

마침 벨소리가 난다. 옆에 사람하나 안 붙게 내 일만 붙잡고 있으면서도 갑자기 벨이 울리면 공연히 반가운 듯 궁금해진다. 누굴까? 누가 왔을까. 궁금증을 못 이겨 현관으로 나가는 순이의 발걸음을 좇아 길게 목을 빼보지만 (마음속으로) 번번이 책을 사시오 하는 사람이거나 관리사무소에서 보내오는 무슨 전령이거나 하는 것이 대부분이어서 실망하곤 하는 것이 또 상례였다. 그런데 이번은 참 뜻밖의 손님이었다. 문을 연 순이가 곧장 들어오질 않고 무슨 수작이 있는 눈치였다. 뭐야, 응? 하고 내다보았더니 문 앞에는 조그마한 아이가 둘이 서 있는 것이 아닌가? 너 댓 살이나 됐을까 싶은 사내애와 세 살쯤 돼 뵈는 계집애가 서서 나를 쳐다본다. 두 놈 다 깨끗하고 잘도 생겼다. 사내애가 제가 그래도 오빠라고 나서서 이야기를 한다. 우리엄마 여기 안 왔느냐는 것이다. 여기가 석우 형 네 집이 아니냔다. 아닌데. 애, 너 몇 동에 사는 애냐? 했더니 금세 눈물이 주루루 쏟아진다. 백구동이요. 너희 집 전화번호 아니? 전화 걸고 엄마더러 데려가라고 하자. 했더니 가봐야 한단다. 빨리 가지 않으면 엄마가 어디로 가버릴 거예요, 또박또박 말도 잘 한다. 눈으로는 연신 눈물을 쏟으면서. 세 살 짜리 계집애는 그것도 오빠라고 오빠등 뒤에 서서 울지도 않고 걱정도 않는 눈치로 하회만 기다리고 있다. 얼마나 귀엽고 사랑스러운 놈들인지 몰랐다.

만류하는 것도 마다하고 엘리베이터를 타고 가 버려서 베란다로 나가 내려다보았더니 바로 애들 엄마가 있다. 손짓 발짓 하는 걸 보니, 저기 옆 입구로 들어가야 할 걸 잘못 가서 엄마도 너희들 잃어버린 줄 알고 혼이 났다, 그런 내용 같았다. 그러더니 우리 집을 올려다 보고 방긋 웃는다. 애들이 얘길 했나보다. 손을 흔들어 주었더니 아기들도 손을 흔들면서 갔다.

뜻밖의 손님 때문에 나는 더 없이 정겨운 마음이 된다. 그 아이들이 어찌 그리도 귀여운지 몰랐다. 봄의 요정 마냥 삭막한 나의 정원에 찾아 온 놈들. 계절은 언제나 이렇게 예비 되어 있는 거다 싶었다. 그러나 아파트에서 나고 자란 이 놈들은 자연의 리듬을 이해 할 수 있을까? 질기게 부르는 자연의 호소 때문에 내내 바깥으로 돌던 노인 처럼 우리도 모두 자연의 일부임을 이해 할 수 있을까? 지금은 늦가을이고 겨울이 오고 있다. 계절마저 잊은 듯이 자기 생에 몰두하고 있는 우리 모두는 진정 '어디쯤 가고 있는' 것일까?

가을 물

"엄마 안 와도 돼"

운동복을 입고 머리띠를 들고 나가면서 막내가 하는 말이다. 언제부터인가 아이들 소풍이라거나 운동회에 학부형들이 참석하지 않아도 되게 되었다. 항용 학부형이 동반하게 되어 있는 이러한 행사를 앞두고는 으레 가정통신이라는 것이 와서 학부형 참석 사절을 통고하곤 하는 것이었다. 그래도 꼭 물어는 보게 되는 것이 어미의 심정인가 보다.

오늘 수업 시간을 생각하며 운동회에 엄마들 가야되는 거 아니니? 했더니 안 와도 된다는 대답이었다. 내심으로 무척 다행이다 싶으면서도 아주 안 간다는 게 조금 미안쩍은 생각이 들어서 '이따 들를게'라고 미적지근한 약속의 말을 놓아 보냈다.

그게 언제부터였는지 모르겠다. 큰 아이 때에는 점심을 준비해 가지고 가서 함께 들던 생각이 나고, 둘째 아이 때도 교실에 들어가서 점심 먹는 딸애를 지켜보던 생각이 난다. 제 먹으라는 오렌지쥬스 한

개를 불쑥 들고 가 제 선생님께 드리고 오는 바람에 내가 무안한 웃음을 웃던 기억도 그러고서 한 몇 해는 되었는가 보다. 소풍에도, 운동회에도 엄마들 오지 않아도 된다고 한 것이. 그러나 이러한 결정엔 '오지 않아도'보다는 '오지 말라'는 의미가 보다 함축되어 있는 것으로 이해하는 편이 옳을 것이다.

학부형 참석을 배제하고 아동들끼리만 '오붓하게' 치르는 운동회가 사실은 모든 초등학교에 해당하는 방식이 아니라는 것을 나중에 알게 되었으니까. 이야말로 이 아파트 단지 안에 있는 초등학교만의 방식인지도 모르겠다. 소풍에 학부형이 동반하지 못하도록 당부하는 가정통신의 어조가 다분히 금지의 뉘앙스를 풍겼듯이 이 아파트 단지 안의 학부형들이 더러 말썽을 빚기도 했다는 소문이었다. 그래서 (사실인지는 모르지만) 학교 책임자의 인사이동까지 있었다는 것이고 보면 학부형의 달가운 협조조차도 마음놓을 수 없는 학교의 입장도 이해해야 하는지 모른다.

그런데 사실은 이처럼 학부형 사절의 통고는 내심 반갑기도 한 것이다. 누구는 안 바쁠까마는 시간이 그다지 자유롭지 못한 엄마로서는 이처럼 편안하고 감사할 데가 없는 것이다. 그래 운동회라고 해도 점심 준비도 하지 않으니 일부러 운동회에 가 보는 일이 뜸해졌고 이제는 운동회가 어떻게 치러지는 지도 모르게 되었다. 기껏해야 중간에 얼굴을 내밀다 오는 게 고작이었으므로. 하지만 TV를 통해 본 시골학교 운동회의 축제 같은 분위기를 보자 아름답구나 하는 느낌과 함께 부러운 생각이 드는 것이었다. 학생수가 적어서 전교생과 학생의 가족이 총 출동을 해도 한 마당에 다 모여 운동회를 할 수 있다는 것이 더 없이 좋아 보였다. 이 시멘트 구조물 속에서 운동회도 조촐하게 치르면서 메마르게 자란 아이들 보다 시골아이들이 얼마나 정서

적으로 풍요하랴 싶은 생각이었다.

그럴 때 믿어보는 것이 저 강물인데, 손으로 한번 만져보기도 어려운 머나먼 강물을 바라보기만 해서 무엇이 어떻게 되리라고 믿어도 좋을지 나는 순간 걱정 같지도 않은 걱정을 해 본다. 걱정이란 게 어디 그뿐인가. 고향이 시골이어서 인지는 모르나 나의 사는 방식엔 촌스러운 구석이 많은데 그 중 대표적인 것이 밥 먹고 가라고 사람을 붙잡는 일이다. 좋은 반찬이 있어서 보다 집에 찾아 온 사람에게 으레 밥 먹었는가를 묻고 나서 대답이 시원찮으면 억지로라도 먹이는 것이 좋은 일인 줄 알고 있는 것이다.

그래서 애들 친구가 오면 밥 먹여 보내는 것을 당연히 생각해서 곧잘 붙잡곤 하는데 언젠가 유독 밥 먹기를 사양하는 놈이 있어 마침 아들 찾느라 전화를 걸어 온 그 애 어머니에게 밥 안 먹이고 보내는 인사를 했다.

"애는 우리 집에 오면 통 밥을 안 먹으려고 해요" 그랬더니 그 아이의 어머니는 뜻밖의 대답을 하는 것이 아닌가.

"댁의 아이도 안 먹던데요?"

그 말투가 도전적인데 또 한번 놀라면서 그래요 어쩌고 우물거릴 밖에 없었다.

아이를 불러 물어보니 아이의 대답이 예의가 아닌 것 같아 그랬다는 것이었다. 이 대목에서 한동안 망연했던 기억이다. 첫째는 우리 아이가 왜 남의 집에서 밥 먹는 것이 예의가 아니라고 생각했을까 하는 점이요, 둘째는 악의 없이 한 내 말에 아이 친구 어머니가 어찌 그리 차갑게 대꾸했을까 하는 점이요, 셋째는 무턱대고 밥을 차려내는 버릇(?)이 잘못(실례)일 수도 있는 게 아닐까 하는 점이었다. 살림이라는 걸 하면서 이웃과도 친해지고, 이웃집 떡도 얻어먹어 가면서 우리 집에서도 곧잘 떡이며 시골에서 보내온 별식들을 보내기도 하곤 했는데 앞집의 세련된 새댁이 김장김치를 받은 다음날 내게 하는 인사가 이랬다.

"흉잡히면 어쩌려구 보내시고 그러세요?"

어마 뜨거워라 하는 심정이었음은 물론이다. 말하자면 우리 집에서 보낸 것들이 번번이 흉잡혀 왔다는 이야기인 것인가? 대꾸를 못한 것은 다 두고도 내내 뒷맛이 개운치가 않았다. 세련되지 못한 건 내 쪽인 듯 싶어 부끄럽기만 했었다.

이번에도 비슷한 심정이었다. 가까이 지나는 처지도 아니었지만 믿거라 하는 심정에서 한말을 그처럼 차갑게 받아넘길 건 또 뭐며, 우리 집의 녀석은 또 예의는 무슨…. 폐 끼치지 않고 사는 것은 좋은 일이다. 폐를 끼치지 않겠다는 것은 폐를 받지도 않겠다는 뜻이다. 복잡한 관계 따위를 주절주절 거느리고 골치 아프게 살 필요 없다는 이야기이기도 하다. 우리 서로 편하게 삽시다. 이렇게 이야기하기도 한다. 번잡한 인사치레 빼고 각자 자기 것 먹고 편하게 살자는 뜻이다. 나 스스로도 슈퍼마켓에 가기 좋아하는 심리는 이거 사세요, 저거 좋아요 하는 말을 듣지 않아도 좋아서다. 물건 사러 가서 주인이 앞에 딱 버티고 서면 왠지 모르게 불편해진다. 간섭받지 않고 싶어하는 심리가 거기에 있다. '폐'를 받지 않겠다는 그런 마음이다. 타인과의 관계를 지옥이라고 표현한 사르트르의 말을 빌리지 않더라고 안 부딪치고 삶으로써 편안하고자 한다.

피숑여사의 죽음은 한때 뉴스의 초점이 되었지만 이 피숑여사 역시 폐 끼치지 않고 세련되게 살고 난 끝에 아파트에서 홀로 단식하며 죽어간 것이다. 일기에 죽음을 앞두고 두려운 것은 굶주림보다도 외로움이라고 했다. 우리는 점점 세련되게 살려다 결국 하나의 점이 되고 마는 것은 아닐까?

나는 가끔 삼국시대 이전, 우리 조상들의 삶을 생각하며 부러워질 때가 있다. 해마다 은 정월이면 하늘에 제사 지냈다. 날마다 음식과 술을 먹고 마시며 노래하고 춤추는데 이것을 영고라고 하였다. 이는 고구려, 예, 마한 등에서도 마찬가지로 파종이 끝난 5월이나 10월 추수가 끝난 뒤에 온 나라사람들이 며칠 먹고 마시며 가무를 즐겼다는 기록이다. 여의도 광장처럼 넓은 마당에 온 나라 사람이 모여 축제를 벌이는 모습은 보통 신명나는 일이었겠는가 싶다. 요즘말로 공동체 의식을 넘치게 맛보았을 것이다. 어느 작가가 정치적인 의미로 광장이라는 말을 썼지만 단지 함께 어울리는 광장이 너무나 없는 시대에 우리는 살고 있다.

사실 아파트 단지에 노인정 마련은 가까스로 되는 모양이지만 청소년을 위한 공간이 과연 무엇이 있는가 말이다. 기껏 햄버거 하우스나 전자오락실 아닌가. 아니면 그 녀석들은 독서실의 의자에 붙어 앉아서 시험공부나 하고 있어야만 하게 되어있다. 본래 우리 나라 사람은 정적이었다 기 보다 동적이었음은 가무를 무척 즐기었다는 대목에서 엿볼 수 있다. 모였다 하면 댄스파티가 벌어지는 서구와는 대조적으로 방석체질의 우리들이다. 춤추며 사는 사람과 정적인 우리는 삶에 대한 적극성에서 비할 바 없이 뒤쳐지리라는 생각을 떨쳐버릴 수가 없다. 거기에다 폐 끼치지 않고 사는 현대인다운 모습으로 지향해 가는 마당에서는.

공동체의식이라는 것이 요즈음 많이 논의된다. 놀이마당 같은 것을 통해서 일체감을 맛보는 그런 일들이 젊은이들을 중심으로 꽤 호응을 얻으며 퍼져 가는 모양이다. 사랑은 나누면 풍성해지고 슬픔은 나누면 작아진다는 말처럼 서로의 마음을 열고 인간애를 나눌 때 사회가 더욱 윤기 있고 생명감이 넘치게 될 게다. 그러나 아파트에선 공동체의식이라는 말이 다른 측면에서 곧잘 사용된다. 반상회 같은데 가서 흔히 듣게 되는 말로 베란다에 이불을 널어놓았는데 위층에서 물을 흘리다니 공동체의식이 없어서라든가 라고 이야기한다. 아무리 살펴보아야 진정한 공동체의식을 느낄 일은 없는데.

창 밖의 강물은 차고 맑게 흐른다. 물은 푸르고 놀은 희게 번쩍인다. 가을 물이다. 연한 녹색으로 보얗게 풀리던 물빛이 어느새 서슬 퍼런 빛을 띠고 있다. 단풍보다도 더 분명하게 가을을 띠어 보이는 강물이다. 가을 물은 어딘지 철학적이다. 뭔가 짙은 의미를 짚어 보이는 것 같다. 눈 녹은 봄물이 차면서도 따스한 느낌이라면 가을 물은 차고 한없이 맑게 흐른다. 추수(秋水)라 해서 예로부터 맑고 깨끗한 것에 비유했던 것을 생각한다. 가을 물같이 맑고 깨끗한 삶을 꿈꾸어 더욱 가을 물을 사랑했는지도 모른다. 맑고 깨끗하게 산다는 것이 한없이 고적하게 사는 것을 의미하는 것은 아니었으리라. 가을 물처럼 맑게 살면서 그러면서도 뜨겁게 가슴을 나누는 삶을 지향할 일이다. 운동장에는 햇볕에 달구어진 막내의 얼굴이 있었고 먼지까지 보얗게 뒤집어쓴 녀석들이 죽어라 하고 트랙을 뛰고 있었다.

이것은 소외에 이르는 길

12월이면 헨델의 〈메시아〉, 베토벤의 〈환희〉 합창이 흘러나와야
그렇거니 싶은, 합창이 마음에 와 닿는 달이다. 다른 계절이라면 합창
이 들려온대야 어느 단체의 행사이거니 흘려듣기가 예사인데 12월엔
그렇지가 않다. 어느 한 시공(時空)을 향하여 마음을 모아 노래하는 모
습들이 마냥 어여쁘게 보인다. 왜 그럴까? 크리스마스가 있어서 성가
(聖歌)가 어울린다는 느낌에서일까? 그렇지 않은 것 같다. 크리스마스
가 아니라도 우리는 이제 어딘가 돌아가야만 하는 세밑에 이르러 있
다. 한해동안 내내 떠돌던 혼들이 피곤하여 돌아갈 곳을 찾는, 그러한
비인 마음 앞에 합창은 고향의 등불처럼 우리를 끌어당겨서일 게다.

백화점마다 화려하게 켜지는 등불만 해도 그렇다. 그것들은 외롭
게 한 두 개 켜지는 그런 등불이 아니라 은하의 별무리 마냥 무더기
지어 찬 겨울밤을 힘차게 합창한다. 그렇게 대형 합창단처럼 빛 무리
를 이루고야 성이 풀리는, 이 허전한 가슴들은 늘 어디를 향하여 마
음을 모았다가 흩어버리곤 해 왔으면서도, 정작 어디로 돌아가고 있

는 것인지 알지 못하고 있다.

　새로 생긴 백화점* 이 마련해 준 쇼핑버스를 타고 불빛이 폭포를 이룬 거리를 지나노라면 진정 누구나 아름다움보다 아쉬움이 더 고여 오르는 것을 어쩌지 못할 것이다. 번쩍이는 쇼 윈도우, 날아갈 듯한 의상들, 꿈나라의 것일 듯한 예쁜 구두, 온갖 화려한 치장이 곁들여진 상품들이 구름처럼 쌓여있는 이 도시는 둥둥 떠서 우리가 모르는 딴 세계로 자꾸만 흘러가 는 것처럼 느껴진다. 이러한 호사(豪奢)에 길들 여진 자는 누구인가? 아니, 나도 그러한 호사에 이미 길들여진 것은 아닌가? 순간 자신의 위상(位相)을 알 수 없다고 생각해 본다.

　강이 좋아서 교통이 불편한 것을 불사하고 강변에서 십 년째 살고 있는데 두 가지의 낭보(朗報)가 있었다. 하나는 지하철 개통이요, 또 하나는 쇼핑버스의 운행이었다. 아파트 단지를 지나는 지하철의 편리함이란 이루 말할 수 없는 것이지만 지하철역이 역시 강변으로부터는 한참 거리여서 걷는 시간을 15분쯤은 보태어야 했는데, 백화점이 개업하면서 제공한 것이 쇼핑버스였다. 시내버스도 들어올 염을 않던 이 깊숙한 단지 안에까지 30분마다 무료버스가 다니고 보니 보통 편리한 게 아니었다. 시간에 맞춰 지나가는 버스를 기다려 타는 맛이란 그럴싸해서 그런지 선진국 풍취마저 있었다. 고객들은 누구나 이 버스를 이용할 수 있으며, 아무도 그에게 물건을 얼마큼 샀는지, 사려고 하는지 묻지 않는 세련된 버스였다. 우리는 쇼핑을 위해서만이 아니라 지하철역과 통해 있는 이 백화점의 위치를 이용하여 지하철을 타러 갈 때도 이 쇼핑버스를 이용하곤 했다. 지하철을 타고 돌아 올 때도 마찬가지였다. 그 많은 계단을 오르내릴 필요 없이 백화

---

* 1985년 12월 압구정동에 현대백화점이 처음 문을 연 때이다.

점안의 에스컬레이터를 타고 오르내리기도 했다.

그러다 보니 백화점을 자주 들르게 되었다. 합창을 하듯 현란하게 반짝이는 등불도 보게 되었다. 그러면서 나는 엉뚱하게 언젠가 만년필 때문에 벌어졌던 한 토막의 기억을 되살려 내고, 그 생각의 끈을 손에 감아쥐고 이 끈을 어디에 붙잡아 맬 것인가 종종 생각하곤 했다.

지금 3,40대 이상의 연령층은 누구나 만년필에 대한 기억이 있을 것이다. 중학교에 입학하면 선물로 주던 만년필, 누구나 갖고 싶었던 파카 상표의 만년필, 이 만년필이 고가라서 쓰리꾼이 노상 노린다는 것… 그 세대라면 누구나 만년필 하나쯤 좋은 것으로 갖고 싶은 소망을 지녀보았을 게다. 이런 심정의 반영으로서 외국에 나갔다 오면서 좋은 만년필을 구해왔다. 값이 썩 비싼 것으로, 큰마음 먹고 장만해 온 것이다. 특수한 잉크만을 써야 한다는 그 만년필은 금빛 찬란하고 쓰여지기도 잘 해서 과연 이다, 싶었었다. 그런 만년필이 일년이 채 못되어 고장이 났다. 잉크가 새서 쓸 수가 없게 되었던 것이다. 하지만 우리는 걱정을 하지 않았다. 만년필 수리 점에 가면 너끈하니 고쳐올 터이었으므로.

차일피일 하다가 어느 날, 오늘은 고쳐오리라 하고 만년필을 들고 찾아간 곳이 남대문 시장이었다. 남대문 시장이라면 만년필 고치는 곳이 수도 없이 많으리라고 생각했기 때문이었다. 우리가 대학 다닐 때도, 그 이후도 얼마나 많은 만년필 라이터 상점이 있었던가 말이다. 그런데 그게 아니었다. 시장 초입에서부터 없는 것이었다. 물어도, 물어도 그런 곳은 없다고 했다. 만년필을 '파는' 곳은 있어도 '고치는' 곳은 없다는 것이다. 같이 갔던 친구와 얼마나 남대문 시장 안을 헤매었을까? 기억을 더듬어 만년필 상이 운집해 있던 곳을 찾았을 때 그곳에는 시계도매상만 꽉 들어찬 채 시계들만 온통 재깍거리고 있을 뿐이었던 것이다.

우리가 밖에서 볼 때는 남대문 시장이 그대로 있었지만, 남대문 시장은 결코 그대로 있지 않았던 것이다. 만년필 수리 전문점이 시계 도매점으로 바뀌었듯이 시장 안의 구조는 엄청나게 달라져 간 것이다. 그것들 하나 하나가 어떻게 바뀌었는지 설명하 수는 없지만 한가지만은 이야기 할 수가 있을 것 같았다. 고치느니 새로 사는 게 낫다는 것을 상점마다 이야기 하고 있다는 것이다. 수리네, 재생이네 하는 가게는 없어지고, 구름처럼 쌓이는 상품을 파는데 정신이 팔린 시장이 되어버린 것이다. 시장은 내게 말하고 있었다. '고장난 만년필은 버리세요 새것을 사세요. 얼마나 질 좋고 싼 게 많이 나왔다고요. 고쳐서 쓰던 시절은 지나갔어요.'라고,

합창이 마음에 와 닿고, 저 현란한 불 무리들 마냥 목청을 다하여 하소하고 싶은 허전한 마음엔 저러한 절망의 한 가닥도 서리어 있는 것이다. 지나간 것은 낡은 것이며 낡은 것은 가치도 없이 버려진다는 이 서슬 퍼런 논리 앞에서 무력한 소시민이 느껴야 하는 소외의 가닥은 사실 일고의 가치도 없는 센티멘탈리즘에 불과한 것인지도 모르겠다. 산업혁명이 골 백번 일어났거나 말았거나 내 물건 내가 닥달하여 오래오래 간수하며 쓰려는 생각, 그렇게 살 수 있다는 생각은 진정 꿈인가? 어디쯤에서 발동한 거대한 힘에 의해서 세상은 제 갈 길로 돌아가는데 우리는 한 개의 나사 이상이고자 발버둥을 치고 있다.

내 마음의 가닥은 아직도 그런 생각에 걸려 있는데 백화점의 차림새는 내 처지에 아랑곳없이 훌륭하다. 식품, 의류, 액세서리 등등. 호화를 극한 전시와 시설이 알뜰한 서비스와 함께 지천으로 깔려 있다. 저 친절하고 어여쁜 아가씨가 만년필을 고치지 못한다고 해서 어

떻게 나무랄 수가 있으랴? 내가 쓰던 것 다 어디에 버리고 이 새것들을 사라는 것이냐고 투정해 본들 받아 줄 사람이 어디 있으랴? 아무도 가르쳐 주지 않는다. 헌 것을 언제 버려야 하는지. 새것으로 언제 바꿔야 하는지.

다만 이런 기억들을 지니고 있는 세대들은 끝내 그런 망설임을 동반하고서 이 풍요의 시대를 살아가야 한다는 것만이 분명하다. 그 기억이란 이런 것들이다. 어린 날 학교에 오고가는 길에 우리의 발걸음을 멈추게 하던 여러 장인들의 모습이다. 신기료, 양철 장이, 나무통 짜는 집, 냄비 솥 때우는 사람들이. 사람들은 거의 가게를 변변히 갖지 못하고, 신작로 가에서 그들의 일을 하곤 했다. 나는 그들이 능숙하게 손을 놀리면서 하는 일들을 오랫동안 서서 구경하곤 했다. 고무신 바닥에 난 구멍을 때우기 위해 샌드페이퍼같이 생긴 쇠로 고무를 박박 문지르고 아교를 녹여 생고무를 붙이던 모습이라든가 하얀 양철 판을 솜씨 있게 가위질해서 물동이를 만들기도 하고 양철집 용마루 위에 날렵하게 올려 앉히기 위해서 아름다운 장식을 납땜을 해 가면서 만들던 아저씨의 모습, ─틈틈이 구멍난 물동이의 구멍을 납땜 해줘 가면서─ 재미있다는 듯이 능숙하게 손놀림을 하던 모습이 잊지지 않는다. 그런가 하면 설거지 통으로 쓰던 나무통 짜는 집에서 테가 헐거워져 허물어진 나무 조각들을 다시 맞춰 흰 새 나무쪽을 덧박아 재생시켜 놓던 모습이라든가, 무엇보다도 길바닥에서 풀무로 석탄을 빨갛게 피워놓고, 알미늄 조각을 수은처럼 녹여, 그걸 한 수저씩 떠서 냄비나 솥의 구멍 때우는 것을 지켜보던 일이란 시간 가는 줄 모르게 재미있는 구경거리였다.

이런 구경거리는 그밖에도 많았다. 굵다란 쇠 지렛대에 대 여섯 명의 장정들이 매달려서 기름 짜는 기계를 돌린다던가, 셈베를 구어서 도르르 말아 내 놓는 일이라든가, 방아를 찧는 걸 들여다보는 일이라든가… 말하자면 우리 세대는 이런 생산적인 작업을 지켜보면서 자랐던 것이다. 모든 생필품이 대기업화하기 전 단계의 어찌 보면 매우 평화롭고 다정한 시절의 어린 날을 보냈던 것이다. 지금 고향에 가 보아도 알 일이지만 이런 장이 집들은 씻은 듯이 없어지고 온통 상점만이 빤히 불을 켜고 있는 것이다. 그러니 남대문 시장에 만년필 수리점이 없어졌다는 것이 무엇이 그리 이상하랴.

사람의 손으로 물건을 만들어 가는 것도(완성되기까지), 뚫어진 것을 고쳐서 쓰는 것도 보면서 자란 우리 세대가 물건을 수리해서 쓰려고 생각한다는 것은 너무도 자연스러운 일이다. 허나 우리를 버스까지 보내서 모셔는 갈망정 낡은 것을 고쳐주는 친절한 손은 이제 없다. 이것이 바로 노동으로부터의 소외, 현대가 우리에게 선물한 소외에 이르는 길이다. 우리 애놈들이 아까운 줄 모르고 척척 버리고 사는 것만 보며 자라서 후일 얼마나 고독해지게 될까 생각하면 가슴이 아리다. 화려한 합창을 들으면서 느끼는 감상이 아이들과 내가 결코 같지 않을 것을 생각한다.

수틀 속의 사유

　겨울이 깊어지면서 나의 칩거(蟄居)는 더욱 고집스러워 간다. 눈을 맞으러, 겨울을 만나러 사람들은 흔히 고속버스를 타는 모양이었지만 시간도 공간도 이 지점에서 더는 움직이게 할 수 없다는 듯이 나는 완강하게 정지해 있다. 정지는 역행(逆行)이거니 하면서도 옴짝도 하지 않고 앉아서 찬 유리에 머리를 기대고 잿빛으로 흐려있는 강과 강 건너를 묵연히 바라보거나 나의 어두운 서재에 파묻혀 하품과도 같은 헤식은 언어들 속에 자신을 내맡겨 보기도 한다. 몹시도 번거롭던 주변이 조용해진 몇 년 전부터 나의 겨울은, 흰 눈이 누리를 덮듯이 이처럼 정적과 격리의 기간이 되곤 하였다. 강안(江岸)은 하얀 눈으로 선명한 선을 긋고, 잿빛 강물이 하룻밤 새에라도 얼어붙었다가 또 금세 녹아 넓디넓은 얼음장을 강 가득히 띄우고 있을 때면 나는 노상 창가에 서성이면서 강이 얼었나? 녹았나? 눈이 오지 않았나? 하고 중얼거린다. 그러나 문득 벽에 그림자까지 그으면서 솟구치는 새의 비상은 꽤 오래 내 마음에 여운을 남기는 것이었다. 나의 칩거는 강과 새가 있기에 그다지 고적하지 않았다.

겨울의 강은 그 어느 계절보다도 볼 만한 것이다. 우선 무엇보다도 강이 언다. 기온이 영하로 떨어지지 시작하면 우리는 강이 얼기를 기다렸다. 그러나 오랜 체험으로 영하 14도 이하의 강추위가 며칠을 내리 계속하지 않으면 강이 꽁꽁 얼어붙지 않다는 것을 알고 있다. 특히 강폭이 넓은 우리 아파트 쪽은 여간해서 강 전체가 어는 법이 없다. 그러기에 강을 보면서 마음 졸이는 것이다. 어쩐 일인지 강이 꽁꽁 얼어붙기를 그렇게 소원할 수가 없다. 한강 인도교 쪽 강물은 곧잘 얼어붙는다. 30년대 소설을 보면 한강은 아주 잘 얼었던 것을 알 수 있다. 사람들은 한강 인도교를 두고 얼어붙은 강물위로 걷기를 더욱 편안하게 생각했던 것이다. 요즘 우리가 육교로 건너기를 부담스러워 하듯이 그들은 다리보다도 얼어붙은 강을 걷기를 더욱 좋아한 것이다.

어저, 녹저 하는 강을 보는 것과 더불어 겨울 강에 찾아오는 철새가 우리에겐 또 반갑다. 징그러울 만큼 많이 몰려 와 있는 오리는 난데없는 검은 섬을 이루곤 한다. 다른 계절이라고 새가 없는 것은 아니다. 갈매기는 계절에 관계없이 뉘엿뉘엿 강 위를 날아다닌다. 여름 강변 웅덩이에 희끗희끗하게 노니는 해오라기도 우리의 눈을 끄는 풍물이지만 겨울오리는 우선 그 무리 때문에 즐거운 것이다. 와글와글 소리라도 들릴 듯이 그놈들은 몰려와서 미처 얼지 않은 얼음 구멍에서 온종일 논다.

망원경을 산 것은 전혀 오리 때문이었다. 강은 가깝고도 멀어서 오리의 모습이 하나의 검은 점처럼 보였기 때문에 좀 가까이 보려고 망원경을 샀다. 그러나 이 망원경이란 게 시원찮아서 좀 가깝게 끌어와 보여주기는 했으나 오리의 정체를 보여주는 데는 아무런 도움도

주지 못하였으므로 오리는 아직도 그냥 검은 점으로 남고 말았다.

그런데 우연한 기회에 오리의 종류를 몇 가지 찾아보게 되었다. 노트 표지에 디자인용으로 동원된 영문 글귀가 바로 오리의 종류이었던 것이다. 그러고 보니 오리에도 꽤 많은 종류가 있고, 그 모습 역시 매우 다양하다는 것을 알게 되었다. 그 이름도 한국적인 각각의 재미나는 이름을 갖고…. 고방오리, 청둥오리(=물오리), 집오리, 검둥오리, 검둥오리 사촌, 거창 오리, 청 머리·홍 머리 오리, 상(常)오리 등이 사전에서 찾아낸 오리의 이름들이다. 사전에는 이들의 외양이 특징적으로 묘사되어 있다. 언젠가 남쪽 바다에서 청둥오리를 보고 감동한 바 있었지만 오리들은 참 아름다운 모습들인 것으로 생각되었고, 그것은 곧 수틀 속의 원앙새, 또는 봉황새를 연상하게 되던 것이다.

문득, 나는 놀란다. 창밖에 지천으로 깔린 오리보다도 아직도 내게 친근한 것은 수틀 속의 봉황새, 원앙새, 학이라는 점이 새삼스럽게 깨달아진 것이다. 둥근 수틀에 붉은 비단을 메우고 오색 날개와 잔털로 덮인 몸통을 명주실로 한 땀 한 땀씩 놓아가던 수. 꽂은 자리에 또 꽂는 것처럼 촘촘히 배게 바늘을 꽂아나가면 실물의 날개 죽지로 살아나는 수틀 속의 새가 내게는 아직도 진짜 새보다 선명하고 낯익은 것이 아닌가.

그것은 하나의 은유였다. 칩거하면서 발견한 매서운 질문이기도 했다. 유리창 밖으로 보이는 세계와, 수틀로 대변될 만한 칩거의 실내, 나는 빙원(氷原)과 수틀이라는 공간적 대립을 나의 현실로 아프게 깨닫지 않을 수 없었다. 그것은 매우 그럴듯한 은유였다. 오리들이 끝끝내 선명한 모습으로 내 앞에 보여져 오지 않았듯이 세계는 아직도 내게는 멀고 완강하였던 것이라고 생각되고, 내가 유리 이편에서 바라보기만 하듯이 나는 아직도 세계 속에 발도 디밀지 못하고 있다는

것이 깨달아지는 것이었다. 칩거를 완강히 고집하면서 세계로의 잠입
을 꿈꾸었지만 아직도 세계는 저만큼 멀리 있는 것이라는 현실지각이
었다.

　그것은 먼저 여자아이이기에 주어지는 소외에서 시작되었다. 수
틀을 들리고 솟구치는 저항을 한 땀 한 땀 잠재우는 슬기를 익히면서
부터 오빠들이 무시로 드나들며 이야기꽃이 피고 지는 사랑에를 누가
말린달 것 없이 기이게 되고, 나는 멋없고 싱거운 소리나 지껄이는
계집애들과 어울려야 만 하는 것이 억울하였다. 그것은 누가 가르친
것도 아니었지만 그냥 그렇게 느껴 알게 되던 것이다. 그때부터였다
고 나는 늘 생각했다. 세계로부터 격리되고 멀어져 갔던 것은 여자아
이에게 주어지는 공간적 제약에서 비롯되었고, 세계는 두렵고 완강한
모습으로 마주서기 시작했던 것이라고.

　칩거를 고집하면서, 내밀한 의미를 잉태하고자 침잠했던 그 모든
기도는 결국 수틀 속의 세계를 확인하고 만 셈인지 모른다. 실은 십
년 넘어 바라보는 겨울의 강, 또는 얼음 들판들이 언제부터인가 시들
해졌고, 언제나 좁힐 수 없는 거리 때문에 하나의 고정된 그림틀이
되어버리고 말아 나는 다시 수틀 속의 오리를 기억해낼 수밖에 없게
되었는지도 모른다. 바라보기는 했을망정 저 강의 눈을 밟아보지 않
았고, 저 강의 얼음을 만져보지 않았다. 그보다 저 칼날 같은 얼음 바
람이 두렵기만 해서 창에 틈 하나 남기지 않고 봉해 버렸으며 나는
그 안쪽에 안주해서 수틀 속의 새가 되고 있었던 것이다. 수틀이 팽
팽하도록, 수틀에 동전을 끼우는 것처럼 나는 집을 돌아가며 밀봉하
였다. 사전 속에서 찾은 고방오리도, 검둥오리도, 검둥오리 사촌도 하
나의 수본에 불과한 것들이리라. 아니 관념이란 어쩌면 수본만도 못
한 것인지도 모르겠다.

생각해 보면 우리를 이렇게 칩거하도록 들어 앉힌 것은 얼음 바람만이 아니다. 거리인 것이다. 우리는 오리 털 파카를 입고 얼마든지 얼음 바람 속을 나돌아다닐 수 있다. 다만 강이 우리가 다가오는 것을 완강히 거부하고 있었던 것이다. 창을 통해 그처럼 온 몸을 드러내 보여주는 강이 접근만은 완강히 거부하고 있었던 것이다. 그 어느 여름처럼 어렵사리 찾아 나서자면 못 갈 것은 없지만, 강변도로의 굉음과 강으로 통한 통로를 찾아드는 그 불편함 때문에 강으로 접근하는 것을 진작에 포기하곤 하는 우리들이다. 건축가인 모씨가 강변에 산보도 하지 못하게 도로설계를 한 자가 누구인지 극형에 처해야 한다고 강경한 발언을 했다는 것을 들은 적이 있는데 그것이 어찌 강변뿐인가 말이다. 세계는 우리의 강변처럼 접근이 어렵도록 어느 만큼의 거리를 우리에게 요구하고 있는 것이 아닌가.

내게는 시간이 정지되어 있는 것도 같고, 그래서 날과 달이 지나고 해가 바뀌어도 언제나 끝나지 않은 긴 하루와도 같다. 신년, 새 출발, 이런 단어가 사태가 나는 요즈막도 내겐 아무런 느낌이 없다. 단지 칩거만을 스스로에게 고집스럽게 요구할 뿐이다. 오리마저도 정지되어 있는 점이나 다름없는 겨울의 강이 내게 주는 이미지는 역시 칩거였던 모양이다.

강이 얼고, 그 위에 하얀 눈이 내려 덮이면 눈부신 빙원이 된다. 그 흰 광야, 가보지도 않은 시베리아의 눈벌판을 떠올리게 하는 탁 트인 넓이에서 나는 수틀 속의 나를 잊곤 하였던 모양이다. 어린 날 수틀 속의 세상이나 이해하였던 시야가 멀리 지구의 끝까지 튀어가기라도 한 듯이 착각하였던 모양이다. 오리의 종류를 모아놓은 생경한 단어를 찾으면서 나는 나의 좁고도 서글픈 수틀 속의 모습을 본다. 빙원과 새와 그 모든 정물(靜物)이 자라지 않은 베개 모의 수본이 되어 실내에 갇혀 있는 것을 나를 본다.

　그렇게 수틀 속을 서성이는 동안에 히아신스의 보라 빛 꽃 떨기가 뻣뻣한 잎새사이로 솟아올랐다. 아무도 몰래 꽃망울을 키우고, 보라 빛으로 얼굴을 내민 꽃의 승리가 칩거 인에게 무한한 기쁨을 가져다주었다. 이제 다시 새롭게 칩거를 준비하자. 아무도 몰래 솟아오르는 히아신스의 꽃망울처럼 이 깊은 겨울에 피워 올릴 꽃망울을 잉태해야지. 빙원(氷原)과 수(繡)를 내 의식 속에 대립하고 있는 거리를 이 겨울 칩거 속에서 줄여볼 일이다.

사람의 만남

　지갑을 잃어버리고 나서야 내게도 꽤 여러 개의 번호가 있었다는 것을 알게 되었다. 아니 온통 번호에 둘러싸여 있었음을 비로소 느껴 보았다고 할까. 지갑을 잃어버렸음이 분명해지는 순간, 머릿속에 떠오른 것은 얼마 되지 않은 돈이 아니라 주민등록증이요, 은행카드요, 크레디트 카드 들이었다. 이 모두가 번호로써 나를 대신 하는 대단한 존재들이었음을 새삼 느껴본 것이다. 신용카드 안 만들기를 적극 고수해온 터였지만 은행의 현금인출카드며, 주민등록증이며, 도서대출 카드 등은 안 가질 수 없는 것이다. 그 외에도 비행기 마일리지카드 등 내게도 적지 않은 번호가 배정되어 있던 것이다. 나는 서둘러 분실 신고를 하면서 나의 번호를 열심히 불러주었다. 이 번호들은 이제로부터는 무효인 것이라고 다짐해 가며.

　택시에 지갑을 두고 내린 것을 안 순간 이것을 찾을 생각은 아예 하지도 않았다. 주민등록증쯤은 우편으로 돌아와 주지 않으려나 하는 생각을 해 보았지만 부질없다고 고개를 젓곤 이제 분실신고를 해서 새로 발급 받을 궁리나 할 참이었다. 하지만 내 의사와 상관없이 돌아다닐지도 모를 "쭁"을 생각하면 내심 꺼림칙하지 않은 바 아니었다. 또는 내 사진까지 붙어있는 그것이 시궁창에 버려지기라도 한다면 하고 생각될 땐 자신이 그처럼 구겨 박힌 듯이 불쾌하기 짝이 없던 것이었다. 어느 결에 나는 나의 번호 내지 나의 증명서와 나를 완전히 동일시하고 있던 것이다. 아니 어쩌면 번호 속에 갇혀 있었던 것이 바로 나이자 오늘날의 인간 군인지 모른다.

누구에게나 이런 경험들이 있을 것이다. 모르는 곳에서, 모르는 사람에게서 우편물이 배달되거나 전화가 온다. 우리가 우리의 주소나 이름이나 전화번호를 일러준 일이 없는데 이름도 정확하게 도착하는 것을 보고 처음 얼마간은 이런 느낌이었기도 했으리라. 이렇게 내 이름을 기억해 주다니 괜찮은 걸…그러면서 매일같이 우편함 속에 끼어오는 인쇄물들을 부담 없이 뜯어보고 적당히 버리고 하다가 결국은 나의 정보가 세상으로 흘러 나간 것뿐임을 알아차리게 된다.

이런 것을 그리 큰일이라고 생각하지 않은 채 무심히 살고 있던 나는 이번 일로 해서 나의 번호에 대해 이것저것 생각해 보게 되었다. 우리는 사실 반드시 외어두어야 할 번호를 여러 개 갖고 있다. 우선은 자신의 주민등록번호다. 그 외에 본적지 주소와 현주소, 나이, 전화번호 등은 반드시 알아두어야 할 것들이다. (나는 본적지를 적을 때마다 번지에서 잠시 마음을 멈춘다. 번지가 틀리지 않나 싶어서이다. 그럴 수밖에 없는 것이 나는 본적이 두개인(였던?) 사람이기 때문이다. 결혼한 여성은 누구나 그렇다. 결혼하면 여성은 누구나 남편의 본적이 자신의 본적이 된다. 본적이란 자신의 태생을 나타낸다는 고정관념에서 자신과 상관이 없었던 곳을 본적지로 적는 쓸쓸함 같은 것이 여성에겐 있다.) 현주소에 이르러서는 아파트의 경우 완전히 기호와 숫자의 세계이다. 어느 동에나 1, 2, 3…호의 집이 있게 마련이다. 저 우편물들도 대략 숫자만 적어도 생판 모르는 집안으로 파고들 수 있는 점을 착안해서 부쳐오는 광고물이 많을 것이다. 우리들의 과거 역시 번호나 숫자로 남는다. 어느 학교 몇 회 졸업생, 재학 시엔 몇 학번 몇 반 몇 번…그렇게 해서 우리는 자신의 번호와, 또 자신과 관계 있는 사람들의 번호를 잔뜩 외우고 다닌다. 사실상 번호가 자신을 더 막강하게 대리해 오고 있는 시대다.

이곳 저곳에 분실 신고를 한 그날 저녁, 뜻밖에도 나는 지갑을 찾아가라는 전화를 받았다. 택시운전사는 하루 일을 마치고 집에 돌아온 저녁에야 전화를 하였던 것이다. 마침 지갑 속에는 나와 내 친구들의 명단과 전화번호가 적힌 종이가 들어 있었는데 우리 집의 전화가 통화중이자 이 친구 저 친구에게 전화를 해서 나의 신원을 확인하고 지갑 찾아가라고 부탁을 하는 바람에 친구들로부터 지갑에 돈 좀 많이 넣어 갖고 다니라는 핀잔과 축하를 동시에 받게 되었다. 모처럼 즐겁게 웃음을 나누게 된 것은 우선은 그 운전수의 착한 마음씨 덕분이요, 따지고 보면 전화번호 덕분이다. 그리하여 지갑을 찾으러 가야 하였는데 사람이란 이기적인 본성을 어쩔 수 없게 타고났는지, 그 지갑 찾으러 멀리 갈 일이 큰일로만 여겨지는 것이 아닌가. 그렇다고 가만히 앉아서 이리로 가지고 오시죠 하는 것이 예의가 아님은 분명하고 그래서 속으로 사례만 서운치 않게 하면 되는 것이라고 생각하면서 누구를 대신 보내겠노라고 약속을 했다. 예기했던 반응이기는 하였으나 택시운전사는 순간 서운한 기색을 감추지 못한 채 마지못한 응답으로 전화를 끊었다.

막상 개운치 않은 여운이 가슴에 남고 보니 떨떠름한 기분을 지울 수 없어 내가 가야겠다고 다음날 자리를 털고 나섰다. 지갑 속에

든 것이 대단찮은 것들이었다고는 해도 전화를 해서 돌려주는 마음을 소중하게 받아들이지 않는다면 그 택시 운전사는 다시는 습득물을 돌려주려 하지 않을 것이라는 생각이 났기 때문이었다. 주워서 돌려줘 봤자 예요. 공연히 기분만 상할 뿐이라니까 요. 하는 말이 귀에 들리는 듯 했다. 이 강촌에서 강서구의 끝까지는 사뭇 멀었다. 그러나 모처럼 강변을 달리는 것이니 이 또한 즐거운 것이거니 생각하면서 뽀얀 안개에 잠긴 강과 강 건너 경치를 완상 하였다. 바쁜 가운데의 외출이나마 강을 보는 작은 기쁨을 놓치지 않으려는 것이 강촌자의 습성인 것은 늘 되풀이 해 오는 대로다.

아침에 운전사의 부인이 일러준 대로 네거리 큰 병원 앞까지 와 전화를 걸었다. 자신이 나오겠다고 한다. 이쪽이 차가 있으니 댁 근처로 가지요. 어느 쪽으로 가면 됩니까? 했더니 부인의 대답이 내 가슴을 쳤다. 제 남편이 운전을 하고 있기 때문에 차를 오라고 하고 싶지가 않아요. 제가 나갈 테니 십분만 기다리세요.

삼 십분 쯤 후에야 임신한 부인이 나타났다. 그 얼굴이 몹시 친근감을 주는 것에 놀라면서 나도 모르게 덥석 손을 붙들었다. 이것은 또 예상외의 느낌이 아닌가? 지갑을 받아서 지갑 속에 있던 약간의 금액을 쥐어 줄 때 별 표정이 없던 부인이 보자기에 싸 가지고 간 약소한 선물을 건네주자 표정이 약간 풀리는 것이었다. 굳이 사양하는 젊은 부인을 (첫 아이를 임신했다고 했다)차에 태워 집까지 바래다주는 동안 그녀가 한 말은 "송해씨에게 가져다 신고하면 개인 택시 배정 받을 때 유리하다는 것을 알면서도 알리지 않고 직접 전화를 했어요."라는 것이었다. 그제야 나는 미안한 마음이 났다. 신접살림에, 빠듯한 수입에, 자신들에게 유리한 쪽을 포기한다는 것은 얼마나 어려운 일이었을까. 이들에게 좀 유리하도록 배려해 줄 방법을 생각해 보아야겠다…. 임신 복을 따로 마련하지 못해 짧아진 홈웨어를 입고, 자칫 내비치는 내복 바지를 감추노라 애쓰던 그녀. 그녀의 눈에 비친 나라는 사람의 삶은 어떤 것일까? 우선 부유층의 대명사가 된 강남에서 여유 있게 사는 복에 겨운 여자로 보이지는 않았을까? 돌아오는 마음은 착잡하였다. 번호를 통해서 만나는 것과 직접 사람이 만난다는 것은 이렇게도 다른 느낌을 주는가? 기호의 −번호− 세계란 번거로움을 생략해 줌과 동시에 인간적인 온기를 잘라 내버리는 것이다. 아파트촌의 각박한 이웃관계도 기호의 세계에 속하기 때문이 아닐 것인가. 현대인의 삶을 특징 지워주는 비인간화 패러다임의 하나를 본 것 같다.

'86 서울아시안게임

    말끔하게 단장을 끝낸 한강을 끼고 달리는 강변도로나 올림픽 대로를 지날 때면 나는 참으로 상쾌한 기분이다. 강변으로 나갈 수 없어 그 점이 아쉽기는 하지만 차를 달릴 때는 또 입장이 바뀌는 것이어서 이 시원스레 뻗어나간 길이 머릿속을 다 개운하게 한다. 그래서 택시를 타고 외출할 일이 있으면 될 수 있는 대로 이 길을 지나서 가 달라고 기사에게 부탁을 하곤 한다. 강변을 따라가지 않고 반대방향으로 차를 꺾게 될 때는 아쉽기 짝이 없다. 강은 내게 있어서는 말 그대로 생명수가 되고 있다.

    그러한 즐거움을 누리면서 나는 종종 외솔 선생의 주장 한가지를 생각해 보곤 한다. 한국인의 성격은 음울하다는 주장 말이다. 외솔 선생의 한국인의 성격이 음울하다는 것은 사실인 것일까, 한강종합개발이 완공되고, 아시안 게임이 치러지고 하는 동안 나는 이 말을 떠올려 보곤 하였다.

    말하자면 이런 것이다. 다 아는 이야기이지만 아시안게임이 개막

되어 비 내리는 속에서도 개막식이 화려하게 펼쳐지는 것을 TV화면을 통해 보면서까지 대부분의 우리는 이것은 외화(外華)일 뿐이야, 내빈(內貧)을 가리려는 하나의 속임수라는 생각을 하였을 것으로 생각한다. 우리 현대사의 어두운 면 그것 때문에 생긴 불신 탓이다. 아름다운 개막식에 감탄하기보다 그저 외화의 한마당쯤으로 보고 있었을 뿐, 그 다음에 올 어떤 것 ―영향 따위는 생각지도 않았던 것 같다. 생각보다 개막식이 참 훌륭했다는 말도 드러내놓고 하기를 아끼는 분위기였다.

그것은 혹 내가 워낙 스포츠계에 문외한이어서 그랬는지도 모른다. 경기대회니까 경기가 열릴 테고, 누군가가 금메달을 따게 될 것이며 그 중에 한국선수도 끼게 될 것이라는 것 정도 외에 별 관심이 없었다. 그것은 보도매체들의 태도도 그러했다고 본다. L·A올림픽 때 금메달을 예상외로 많이 따서 전국이 들썩하긴 했지만 워낙 메달을 따는데 부진했던 과거가 있는지라 경기의 신바람 같은 것도 아예 기대하지 않았던 것 같다.

그러던 것이 우리 나라에서 처음 열린 '86 서울아시안게임에서 체조와 탁구, 육상에서의 선전이 전기를 이루면서 금메달을 착실히 따가기 시작했을 때 그것은 얼마나 믿어지지 않는 놀라움이던가 말이다. 우리선수들이 금메달을 따 보태 가는 동안 우리는 차츰 내빈(內貧) ―속 빈자― 의 콤플렉스를 벗어나기 시작했다. 종당엔 너무 많이 쏟아져 나와 당황하는 마음이 될 지경이긴 하였으나 성과 있는 잔치로 여물어 간 것은 무척도 감사한 일이었다. 그러던 것이 시골에 계시는 부모님까지 올라오셔서 함께 폐막 식에 참석하게 되었다. 아시안 게임의 열기가 전국적으로 얼마나 대단했는가를 반증하는 것이었다.

언제나 혼자 하는 놀음에 익숙한 나로서 10만 관중이 운집하는 곳에 간다는 것은 꿈도 꾸지 않을 일이지만 부모님께서 기꺼이 상경하시겠다는 데야 아니 모실 도리도 없었다. 이왕에 가는 길이니 친정어머니까지 모시는 것이 좋겠다 싶어서 전화를 드렸더니 밤 기차를 타고 올라오는 성의마저 보이는 것이었다. 잠실 메인 스타디움으로 갈 때에도 나는 그저 화려한 매스게임쯤 볼 수 있겠지 하는 정도 외에 별다른 기대가 없었다. 부모님께서 좋아하시는 것이 기뻤을 뿐. 그러나 경기장에 들어가기도 전부터 나는 놀라운 체험을 하게되었다. 육상경기가 펼쳐지고 있는 경기장으로부터 울려오는 그 장엄한 함성이었다.

그 울림은 나의 심장에 곧장 파고들어 자신도 모르게 피가 끓어오르는 듯한, 목 메인 듯한 감동이 느껴지던 것이다. 이런 것을 현장감이라고 하는지 모른다. 나는 이 놀라운 의식(儀式)에 점차 매료되었다. 무엇보다 그 함성 속으로 뛰어들고 싶었다. 그리하여 나는 거짓말처럼 빼곡이 찬 10만 관중 속 하나의 점이 되었다. 그 함성 속에서 나는 생각했다. 게임 준비네, 손님맞이네 해서 떠들썩하지만 남는 건 한강개발 완공뿐이고, 그저 그렇게 해서 나의 강이 아름다워지는 것은 좋은 일이지 하고 남의 일처럼 생각했던 것이 얼마나 이기적이며 도피적 사고인가를. 우리는 얼마나 오랫동안 그렇게 냉소적으로 살아왔고, 낱낱이 떨어져 구르고 있었는지를, 그리고 스스로를 얼마나 사랑하지 않고 있었는지를 생각하고 또 생각하였다.

이게 무엇인가. 10만 관중이 목이 메어서 아아 대한민국, 나의 조국을 부르며 시도 때도 없이 박수를 치고 있는 것은. 동요도 좋고 유행가도 좋았다. 한마음으로 부를 수 있으니 그 어느 노래라도 좋을 것 같았다. 목이 쉬도록, 손바닥이 아프도록 노래하고 두드리는, 이것은 무엇인가?

언제부터인가 우리로 하여금 화합하지 못하게 하던 온갖 상처, 어느 작가가 얘기했듯 비극을 체험한 세대들이 낳은 이 비뚤어진 시각들. 그리하여 우리로 하여금 정면으로 뛰어들기 보다 방관자의 입장에 서도록 만든 온갖 부정적인 어법. 그래서 우리는 좋아도 좋아하지 못했고, 싫어도 싫어하지 못하는 감정의 회색지대에 거하게 되었으며…그 속에서 스스로 자학하며 살아왔음이 분명하구나.

10만 관중은 하나가 되어 있었다. 모두가 하나가 되고자 몸이 달아 있는 성싶었다. 얼마나 하나가 되고 싶었기에 얼마나 조국을 사랑하고 싶었기에 저리도 열광하는 것일까. 너무나 오랜 세월을 극단의 주장 속에서 일어나는 비극만을 보아왔기에 방관하기를 택하고 말았던 사람들. 그들의 가슴속에는 저리도 함께 하나가 되고 싶은 뜨거운 염원이 있었던 것이다. 이것이다, 우리로 하여금 일체감을 갖게 하는 이러한 구심점이 있을 때 그리하여 서로의 거리가 없어지고 불신의 녹이 제거될 때 그때 우리는 서로 사랑하게 될 뿐 아니라 자신 자신을 사랑하게 도 되는 것이다.

나는 올림픽 대로로 달리기를 즐겨했을 망정 그 대역사가 이루어지기까지 바쳐진 수고와 노력을 한번도 진지하게 생각해보려 하지 않았다. 그 보람 또한 우리 모두의 것으로 받아들이지 않는, 방관자로서의 냉정함마저 지니고 있었다. 그러나 이제는 음울하다는 외솔선생의 비판에서 벗어나야 할 해방 후 40년임을, 또한 우리의 의젓한 성장에 대하여도 늦게나마 인정하고 받아들여야 할 때라는 생각을 해보았다. 부모님들의 폐막 식을 본 소감은 물론 좋다 다. 부모님은 세상에 나서 이런 놀라운 구경을 직접 보신데 대한 흥분이 좀처럼 갈아 앉지 않아 하셨다.

강강수월래…우리 민족 모두가 옛날 국중 대회처럼 한곳에 모여

강강수월래를 부르며 뛰어볼 수는 없을까. 그렇기만 한다면 음울한 성격 따위는 단번에 치료가 될 거라는 생각이 들었다. 우리가 스스로를 사랑하는 것을 방해해 온 것들을 이제 벗어야 할 것 같다. 올림픽 대로를 달리면서 우리의 올림픽 대로를, 한강을 새롭게 만나기를, 그리고 티없이 살아내지 못하는 음울한 과거가 산뜻하게 개이는 날을 간절히 꿈꾸어 본다.

목마름

열두 살 짜리 우리 막내는 평생을 24동에서 살았다면서 이사 한 번 가 보자고 한탄을 한다. 우리는 기껏 열두 살 먹은 꼬마가 평생이라는 말을 쓰는 것이 재미있어서 우선 웃기부터 한다. 놈은 툭하면 평생이라는 소리를 써먹곤 했다. 붓글씨 쓰는 것이 자기에겐 평생의 유일한 낙이라는 둥. 하긴 금년으로 꽉 찬 십 년을 사는 셈이다. 한곳에서 십 년 사는 게 대단한 건 아니다. 우리 부모님만 하더라도 지금 살고 계시는 집에서 삼십 육 년을 사셨다. 편리한 아파트로 이사가시라고 권해도 마다하시고 그냥 사신다. 하지만 아파트에서 십 년씩 살았다는 건 뭐 자랑도 못되는 것인지 모른다. 새 아파트로라도 이사가서 살만도 한 것을 새집이 헌집이 되도록 내쳐 살고 있다는 건 요즘 상식으로선 미련한 사람들임에 틀림없다. 그러나 늘 우리를 붙잡아 앉히는 게 강인 것이다. 저 강을 두고 내가 어딜 간단 말인가, 그렇게만 생각되던 것이다.

그런데 이번엔 진정 한번 떠나볼까 하는 생각이 들었다. 막내의 한탄 때문이 아니라 나 자신의 몸살 때문이었다. 늘 위안이던 강마저도 사막처럼 메마르게 느껴지던 며칠이었다. 감기 기운도 없이 몸살을 앓으면서였다. 편두통과 뒷목이 당기면서 시작된 고통이 전신에 퍼지면서 누워도 앉아도 쉬어지지가 않고 편해지지가 않았다. 도무지 이유를 알 수 없는 앓음이었다. 좀 쉬면 낫겠거니, 했던 게 일주일이 지나 열흘이 다 되도록 회복이 되지를 않아 좀처럼 가기 싫어하는 병원엘 갔더니 신경을 지나치게 쓴 모양이라면서 두툼한 약봉지를 안겨 주었다.

앓으면서 나는 무척 목말라하고 있었다. 숲의 향기와 초록의 싱그러움을 무척도 그리워하였다. 그러면서도 훌쩍 집을 나서서 광릉이거나 북한산쯤이거나 가지 못한 것은 쌓여 있는 일거리 때문이었다. 아파서 해 내지도 못하면서 딱 포기를 하지도 못하는 우유부단한 성품은 눈에 보이는 것마다에 원망의 색깔만 입혔던 것 같다. 골방서재에 쌓인 책도, 빈약한 베란다의 화분도, 페어글라스 저밖에 있는 강물도 모두가 마르고 또 마른 소재일 뿐이었다. 그러면서 나는 박목월씨의 시를 몇 번이고 읽어보았다. 당인리 변두리에/터를 마련할가 보아./나이는 들고…/한 사·오 백 평(돈이 얼만데)/집이야 움막인들./그야 그렇지. 집이 뭐 대순가./ 아쉬운 것은 흙/오곡이 여름 하는/보리·수수·감자/때로는 몇 그루의 꽃나무/나이는 들고…/아쉬운 것은 자연/…/그 품안에 쉴/한 사·오 백 평. 시에서도 돈이 얼만데…를 괄호 속에 넣어 당치 않은 꿈임을 자신에게 일러가면서 읊고 있지만 진정 아쉬운 것이 자연이고 흙이고 쉼이다. 그리하여 그 말 그대로 4·5백 평까지는 그만 두고라도 두어 그루 나무 심어 기를 수 있는 집을 사서 이사를 해 볼까 싶었었다.

한동안은 등이 달아 꿈꾸고 또 꿈꾸었지만 나는 결국 백기를 들고 다시 아파트 시민이 되는 데 동의하고 말았다. 말하자면 주택은 아직도 아파트가 지닌 장점을 보완할 여건이 너무나 모자란 것이다. 열쇠가 집 보기를 대신해 줄 수 있다는 그 본질적인 해방 말고도 유독 추위를 타는 나로서는 아파트의 난방이 현실적으로 절실하기 짝이 없는 일이었다. 손이 시리고 얼굴이 시려서 나나 아이들이 공부하는 데 지장이 있으리라는 생각은 이사를 포기하기에 충분하였다. 주택에 서라면 나는 틀림없이 기름 아끼노라 방마다 전기 장판을 깔고 담요를 뒤집어쓰고 있을 게 뻔하였기 때문이다.

그뿐이 아니다. 내가 아파트에 와서 해방된 것은 이런 한 두 가지가 아니었다. 우선 여름에도 파리가 없었다. 어쩌다 한 마리의 파리가 집안에서 발견되면 야, 파리다 하고 놀라워 할 정도인 것이다. 무엇보다도 쥐가 없는 것이 그토록 좋을 수가 없었다. 주택에서 살 때 쥐는 정말 골치였다. 닥치는 대로 쏠고 쑤시고 다니는 것이어서 부엌에 음식을 놓아두는 것은 완전히 금기사항인 것이고, 가구 뒤 어느 구석에선가 쥐가 부스럭거리는 소리를 들어야만 했었다. 나는 아파트에 온 뒤로 집안에서 쥐의 흔적을 발견하지 못했었다. 쥐뿐만이 아니라, 바퀴벌레도 한 달에 한번씩의 소독으로 거의 볼 수 없이 지나니 얼마나 편안하고 시원한지 몰랐다. 어쩌다 한 두 마리가 기어 나오면 득달같이 관리사무소에 전화를 걸면 금방 와서 소독을 해준다. 거기에다 유난히 바람이 세게 불게 마련인 강변이어서 인지 여름이 되어도 쌀이며 잡곡에서 벌레가 나지 않았다. 전엔 쌀벌레를 막아 보려고 말려도 보고 통마늘을 넣어도 보고 좀 애를 썼던가. 통풍이 잘 되면 쌀벌레가 나지 않는다는 것도 아파트에 와서 처음 알게 된 사실이다.

손바닥만한 뜰을 즐겨보자고 사는 노릇이 수도관이 얼어터지거나, 지하실에 물이 나거나, 지붕이 새거나 할 때 수리공 데려다 공사판

벌이는 것이 그렇게 힘겹게 생각 될 수가 없었다. 더구나 빈번한 보일러 공사…, 그리고 예외 없이 앞집의 뒤꽁무니와 담을 쳐다보며 살아야 했던 그 답답함…그리고 창마다 박아 놓은 쇠창살들…뜰을 소유하기 위해서 치르는 그 허구 많은 굴레들이, 나를 다시 짓누르기 시작했기 때문에 나는 결국 다시 아파트 시민이 되기로 작정하지 않을 수 없었던 것이다.

　그렇지만 너무했다고 생각한다. 십 년 전 우리가 이곳에 살러 왔을 때만해도 아파트 주변에는 흙이 있었고 자연이 있었다. 멀리 보이는 당산나무(느티나무)의 품위 있는 모습과 과수원과 논과 밭이 주변에 마냥 널려 있었다. 우리는 아침마다 이슬을 밟으며 산책을 하였다. 복숭아밭에도 가보고 배 밭에도 가 보았으며 누렇게 익은 논두렁길도 걸어다녔었다. 그런데 지금은 한 뼘의 땅도 남지 않다. 흙이라고는 손바닥만큼도 드러나지 않게 아스팔트로 완전히 포장이 되었고 아파트가 들어서 버렸다. 그 품위 있게 늠실거리던 느티나무는 아파트 건물 사이에 끼어 자꾸만 가지가 잘려나갔다. 이제 우리는 마음을 쉴 단 한군데의 산책로도 가질 수가 없게 되었다. 정말 몇 번이나 바람 쏘이러 나갈까 하다가 주저앉았던가? 갈곳이 없었다. 한바퀴 돌아오면서 느긋이 신경을 잠재울 곳이 너무나도 없었다. 정말 우리는 갇히고 말았구나.

　올림픽대로가 개통된 도로는 시원하게 넓다. 새로 포장된 아스팔트의 깨끗한 검은빛도 강물만큼이나 단아하다. 마치 우리 집 뒤뜰이 새 단장을 마친 것 같다. 넓은 도로, 하얀 가드레일, 가로등, 달리는 차량들. 이제 머지 않아 유람선이 뜰 것이어서 우리의 강을 보는 즐거움이 운치를 더해 갈 것이다. 그럼에도 마음이 달라지지가 않던 며칠이었다. 물위에 앉아있는, ─어떻게 앉는 것인지는 모르나─ 갈매기는 여전하나 빨간 기가 꽂힌 깃대가 드문드문 서 있는 것, 한강의 이러저러한 공사 때문에 부지런히 왕래하는 모래 배는 앞으로 강의 모습이 더욱 달라질 것을 예고한다.

생각해 보면 십 년 사이에 많이도 변했다. 흙과 자연은 찾아 볼수 없게 되었지만 아파트는 부지기수로 늘어났고, 아파트를 끼고 동호대교, 성수대교 등 다리가 두 개나 섰으며 지하철까지 들어왔다. 눈부신 변화다. 하지만 아파트 사람들을 위해서 좀 남겨두었으면 좋았을 것이 흙이요, 나무요, 산책로다. 갈 데가 없다는 것이 얼마나 답답하고 서러운 일인지 아파트에 살아보지 않은 사람은 모른다는 것일까. 그뿐이 아니다. 웬 식당과 가게와 빌딩들은 그다지 차 들어서는 것일까. 그 많은 카페와 찻집 그 어느 곳에서도 나의 쉴 의자를 발견하지 못하였다는 데도 나의 이 깊이를 모를 피로의 원인이 있다. 강이 있고, 나무가 있던 평화로운 이 동네가 어느새 이렇게도 메마른 곳이 되어버렸는지, 절망하는 마음속에는 저 느리게 흐르는 강의 모습조차도 한낱 사막과도 같이 황량하게 보이던 며칠은 의사 말 맞다나 신경이 너무 날카로워진 탓인가.

바람의 시대

꽤 오래된 나의 습성이 있다. 수도를 틀어 물이 쏟아지는 소리가 쏴아 계속되고 있으면 미묘한 불안감이 밀려드는 것이다. 물이 콸콸 쏟아지는 시간이 길면 긴 대로, 짧으면 짧은 대로 알 수 없는 초조함에 등이 다는 습성이 언제부터인가 내게 생겨나 있었다. 물소리 외에는 아무소리도 들리지 않는 그 얼마동안에 꼭 누군가가 나를 부르고 있는데 내가 듣지 못하고 있는 것 같고 전화벨 소리가 마구 울리고 있는데 내가 모르고 있는 것만 같은 느낌에 황급히 물을 잠그고 귀를 기울여 보는 것이 습관이 되었다. 그러나 물소리가 뚝 끊기고 나면 주위는 그대로 고요할 뿐, 아무런 소리도 들리지 않는다. 음악을 들을 때도 마찬가지다. 볼륨을 작게 해 놓으면 모를까, 시원하게 한번 틀어 놓자 하면 또 그 불안감이 슬며시 고개를 쳐드는 것이고 어쩔 수 없이 음악을 껐다가 켜고야 마는 것이다.

이 불안은 무엇일까. 고요 속에서 마음이 가라앉고 평안한 것은 이 불안이 없기 때문일 게다. 언제나 들을 수 있도록 준비되어 있는 나의 귀, 전화이건, 방문이건 부르면 곧 답할 수 있는 형편에 내가 놓여 있기에 마음이 편한 것인가. 그렇다면 이 고요 역시 그렇게 고요한 것이라고 여길 수도 없다. 그 언제 깨어질지 모를 고요이고 또 깨지기를 기다리고 있는 셈의 고요가 아닌가. 오랫동안 번거로운 생활을 해야 했던 내게는 이 고요가 더할 나위 없는 축복이지만 따지고 보면 이 고요란 게 우리의 삶이 가지는 온갖 남루들이 촘촘히 연결되어 있는, 언제 간섭받게 될지 모르는 불안정한 고요인 것이다. 혼자이고 싶으면서도 혼자이기를 거부하는 모순덩이인 현대인의 삶의 한 생리를 여기에서 본다. 고요를 깨뜨리는 것은 언제나 밖에서의 부름 탓인 것 같지만, 바로 그 부름이 있게 하는 장본인이 바로 자신인 것이다. 불안을 만드는 것이 곧 자신이라는 말이 된다.

말이 없이 노상 제방에 틀어박혀 있기를 좋아했던 순이가 가버린 것도, 아니 우리 집에 오던 것부터도 모두가 이 불안 탓이었을 것이다. 세탁기를 돌리는 소음 속에서, 수돗물을 트는 물소리 속에서 순이도 자꾸만 무슨 소리가 들린다고 느꼈을 게다. 그 중엔 온종일 가야 말 한마디 건넬 줄도 모르고 서재에만 틀어박혀 있는 아줌마의 부르는 소리 같기도 했을 테고, 아니면 친구가 걸어오는 전화벨 소리 같기도 했을 것이다. 요 몇 년 래 우리 집에 왔다 간 여러 처녀들이 모두 그러했을 것이다. 맨 처음 고향에서부터 누군가가 그들을 부른다고 생각하고 서울로 올라왔음에 틀림이 없다.

공부하려고요, 검정고시를 치러서 대학까지 가자고 약속했어요. 하던 경희, 미용사가 되려고 미용학원도 다녔는데 미장원에서 근무하기가 싫증이 나서 왔다는 미애, 어떻게든 신학교를 졸업해서 전도사가 되겠다던 선이, 미국에 이민을 가고야 말겠다는 윤희, 2년만 더 돈을 벌어서 시집갈 밑천을 마련하겠다던 순이, 스물 안팎의 처녀들이 나름대로 꿈을 펼쳐 보이면서 상경(上京) 및 취직의 이유(?)를 말해 주었다. 그러나 이 아이들의 앞길은 그다지 평탄치가 못하곤 했다. 아니 평탄치 못한 정도가 아니라 숱한 고난을 겪곤 하는 것이었다. 그리고 그 속에서 허우적댈 뿐 빠져 나오려고도 하지 않았다. 안타깝기 짝이 없는 일이었다. 심이는 그렇지가 않았다. 열 네 살 되던 해에 우리 집에 온 심이는 스물 다섯 시집가는 나이가 되도록 도무지 말썽이 없었다. 열 일곱 나던 해에 야간학교 보내주겠다는 이야기도 외면하고 공장에 가서 일년 살고 다시 돌아오더니 시집갈 때까지 얌전히 잘 지냈었다. 그런데 요즘 찾아드는 아이들은 그렇지가 않다. 도무지 어쩔 셈인지 알 수 없도록 무계획하게 산다. 무엇보다도 연애라는 게 문제인 것이었다. 아니 아파트 바람이 보다 문제였던 것인지 모른다. 경희가 맨 처음 우리 집에 오게 된 것이 바로 아파트 때문이었으니까.

서울 와서 검정고시 공부를 해서 대학엘 가려고 꿈꾸던 경희가 서울에 온 것은 서울에 누가 있어서가 아니었다. 그저 아무 데고 신앙이 있는 가정이면 살 수 있으려니 하고 올라왔다는 것이었다. 친구 선이와 둘이서 아파트촌을 찾아든 것은 그들 나름의 지혜였으리라. 기왕이면 편리한 아파트에서 남의집살이를 하기 위해 우리 동네로 왔던 것이고, 마침 이사 중이던 권사님의 눈에 띄어 선이는 권사님 댁에 머물기로 하고 경희는 마침 사람을 구하는 중이던 우리 집에 오게 되었던 것이다. 우리 집에 있으면서 저녁으로 공부하러 간다고 나다니던 경희는 아무래도 학원엘 다녀야겠다면서 몇 달 월급을 모은 통장을 들고 나가 버렸다. 그리고 대신 보내준 아이들이 차례로 미애요, 윤희요, 순이였다. 경희는 둔하다 하리만큼 순박하고 착한 아이였다. 신앙이야기가 나오면 신이 나서 시간가는 줄 모르고 앉아 간증을 하고 주일은 물론이고 수요예배, 철야예배에도 열심히 나갔다. 착한 만큼 집안을 온통 맡겨도 안심이 되는 좋은 아이였다. 그러던 아이가 고입검정고시에 합격을 한 후 대입검정고시를 포기했다는 소식이 들리더니 대학생과 연애를 한다는 소식이 들리고 급기야는 경희의 입으로부터 제 애인 어쩌고 하는 이야기를 듣고야 말았다. 그제야 이름과 학교를 물어 가짜 학생인지의 여부를 알아보았더니 진짜 학생이 틀림없기는 했다. 하지만 과연 애인관계인지가 궁금하였다. 그러나 거의 동거하다시피 한다는 근황에 아연하고 말았다. 데리고 앉아서 결혼은 어떻게 되는 거냐, 주의해라 하고 타일렀더니 모르겠다는 것이었다. 지금은 결혼하겠다 고도 했다. 도대체 왜 그러는 거냐, 너 대학에 한이 맺히더니 대학생이라니까 넋이 나간 게로구나 하였더니 경희의 대답이 이랬다. 그런지두 모르죠.

무엇엔 가 잔뜩 들려있는 꼴은 경희 뿐만이 아니었다. 미장원이 싫어서 나왔다는 미애도 알고 보니 동거하던 남자가 싫어져서 도망쳐 나왔다는 것이고, 얼마 후엔 산부인과를 들락거려 그냥 보내고 말았다. 한 술 더 떠 새 애인으로부터 전화까지 연방 걸려왔던 것이다. 시골집도 살 만한 형편인가 보던데, 시골남자에게 시집가기 싫어서 상경했다는 미애는 그처럼 엉망이 되어 있었다. 순이는 거기에 비하면 대조적일 만큼 얌전했다. 말이 없을 뿐 아니라 걸려오는 전화도 별로 없었다. 일도 열심히 해 보겠노라고 했고, 외출도 별로 없었다. 그러나 얼마의 시간이 지나자 일도 하기가 싫어진 듯 집안 구석구석에서 먼지가 눈에 뜨이곤 했다. TV도 보지 않고 방에만 박혀서 라디오를 듣거나 낮잠을 자는 눈치였다. 혼자 있기를 좋아하는 모양이다 했지만 그의 나태하고 우울한 얼굴은 가족들에게 적지 않은 부담을 주는 것이었다. 그러는 데 마침 다른 데로 가야겠다고 말하는 것이었다. 그럴 때 순이의 눈이 좀 빛나는 것 같기도 했다. 그러나 어디로 가는 지를 말하지 않았다. 미애도, 윤희도, 풀이 죽어 가지는 않았다. 짱짱하게 기들이 산 채 가는 것이었다. 정말 새처럼 날아왔다가 훌쩍 들 떠나가는 아이들이었다. 이 바람을 일러 무엇이라고 해야 할까. 그들은 한결같이 학교생활이 그리운 아이들이었다. 정규 중학교와 고등학교에 다녀보는 것이 무엇보다도 소원인 아이들이었다. 그러나 그렇게 되지 못하게 한 환경들을 극복해 보려고 제나름의 노력들을 했다. 그러나 결국 경희처럼 도중하차하고 말곤 하는 것이었다. 그들로서는 너무나 힘에 부치는 일들이었기 때문이리라. 아니, 공부가 꿈이었는데 나중엔 애인 갖는 것으로 목표가 바뀐 것이 문제였다. 저희들끼리 나름의 어떤 바람이 있는 게 분명해 보였다. 이 아이들에게 필요한 것은 부모와 선생이었다. 얼마나 많은 경희와 순이들이 있을 것이랴. 시골에서 순박하고 아름답게 자라서 그곳에서 바람 타지 않고 곱게 살수는 없는 것일까.

이 고요 속에 주절이, 주절이 늘어진 여러 삶의 가닥들을 생각한다. 그러나 남의 삶에 실려 흘러가지 않도록 이 고요를 단단히 붙잡고 앉아야 한다고 생각한다. 하지만 결국 부처님 손바닥 안의 손오공일까? 나 역시 틀어놓은 물소리 속에서 또 온갖 소리를 듣게 될 것이다. 어디선가 걸려올 전화벨 소리와 현관의 벨소리와 누군지 알 수 없는 발자취 소리들을 듣지 않을 수 없을 것이다. 풍문 속에서 자유로울 수 없는 이 바람의 시대에 살면서, 풍문을 따라 이 아파트촌, 강촌까지 찾아들었던 가련한 처녀들을 생각한다. 이들을 한시대의 풍속도라 이름하고 말 것인가.

흙을 가는[耕] 마음

우리 집 막내가 제일 좋아하는 색깔은 초록색이다. 네 살인가 다섯 살 때 엄마 아빠의 결혼식을 그리면서 엄마의 머리에 초록색 너울을 씌어놓은 녀석이다. 손바닥만한 넓이라도 잔디가 심기어 있는 주택엘 다녀오면 그 집은 참 부자야 라고 거듭 감탄해 마지않는 녀석이기도 하다. 아파트에서 내리 자라온 탓이라고 쉽게 납득을 한다. 아파트는 겨울 동네인 것일까? 녹색이라곤 없는 회색의 시멘트 구조물 그 자체인 것일까? 아니다. 창밖엔 지금 꽃들이 한참 어우러지고 있고, 녹지엔 잔디가 깔려 있고, 드문드문 민들레와 제비꽃의 화판도 눈에 뜬다. 어느 정원이 이만하랴, 우리의 어느 기억 속에 이만큼 다채로운 정원수를 지닌 뜰을 가졌던 적이 있었으랴. 그러나 이상하게도 녹색을 목말라 하는 것은 아이뿐만이 아니고 나 역시도 마찬가지다. 차를 타고 교외로 나가면서 스치는 언덕과 들판에서 목마른 듯 녹색을 찾았던 것은 바로 지난겨울이 아니었던가? 비록 시원치는 않지만 집안에 녹색이 전혀 없는 것은 아니다. 하지만 사월에 접어들면서 내가 갖고 싶은 블라우스의 빛깔은 연두색이었고 딸아이의 봄 점퍼를 골라 사들고 온 것도 역시 연두 빛이었던 것을 보면 녹색에 어지간히 주려 있는 게 사실인가 싶다.

봄이 발치게 까지 온 다음에야 나는 우리가 주려했던 것은 녹색이라는 색 그 자체가 아니라, 즉 풍경으로서의 녹색이 아니라, 녹색을 갈(耕) 기회가 주어지지 않는 탓이라는 것을 깨달았다. 언제나 그랬지만 이 봄에야 막내녀석이 그처럼 흙 만지기를 좋아하는 이유를 안 것이다. 흙이래야 베란다에 놓을 플라스틱 화분에 페추니아를 심기 위해, 그리고 약간의 화분갈이 작업을 위해 베란다에 흙을 쏟아 놓고 햇볕을 쪼이느라 펴놓는 것인데 녀석은 '내가 할게'라는 말을 수없이 되풀이하며 모종삽을 들고 흙을 뒤엎거나 아예 손으로 뭉개고 있는 것이었다. 나는 그 모습에서, 수 천년동안 흙을 갈아 씨앗을 뿌려 삶을 지탱해온 우리의 조상을, 그 조상들이 형성하고 유전하고 있는 집단 무의식을 확인하는 느낌이던 것이다. 농사짓는 것을 구경조차 해본 일이 없는 아이가 이처럼 흙을 만지며 기꺼워하는 것은 융이 말한 집단 무의식의 재현이 아니고 무엇이겠는가? 피 속에서, 또는 우리의 잠재된 무의식 속에서 갈구하고 찾는 것… 그것이 아이로 하여금 흙을 만지게 하고, 그리고 꽃모종을 하게 하는 것이라는 깨달음이 왔다. 말하자면 우리는 본능적으로 녹색을 갈구하게 되어 있으며, 그것은 심고 가꾸는 작업을 통해서만 충족될 수 있을 것이라는 내 나름의 해석이었다.

울보 할머니가 유독 봄이면 더욱 울어 쌓던 이유도 알 것만 같다. 울보 할머니는 내 어머니의 외 할머니였는데 우리 집엘 자주 오셨다. 이 할머니는 대문을 들어서면 바구닌지 함지박인지 ―늘 비어 있었다 ― 를 나무덤불 속에 감추듯이 두고는 곧장 어이어이 소리까지 내면서 울고 들어오곤 했기 때문에 몹시 이상한 할머니라는 인상이 짙게 박힌 분이었다. 대개는 울기만 했고 때로는 순태야— 하고 죽은 아들 —어머니의 외삼촌— 의 이름을 부르기도 해서 어린 마음에 부담스럽던 할머니였다. 하지만 어머니에겐 소중한 분인지라 우리에게 좋은 분이라고 해명(?)을 하시곤 하던 할머니였다. 어머니의 외삼촌은, 매우 멋쟁이였다고 했다. 집에서 말을 한 마리 기르면서 승마를 즐겼던 분이고, 만돌린을 잘 탔으며 서울에서도 상을 타오던 신문사 사진 기자였다는 것이었다. 그런데 그 외삼촌이 사상범으로 감옥에 갇혔고, 옥에서 나왔으나 결국 병들어 죽고 말았기 때문에 어머니의 외가는 그때부터 몰락하고 말았단다. 울보 할머니는 옛날에는 부유하고 마음씨 좋은 분으로서 손녀인 어머니를 무척이나 끔찍이 위해 주시곤 하였다는 것인데 우리는 그 할머니로부터 울보라는 인상 외에 아무런 기억도 남기지 못했었다. 그분은 손녀딸인 어머니만 보면 행복했던 옛날과 죽은 아들이 생각나서 그토록 울었으리라. 나는 그때가 봄이었다고 분명히 기억한다.

봄은 우리에게 생명의 빛깔인 녹색으로 다가오는 게 아니다. 초록의 잎이 가지를 덮기 전에 피어나는 꽃들로 천지는 현란하게 채색이 된다. 꽃을 보면서, 봄의 환희만을 노래하는 자는, 어쩌면 봄의 의미를 다는 알지 못하는 이가 아닐까. 유난히도 긴 겨울, 죽음의 늪을 건너던 겨울이 벗어지면서 꽃피는 봄을 맞던 날의 고통을 나는 잊지 못한다. 죽음과도 같은 고통의 겨울을 체험한 자에게는 꽃은 한낱 터져버린 상처만 같이 보이던 것이다. 그것은 한 개 꽃이 아니었다. 안으로 안으로만 삼키다가 끝내 터져 버린 통곡 — 해일과도 같은 오열이라고만 생각되던 것이다. 천지에 가득한 진달래, 개나리, 산수유… 이 모든 것들이 제 나름의 슬픔을 하늘에 터뜨리고 있다고 생각되던 날… 그제야 나는 타인의 슬픔을 이해할 수 있는 마음을 지니게 되었는지도 모르겠다.

울보 할머니도 그랬으리라. 피어나는 꽃이 통곡만 같아서, 함께 울어줄 손녀를 찾아서 봄날 우리 집엘 찾아 왔으리라. 그녀에게는 이제 다시 새로 심고 가꿀 봄이 허락되어 있지를 않았던 것이다. 더 이상 씨앗을 틔우고 가꿀 희망이 없어졌을 때 오는 절망이란 어떤 것일까. 그런 봄이란 어떤 것일까.

그러나 봄이면 일제히 피어나는 꽃에서 우리는 또한 부활(復活)의 축제를 본다. 하나님은 봄에 우리에게 부활절을 마련해 놓으셨다. 하나님의 사발통문이 어떻게 돌았기에 강변의 벚꽃은 저리도 일제히 꽃을 피우는 것인지 실로 신기하지 않을 수 없다. 슬픔을 딛고, 죽음을 건너 부활의 의지로 일어나거라… 이것이 신의 뜻이라고 합창하는 것만 같다. 울보 할머니에겐 부활의 의지가 없었기에 울 수밖에 없었으리라. 통곡밖에 아무 것도 할 수가 없었으리라. 봄이면 꼬막이며, 고동이며, 떡이며를 망태기에 담아 오던 시골 손님들과는 달리 빈 바구니만을 들고 오던 울보할머니의 울음소리가 성가시기만 했던 것이 새삼 송구하다. 생각해 보면 울보 할머니의 눈물은 우리 근대사의 뼈아픈 대목이자 아직도 지속되는 슬픔이기도 하다.

가지가 휘어지게 꽃이 달리어 꽃구름이 환하게 피어날 때면 아파트 일층이나 이층에 사는 사람들이 무척 부러웠다. 창가에 꽃가지가 너울거리는 것이 얼마나 보기 좋을까. 불을 켠 듯이 창이 환한 그 집 거실은 얼마나 행복할까 하고, 그러나 이제 우리는 안다. 우리가 진정 바라는 것은 내 손으로 심고 가꾸는 기쁨이라야 진정한 기쁨인 것을. 남이 심고 피워놓은 꽃을 상자로 사다가 베란다에 늘어놓거나, 녹지에 군데군데 피워 놓은 꽃들은 우리에게 그처럼 허전함을 동반한 봄을 맛보게 한다는 사실을.

초록색을 좋아하는 막내의 기호는 아파트 때문이라고만 생각하지 말아야겠다. 조그마한 화분에서나마 생명을 틔우고 가꾸는 마음을 길러 주지 못한 탓이라고 깨달은 이 봄 나의 생각은 옳을 것이다. 그 깨달음이 없었더라면 올 봄도 우리는 울보 할머니의 봄과 다름없는 삭막함만을 안고 보내고 말았을 것이다. 잘 치러내지도 못할 주말 농장을 또 계획하거나 당치도 않은 별장의 꿈까지 꾸었으리라. 그것은 또 땅 투기의 환상에까지 이어지지 말란 법도 없다. 바쁜 자신의 일과, 자신이 사는 아파트와 아이들 돌보는 일도 손이 모자라는 지금 당치도 않은 계획을 마음 가볍게 버릴 수 있으니 더욱 가뿐하다.

사실, 생명의 봄을 짙게 느낄 수 있는 강이 바로 발치에 흐르고 있지 않은가. 건너편 개나리 언덕이 온통 노랗게 물들어 강물에 얼비쳐 있고, 또 강물은 봄날 그 자체처럼 풀릴 대로 풀리어 흐르고 있다. 흐르는 강의 연안마다 왕성한 생명력을 스미어 주면서. '저는 시냇가에 심은 나무가 시절을 좇아 과실을 맺으며 그 잎사귀가 마르지 아니함 같으니… 시편 제 일편 삼절' 봄을 맞으며, 강을 보면서 울보 할머니를 생각하고 또 자신의 경작(耕作)을 생각한다.

화목한 집

새벽, 어둠이 아직 다 씻기지 않은 강물을 내려다본다. 잔잔한 놀마다 묻어 있는 어둠의 흔적 때문에 강이 더욱 고요한 느낌이다. 창을 활짝 열고 강에서 수직으로 올라오는 듯한 신선한 공기를 맘껏 불러들이고, 엷게 빛나기 시작하는 수목의 잎사귀들의 수런거림을 들어본다. 멀리 남산의 숲과 산이 있기에 더욱 멋있어 보이는 다리를, 그 맑음에 감탄하면서 바라본다. 잠에서 덜 깨어 있던 정신은 이제 비로소 다 깨어나고, 아침을 맞을 차비를 차려야겠다고 생각한다. 오늘 하루라고 하는 깨끗한 여백이 여기에 있다. 새롭게 맞는 아침은 우리에게 설레는 기대와 감사로 충만하게 한다. 후회 없는 하루가 되게 하리라. 오늘이 최후의 날 인 듯이 살아보리라. 깔축 없이 야무진 하루를 만들고야 말리라.

그러나 이 후회 없는, 야무진 하루를 이어가다 보니, 가족들이 모두가 너무 바쁘고 자기 일에 매달리게 되어버렸다. 각자가 자신의 일에 충실하느라 다른 가족에게 관심을 가질 마음의 여유도 없고, 그럴 짬도 없다. 각각 자신의 스케줄에 따라 일어나는 시간도, 식사하는 시간도, 자는 시간도 모두 제 나름 대로이다. 그래서 때로는 밥상머리에서 '오랜만이다'라는 인사가 나오기도 한다. 식구들이 자는 시간에 학교에 갔다가 역시 자는 시간에 돌아오는 큰애가 그런 인사를 곧잘 받는다. 중학생인 둘째도 언니를 뒤따라 총총히 집을 나서서 보충수업까지 끝내고 집에 돌아오면 저녁때가 다되고, 저녁을 들자 곧 시험공부네 가정학습이네 하고 제일에 빠져든다. 큰애들이 나간 뒤 한 시간쯤 지나서 애들 아빠와 막내가 나갈 차비들을 하고 식탁에 나와 앉는다. 제 각각 그날 일들을 생각하느라 말들이 없다 훨훨 떠나갔다가 돌아와서도 막내는 놀기에 정신이 팔리고 애들 아빠는 몇 장씩이나 되는 석간을 지루한 줄도 모르고 내내 읽고, 그러고도 모자라서 TV뉴스를 보고, 그러고도 시사잡지를 또 읽는다. 때로는 주부인 자신이 지하철의 검표 원쯤 되는 것 같다는 생각을 한다. 출, 입만 확인하는 문지기 말이다. 그러면서도 가족을 한마음 한뜻으로 뭉치고 화목하게 살아야겠다는 소망을 한번도 버린 적이 없다. 나는 무척도 화목한 것을 좋아한다.

화목이라는 것, 화해라는 것을 오늘날처럼 너나없이 부르짖는 때도 없었을 것만 같다. 세상에 사람이 살기 시작한 이래 그 어느 때도 반목과 질시와 불화와 오해가 없었던 적이 없었을 것이지만 오늘날처럼 화해와 용서가 절실히 요구되는 때도 없을 것이다. 그러한 예는 우리 주변에서 얼마든지 발견할 수 있다. 불신이 뿌리 깊이 내린 현대, 소외의 그늘을 우리는 노상 보면서 살고 있고, 그러기에 심상해져서 별다른 느낌마저 갖지 않게 되기도 했다.

어제, 나는 열쇠를 갖고 나오지 않아서 두 시간 동안을 집에 들어가지 못하고 계단에서 시간을 보내야 했다. 낮이면 와서 카드정리를 도와주는 조카가 일찍 집에 왔기 때문에 내가 문을 잠그지 않아도 되었고 조카가 가기 전에 집에 돌아올 예정이었으므로 열쇠를 그냥 두고 나온 것이 불찰이었다. 학교 일이 끝나고 집에 오는 길에 두어 가지 볼일이 생각나서 그 일을 치른 다음 집에 와 보니 조카가 문을 잠가 놓고 간 후이었다. 막내도 학교에 다녀온 후 서예학원에 가면서 열쇠를 안 가지고 나갔고, 소풍 간 둘째도 소풍길이다 보니 열쇠를 안 가지고 갔고, 큰애가 집에 오려면 자정이나 되어야 할 판이고, 실로 난감했다. 나는 얼마 전 이곳으로 이사 온 대학 후배의 집으로 가서 전화도 빌릴 겸 후배도 볼 겸하였는데 후배는 마침 외출 중이었고 국민학교 육 학년생인 그 집 장남 혼자 집에 있었다. 두어 번 갔었지만 그 집 장남하고는 아직 낯이 익지 못한 사이라 좀 걱정스러웠지만 엄마 선배라고, 그리고 5층 사는 아줌마라고 토를 달아 준 후 전화를 빌렸다. 직장에 있는 애들 아빠에게 열쇠를 좀 보내달라고 긴급신호를 보낸 것이다.

그런데 그날 장남은 내가 집안으로 들어설 때부터 전화를 마칠 때까지 옆에 선 채 열심히 지켜보고 있었다. 제법 똑똑한데…집을 보느라고 이 낯선 손님을 열심히 감시(?)하고 있구나 싶어서, 전화 쓴걸 어머니께 감사하다고 전하라고 누누이 이른 후 곧 밖으로 나왔다. 낯선 주제에 전화를 빌려쓰는 실례를 한 내가 잘못이었다고 생각되면서 놈의 찜찜한 표정이 마음에 좀 걸려왔다. 경계의 대상이 되었다는 데서 오는 쓸쓸한 뒷맛이었을까? 결국 그것은 곧 불신의 말없는 '말씀'이었다. 외인에 대한 공포의 '드러남'이었다. 집은 이렇게 공포와 불신의 외곽으로부터 구획 지워진 하나의 안전지대의 의미가 절실해졌다. 가족이외의 아무도 받아들이기를 거부하는 강한 배타의 성곽이 되어버렸다.

아이러니하게도 나는 이 나의 안전지대로부터 거부를 당하고 있었던 것이다. 안전을 위하여 철문하나 외에 입구라고는 없게 만들었고 그 철문은 지금 단단히 봉해져서 주인도 몰라보고 열리지 않고 있는 것이다. 열리지 않는 문 앞에서 차가운 인조석 계단에 앉아 두어 시간 동안 소외의 설움을 단단히 맛보았다. 때마침 한냉 기류가 덮쳐와서 날씨는 초가을 마냥 선선하였고, 강의로 피곤해진 다리는 자꾸만 서성이지 않을 수 없어 더욱 피로하였다. 혹자는 그러리라, 이웃집이 있지 않느냐고, 이웃집에서 기다리면 될 걸 그러느냐고 내 생활이 이웃집에 나들이 가고 어쩌고 하게 되어 있지를 않기도 하지만 별일이 없이 남의 집에 앉아 있기는 찬 돌계단에 혼자 앉아 있기보다 나로서는 더욱 고역이다. 친절한 앞집 아줌마가 미장원 다녀오는 길에 나를 보고 들어가자고 수차 권했지만 곧 열쇠가 도착할 것 같아요, 하면서 사양을 했다. 사실 한 시간이면 올 것 같은 열쇠 가진 사람이 두 시간이 다 되어서야 도착했던 것이다.

기다리는 동안, 나는 이상의 시를 생각하고 있었다.

문을 암만 잡아 다녀도 안 열리는 것은 안에 생활이 모자라는 까닭이다.…… 식구야

봉한 창호 어데라도 한 구석 터 놓아다고 내가 수입되어 들어가야 하지 않나, 지붕에 서리가 내리고 뾰족한 데는 침처럼 월광이 묻었다. 우리 집이 앓나 보다. 그러고 누가 힘에 겨운 도장을 찍나 보다. 수명을 헐어서 전당잡히나 보다. 나는 그냥 문고리에 쇠사슬 늘어지듯 매어 달렸다. 문을 열려고 안 열리는 문을 열려고

이상 '가정'

이상의 시처럼 우리 집이 앓고 있는 것은 아닐까? 문을 암만 잡아다녀도 안 열리는 것은 안에 생활이 모자라는 까닭이 아닐까? 우리들 중에 누군가가 힘에 겨운 도장을 찍듯 힘겹게 세상을 살고 있는지도 모른다. 수명을 헐어서 전당잡히고 있는지도 모른다. 열심히 산다는 다짐아래, 야무지고 후회 없이 산다는 약속아래.

나는 곧잘 애들 아빠나 가족에게 우리가 이렇게 함께 사는 시간이 그리 길지 않다는 걸 깨우쳐 준다. '몇 년 후면 아이들이 다 자라서 뿔뿔이 제 갈 길을 갈 거예요 그 동안 우리 서로 더욱 아껴주고 사랑해 주어야 해요'

하지만 오늘도 하루가 그렇게 갈 것 같다. 각자 따로따로 일어나서 따로따로 밥을 먹고 따로 살다가, 저녁에도 그렇게 차례차례 돌아와서 밤늦게 야 일제히 잠을 잘 것이 아닌가. 화목하게 한자리에 앉아 오순도순 이야기 나 눌 수 있는 시간은 오늘도 불가능할 것이라는 생각에 가슴 한쪽이 무너져 내린다. 아파트의 문은 열쇠로 열리지만, 가족들의 마음을 열기는 쉽지가 않다.

햇살이 퍼지기 시작한다. 창유리가 황금빛으로 빛난다. 강물도 금빛으로 물들고 남산의 자태가 더욱 환하게 떠오른다. 나는 다시 한번 다정하고 화목한 하루를 꿈꾸기로 한다. 안 열리는 문에 매달려서라도, 화목의 문을 열기 위해 노력하기로 한다.

어지러움

배달되는 신문을 집어들면 연달아 쏟아지는 광고용지 때문에 연신 허리를 굽혀 집어 올리면서 들어오지 않으면 안 된다. 우리 집처럼 조간이 넷, 석간이 둘 해서 적지 않은 숫자의 신문이 배달되는 경우엔 광고지와 신문지로 마루가 그득 차 버리는 때가 적지 않다. 식구대로 신문 하나씩 집어다 읽다보면 줄줄이 흐르는 게 광고지들이니 안 그럴 수가 없다. 그 광고지라는 게 식당, 학원, 제과점, 미용실, 옷가게, 헬스클럽 등에서 새로 개업했으니, 또는 특별 서비스가 있으니 들러달라는 것이다. 자동차, 보약, 호신술에 신비의 영약 및 사주팔자를 귀신같이 보아드린다는 것까지 대체로 우리 아파트의 생활권내에 자리잡은 곳들에서 친절한 안내를 해 오는 것이다. 내가 이런 광고를 보고 일부러 찾아가 보았던 적이 거의 한번도 없었던 점으로 보아 이러한 광고의 효험이 얼마큼 있는지 의심스럽기도 하지만 끊임없이 증가 일로에 있는 것이 광고지인 것을 보면 장사에 꽤 도움이 되기는 한가보다.

상가 하면 아파트를 떠올릴 정도로 아파트 지역의 상가는 예로부터(?) 유명했다. 외제 생활용품이 흔하게 쌓여있어서도 그렇겠지만 우리 나라 제품 중에서도 고급에 속하는 것들을 취급하는 가게가 아파트 지역에 몰려 있다시피 했기 때문에도 그랬을 것이다. 내가 아파트로 이사오기 전 멀리 강북에서 이곳 아파트 지역의 상가까지 원정을 하는 친구를 따라 구경(?)을 와 본적이 있었다. 주택가 구멍가게만을 이용하던 눈에는 즐비한 아파트 상가의 세련된 상점과 고가의 물품들이 딴 세상처럼 신비해 보였다.

인구가 밀집한 아파트 지역은 상가가 발달하게 되어 있기 때문에 이용자로서도 편리하다. 배달이 되는 점도 장점의 하나이다. 그러나 견물생심이라고 백화점이나 상가가 발달하다보니 소비가 조장되는 흠이 없지 않다. 주차공간이 부족하여 도로까지 이어져 나온 차량 행렬, 고가의 상품, 무슨 가든, 무슨 공원 하는 갈비 전문 집의 호화로운 내부장식과 그 많은 손님들…. 이런 현상을 두고 과소비 풍조를 염려하는 경계의 목소리는 오히려 때늦은 감이 있다. 아니, 이를 피부로 직접 느끼며 살고 있는 아파트 주민으로서는 곤혹스러울 때가 많다.

강을 바라보는 외에 ―요즘은 아파트 주변에 제법 울창하게 올려 솟은 숲을 더불어 보는 즐거움이 늘었다― 이런 고가 상품을 살 능력이 없는 보통시민인 나로서는 많은 식구에 언제나 일하는 아이의 눈치를 보아야 하는 가난한 살림의 주부이다. 겁 없이 당당한 처녀 아이들은 궁상스레 아끼려 드는 주부의 비열함을 동정의 여지없이 묵살하고 세제 건, 물이 건, 냅킨이건 열심히 써버린다. 그런 것까지 아끼려면 식모는 왜 쓰느냐 하는 시위만 같아 정면으로 나무라지도 못하고 넌지시 타일러 보기나 한다. 그보다 생활비를 더 흥청망청 써 주지 못해 미안하다는 마음까지 가져야 할지 모른다 생각도 하면서.

그런데 이번에 새로 우리 집 식구가 된 할머니는 전혀 반대였다. 아끼고 아끼노라 일하는 시간이 더디어질 지경인 것이었다. 휴지 한 장 맘놓고 뽑아 쓸 생각을 않을 뿐 아니라 식사마저 노상 버리라고 몇 번씩 말리는 것들을 막무가내로 자신의 반찬으로 삼는 것이었다. 그러면서 한 톨의 곡식이라도 흘려보낼까 염려였다. 국물을 뽑아낸 멸치도 말려서 싸 모으고, 심지어 옥수수 차 끓인 찌꺼기까지 말려서 모으는 것이었다. 말렸다가 시골에 가져가 짐승 먹이로 쓰겠다는 것이었다. 베란다에 널어놓은 이런 것들을 비둘기가 종종 와서 실례를 하고 흩어 까지 놓는 것이어서 지저분해지기는 했지만 할머니의 정성이 놀라와서 그러시라고 두었다.

나도 그 할머니와 진배없는 것이, 숱하게 들어오는 파지와 신문지가 아까워 할머니에게 모아서 팔아 가지세요 했다. 빈 병이랑 헌 잡지, 포장상자, 공책 따위 등 부피가 꽤 된 어느 날 극히 드물게 찾아오는 고물장수를 불렀다. 그런데 현관 앞 공간이 비좁게 내놓은 파지(破紙)와 빈 병 값을 모두 2백원밖에 쳐주지 않았다. 두 달간 모은 할머니의 정성이 단돈 2백원으로 평가받는 순간, 당혹함을 누르면서도 할머니는 백원이라도 더 주시지 그러느냐고 했다. 옆에서 보던 나는 삼 백원은 줄 수 없다는 파지장수를 그냥 돌려보내고(분이 나서) 가게에 전화를 했다. 할머니는 빈 병을 두 손에 나누어 들고 가서 병 값으로 몇 백원을 받아들고 왔다. 그것으로 할머니와 나는 반분이나 풀린 웃음을 웃었는데 문제는 파지였다. 시장에서 물어봤더니 모두 신문지를 사는 데가 없다고 하더란 다.

전에야 신문지는 애들 아빠 차에 실어서 회사로 보내고, 빈 병은 계단 청소하는 아줌마들 가져가라고 문밖에 내놓고 하던 터라 사실이 파지를 팔아줄(?) 방도가 없었다. 나는 결국 궁여지책으로 다시 그 파지 뭉치를 회사에 보냈고, 얼마간의 값을 할머니의 손에 놓아드렸다. 약소한 금액이었지만 그렇게 라도 해야 할머니를 실망시키지 않을 것 같아서였다.

생각하면 이상도 하다. 나이가 많은 사람일수록 가진 것이 더 많을 이치인데도 더 아끼고 나이가 젊고 어릴수록 가진 것이 더 적은 터에 뱃심들이 크다. 젊은 파지 장수만 해도 그렇다. 아무리 그 파지가 2백원의 몇 곱쯤 되지 않았을라 고. 계산을 그렇게 하는 게 아닐시 분명하다. 내 인건비는 나와야 하지 않겠느냐. 이 쓰레기를 싣고 가는데 돈까지 주고 가면 내 인건비는 어디서 뽑느냐. 이런 생각이었을 것이니 그 파지장수를 나무랄 수 없다. 그는 아마도 파지 따위보다 뜻밖에 상품의 가치를 지닌 것을 그야말로 헐값에 살 수 있는 그런 기회를 찾고 있었을 테다.

과소비 풍조… 과소비 풍조는 돈을 더 많이 벌어야겠다는 생각만 열심히 하게 하지 폐품 재활용 따위는 생각하지 않게 한다. 헌옷을 깁거나 있는 물건을 수리해 쓰기 보다 그 시간에 밖에 나가 벌어서 새로 사는 게 훨씬 현명하다는 생각이 사회를 지배하고 그것도 흥청망청 쓰도록 버는 것이 제일이라는 생각이 팽배하여 자원 낭비는 필연의 결과가 될 것은 당연하다. 좁은 땅, 부족한 자원의 나라에서 어째 잘못되어가고 있구나 하는 느낌은 참으로 여러 번이었다. 할머니는 그랬다. 버리면 죄가 될까 두렵다는 것이었다. 버리는 것이 미덕인 시대(소비는 미덕이니까)가 되었다. 더구나 아파트처럼 군 살림 넣어둘 공간이나 다락이 없는 경우에 버리는 일은 필수가 되었다. 잘 버리는 집이 단정해 보이기 마련이다. 갈등이 생길 소지가 다분하다.

어쨌거나 과열소비 풍조도 자성(自省)이 있어야겠지만 폐품의 재활

용에 대해서 좀더 적극적인 대책이 있어야겠다. 정말 아침저녁으로 배달되는 대문짝 만한 백화점 세일 광고지는 아깝기도 하다. 온통 여성 모델 천지인 광고 디자인은 또 무슨 의미인지. 여성들에게 과소비 풍조의 책임을 뒤집어쓰게 하는 것 같기도 하다. 집집마다 이 파지들을 다 어떻게 하고 있을까. 나는 문득 궁금해진다. 이웃도 가는 일이 없이―가서도 이런 이야기를 화제에 내놓았다가는 이상한 여자가 되고 말 거다―혼자 책 붙들고 살다 보면 세상 돌아가는 내막에 어둡다. 파지 모아 파느라 벌어진 해프닝에 할머니는 전혀 갈등하는 법이 없이 그처럼 아끼고 모은 돈으로 아들에게 가져다 줄 선물 챙기기에 여념이 없다. 아들이 가끔 찾아온다. 오면 먹이고 줄 참인 것이다. 과열 소비 시대의 열기에 못지 않은 이 할머니의 눈부신 생활력에 나는 머리가 어지럽다.

부용화

시누이가 사는 아파트단지에 갔다가 부용화를 보게 되었다. 무궁화 꽃처럼 생겼으나 잎 모양 서건 목화나무에 더 흡사한데 꽃은 화판이 넓고 길고 키가 크다. 연한 분홍과 진한 꽃 분홍빛이 숲을 이루고 있었다. 뜻하지 않은 곳에서 부용화를 만난 나는 무척 반가웠다. 아니 반가웠다 기보다도 꿈만 같았다고 해야 할 것이다. 살다가 보면 어쩌다 자기 혼자서 소중하게 간직한 것이 있음을 뒤늦게 알아차리고 놀랄 적이 있는데 내게는 이 부용화가 그런 것 중의 하나이다. 그렇다고 해서 이 부용화에 남다른 사연이 얽혀 있는 것도 아니고, 꽃 자체가 가슴에 맺히도록 아름다운 것도 아니다. 아니 오히려 그 반대로 이 부용화는 나의 길지 않은 과거와 아무런 관련도 맺은 바 없으며 그 모습 역시 목화 꽃에서 느낄 수 있는 여리고 창백한 인상 외에 그닥 칭송할 멋도 없는 것이다. 무궁화 꽃이 부드럽다기보다 억센 기상을 풍겨주듯이 부용화 역시 그런 인상에서 크게 벗어나지 않을 듯이 생겼으나 턱없이 길어진 화판이 어쩐지 가엾어 보이고 큰 키의 나무에 붙어있는 잎사귀가 영양실조라도 걸린 듯이 창백한 연두 빛을 띠고 있어 이건 전혀 무궁화의 인상이 아니고, 오히려 시골 외 따른 밭머리에 피어있는 목화 꽃 이파리의 가녀림, 바로 그것과 같은 것이다.

이런 대단치 않은 꽃이 내게 적지 않은 향수를 불러일으키는 존재가 된 것은 아마도 중학교 시절의 국어 책에서 읽은 글 때문일 것이다. 중국에 머무르던 필자가 고국의 친구에게 보내는 편지에서 이 부용꽃씨를 동봉하노라고 썼었다. 나는 그 글에서 동봉이라는 말을 처음 배웠고, 그 말을 무척 멋있게 생각했다. 흑백으로, 인쇄도 시원치 않게 실린 사진을 들여다보며 이 이국적(異國的)인 꽃에 가졌던 강한 호기심이 기어이 실물을 보게 만들었던 것 같다. 그게 언제였는지 기억이 나지 않으나 나는 부용화를 꼭 두 번 볼 기회가 있었다. 그때마다의 만남이 극적이라고 할만큼 기쁨을 주었다. 희귀한 그 꽃은 그래서 내게 어느덧 소중한 향수의 꽃으로, 동시에 여름 꽃으로 되어갔던 것 같다. 남쪽 바닷가 조용한 별장 뜰에 성숙한 처녀처럼 피어 있던 꽃, 가녀린 느낌의 그 꽃도 눈부신 태양아래에서는 그런 농염한 매력마저 풍기었다. 그리고 강원도 산사(山寺) 뜰에 심어진 한 포기 부용… 어딘지 유현한 그늘마저 느껴지던 고요… 부용은 선 자리에 따라 그렇게 달리 보이기도 했다.

생각해 보면 실로 대단치 않은 기억이요, 꽃인데 이 부용화를 이 여름에 다시 보는 순간 내 여름은 이것으로 충분하다는, 부용화의 꽃 무더기를 볼 수 있었다면 이 여름은 헛되지 않았다는 그런, 얼토당토 않은 생각이 가슴을 꽉 메워오는 것이었다. 나는 집에 돌아와서도 부용화를 생각하고 즐거웠다. 강을 마주하고 앉아서 시원한 바람을 받으며 우연히 부용화를 만나게 된 행운을 입안에 굴리면서 행복했다.

하루걸러 씩 비가 내리는 바람에 큰 더위 없이 지난 올 여름이긴 하지만 여름만 되면 이 강변의 우거(寓居)가 그 어느 계절보다 쓸만해진다. 아주 시원하고 센바람이 거침없이 불어와 내 얼굴을 쓸고 전등을 흔들어 놓고 벽에 걸린 족자를 뒤집으며 한 쪽에 무료히 서 있는 선풍기의 날개를 돌려 본 다음 커튼을 천막처럼 부풀린다. 여름만 되면 내 귀는 관대해져서 차의 소음도 잘 견딘다. 더위보다는 소음이 견디기 쉬운가 보다.

긴 행렬의 옆을 지나는 것 같았다. 끝없이 이어질 듯이 지나는 행렬을 구경하는 마음처럼 여름이 그렇게 내 옆을 지나가는 것 같았다. 상가는 철시되고 병원도 휴가기간을 알리는 방을 내 붙였다. 거리는 비로 쓴 듯이 한산해지면서 여름의 행렬은 더욱 지칠 줄 모르고 이어져 갔다. 하지만 통 느낌이 없던 그 동안이었다. 피서를 위한 여행을 떠나야겠다는 생각이 전혀 들지 않았다. 그러면서도 어딘 가에서 여름을 만나야 한다는 막연한 숙제를 안고 있기는 했다. 강 앞에 더 자주 마주 앉게 된 것은 그래서였는지 모른다. 행여 소음이 기어들세라 꼭꼭 닫았던 문을 활짝 열고 무시로 강을 보았다. 새벽, 아침, 낮, 황혼, 저녁, 밤…그때마다 다른 얼굴을 하는 강. 비를 맞는 강, 안개, 그런 것들을 보면서 나는 무언가를 간절히 찾는 마음이었다. 나는 내가 /뒷문 밖/ 갈잎의 노래/를 찾고 있는가 보다고 생각했었다. 진짜 강변답게 갈잎이 비벼대는 노래를 듣고 싶은데 소음 때문에 당치도 않게 되어 그렇게 마음이 허전한가 보다 생각했었다. 그러면 소음이 없는 강을 찾아 나서면 될 일인데 좀처럼 떠날 마음이 되질 않았다. 먼 강 건너 마을에서 끊어질 듯 이어질 듯 들려오는 교회 종소리에 마음을 실어보기도 하고 강 건너 불빛과 그 불빛이 긋고 있는 강의 불기둥에도 간절한 시선이 되곤 했다. 그런데 차에 부용화를 보았던 것이다. 이 여름 뜻밖의 곳에서, 그것도 숲을 이룬 풍성한 모습을 본 나는 매우 즐거웠다. 왜 그렇게 기꺼운 것인지 실은 그 이유가 그다지 분명치 않다. 부용화 하나쯤 보았다고 해서 여름이 이제 내 안에 들어온 것 같은 막연한 느낌마저 드는 것은 무슨 까닭일까?

그것을 가르쳐준 것은 독립기념관 화재였다. 온 국민의 마음에 구멍을 낸 부끄러운 사건이 여름 한다운데서 폭발하였다. 어떻게든 적당히 미봉책만을 써 오면서 살아 온 우리들의 과거가 가장 충격적으로 공개되어 버린 사건이었다 하겠다. 며칠이 되도록 모두들 가슴을 앓았다. 그 앓음 속에서 나는 이 여름의 고집을 풀 수 있었다. 지금은 떠날 때가 아니었다는, 안에서 우리의 잊혀졌으나 소중한 것을 찾아야 할 때라는 것을 난 막연히 느끼고 있었던 것이라는 풀이었다. 바쁘게 밖으로 찾아 떠나던 무질서한 출발은 이제 안으로, 안으로 방향을 바꾸어 꼭 찾아야 할 것과 만나야할 것들을 찾아야 할 때임을 막연히 나마 깨달은 것이다. 잊혀졌던 꽃 부용화를 보고 그처럼 반기는 마음이 된 것은 부용화 자체가 그렇게 소중하게 생각되어서였던 것이 아니라 바람직한 방향으로 내 마음의 키를 돌려주는 존재로 다가왔기에 그토록 즐거웠던 것이다.

따뜻한 강

한밤중에 눈을 뜬다. 마루로 나와 창 밖을 바라본다. 잠이 마저 깨
주기를 바라느라 그러고 있기도 하고 잠 속에서도 놓아주지 않던 생
각의 꼬투리를 마무리 짓느라 그러기도 하고, 그냥 강을 보는 게 좋
아서 그러기도 한다. 강이 비에 젖고 있다. 물이 젖다니 말도 안 된다
고 할 지 모르지만 비를 맞고 있는 강은 분명 젖고 있다는 느낌이다.
안개에 스며 있는 가로등의 불빛이 빗줄기를 따라 떨고 있다. 안개
탓인가, 어딘지 정겹고 포근한 느낌이다. "안개는 구름과 함께 어머니
의 품처럼 포근한 느낌을 주며 평화의 상징이 된다./ 바슐라르" 안개.
안개는 언제나 내게 평안을 주었다. 그러나 오늘밤의 강과 비안개는
단순한 평안이상의 그 무엇을 주는 듯 싶다.

사흘전 한 밤중 이맘 때 내 눈앞에 안개처럼 자욱히 펼쳐지던 불
빛, 그것은 구원과도 같았다. 몇 시간을 달렸을까. 어둠 속을 오래오
래 달려왔었다. 그러니까 언제나 그렇듯이 명절이면 꼭꼭 고향을 찾
아 내려가던 관례대로 금년에도 귀향 스케줄을 짜는 것인데, 차 한
대에 동승할 아들 며느리 중 하필 내가 추석전날 오후까지 학교에 일

이 있었다. 내 형편에 맞추자면 밤길을 운전해가야 할 판이었다. 그래서 결국 나는 이번 귀향행렬에서 빠지기로 하고, 나머지 사람들은 오전에 떠났다. 그러나 막상 빠지고 보니 올 줄 알고 기다리실 시부모님의 얼굴과 친정어머니의 얼굴이 마음에 걸려 도무지 편치가 않았다. 세 며느리 중 하나라도 내려가야 한다고 바쁜 가운데에서도 호언을 했던 자신에 대한 책임도 있었다. 아들이야 부모님 뵈러 간다는 일념으로 가는 길이지만 며느리는 반드시 그런 것만은 아니다. 명절이면 더욱 아쉬운 일손 노릇이 어쩌면 부모님을 뵙는 일에 못지 않을 임무인지도 모를 일이기에, 혼자 손에 수발하시느라 어머님 힘드시겠다는 갸륵한(?) 생각에 귀향을 서두르게 되곤 하였던 것이다. 그런데 아들들만 가노라면 그 뒤치다꺼리를 다 어떻게 할까. 나는 머잖아 돌아올 아이들을 위해서는 식사준비와 약간의 간식과 송편 한 접시만을 식탁 위에 놓아두고 빈 아파트를 밖에서 잠갔다. 아이들 역시 훈련된 대로 저희들끼리 조용히 추석을 보낼 것이다.

다행히 고속버스터미널 근처에서 임시 버스의 좌석 하나를 구했다. 전주를 거쳐서 광주까지 간다는 버스였다. 일단 광주에만 도착할 수 있으면 목포는 어떻게든 갈 수 있으리라 생각했던 것이고, 전주로 돌아서 간다고는 하지만 기껏해야 다섯 시간 정도면 충분할 것이라고 생각했던 때문이었다.

그러나 그것은 오산이었다. 터미널을 출발한 버스가 강변도로를 지나 고속도로로 진입하는데 한시간이 걸렸고 거기서 몇 걸음 거리밖에 안 되는 R호텔 옆까지 가는데 또 한시간이 걸렸으니 추석 전날의 고속도로 사정은 알만했다.* 엊그제까지만 해도 〈…아름다운 서울에서, 서울에서 살렵니다〉하고 고성 방가하던 사람들이 너도나도 서울

* 고속도로가 주차장이 되도록 차가 밀리는 첫해쯤 되는 듯 하다.

을 뒤로하고 떠나는 바람에 길이 꽉 메여 차는 요지부동으로 서울을 벗어나지 못하고 있는 것이다. 생각하면 실소마저 흘려질 노릇이다. 되살아난 한강, 우리의 젖줄… 하며 한강축제에, 서울 살이에 들떠 있었던 서울 시민이 아니었던가? 천안을 지나고 대전을 지나면서 버스는 제 속도를 찾았으나 시간은 이미 하릴없이 출발로부터 몇 시간이 지나 있었다. 그리하여 광주에 도착한 것이 무려 아홉 시간 만이었고, 새벽 두 시였다. 그러나 실은 한 밤중의 여행도 처음이거니와 더구나 혼자이고 보니 은근히 걱정이 되지 않는 바는 아니었다. 깜깜한 도시에 혼자 내려서 차가 한 대도 없다면 어디로 갈 것인가? 그리고 또 혼자서 택시를 타고 밤길을 가야한다면 어떡할 것인가.

그 모든 것은 기우였다. 어둠과 잠에 깊이 잠긴 거리를 지나 버스가 선 곳에는 수많은 택시가 운집해 있었다. 빈차표시의 표지등이 마치 축제의 등불 마냥 광장에 한없이 깔려있는 것이었다. 그것은 아름다웠고, 어둠을 씻어준 안도였고 구원이었다. 나는 거기에서 또 하나의 강을 보았던 것이다. 따뜻하고, 평화로운 빛깔의 강이었다.

다행히 행선지가 같은 일행을 만나 목포까지 택시 합승을 했다. 나는 그제야 달을 보았다. 남빛 하늘에 둥그렇게 떠있는 보름달, 맑게 반짝이는 별, 길가의 수숫대와, 들판… 이제 과연 고향에 가나보다 싶었다. 털털거리던 버스의 더러운 물통 같은 것은 빨리 잊어버리자. 고향의 대문 앞, 다 닳은 문턱 앞에 섰을 때는 어느덧 새벽 세시 반, 차례 지낼 준비를 하러 일어날 시간이 다되었다. 잠들었던 가족들이 반기면서 깨어난 건 물론이다. 잠을 설치게 해서 미안했지만 드디어 왔다는 생각에 후련한 마음이었다.

그렇게 해서 고향엘 다녀왔다. 고향에 다녀오는 마음들이란 어떤 것일까? 누구 말처럼 얼굴에 빛이 날만큼 기쁘고 행복한 것일까? 물론 기쁘기야 하다. 손금처럼 환한 고향의 골목길, 산, 들, 바다 할 것 없이 우리 어린 날 검정 고무신의 발길이 닿지 않은 곳이 없는 곳마다 에서 우리는 겹겹이 만남의 감격을 안았다. 고향의 하늘, 바람, 나무마다에서 우리는 유년기의 신화를 읽었다. 그러나 돌아오는 길엔 언제나 마음 한 귀퉁이가 무너져 내리는 소리가 들리곤 했다.

그것은 국민학교 시절과 변함이 없는 동네의 모습 때문만은 아니리라. 하수도가 낡아 구멍이 숭숭 뚫리고 수 십 년 된 시멘트 포장의 골목길위로 구정물이 흘러내리는데도 하수도 사용료를 꼬박 꼬박 물고 있다는 얘기를 들어서 만도 아니다. 부모님만을, 늙으신 두 분만을 고향에 두고 자식들이 몽땅 서울에 와 있어서 만도 아니다. 그것은 우리는 왜 고향을 떠나야만 하는 것일까 하는 의문 때문이다. 왜 그런 건지 똑 떨어지게 말할 수 없으면서도 우리는 서울에 있어야만 하였다. 더욱이는 미국쯤에 있어야만 하였다. 왜, 우리는 멀리 떠나가려고만 하고 있을까?

차례음식들을 챙기면서 올려다본 하얀 회가 발린 대청마루의 천장은 검은 서까래의 선이 자연스럽게 흘렀다. 여름에 문짝을 번쩍 들어올려 걸쳤던 받침대도 무쇠고리에서 닳고닳은 채 매달려 있었다. 홍송으로 지어서 썩지 않는다는 고가. 우리는 이 고가로 돌아가지 않을 것이다. 그러면 고향은 장차 우리의 삶 속에서 어떻게 정리될 것인가? 비에 젖고 있는 강이 따스하게 마음속으로 스며들어온다. 나는 왜 이 밤 강이 더욱 따스하게 젖어드는지 알 수 없다. 하지만 나는 마음속에서 고개를 끄덕이며 강처럼 비에 젖어간다.

어느 날의 외출

강을 보는 마음이 무시로 외로움을 탄다. 가을이 되면서 또렷이 솟아난 북한산 줄기와 인수 봉이 더욱 외로움을 부채질하는 것 같다. 그 변화 많은 여름날의 비안개 속에 숨어 있다가 어김없이 다시 반공에 모습을 드러낸 인수 봉을 보는 반가움 속에서 나는 잃어버린 친구와 멀어져간 사람들을 생각하곤 했다.

왜 이렇게 멀어졌을까? 한사코 혼자이고자 했던 것이 끝내 나를 이와 같은 외로움 속에 가두고 말았음을 알고는 있다. 그러나 무엇이 그렇게 하게 했을까? 그것은 언젠가 절실하던 느낌 —내게 배달되는 것은 세탁소 청구서나 관리비 고지서 정도라는— 에서 비롯되었던 것 같기도 하고, 아니 그보다 더 오래 전, 나의 공간을 잃어버렸다는 느낌에서 비롯했던 것 같기도 하다. 어떻게 해서든 나의 삶을 가져보려는 노력이었음은 분명한데…그곳에는 이와 같이 홀로 서서 견뎌야만 하는 형벌이 동반하고 있었던 모양이다. 잃어버린 친구를 헤라면 어떻게 다 헬 수 있으랴. 결혼하면 뿔뿔이 각자의 삶을 살기에 바쁜 주부들이 다

만나기 어려울 건 당연하다 하겠다. 그 외에 자주 만나게 되는 친구들조차도 어느덧 각자의 일에 빠져서 건성으로 지나치다 보니 옛날 학창시절의 그 도탑던 우정은 퇴색해 버리고만 것 같다.

인수봉 아래 살고 있던 친구만 해도 그렇다. 같은 학교에 나가고 있으니 만나자면 못 만날 것도 없지만 만나도 그저 잠깐, 속마음 털어놓고, 옛날 밤새움하던 그런 풀이는 몇 해가 가도록 못해본다. 나는 무릎을 치듯이 기쁜 마음이 된다. 요즈음 나의 이 외로운 심사를 풀 재미있는 생각을 해냈기 때문이다. 오는 주일 예배는 우이동 산 속 친구네 교회에 가서 보리라.

전화를 받은 친구는 대뜸 자신의 고 삼아들 걱정부터 했다. 그리고 우리 집 고 삼의 근황을 물어왔다. 우리를 멀어가게 한 것은 이런 것들일까? 한치 앞을 가리기 바쁜데 한가한 생각이나 하고 있는 내가 한심한 건지도 몰라. 아니면 내가 그런데 집착하며 살았기에 대뜸 그 걱정부터 하게 되었을 터이다. 내가 그쪽 교회에 가겠다고 했더니 깔깔대며 반가워한다. 그래 와, 그치만 말야 예배 끝난 뒤에 점심이라도 대접해야 할텐데 우린 그럴 수 없그덩… 괜찮아.

워낙 여러 번 낙엽이 밟고 싶어, 산에 가고 싶어 중얼거리던 터라 애들 아빠는 산 속의 교회를 향해서 운전대를 잡아주었다. 박서방이 장로가 되었다구? 박장로다, 박장로 해가면서. 그러니까 박서방 만난 지도 몇 년이 됐수, 오륙 년은 되나봐. 강 건너 먼길을 가는 우리 마음은 모처럼 설레고 부풀었다. 창가에 서면 곧장 건너다 보이던 인수봉 아래가 꽤는 멀었다. 낙엽이 아직 있을까. 벌써 다 졌을걸. 아무리 벌써 졌을라구. 따로 낙엽구경 갈 처지가 못되는 나로서는 예배도 보고 산도 보는 이 길이 그렇게 신통할 수가 없다.

예배는 벌써 시작되어 있었다. 꽤 우람한 붉은 벽돌의 건물 안에

삼 백여 명 돼 보이는 교인들이 가득 앉아있다. 언젠가 친구 집의 예배에서 만난 적이 있는 목사가 설교를 했다. 설교를 마친 목사가 드리는 기도 속에서 친구의 이름과 친구의 남편 이름이 여러 번 불리어지며 하나님의 축복을 간구 할 때에 우리는 미소를 짓지 않을 수 없었다. 그만큼 친구부부는 그 교회의 튼튼한 기둥노릇을 하고 있었던 것이다. 우리는 받아든 주보에서 친구내외의 이름을 여러 군데서 읽고 있었던 터였다. 나는 그들이 외롭지 않으리란 생각을 했다. 온 교회가 그들을 감싸고 사랑해주고 있는 듯이 느껴졌다.

예배가 끝나자 쫓아 나와 맞아준 친구 내외는 연신 웃음을 그치지 않았다. 뜻밖의 장소에서의 뜻밖의 만남이요, 더구나 남편과의 오랜만의 만남이었던 것이다. 목사는 연 전에 교회회지에 냈던 나의 꽁트를 기억한다면서 인사했고, 그 옆에 섰던 꽁트의 주인공과 같은 이름으로 약간 곤경에 처했었다는 문집사는 너털거리며 웃었다. 교회 건물까지 바짝 다가든 산자락에 아직 반쯤 낙엽을 매단 나무들이 가을을 받치고 있었고 수북한 낙엽은 아직 밝은 빛깔이었다. 친구를 보는 내 마음이 이처럼 즐거운 것은 산과 낙엽을 본 때문만은 아니었음은 물론이다. 흐뭇한 마음으로 산길을 걸었다. 긴 시간은 아니었다. 짧은 산길, 그 길을 걷는 동안 우리가 무슨 얘기를 했는지 기억이 없다. 다만 웃고 있었던 것을, 마음 가득히 미소를 담고 있었던 것만을 기억할 수가 있다.

오후에 이런 저런 모임이 있어 빠져 나오지 못함을 안타까워하는 친구 내외와 작별을 하고 우리는 그곳을 떠났다. 참으로 짧은 만남이었는데도 이다지 흐뭇한 것이 웬일일까? 우리는 무엇인가를 나누어 갖고 헤어진 것 같았다. 아름다운 비밀쯤의.

우리는 산 속으로 좀더 들어갔다 단풍은 아직 한창이었다. 붉고 푸르고, 누르고 갈색을 띤 단풍이 어울어져 무르녹고 있었다. 강변 아파트촌엔 귀한 나무가 여기에선 지천으로 무성하였다. 산의 짙은 체취와 실팍한 가슴이 우리를 숨막히게 했다. 졸졸 흐르는 물소리는 또 무엇이라 해야 할 것인가. 산 속의 그 싱그러운 공기가 몸 안의 노폐물 뿐 아니라 머릿속의 잡념마저 깨끗이 씻어줄 듯 싶었다.

우리의 강변엔 왜 나무가 없을까. 강변 고수부지에 잔디만 심기었을 뿐, 나무는 한 그루도 없다. 시냇가에 심긴 나무가 시절을 좇아 열매를 맺듯 풍성하리라는 시편의 축복에서도 보듯이 강가의 나무는 잘도 자랄 터인데 고수부지엔 나무 한 그루 없는 뙤약볕이다. 그것은 마치 욕망만이 무성하여 주위도 돌아볼 겨를이 없이 앞으로만 치닫는 현대인의 가슴 그것과 닮은 것은 아닌지. 강은 유유하고 풍요하게 흐르고 있었지만 그 주변은 온통 시멘트 제방과 건축물 뿐으로, 어느 한군데 마음놓고 나무 그림자 드리워줄 곳 없는 삭막한 강으로 우리는 만들어 왔는지 모르겠다.

그렇다. 강을 보면서 자꾸만 외로움을 탔던 것도 그러한 강의 삭막함이 마음에 걸려서 그랬는지도 모른다. 소위 강남이라는 두 글자에서 연상되는 온갖 현대 병을 앓느라 그랬는지 모른다. 나는 지금쯤 열심히 교회 일에 봉사하고 있을 친구와 근래 내 마음을 떠나지 않는 성구를 곱씹어 본다. "아무든지 나를 따라오려거든 자기를 부인하고 자기 십자가를 지고 나를 좇을 것이니라" 이 구절 읽기를 달가워하지 않았던 나의 신앙은 언제고 나의 유익만을 구하여 급급하였던 것은 아닌가. 그러기에 내 마음의 강에 찾아와 그 모습을 드리울 친구를 잃어버렸고, 그렇게 드리우게끔 기다려주지도 못하였거니…나는 늘 내가 찾으면 그렇게 웃으며 맞아주던 친구의 대학시절의 얼굴, 수양회를 지도하던 때의 얼굴, 등등을 하나하나 떠올려 본다.

불켜진 창

　큰애에게 주민등록을 하라는 통지서가 나왔다. 큰애는 납입금 고지서라도 받아 든 듯이 심상한 얼굴로 통장 집이 어디냐고 물었다. 나 역시 아무렇지도 않은 목소리로 통장 집을 가르쳐 주었다. 그렇게 사소한 일처럼 치르긴 했지만 사실은 큰애가 주민등록을 하게 된다는 사실이 내게는 꽤 충격이었고 얼마간 일이 손에서 뜰만큼 당황해지는 마음이기도 했다. 아이가 어느새 이렇게 컸던가. 마치 17년이라는 세월이 단숨에 내 눈앞에서 키를 늘여 보이는 것만 같았다. 아이가 자란다는 것은 엄마에게 기쁨인 동시에 두려움이기도 한 것 같다. 한 몫의 생이 두 몫으로 늘어난 것 같은, 미묘한 부담 같은 것이 느껴진다. 아이는 통장 집을 물었을 뿐 아니라 혼자서 서류도 만들고 동사무소도 찾아가고 했다. 그것을 지켜보면서 마치 졸업식이나 입학식을 치를 때처럼 긴장감을 느낀 것은 전혀 엄마 쪽일 뿐이었는지도 모른다. 하기는 주민등록을 하게 된다는 일에 그렇게 크게 의미를 부여할 일은 아닌지도 모른다. 만 17세가 되었으니 주민으로 등록을 한달 뿐,

그로 말미암아서 뭔가 두드러지게 변화가 일어나는 것도 아니다. 선거권이라든지 하는 무슨 권리가 생기는 것도 아니고 그렇다고 당장에 주민세 따위를 내야하는 의무조항이 따라 붙는 것도 아니다. 그냥 주민등록에서 끝나는 것이다. 성인으로서의 권리와 의무를 누리고 갖추자면 만 20세가 될 때까지 기다려야 한다. 그제야 성년이 되는 것이다.

그런데 주민등록증은 왜 하는 것일까. 하지만 만 17세 이하로 규정되어 있는 미성년자의 나이는 분명히 벗어난 것이다. 그러고 보니 주민등록을 하는 나이란 성년과 미성년의 중간지점으로서 그 나름대로 진지한 의미를 지닐 수도 있는 그런 나이인성 싶다.

만17세라면 주민등록이 아니더라도 참으로 어렵고도 중요한 나이이기도 하다. 대학입시를 앞두고, 또는 사회에 첫발을 내딛기 위해 치열한 경쟁에 머리를 싸매야 하는 나이가 아니던가. 구체적으로 어떤 조건이 지워지는 것은 아니지만 주민등록을 하게 된다는 것은 성년의 문턱에 다다라 미성년을 벗어버린다는 의미만은 분명한 것이다. 아이는 자란다. 성년이 되느라고 열심히 자란 것인데 엄마인 나는 아이의 성장이 갑작스레 이루어진 것처럼 놀라고 있다. 아이의 성장을 실감하지 못한 엄마에게 주민등록 통지서는 정문일침의 효과가 있었다. 그래서였는지 모르겠다. 나는 갑작스런 모성을 발동해서 밤늦게 돌아오는 아이를 독서실까지 데리러 갈 테니 기다리라고 다짐을 놓아 보냈다.

한시 반에 독서실에서 출발한다는 시간에 대어 두둑이 옷을 껴입고 밖으로 나왔다. 깊은 겨울의 밤 공기가 숨이 헉 막히도록 차다. 경비원도 졸고 있고 아파트 단지는 깊은 잠 속에 든 듯 고즈넉한데 군데군데 창에 불이 켜져 있다. 저렇게 불켜진 창에는 대개 대학 입시

생이 있게 마련이다. 우리 아파트 앞 동 2층 그 방의 창엔 이제 불이 꺼져 있다. 지난 일 년 내내 나를 감동케 했고, 우리 아이들에게는 훈시용으로 쓰여졌던 방이다. 밤에 깨어 건너다 보는 그 언제라도 그 남학생은 공부를 하고 앉아 있던 것이다. 잠을 언제 자는지 밤이건 새벽이건 스탠드를 켜놓고 똑같은 자세로 앉아 있는 것이다. 고개를 박고 조는 것 한번 본 적이 없다. 대단한 학생이었다. 학력고사가 끝난 후 그 방엔 불이 꺼졌고 지금은 휴식중인 것이다. 분명 좋은 성적으로 대학에 입학했으리라. 그 학생이 전체 수석이 되는 게 아닐까 생각한 적도 있었으니까. 창에 켜있는 꺼질 줄 모르는 불빛, 그리고 독서실의 열기, 그것은 경쟁사회의 반증들이다. 경쟁의 논리는 곧 증오의 논리라는데 경쟁에서 이기려고 쏟아지는 잠을 증오의 감정을 북돋아 쫓고 있을 얼굴들… 그 속에 내 아이가 끼어있다고 생각하면 어느 어머니인들 초조하지 않으랴. 초조해 하는 어머니와는 달리 노상 싱글싱글 싱겁게 잘 웃는 조카가 이번 대학입시에서 낙방을 했다. 자기의 점수로는 도저히 가능하지 않을 대학에 원서를 낸 것이다. 재수를 시키려는 어머니의 의도였던 것 같다. 지가 공부를 하려고 해야지… 어머니는 공부에 열을 내지 않는 아들을 노상 탓했다. 어머니를 지원하느라 조카에게 한 충고가 바로 그것이었다. 이사회는 경쟁사회야, 지면 밟히는 거야. 열심히 노력하면 이기게 되어 있어…, 그러나 이 충고는 잘못된 것이었다. 조카는 이미 이 논리를 잘 이해한 탓으로 위장병이 나 그 큰 체구에 흰죽만 두 달째 먹고 있었던 것이다. 싱글싱글 웃고는 있었지만 놈은 그렇게도 마음을 앓고 있었던 것이다. 며칠동안 놈의 얼굴이 눈앞에서 지워지지 않았다. 문득 기척이 들리기에 보니 여학생 두엇이 저쪽으로 돌아가고 있다. 독서실에서 돌아오는 길인 모양이다. 열 두 시 넘어 까지 이런 학생을 기다려 문을 열고 있다는 제과점도 문이 닫힌 심야의 거리를 청소년들만이 깨어서 움직이고 있다. 현대의 새로운 풍속도인 것인가. 성년의 문턱을 넘기 위해 안간힘을 쓰고 있는 이 아이들은 거의가 이제 등록된 어엿한 주민들일 것이다. 아이의 성장을 실감하지 못하는 것은 어머니가 그만큼 세월의 흐름에 무감각했다는 이야기도 되지만 우리 아이의 경우 아이의 환경에도 얼마간 원인이 있다고 생각이 된다.

국민학교는 3회 졸업생이고 중학교는 1회 졸업생인 큰애는 한번도 강당이라는 걸 가져보지 못했다. 교실만 겨우 신축한 학교 운동장에서 입학식 졸업식을 다 치뤘던 것이다. 우리가 아파트단지에 찾아들어와 새로운 삶의 장을 열었듯이 아이들도 아파트 안의 새 학교에서 공부를 했다. 이는 아이들의 삶이 전적으로 부모에 속해 있었다는 이야기도 된다. 아이에게는 선배도 전통도 없었다. 엄마만 앞에 있었던 게 아닐까. 엄마와 아빠가 아파트 생활에 적응해 가는 사이, 엄마 아빠의 삶에 몰두해 있는 사이, 아이는 자라버렸다. 우리가 뿌린 씨앗을 거둘 차례가 된 것이다. 이 아이들은 이 세상이 아마도 자신들의 세대에서 처음 시작되었다고 무심중에 믿고 있을는지도 모른다. 자신들 이전의 세대가 어떤 학교와 환경에서 공부했는지 전혀 짐작을 하지 못할 세대들이다. 우리 아이는 언젠가 엄마 어렸을 때에도 전화가 있었어? 하고 눈을 커다랗게 떠 보였고 엄마가 마치 아프리카 원시림 같은 미개 지에서 자란 것으로 알고 있는 눈치를 하던 것이었다. 강당도 없고, 식물원도 표본실도 없는 학교엘 다녔으면서도 자부심이 대단하다. 그것은 바로 성적에서 오는 것이다. 강남의 열기 때문이다. 성적만 좋도록 해라. 어떻게 생활해도 괜찮다. 좋은 대학엘 가는데 도움이 되는 징검다리만 되어다오 이런 의식아래 강남의, 시설도 형편없고, 전통도 없는 학교들이 일류로 알려지게 되었다. 엊그제 가 보았던 K고교 졸업식장에서 감격적이었던 것은 동창회장의 환영사에 답하는 졸업생들의 환호였다. 오랜 전통을 지닌 그 학교의 자랑스런 선배가 대거 참석한 졸업식장에서 그들은 선·후배로서 뜨거운 유대를 그렇게 환호로써 표현하였던 것이다. 좀체 듣기 어려운 환호성이었다. 그리고 그들 역시 이 졸업식장을 벗어나면 그 어디에서고 이만큼 뜨거운 환호를 다시 질러보고 들어보지 못할 것이다. 불가능 할 것이다. 나는 쓸쓸하게 예언을 하고 있기는 했으나 선배가 있고 전통이 있는 학교에 다니는 아이들의 복됨을 생각하였다.

다행히 큰애는 80년 전통의 고등학교로 배정을 받아 그 뿌리깊은 전통에 접목되고 있는 중이다. 대학 입학 율은 그리 훌륭하지 못해도 부모와 조부모세대까지도 이어지는 역사를 이해할 수 있는 환경 속에서 생활하고 있다는 것에 조금 마음이 놓인다. 아파트 단지 안에서 전통과 역사와 단절된 채 살아왔을 아이가 그곳에서 미성년과 성년의 중간시대를 보내고 있다는 점에 안도해 보면서 새로 주민으로 등록된 다 자란 아이를 생각한다. 낡은 책상과 의자를 아직도 쓰고 있는 교실에서, 몇 십 년 전 쓰던 골동품 난로를 쓰고 있는 학교에서 시간이라는 것을 새롭게 인식해 주기를 바래본다. 그리고도 더 오래고 오랜 역사가 인류에게 있었고, 그보다 더 아주 긴 시간이 지구를 흘러가고 있었음을…히말라야 산맥의 어느 봉우리가 한때는 바닷물 찰싹이는 섬이었다는 것도 찾아내어 가며. 그러다 보면 경쟁이 인생의 전부가 아니라는 것도, 과격함만이 지혜가 아니라는 것도 배우게 되리라. 조카에게도 그렇게 이야기했어야 했다. 이것이 주민등록 통지서가 깨우쳐 준 깨달음인가? 바로 아파트 단지 안에 있는 독서실, 걸어서 십여 분 남짓한 거리건만 먼길을 가듯 아득한 느낌이다.

●여성을 중심에 놓고 보다

초판인쇄　2002년 11월　10일
초판발행　2002년 11월　20일

지 은 이　서　정　자
펴 낸 이　한　봉　숙
펴 낸 곳　푸른사상사

출판등록　제2-2876호
주　　소　100-193 서울시 중구 을지로3가 296-10 장양빌딩 202호
전　　화　02) 2268-8706 - 8707
팩시밀리　02) 2268-8708
이 메 일　prun21c@yahoo.co.kr / prun21c@hanmail.net
편집 ● 김현정 / 박영원 / 박현임
기획/영업 ● 김두천 / 김태훈 / 곽세라

ⓒ 2002, 서정자
ISBN 89-5640-057-0-03810

정가 10,000원

*저자와의 협의에 의해 인지는 생략함